KB143220

문학, 치유 그리고 스토리텔링

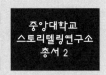

중앙대학교
스토리텔링연구소
총서 2

문학, 치유 그리고 스토리텔링

| 손정희 엮음 |

도서출판 동인

‖ 일러두기 ‖

1. 장편소설이나 작품집의 경우 한글 제목에 『 』를, 원어 제목은 이탤릭체로 표시하였다.

2. 논문, 단편소설, 혹은 에세이의 경우 한글 제목에 「 」를 사용하고, 원어 제목은 병기하였으나 필자의
   표기를 존중한 경우도 있다.

3. 영화의 경우 한글 제목에 〈 〉를 사용하고, 원어 제목은 병기하였다.

4. 주석은 내주를 원칙으로 하되, 불가피한 경우에 한하여 미주를 사용하였다.

5. 고유 인명, 작가 및 작품의 인물의 표기는 대부분 외래 표기법을 따랐으나 필자의 표기를 따른 것도
   있다.

6. 각 논문의 인용된 문헌들을 참고문헌으로 표기하고, 참고문헌 작성방식은 「한국 영어영문학회 논문
   작성지침서」를 따르는 것을 원칙으로 하였다.

7. 기타 편집 방식은 편집 회의 및 출판사와 결정된 사항에 따라 처리하였다.

『문학, 치유 그리고 스토리텔링』을 발간하며

이 책은 중앙대학교 스토리텔링연구소가 기획한 총서 시리즈의 두 번째 결과물이다. 본 연구소는 영문학이 학문적 담론의 틀 안에서만 논의되어온 한계를 극복하고 보다 널리 일반 독자와 소통하고 교류할 수 있도록 이 시리즈를 기획하고 있다. 이런 기획의도에 부응하여 이 책은 중앙대학교 영어영문학과의 BK21 플러스 스토리텔링사업단 스토리텔링 치유Storytelling Healing 분과의 연구 관심사를 공유하는 글들을 엮었다. 이 책이 문학과 치유, 스토리텔링과 힐링이 상관관계에 주목하는 것은 현대 사회에서 개인이 지며하는 문제점을 극복하는 방안을 모색하는 데 이러한 시도가 유익하리라는 인식 때문이다.

현대 사회는 벡Urlich Beck이 규정하듯이 위험사회Risk Society라고 할 수 있다. 끊임없는 경쟁의 논리와 효율성과 유용성의 담론에 의해 지배되는 현재의 시대적, 사회적 요구 속에 개인의 삶은 급속도로 피폐해지고 일상의 피로도가 증가하는 추세이다. 현대인은 긴장과 불안에 과도하게 노출되어 불안감, 슬픔, 상실감, 외로움, 부적응, 방향성 부재 등의 정서적, 심리적 고통을 겪고 있다.

그렇다면 이런 고통에 어떻게 대처해야 할까? 여기서 우리가 한 가지 상기해야 할 점은 삶에서 다양한 지평의 '위험'에 직면하고 이를 극복하려는 노력은 21세기를 사는 우리뿐만 아니라 과거 모든 시대의 인간의 삶의 중요한 부분이었다는 점이다. 이러한 인식 하에 이 책은 문학이 갖는 치유의 힘에 주목하여 우리가 직면하고 있는 문제점을 극복할 수 있는 가능성을 탐색하고자 한다. 고대 그리스 테베의 도서관 입구에 '영혼을 치유하는 곳'이라고 새겨져 있다는 유명한 예에서 알 수 있듯이, 문학이 갖는 치유의 힘과 효과는 수많은 작가와 독자들이 강조해왔다. 그러므로 이 책은 문학과 치유의 상관관계, 다시 말해 문학의 치유, 그리고 치유의 문학이라는 명제를 제시하려는 시도인 것이다.

이와 같은 작업이 결실로 맺어져 출판에 이르기까지 많은 분들의 도움과 수고가 있었다. 우선 소중한 글을 재수록하도록 허락해주신 필진 교수님들께 감사를 드린다. 스토리텔링연구소장이신 조숙희 교수님과 BK21 플러스 사업단장인 신동일 교수님의 격려에도 감사를 전한다. 아울러 필진을 선정하고 글을 수합하여 수정하는 과정에 함께 수고해준 대학원생 조성훈, 박해진, 이현주에게도 고마움을 전한다. 또한 본 연구소 스토리텔링 총서 기획의 취지를 이해하시고 흔쾌히 출판을 허락해주신 도서출판 동인의 이성모 사장님과, 책의 편집에 수고를 아끼지 않으신 편집진께도 깊이 감사드린다.

문학작품은 그 안에 매개가 되는 스토리와 스토리텔링을 통해 독자의 마음에 반성적 사유와 자기통찰의 기회를 부여하고 내면의 문제를 대면하고 자각하게 하여 그 원인을 찾거나 위안을 얻도록 하는 경이로운 반응을 유발한다. 이러한 놀라운 세계를 작품을 대할 때마다 매번 절실하게 체험하고 있는 한 영문학자로서 본서를 출판하는 책임편집인의 역할을 할 수 있었음을 기쁘게 생각한다. 스토리텔링과 치유가 중요한 화두가 되고 있는 21세기 현재를 사는 많은 독자들도 문학이 주는 놀라운 치유의 세계로 함께 초대될 수 있기를 기대한다.

2015년 8월

손정희

Part 2 문학 작품을 통한 치유

INTRODUCTION

●

영문학과 스토리텔링 치유

손정희

1. '스토리텔링 치유': 문학 치료의 영문학적 수용

　'스토리텔링'storytelling과 '치유'healing, 두 용어는 최근 우리 사회에 중요한 화두로 부상되었다. 그런데 두 용어 모두 다양하고 풍성한 의미를 내포한 다변적인 개념인지라 명확하게 정의내리기가 쉽지 않다. 그만큼 두 용어를 엮어 새로운 영역을 제안하기란 더욱 쉽지 않다고 할 수 있다. 그럼에도 불구하고 애매하고 잡히지 않는 개념을 묶어 영문학연구와 연관 지워 스토리텔링 치유Storytelling Healing라는 하나의 영역으로 제언하고자 하며, 이 책은 이러한 관심을 다양하게 반영하고 탐색하는 글의 모음

집으로 기획되었다. 이 책의 필자들은 문학 치료에 대해 직접 논의하거나 그렇지 않거나 상관없이, 크게 보아 영문학 작품에 드러나는 치유의 모티프를 탐색하고 문학이 치유의 수단이 될 수 있는 가능성을 고찰하고 있다. 이 글은 책의 서두에서 '스토리텔링 치유'라는 쉽게 잡히지 않는 개념을 생각할 때 고려해야할 기본적인 범주를 고민하고 살펴볼 의도로 쓰인 것이다.[1]

스토리텔링과 치유를 함께 묶어서 보려는 이유는 이러한 시도가 우리가 직면하고 있는 현 사회에서 개인이 삶의 가치와 의미를 실현하는데 도움이 되리라는 인식에 근거한다. 울리히 벡Urlich Beck이 규정하듯이 위험 사회Risk Society인 지금은 "개인에게 안정감을 주지 못하고 누구도 위험과 위협을 책임지지 않게 되는 '조직화된 무책임성'이 만연하고 있는 시대"이다. "개인은 폭넓은 선택으로부터 자유를 누리기보다는 자신이 선택한 삶에서 발생한 모든 위험한 결과를 혼자서 책임져야 하는 불안하고 위험한 사회"에 직면하고 있다(신동일, 손정희 163–64). 경쟁과 효율성의 논리에 의해 지배되는 사회 구조는 개인의 삶의 가치 실현과는 거리가 먼 상황을 유발하고 있다. 현대인은 직접적으로 우울증, 신경쇠약, 광장공포증, 공황장애와 같은 병적증상을 드러내지 않더라도, 끊임없이 긴장과 불안에 과도하게 노출된 삶을 영위하며 불안감, 슬픔, 상실감, 외로움, 부적응, 방향성 부재 등의 정서적, 심리적 고통을 겪고 있다. 이러한 심리적 문제들은 성장을 위한 필연적 단계로서 우리 모두가 어느 정도는 겪는 과정이기도 하지만, 때로는 그 양상이 외상trauma을 동반하며 병적인 증세로 발현되는 상황도 발생한다.

그렇다면 이러한 고통스런 상황에 어떻게 대처해야 할까? 여기서 상기할 점은 다양한 지평의 '위험'에 직면하고 이를 극복하려는 노력은 과거에도 그리고 21세기 현재에도 인간 삶의 중요한 부분이라는 것이다. 따라서 불안감, 상실감과 같은 정신적 고통을 '치유'하는 것은 우리 모두의 당면과제라고 할 수 있다. 이 글에서는 '스토리텔링 치유' 개념을 통해 개인이 일상의 삶에서 느끼고 해결해야하는 정서적, 심리적 문제들을 어떻게 해결할 수 있는가에 대한 답을 모색해볼 수 있다고 제언한다. 문학 작품의 생산 과정이 곧 자신이 느낀 상실감, 슬픔, 개인적 비극 등의 아픔과 고통의 과정을 치유하는 경험이 되었음을 토로하고 있는 수많은 작가들은 우리에게 문제 해결의 단서를 주기 때문이다.

이야기와 책이 감정의 변화와 성장에 긍정적으로 영향을 미친다는 주장은 일찌감치 고대부터 등장했다. 아리스토텔레스는 『시학』Poetics에서 드라마가 관객에게 미치는 영향을 언급하며 감정적 분출과 정화를 유발하는 현상을 카타르시스catharsis라는 용어로 설명하였다(Hynes and Hynes-Berry 4). 고대 그리스의 도서관의 출입문에는 "영혼의 치유 장소"라는 표지판이 걸려있었다고 한다(Jones 15). 또한 노스럽 프라이Northrop Frye는 「치유로서의 문학」"Literature as Therapy"이라는 글에서 독서의 정화 효과는 육체적인 질병을 야기하는 파괴적인 불균형 상태를 회복하는데 도움이 된다고 주장하였다. 이와 같이 문학의 치유적 효과를 수용하는 독서치료의 역사는 적어도 19세기 초까지 거슬러 올라간다. 지그문트 프로이트Sigmud Freud와 그의 딸 안나 프로이트Anna Freud는 모두 심리치료 임상에 문학작품의 사용을 포함시켰다. 또한 1차 대전 중에 입원한 환자들에게 종종 문학 치료가 처방되었다. 지금도 많은 정신건강 전문가들이 독서치료를 치료 프로그램에 포함시키고 있다(Pehrsson and McMillen 1).

이와 같이 문학의 치료적therapeutic 효과를 전제하는, 소위 문학 치료는 다양한 분야에서 관심을 끌고 있다. 한국에서도 사회복지학, 교육학,

문헌정보학, 상담심리학, 정신의학 등 다양한 학문 분야에 도입되어 점차 활용범위가 확장되고 있는 상황이다. 독서치료bibliotherapy, 시 치료, 저널 치료, 드라마치료 등 다양한 용어가 문학 치료의 방법론으로 인식되고 있다. 그밖에도, 도서 치료학library therapeutics, 독서 상담bibliocounselling, 문헌치료literathrapy, 독서 치료법reading therapy, 치료적 독서therapeutic reading, 도서예방책biblioprophylaxis과 같은 다양한 용어가 사용되고 있다(Jones 15). 이처럼 많은 용어가 범람하는 가운데, 자기 향상을 위해 서적을 사용하는 모든 행위를 통칭하는 독서치료bibliotherapy가 가장 보편적으로 사용되는 포괄적인 용어이다(Hynes and Hynes-Berry 4). 'bibliotherapy'는 1916년 크로더스Samuel Crothers가 그리스어 biblion(book: 책, 문학)과 therapeia(therapy: 도움이 되다, 병을 고쳐주다)를 합성하여 조어한 것이다(Jones 15). 현재 독서치료는 대개 정신 건강을 증진하기 위해 문학을 사용하는 것(Hyens and Hynes-Berry 3) 또는 책을 치료적 상황에 활용하는 것(Pehrsson and McMillen 1)이라고 정의된다.

스토리텔링 치유도 기본적으로는 문학 치료의 한 갈래로서 제안된 것이다. 이 때 치료라는 용어 대신 치유healing라는 용어를 사용하고자 하는 이유는 치료therapy라는 단어에 내포된 병리적 현상을 개선시키는 임상적 치유clinical therapy의 의미보다는 보다 광의의 의미를 담기 위한 것이다. 또한 '문학' 대신 스토리텔링을 사용하는 것은 소재로 활용되는 'literature'의 의미를 확장하여 적용하려는 의도에서 채택된 것이다.

스토리텔링이 인간의 정신을 형성한다는 주장은 최근 다양하게 이루어지고 있다. 갓셜Jonathan Gottschall은 『스토리텔링 애니멀: 스토리가 어떻게 우리를 인간으로 만드는가』The Storytelling Animal: How Stories Make Us Human에서 "인간은 스토리의 동물이며, 스토리는 인간의 거의 모든 삶의 국면에 영향을 미친다"(15)라고 주장하며, 인간을 인간답게 만드는 것은 스토리텔링임을 제안한다. 스토리텔링 및 그와 유사한 활동들은 사실 인간의 전반적인 삶을 지배하고 있다. 문학 치료라는 용어 대신 '스토리텔링 치유'라는 개념을 사용하는 것은 일차적으로 인간의 삶에서 스토리텔링이 핵심적이라는 인식을 전제하기 때문이며, 아울러 광범위한 범위와 활동을 포괄하는 '스토리텔링'을 '치유'의 매개가 되는 텍스트로 활용하려는 의도에서 비롯된 것이다.

스토리텔링을 광의의 의미로 적용할 때, 여기에는 영문학의 전통적인 시, 소설, 희곡과 같은 문학 장르뿐만 아니라 자서전, 전기, 일기, 편지 모음과 같은 개인적 서사, 에세이, 자기 계발서, 동화, 아동용 텍스트, 원전의 요약본, 영문학 자료의 한국어 번역본 등이 모두 포함될 수 있다. 아울러 노래 가사, 잡지 기사, 개인의 언어 발화와 담화와 같은 자료도 총체적으로 활용 대상이 된다. 더 나아가 인쇄 매체뿐 아니라 영화, 연극, 애니메이션, 다큐멘터리, 음악, 사진, 그림 등의 시청각 매체와 다양한 디지털 콘텐츠도 포함될 수 있다. 이것들은 영문학 원작을 기반으로 하여 변용된 것 등 다양한 방식의 혼합적 재현 형식을 가질 수 있다. 이와 같이 스토리텔링은 말로 하는 구술행위와 글로 쓰는 저술행위를 포괄하는 넓은 개념으로 이해될 수 있다. 그렇다면 스토리텔링 치유는 영문학에서 다룰 수 있는 거의 모든 서사와 관련 자료를 포괄적으로 치유의 소재로 활용하는 것을 제안한다는 뜻이다.

그렇다면 굳이 영문학 자료를 활용하는 것이 꼭 필요한가? 인터넷 매체의 신속하고 촘촘한 망을 통해 다문화적 교류와 소통이 가능한 현대의 글로컬glocal 사회에서 영어를 매개로한 문화적 담론의 영향력은 의심할 여지없이 강력하다. 영문학 원천자료를 기반으로 한 스토리텔링 자료는 양적으로나 영향력에 있어서나 세계 문화지형도 안에서 중요할 수밖에 없다. 한국사회는 이미 변화하는 세계와 떼어서 생각될 수 없으며, 다양한 외국인 이주자의 유입으로 다문화적 사회로도 급속하게 변모하고 있다. 이와 같은 변화의 맥락을 고려한다면, 스토리텔링 치유 수행을 위해 영어와 관련된 원천자료를 한국에서 적극 활용하는 것은 세계화된 현재에 자연스러운 것이며 또 필요하기도 하다. 이러한 맥락에서, 스토리텔링 치유는 영문학 기반의 제반 스토리텔링 소재와 기법을 활용한 치유로 제안되었으며, 이에 대한 제반 연구에 관심을 갖는다.

2. 스토리텔링 치유의 육하원칙

이제 영문학과 스토리텔링 치유에 관한 개관적 설명을 너머선 보다 구체적인 개념 정의를 시도하고, 가상의 스토리텔링 치유의 현장을 떠올려보고자 한다. 그리고 그와 같은 현장을 육하원칙에 따라 설명하는 방식으로 개념 규정을 진척시켜 보려 한다. 문학 치료 현장을 떠올리며 왜why 누가who, 무엇을what, 어떻게how, 언제when, 어디서where라는 질문을 던지고 응답을 시도하는 것이, 구체적인 문학 치료 행위에 내포되는 쟁점이 무엇인지 밝혀주는데 도움이 되리라 보기 때문이다.

2.1 왜?

왜 스토리텔링 치유가 필요한가? 앞서 제시했듯이 지금은 위험 시대이다. 경쟁과 유용성을 강조하는 사회의 요구에 의해 개인의 삶은 급속도로 피폐해지고 일상적 피로도가 끊임없이 증가하고 있다. 이러한 상황에서 현대인은 긴장과 불안에 과도하게 노출된 삶을 영위하고 있다. 어쩌면 현대인이라면 누구나 정서적인 그리고 관계적인 장애를 어느 정도 경험하고 있다.

이야기와 책이 정서적, 관계적 제 문제 개선에 도움이 된다는 것이 독서치료의 전제이다. 대개 독서치료는 임상적 독서치료clinical bibliotherapy와 발달적 독서치료developmental bibliotherapy로 분류된다(Lack 29). 임상적 독서치료가 감정적, 행동적 문제가 심각하게 드러나는 사람들의 적극적인 치유를 위해서 행해진다면, 발달적 독서치료는 보편적으로 성장하면서 부딪히는 문제들에 대처하기 위한 목적을 갖는다. 그렇다면 스토리텔링 치유는 기본적으로 발달적 독서치료를 지향하는 셈이다. 현재 상담가로부터 정신과 의사에 이르는 다양한 사람들이 독서치료를 활용하고 있다는 것은 그만큼 인간 삶에 드러나는 다양한 문제의 해결에 문학이 유용하다는 예증이다. 따라서 스토리텔링 치유가 '왜' 필요한가의 질문으로 돌아가자면, 위험 시대에 대처하는 방법이 될 수 있으리라는 기대 때문이다. 스토리텔링 치유를 통해서, 위기에 내몰린 현대인들에게 자아에 대한 성찰과 사회적 관계 맺음에 대한 깨달음을 통한 자아의 성장을 경험하는 기회를 제공할 수 있을 것이다.

2.2 누가?

독서치료는 기본적으로 개인이 혼자서 독서를 통해 일종의 치유를 경험하는 경우도 해당이 된다. 하지만 현재 통용되는 독서치료에서는 상담에 독서를 활용하는 경우를 의미하는 경우가 더 많기 때문에, 치유 현장에 개입되는 사람은 적어도 상담가와 내담자 2인 이상이라고 보아야 할 것이다. 독서치료에서 현재 가장 영향력을 크게 발휘하고 있는 하인즈 Arleen McCarty Hynes와 하인즈베리Mary Hynes-Berry는 '상호작용 독서치료'interactive bibliotherapy를 주창하고, 상담을 이끄는 촉진자facilitator의 역할을 강조하였다. 상호작용 독서치료는 매개가 된 텍스트에서 적절한 이야기를 끌어냄으로써 치유에 도움이 되는 대화를 유발해주는 상담가의 역할을 강조한다. 이때 상담가의 역할은 "텍스트를 올바르게 해석하고 이해하도록 하는 것이 아니라, 작품에 대해 감정적, 개인적 반응을 촉진하는 것이다"(Sawyer 76).

많은 경우 상담은 일대일로 진행되기도 하지만 상담가와 집단 내담자 간에 진행되는 경우도 많기 때문에 치유 상황에 개입되는 사람들은 다수가 될 수 있다. 상담을 받으려는 사람들이 어떤 문제를 치유하려고 하는가를 기준으로 볼 때 스토리텔링 치유는 발달적 독서치료를 범주로 설정하기 때문에 내담자의 속성을 특정 집단으로 제한할 필요는 없을 것이다.

2.3 무엇을?

문학 치료가 무엇을 하는가에 대한 답은 치유라는 간명한 답으로 귀결된다. 문학 치료는 기본적으로 '치유'를 하는 것이다. 일반적으로 독서치료는 동일화identification, 카타르시스, 통찰insight의 세 가지 원리에 기반을 둔다고 정의된다(김수경 215). 즉 자기와 같은 상황을 이야기에서 발견하여 동일시하고, 문제 해결의 상황을 이야기를 통해 대리 경험함으로써 카타르시스 효과를 얻어, 스스로 자신의 문제에 대한 통찰을 얻는 과정이 독서치료 과정에 진행된다는 것이다. 다시 말해서, 독서치료는 이야기를 매개로 참여자에게 문제에 대해 동일시, 또는 전이적 대리체험의 과정을 유도함으로써 하나의 문제에 대해 다각적인 시각의 가능성을 열어 주어 참여자에게 위로와 치유를 경험하게 하는 과정이라 볼 수 있다.

또는 현재 독서치료의 정설로 통용되는(Sawyer 69) 하인즈와 하인즈베리에 따르면, 독서치료의 과정은 인식recognition, 성찰examination, 병치 juxtaposition, 자기 적용application to self, 모두 네 단계로 진행된다. 인식은 문학에 대한 일차적인 반응이고, 성찰은 보다 심화된 의문 제기와 탐구이며, 병치는 자신의 일차적인 반응과 심화된 성찰의 결과를 비교하거나, 자신의 반응과 그룹의 다른 구성원의 반응을 비교하는 과정을 통해 새로운 인식을 얻는 과정이다. 새로운 통찰을 자신의 현실 경험에 적용하여 보는 것이 마지막 단계의 자기 적용이다. 이러한 과정은 연속적이며 창의적으로 진행되며(Hynes and Hynes-Berry 31-44), 이러한 과정을 통해 '상호작용 독서치료'는 궁극적으로 네 가지 목적을 달성한다. 반응하는 능력의 향상, 자아에 대한 이해 증진, 개인 간의 관계에 대한 명료화, 그리고 현실감 증대가 그것이다. 그러나 이러한 목적은 단계적으로 성취되는 것으로 제안된 것은 아니다. 가령 반응하는 능력이 치유의 초기 단계에 성취되고 또한 마지막에 다시 이루어질 수도 있는 것이다(Hynes and Hynes-Berry 14-29).[2]

결국 스토리텔링 치유는 자아와 타자, 그 관계에 대한 인식을 통해 현실에 대해 올바른 감각을 키워 문제적 상황을 극복하는 것을 이루는 과정이다. 개인에 따라 구체적으로 어떠한 치유를 경험하는가는 개별적일 수밖에 없겠지만, 근본적으로 통찰과 깨달음을 유발하는 것이 치유의 본질에 놓여있다.

2.4 어떻게?

영문학을 활용하여 '어떻게 치유를 달성하는가'와 같은 방법론의 질문은 결국 스토리텔링에서 답을 찾아야 한다. 이때 스토리텔링은 말로 하는 구술행위와 글로 쓰는 저술행위를 포괄하는 넓은 개념으로 이해해야 한다. 실제로 이야기를 하고 글을 쓰는 것이 치료적 효과를 갖는 것에 대해서는 여러 작가들이 언급하였다. 예를 들어 샬롯 퍼킨스 길먼Charlotte Perkins Gilman은 자서전에서 "세월이 걸려 쌓여진 낱장, 낱장으로 모인 글들이 흔들리는 정신을 붙들어주고, 북돋아주고 위안을 주며, 자기 암시를 통해 계속 나아가도록 만들어주는 끊임없는 노력의 기록"(166)이라는 말로 평생의 저작 활동을 요약함으로써, 자신이 글쓰기를 지속해야 했던 것은 생존을 위한 자구책이었음을 밝히고 있다. 또한 앨리스 워커Alice Walker는 "나는 편안한 삶을 살지 않았다. 내가 글쓰기를 시작한 것은 나의 삶을 구하기 위해서였다"(De Salvo 153에서 재인용)고 진술하며, 그녀의 문학작품 생산 활동은 결국 삶을 구하려는 치유적 노력이었음을 밝혔다. 도로시 앨리슨Dorothy Allison도 "내가 확실하게 알고 있는 . . . 한 가지는 삶을 계속 유지하기 위해서는 내가 스토리를 이야기해야만 한다는 것이다. 스토리들은 마음에 감동을 주고 세상을 변화시키는, 내가 알고 있는 유일하고 확실한 방법이다"(DeSalvo 29 재인용)라고 밝힘으로써 글을 쓰는 행위가 삶을 지탱하고 계속하게 하는 치유적 효과를 갖는다는 점을 재차 확인해준다. 나아가 엘라 베르투와 수잔 엘더킨Ella Berthoud, Susan Elderkin이 주장하듯이, 문학작품은 글을 써낸 작가뿐만 아니라 그것을 읽는 독자에게도 치유의 효과를 갖는다(1-2). 따라서 이야기하기와 글쓰기, 즉 스토리텔링은 치유의 기본적인 방법이 된다고 할 수 있다. 이런 점에서 호주의 마이클 화이트Michael White가 주창한 이야기치료Narrative Therapy를 가족치료 현장에 활용하는 내러티브 기반의 치료(이선혜 43-62), 혹은 개인의 감정을 저널로 쓰면서 치료를 실행한 캐슬린 애덤즈Kathleen Adams의 저널치료Journal Therapy(이봉희 235) 등은 스토리텔링 치유의 방법론을 염두에 둘 때 특히 주목할 필요가 있다. 물론 이야기치료나 저널치료는 이미 존재하는 텍스트를 사용하는 것을 기본 전제로 삼는 것은 아니다. 그런 점에서 책을 포함한 다양한 스토리텔링 콘텐츠를 매개로 사용하려는 스토리텔링 치유와는 다소 구별된다. 그러나 이야기치료나 저널치료도 다른 텍스트를 매체로 직접 활용하는 것을 전제로 하지 않을 뿐, 이야기하기와 글쓰기를 유도하여 치유를 도모하는 점에서는 스토리텔링 치유의 중요한 방법론을 제시한다고 하겠다. '어떻게 치유를 달성하는가'라는 질문을 다시 던져보자면, 텍스트에 대한 이해를 바탕으로 대안적 스토리를 구성해 보는 연습, 즉 이야기하기와 글쓰기, 나아가 다시 말하기와 다시 쓰기의 '스토리텔링' 방법에 핵심이 놓여있다는 답을 할 수 있겠다.

2.5 언제 그리고 어디서?

'언제'와 '어디서'라는 문제는 스토리텔링 치유를 설명하기 위해서 다소 부차적인 문제이다. 영문학에서 다룰 스토리텔링 치유의 범주를 발달적 독서치료로 제안하고 있기 때문에 상담을 받으려는 사람을 기준으로 본다면 인생 주기에 따라 '언제'라는 문제를 생각해볼 수 있겠다. 어린이나 청소년이 성장하기 위해서 겪어야 하는 갈등과 성장통, 중년의 위기, 노화를 겪는 노인의 문제 등 삶의 여정을 따라 발생하는 문제 상황을 고려한 때, 특정 시기로 국한시킬 수 없을 만큼 현대인은 치유가 필요하다. 또한 '어디서'의 문제도 개별적 개인이 위치화되는 다양한 사회문화적 배경을 생각한다면 '어디'라고 특별히 한정할 수 없을 만큼 다양한 다수의 공간을 포함시킬 수 있다. 대부분의 현대인들에게 가정, 학교, 직장은 일상을 영위하는 삶의 공간이다. 그리고 그 밖의 다양한 종류의 관계적 활동이 일어나는 공간에서도 치유가 필요할 수 있다.

지금까지 살펴본 것처럼, 여섯 가지 질문을 던지면서 스토리텔링 치유 개념과 관련해서 살펴볼 쟁점과 과제를 제시해보았다. 스토리텔링 치유 개념을 제안함으로써 영문학이란 학문 분야를 어떻게 변형하거나 확장할 수 있을지 섣불리 판단하기는 힘들다. 다만 "좀 더 우아하게 삶에 대처하고, 변화시킬 수 없는 것에 창조적으로 대응하는 것"(Heller xxii)이 독서치료의 목적이라면, 스토리텔링 치유는 위험시대에 대처하는 영문학 연구의 실천적 모색이 될 수 있을 것이다.

3. 문학의 치유, 치유의 문학

스토리텔링 치유는 위험시대에 대응하여 개인적 자각과 공동체적 유대를 통해 위기를 극복하려는 방안 모색에 공헌할 수 있을 것이다. 영문학 원천자료가 다양한 매체의 스토리텔링 자료로 변환된 것을 포함한 광범위한 자료를 활용하여, 개인과 공동체의 고통, 모순, 욕망의 충돌 과정에 내재된 문제점을 대면하고 자긍심에 기반을 둔 대안적 삶의 가능성을 탐색해볼 수 있을 것이다. 이 책의 필자들은 문학 치료 분야를 직접 언급하거나 그렇지 않거나 상관없이, 공통적으로 문학 작품에 드러나는 치유라는 공통 주제를 탐색하고 문학이 치유의 수단이 될 수 있는 다각적 가능성을 살펴보고 있다.

이러한 큰 전제하에 이 책은 총 11편의 소중한 글을 모아서 소개하였으며, 각각의 글의 개략적인 특성을 고려하여, 1부와 2부로 분류하여 글들을 수록하였다. 1부에 실린 글의 필자들은 보다 직접적으로 문학 치료,

독서치료, 글쓰기치료와 같은 이론적인 논의를 소개하고 아울러 이를 적용한 해석을 다각적으로 제시하여 문학의 치유적 힘에 대한 우리의 성찰을 일깨우고 있다. 2부에 실린 글의 필자들은 특정 영문학 작품을 통해 텍스트가 전달하는 스토리텔링의 다층적 결을 세밀하고 심도 있게 논의하여 문학작품을 통해 치유가 행해지는 구체적 해석을 흥미롭게 제시해 주고 있다.

우선 「문학 치료와 I. A. 리처즈의 독서이론」에서 김종갑 교수는 최근 문학 치료가 학문 영역에서 각광을 받고 있는 경향을 소개하는 동시에, 문학 치료의 이론적 기반을 다져야 할 필요가 있다고 주장하며, 리처즈I. A. Richards의 문학이론을 치유와 관련하여 논의하고 있다. 필자는 『실용비평』Practical Criticism: A Study of Literary Judgment에서 리처즈가 바람직한 독서가 치유적 경험에 연결될 수 있음을 주장하는 것을 주목한다. 리처즈에 따르면 올바른 독서를 통해 독자는 텍스트의 문맥에 주의를 기울이면서 텍스트를 엄밀히 읽고 자신을 시인의 경험에 내맡길 수 있게 된다. 이때 비평가의 역할이 강조되는데, 비평가는 작품의 가치를 평가하여 영혼의 질병을 치유하고 현대 문명의 위기로부터 인간을 구해낼 수 있는 작품을 선별할 수 있는 사람이어야 한다. 필자는 리처즈의 문학이론을 통해 문학의 치유적 기능을 설명하는 동시에, 그의 이론이 지닌 문제점도 지적한다. 리처즈의 방법만을 따를 경우, 작가의 경험을 독자가 체험하는 독서 과정이 작가를 과대평가하고 다른 시대와 문화적 배경 속에 살고 있는 독자의 독서를 수동적인 것으로 환원시킬 가능성을 제기한다. 필자는 올바른 독서가 주는 기쁨과 위안을 문학의 치유적 가치로 제시하며 갈등과 모순을 포용하는 리처즈의 독서이론의 이론적 강점을 주장하는 동시에, 그의 이론을 보완하는 작업을 과제로 남기며 치유적 독서에 대한 꾸준한 논의가 필요함을 시사하고 있다.

한편, 영문학이 급변하는 융합시대에 어떤 역할을 할 수 있는지를 영어교육의 영역에서 탐색한 글이 「융합시대와 영문학의 역할: 독서치료를 통한 영어 학습부진아 교육과 치유」이다. 이 글에서 어도선 교수는 국내에서 영어 학습 장애로 인한 심리적 고통을 겪고 있는 학습부진아의 문제를 치유하는 데 영문학이 적절한 교육적 개입을 제공할 수 있는 가능성을 제시한다. 나아가 현재 독서치료에 관한 접근법이 심리학적 접근 및 독자 반응 비평에 머물러 있는 최근의 경향을 보완할 수 있는 대안으로 라깡의 정신분석 이론을 제안한다. 필자는 텍스트가 독자에게 주는 심리적 효과의 메커니즘뿐 아니라 이러한 메커니즘이 독자의 증상을 치유하고 그들의 치유 욕구를 충족시키는 방식을 정확히 이해하기 위해서는 정신분석학의 다양한 개념과 기법이 도움이 되리라고 제안한다. 필자는 등장인물과의 동일시와 독자 자신과의 거리 두기라는 독서치료의 원리를 정신분석학적으로 살펴봄으로써 문학/독서치료를 통한 근본적인 치유의 방법을 탐색한다. 결론적으로 필자는 독서를 통한 교감과 인간성 회복이라는 치유의 기능 외에 독자가 자신의 증상과 욕구를 정확하게 판단하고 대면하게 하는 것이 독서치료의 기본 전제임을 강조하고 있다.

이어서 「문학 치료와 영문학 연구: 독서(행위)의 영향과 문학·문화 담론」에서 원영선 교수는 독서/문학 치료 연구에서 문학 분야의 독립적 연구, 특히 독서(행위)의 영향에 대한 논의는 상대적으로 매우 저조하다는 점을 지적하고 영문학 연구와 독서/문학 치료의 통섭이 가능해지는 지점을 탐색하고자 한다. 이를 위해 필자는 제인 오스틴Jane Austen의 『노생거 사원』Northanger Abbey, 샬럿 브론테Charlotte Bront의 『제인 에어』Jane Eyre, 죠지 엘리엇George Eliot의 『플로스 강의 물방앗간』The Mill on the Floss

을 예로 들며 근대적 독서(행위)의 역사성과 문학적 재현을 논의한다. 필자에 따르면 세 소설에서 나타나는 독서(행위)는 공동체적 독서가 개인적 독서로 변모하였음을 보여줄 뿐 아니라, 소설의 사적 독서(행위)를 부정적으로 간주하고 이를 근대적 사회화 과정으로 포섭하려고 했던 당대 지식인들의 우려와 18, 19세기의 반反 소설 담론의 양상을 보여준다. 하지만 개인적 독서(행위)를 비판하는 소설 속 등장인물의 목소리는 당대 주류 독서담론을 해체함으로써 전복의 가능성을 제시하는 작가의 비판적 사유의 산물이기도 하다. 필자가 제시하듯이, 독서(행위)가 사회적, 문화적 조건에 의해 그 성격이 규정된다는 것은 독서/문학 치료에서의 독서(행위)에 대한 논의와 이어질 수 있다. 독서/문학 치료에서의 독서(행위)도 일종의 제도적 개입이 전제되어 있기 때문에, 개인의 독서(행위)를 규범 안에 포섭할 수 있는 위험을 내포하고 있기도 하다. 따라서 문학/독서 치료에서 무엇을 어떻게 읽을지 결정할 때 독서(행위)의 사회적, 문화적 토대를 살피고 비판적으로 사유하는 것이 필요함이 시사되고 있다.

　　문학 치료와 독서치료에 대한 논의를 영문학과 영어교육 분야로 도입한 연구가 앞서 세 편의 글에서 소개되었다면, 이봉희 교수는 스토리텔링 치유에서 또한 중요하게 다뤄져야 할 글쓰기치료에 대한 본격적인 소개와 논의를 진행하고 있다. 필자는 「글쓰기치료: 소설 고쳐 쓰기를 통한 자아성찰 사례」에서 가상의 글쓰기가 고통 또는 그것의 치유에 도움이 되는지를 실제의 사례를 들어서 설명하고 있다. 필자에 따르면 허구화된 이야기가 치유에 도움이 될 수 있는 것은 실제 경험의 서술이 아닌 가상적인 글쓰기를 통하여 자신이 의식하지 못했던 감정적인 문제들에 대해 용이하게 접근하고 혼란스러운 경험들에 객관성을 부여할 수 있기 때문이다. 필자는 가상적인 글쓰기를 초, 중학교 영어교사들을 대상으로 한 문학 치유모임에서 적용한 사례를 소개하고 있는데, 이때 텍스트로 모파상의 「목걸이」를 선택하였다. 「목걸이」는 문학 치료 텍스트가 가져야할 보편적인 주제, 주제나 표현의 강렬함, 긍정적인 주제, 이해 가능한 작품 등의 요건들에 부합하다고 판단되어 선정되었다. 치료과정은 참여자의 개인적인 반응을 확인하는 인지단계와 문학 치료사를 중심으로 왜 그런 반응이 나왔는지에 대하여 성찰하는 탐구단계, 다른 참여자와의 대화와 토론을 통하여 새로운 관점을 추가하는 병치단계, 참여자가 소설의 결말을 다시 써오는 적용단계로 진행되었다. 구체적 사례 연구를 통해 필자는 문제의 해결은 고통을 직면하는 것에서 시작됨을 강조한다. 따라서 필자는 문학 치료가 단지 치료 그 자체만을 목적으로 하는 것이 아니라 다른 한편으로 독자의 자유로운 반응과 표현을 이끌어냄으로써 문학을 독자들의 삶의 중요한 부분으로 만들어준다는 점에서 가치를 지님을 제안한다.

글쓰기를 통해 고통의 경험을 말하는 과정 자체가 치유적이라는 논의는 서길완 교수의 「글쓰기 치료와 실천적 증언으로서의 자전적 질병서사: 오드르 로드의 『암 일기』를 중심으로」에서 이어진다. 필자는 말(언어)을 통해서 트라우마적 기억을 변형시키고 증상을 완화시킬 수 있으며 글쓰기가 '외상 후 스트레스 장애'post-traumatic stress disorder, PTSD를 겪는 피해자들에게 치료와 실천적인 대안을 제공할 수 있다고 주장한 이론가들을 소개하고, 오드르 로드Audre Lorde의 『암 일기』The Cancer Journals를 중심으로 삶의 글쓰기가 어떻게 치유와 실천적 증언의 역할을 수행하는지에 대해 고찰한다. 『암 일기』는 로드가 유방암을 진단받은 후의 투병과정을 기록한 일종의 자전적 질병서사autopathography이다. 필자는 질병에 대한 직접적인 반응을 표현한 일기(1장)와 사후적인 해설, 공적인 성명과 형식적 에세이(2장)로 구성된 서사 구조 중간 중간에 로드가 과거의 일기를 이탤릭체로 삽입하고 있음을 특히 주목한다. 이러한 병치는 생생한 과거의 경험과 삶의 글쓰기를 연결하는 장치이며 현재 그녀가 다른 관점에서 그것을 반추한다는 것을 보여주는 것으로서 글쓰기를 통해 자신의 과거를 이해하는 길이 된다. 다시 말해 로드는 고통의 기억을 다른 시간에서 다른 관점과 다른 말하기 양식으로 풀어냄으로써 '담론적 실천으로서의 증언'을 하고 있다. 필자는 질병 경험을 쓰는 일은 개인의 고통을 기록하는 개인적인 행위인 동시에 자신의 경험을 다양한 담론적 매개를 통해서 다른 사람들에게 전달하고 공유하는 증언적 실천임을 주장하고 있어, 글쓰기 치료가 치유적 효과가 있다는 것을 보여주는 훌륭한 예를 제시하고 있다.

학제간 연구의 예로서 문학 치료의 범주를 넓힐 수 있는 가능성은 「한방신경정신의학으로 본 소설의 정화와 치유의 기능: 이언 매큐언의 『속죄』에 대한 연구」에서 우정민 교수에 의해 제시되었다. 필자에 따르면 정신한의학에서 인간 정신이 가장 진화한 단계가 지智이며, 지智의 근원적인 의미는 가장 높은 수준의 정신능력을 뜻하기 때문에 지적 언어예술인 문학과 일치한다. 따라서 지智의 영역으로 생각해본다면 문학 치유는 가장 높은 수준의 심리치료가 되는 것이다. 필자는 이언 매큐언Ian McEwan의 『속죄』Atonement를 예로 들어서 구체적 논의를 전개한다. 필자에 따르면 매큐언의 『속죄』는 병든 사회를 살아가는 현대인의 병리를 솔직하고도 집요하게 진단하고 있으며, 소설 속의 주인공 작가 브라이어니Briony가 자신의 죄에 대하여 스스로 재구성하여 소설로서 '속죄'의 의식을 행하는 모습은 지智의 과정이자 정기가 화하여 이루어진 신神을 회복하는 치유의 과정이다. 필자는 한의학적 심리치료요법이 문학적인 카타르시스의 논리를 상호보완 하여 문학 치료에 대한 이론적인 보완이 될 수 있을 것이라는 기대를 제시하고 있어서, 문학 치료에 대한 확장된 시각을 제안하는 귀중한 연구를 보태고 있다.

이상에서 살펴본 글들이 문학 치료, 독서치료, 글쓰기치료, 한방심리 치료와 같은 이론적 틀에 기반한 귀중한 연구를 제공한다면, 2부에 실린 글들은 구체적인 텍스트를 보다 세밀하게 논의함으로써 치유의 담론으로 풀어내는 과정을 담은 연구들을 제시하고 있다. 장경순 교수는 「유도라 웰티의 『낙관주의자의 딸』 ―기억과 회상을 통한 치유의 내러티브」에서 웰티Eudora Welty(1909-2001)의 『낙관주의자의 딸』The Optimist's Daughter에 나타나는 기억과 회상을 통한 주인공 로렐 매켈바 핸드Laurel McKelva Hand의 치유과정에 주목한다. 특히 가족을 모두 잃고 혼자 세상에 남겨진 작가의 이야기를 닮은 자전적 요소가 강하게 주인공 로렐에게 투사되어 있다는 점을 주목하며 필자는 이 작품이 웰티 자신의 치유과정을 내포하고 있는 점을 고찰한다. 필자는 로렐이 어머니의 죽음과 남편의 죽음을 회상하고 예술가로서의 정체성을 확립하는 과정을 통해 스스로 과거의 상처를 치유하고 자신의 정체성을 확립해 나가고 있음을 제시하고 있다. 이와 같이 주인공이 기억과 회상을 통해 트라우마를 치유하는 과정을 담은 작품 쓰기가 작가의 입장에서도 일종의 글쓰기치료가 되고 있다.

개인이 겪은 트라우마적 경험의 치유 과정은 「자연에 말 걸기: 「두 개의 심장을 가진 큰 강」에 나타난 생태학적 치유」에서도 이어지는 주제이다. 이 글에서 박경서 교수는 인간도 자연의 일부에 지나지 않는다는 생물중심주의 생태학의 시각에 근거하여 헤밍웨이Ernest Hemingway의 「두 개의 심장을 가진 큰 강」"Big Two-Hearted River"에 나타난 생태학적 사유를 검토한다. 필자는 1차 세계대전 후 트라우마를 겪는 주인공 닉 애덤스Nick Adams가 자연물과 적극적으로 교감하는 과정을 통해 전쟁으로 인한 상흔을 치유하는 과정을 분석하고 있다. 필자에 의하면 소설에 나타나는 자연물들은 겉으로 드러나지 않는 닉의 심리적 상태를 투영할 뿐 아니라, 정신적 치유와 인간성 회복의 중요한 메타포로 작동하는 셈이다. 이러한 분석을 통하여 필자는 전쟁 후의 허무주의와 미국적 영웅주의를 대변하는 작가로서만이 아니라 자연과의 교감을 통한 생태학적 치유에 대한 혜안을 지니고 있었던 작가로 헤밍웨이를 재조명하는 흥미로운 시각을 제시하고 있다.

전쟁을 겪은 트라우마를 극복할 가능성에 대한 논의는 「이창래의 『더 서렌더드』: 집단적 외상 인식과 치유 가능성 모색」에서도 이어진다. 신혜정 교수는 이 글에서 이창래의 『더 서렌더드』The Surrendered는 전쟁의 후유증에 시달리는 상처받은 개인들이 가지고 있는 외상이 한 개인만의 상처가 아니라 공동체가 함께 고민해야 하는 집단적 외상collective trauma의 의미로 확장되어 드러나는 것을 살피고 있다. 필자는 선생의 외상을 지닌 준June, 실비Sylvie, 헥터Hector, 세 인물이 서로 동일시와 상호 작용을 통해 과거의 상처를 치유하는 과정을 그리는 이 작품이 집단적 외상의 치유 가능성에 대한 작가의 낙관적 전망을 제시하고 있음을 고찰하고 있다. 필자는 집단적 외상은 공동체가 함께 이해하는 과정을 통해 협동하여 극복할 수 있음을 주장하고 있어, 문학의 치유적 효과가 공동체로 파급될 수 있다는 중요한 지점을 짚어주고 있다.

2차 대전에서 겪은 정신적 상처의 치유에 대한 문제는 다음 글인 「전후 일본계 미국/캐나다인들의 차별과 구금에 대한 기억과 치유」에서도 다양한 일본계 미국문학과 일본계 캐나다 문학 작품 연구를 통해 다루어지고 있다. 김일구 교수는 2차 세계대전 중 일본계 미국인과 캐나다인들에 대한 차별과 구금의 역사적 사실이 일본계 미국과 캐나다 문학에서 어떻게 표출되며, 그들의 정체성에 어떤 영향을 미치고 있는지를 살펴본다.

그 과정에서 필자는 구금의 문제가 국가 간의 문제라기보다는 인종간의 갈등에서 비롯되었음을 고찰하며, 이러한 상처에 대한 기억을 어떻게 치유하고 극복하는 지에 대한 사례연구를 제시한다. 필자는 데이빗 구터슨 David Guterson의『삼나무에 내리는 눈』*Snow Falling on Cedars* (1994)과 앨런 파커Alan Parker 감독의 영화 〈낙원을 보러오세요〉 *Come See the Paradise* (1991), 요시코 우치다Yoshiko Uchida의『집으로의 여행』*Journey Home* (1978)과 『사막으로의 유배』*Desert Exile* (1982), 그리고 조이 코가와Joy Kogawa의『오바상』*Obasan* (1981)을 통해 수용소 생활에 대한 생생한 고발뿐만 아니라 세대별로 나타나는 시각적 차이를 고찰하고 있다. 필자는 일본계 미국문학이 차별과 구금의 역사를 수정주의적 관점으로 적극적으로 치유해나가면서, 동시에 다수지배언어(영어)에 대한 소수민족의 경험을 다양하고 깊이 있게 해주는데 크게 일조하고 있다고 분석한다. 이러한 해석은 문학의 치유 가능성을 개인과 일부 집단을 넘어서는 역사적 지평으로 확장시키고 있다.

개인, 사회, 역사 범주를 초월하는 원형성이 강조되는 아동문학에서도 치유의 가능성이 재현되는 양상을 주목하는 예는 김덕규 교수의 「아동문학에 나타난 죽음과 치유 그리고 성장의 모티프」에서 찾아볼 수 있다. 이 글에서 필자는 아동문학에서 금기시 되던 죽음이 1970년대 이후 현대아동문학의 중요한 주제로 부각되는 것에 주목하며, 아동문학에서 죽음이라는 소재가 활용되는 필요성과 효과를 설명한다. 아동기에 받은 상처는 청소년기를 비롯하여 장기간에 걸쳐서 부작용을 생성할 수 있는데, 책읽기를 통한 죽음의 경험은 아이들로 하여금 실제로 죽음을 경험했을 때의 충격과 고통을 완화시킬 수 있다. 필자는 뉴베리Newberry 상을 수상한 작품들 중에서 죽음을 소재로 다루고 있는『그리운 메이 아줌마』*Missing May*

(1992)와 『모래폭풍을 지날 때』*Out of the Dust*(1997), 『테라비시아로 가는 다리』*Bridge to Terabithia*(1977)와 『키라-키라』*Kira-Kira*(2004)를 그 예로서 소개한다. 네 작품 모두 청소년 독자들에게 죽음이 주는 고통과 그것을 극복하는 과정을 보여줌으로써 치유에 기여할 것으로 제시된다. 이들 아동문학 작품에는 삶의 희로애락이 녹아 있기 때문에 어린이나 청소년 독자들은 독서 과정에서 죽음의 문제를 간접적으로 경험하는 동시에 타인의 감정에 공감하게 된다. 이와 같이 필자는 아동문학 또한 치유에 구체적으로 활용될 수 있음을 보여줌으로써 다양한 텍스트가 스토리텔링 치유에 활용될 수 있음을 예증하고 있다.

4. 맺음말: 스토리텔링 치유의 확장을 위하여

스토리텔링 치유는 위험시대에 대응하여 개인적 자각과 공동체적 유대를 통해 위기를 극복하려는 방안 모색에 공헌하고자 제언되었다. 영문학을 활용한 다양한 스토리텔링 자료를 통해 개인이나 공동체가 부딪치게 되는 다양한 문제점들을 해결하고 자긍심에 기반한 삶을 내다볼 수 있는 가능성을 연구하고 교육하는 것을 목표로 한다. 이 책에 실린 글들은 직접적으로 혹은 다소 우회적으로 이러한 목표를 실현하는데 도움이 되는 소중한 글들이다. 문학 치료, 독서치료, 글쓰기치료와 같은 이론을 직접 소개하고 문학작품을 활용하여 근거를 제시한 1부에 수록된 글들은 문학이 치료에 활용되는 연구와 교육의 사례를 다양하게 탐색하고 있다. 2부에 실린 글들은 치유의 모티프를 찾아볼 수 있는 여러 작가들과 아동문학의 구체적 예를 세밀하게 점검하고 있다. 이러한 다양한 논의는 스토리텔링 치유라는 새로운 개념의 담론의 장에 흥미로운 쟁점과 논쟁거리를 제시해주고 있다.

이 책에 수록하지는 못했지만 틀림없이 영문학 분야에서 '치유의 스토리텔링'에 부합할 만한 다양한 연구 성과들이 진행되고 있을 것이다. 따라서 이 책은『문학, 치유 그리고 스토리텔링』이라는 제목의 내용을 포괄하기에 여러 가지로 부족한 면이 있을 수 있겠다. 그럼에도 불구하고, 위험시대를 살고 있는 우리 각자가 대처해야하는 '위험'을 영문학 분야와 연관해서 살펴보는 한 방식을 제안하는 점에서 이 책의 의의를 찾고자 한다. 나아가 이 책에서 다룬 소중한 논의들을 계기로, 앞으로 영문학 분야에서 스토리텔링과 치유에 대한 연구와 토론이 지속적으로 풍성하게 이루어지기를 기대한다.

▌참고문헌

김수경. 「대학생을 위한 독서치료의 적용과 평가」. 『한국도서관·정보학회지』 39.3 (2008): 213-45.

신동일, 손정희. 「영어영문학 교육과정의 확장을 위한 스토리텔링 연구분야의 유의미성 탐구」. 『영어영문학연구』 40.2 (2014): 163-87.

이선혜. 「내러티브접근의 가족치료사적 의의와 한국 가족치료 발전에 대한 함의 ─고 마이클 화이트의 작업에 대한 재조명」. 『한국가족치료학회지』 16.1 (2008): 43-62.

이봉희. 「저널치료: 새로운 일기쓰기」. 『새국어교육』 77 (2007): 235-64.

Beck, Ulrich. *Risikogesellsschaft: Auf dem Weg in eine andere Moderne*. 1986.

Trans. Hong, S. T. Seoul: Saemulkyeol. Print. [벡. 『위험사회: 새로운 근대 (성)을 향하여』. 홍성태 역. 서울: 새물결. 1997.]

Berthoud, Ella and Susan Elderkin. *The Novel Cure: From Abandonment to Zestlessness: 751 Books to Cure What Ails You*. Edinburgh: Canongate, 2013.

DeSalvo, Louise. *Writing as a Way of Healing: How Telling Our Stories Transforms Our Lives*. Boston, Beacon P, 1999.

Doll, Beth and Carol Doll. *Bibliotherapy with Young People: Librarians and Mental Health Professionals Working Together*. Westport, CT: Libraries Unlimited, 1997.

Frye, Northrop. "Literature as Therapy." *The Secular Scripture and Other Writings on Critical Theory 1976-1991*. Eds. Joseph Adamson and Jean Wilson. Toronto: U of Toronto P, 2006. 463-534.

Gottschall, Jonathan. *The Storytelling Animal: How Stories Make Us Human*. New York: Mariner Books, 2012.

Gilman, Charlotte Perkins. *The Living of Charlotte Perkins Gilman: An Autobiography*. 1935. Intro. Ann J. Lane. Madison: U of Wisconsin P, 1990.

Heller, Peggy Osna. "Introduction." *Biblio/Poetry Therapy—The Interactive Process: A Handbook*. 3rd Ed. St. Cloud, MN: North Star P of St. Cloud, Arleen McCarty Hynes and Mary Hynes-Berry, 2012. xviii-xxiii.

Hynes, Arleen McCarty and Mary Hynes-Berry. *Biblio/Poetry Therapy—The Interactive Process: A Handbook*. 3rd Ed. St. Cloud, MN: North Star P of St. Cloud, 2012.

Jones, Eileen H. *Bibliotherapy for Bereaved Children: Healing Reading*. Philadelphia: Jessica Kingsley Publishers, 2001.

Lack, Clara Richardson. "Can Bibliotherapy Go Public?" *Collection Building* (1985): 27-32.

Pehrsson, Dale-Elizabeth and Paula McMillen. "Bibliotherapy: Overview and Implications for Counselors. Professional Counseling Digest. ACAPCD-02, 2007. 1-2.

Sawyer, Joy Roulier. "Liberating Beauty: The Hynes and Hynes-Berry Bibliotherapy Model." *Expressive Writing: Foundations of Practice*. Ed. Kathleen Adams. Lanham: Rowman & Littlefield Publishers, 2013. 69-87.

▌주

¹ 이 글에서 스토리텔링 치유에 대한 논의 중 일부분은 신동일, 손정희, 「영어영문학
교육과정의 확장을 위한 스토리텔링 연구분야의 유의미성 탐구」, 『영어영문학연구』 40.2
(2014): 163-87에 발표된 내용을 일부 활용하고 수정하여 발전시킨 내용임을 밝혀둔다.

² 독서치료가 다양한 분야에서 연구되고 시행되고 있기 때문에, 개념은 다양하게 규정
되고 있다. 마찬가지로 개념 규정에 따라 제안되는 목적도 다양하다. 예컨대, 문헌정보학
분야에서는 어린이와 젊은이들을 위한 독서치료에 대해 다음 7가지 목적을 제안한다: 1. 개
인적 통찰과 자아 인식, 2. 감정적인 카타르시스, 3. 일상의 문제 해결, 4. 다른 사람들과 상
호작용하거나 행동하는 방식의 변화, 5. 다른 사람들과의 효과적이고 만족스런 관계를 도
모, 6. 정보습득의 원천, 7. 레크리에이션의 목적(Doll and Doll 7-9)이다. 이와 같이 독서치
료와 관련된 연구자는 각기 다른 표현으로 목적을 규정한다. 다만 공통적인 요소로서, 자아
와 타자에 대한 이해와 통찰, 감정 분출을 통한 심리적 긴장감의 해소, 현실에 대한 분석과
인식 등이 반복적으로 강조된다.

1

문학 치유
이론과 활용

문학 치료와
I. A. 리처즈의 독서이론

김종갑

1. 서론

최근 문학을 치료의 관점에서 접근하는 연구가 각광을 받고 있다. 마음의 양식이나 교양, 감정 교육 등에서 효용성을 발견했던 문학이 이제는 심리치료나 대화치료에 버금가는 의학적 가치를 강조하고 있다. 이러한 움직임은, 한편으로는 철학치료나 독서치료처럼 인문학의 위기를 실용성으로 극복하는 새로운 시대적 요청과 맞물려 있다. 그러나 다른 한편으로 치료의 효용성은 일찍이 문학의 등장과 더불어서 끊임없이 제기되었던 주장이기도 하였다. 차이가 있다면 그러한 효용성이 "치료"라는 의학적 개념으로 주제화되지 않았다는 점이었다. 독서가 가져오는 기쁨과 위안의 효과는 고대희랍시대부터 강조되었던 문학의 속성이었다. 그러나 '치료'라는 개념이 도입되는 순간에 그러한 주관적 경험은 객관적으로 검증되어야 하는 이론적 부담을 떠안게 된다. 문학이 언어의 결합체라면 도대체 어떠한 언어의 배열과 구성이 치유의 결과를 가져올 수 있는 것일까? 치료의 효과가 과연 검증될 수 있는 것일까? 문학과 치료가 하나로 단일하게 개념화되는 순간에 연구자는 이러한 질문에 대답해야 하는 과제를 짊어지게 된다.

문학치료가 단순히 실용적인 매뉴얼이 아니라 학문적인 입지도 굳히고 있다는 것은 관련 학회와 학술지가 우후죽순으로 등장하고 그러한 주제의 논문이 증가하는 추세를 보면 알 수 있다. "문학치료적 글쓰기," "문학치료 프로그램," "자기서사적 글쓰기," "시의 문학치료적 양상" 등의 논문 제목은 이제 더 이상 낯설지 않다. 그러나 안타깝게도 이론적 깊이나 방법론적 엄격성을 보여주는 글을 찾기는 쉽지가 않다. 치료가 증명되어야 하는 문제가 아니라 이미 증명되었다는, 즉 미래가 이미 과거가 되었다는 전제나 요구의 바탕에서 연구가 진행되며, 그러한 이유로 인해서 정운채와 같이 문학치료를 이론으로 천착하려는 소수의 연구자를 제외하면 대부분의 논문들이 치료의 사례나 서사를 텍스트에서 발견하는 작업에 치중하고 있다.

문학이 이론으로 정립되기 위해서는 언어와 텍스트, 저자와 독자, 콘텍스트, 이데올로기 등과 같은 독서의 구성요소들이 치료의 관점에서 해명되어야 한다. 또 문학치료의 원조라 할 수 있는 아리스토텔레스Aristotle의 카타르시스, 쉴러Friedrich Schiller의 놀이play, 심미적 쾌감 등 과거의 이론과 차이가 섬세하게 규명되어야 할 것이다. 그러나 뭐니 뭐니 해도 가장 먼저 선결되어야 하는 과제는, 치료와 관련된 개념에 대한 이론적 자의식에 있다. 예를 들어, 「문학치료학의 서사 및 서사의 주체와 문학연구의 새 지평」에서 정운채는 "의학의 치료 대상은 사람의 신체 기관이고, 심리학의 치료 대상은 사람의 내면 심리이고, 문학치료학의 치료 대상은 사람의 내면에 깃들어있는 문학인 것이다. 그러니까 정상심리가 있고 이상심리가 있는 것처럼 정상문학도 있고 이상문학도 있다"(정운채 234)고 주장하였다. 또 「문학치료학 연구 서설」에서 박기석은 "문학치료는 정상적인 심리상태를 지니지 못한 사람을 문학작품을 통하여 정상적인 심리상태로 돌려놓고자 하는 일종의 심리치료"(1)라고 정의하였다. 그러나 이들이 당연한 것으로 간주하는 '인간 내면의 문학'이나 '이상문학,' '정상문학,' '정상적 심리상태'와 같은 용어는 뚜렷한 외연과 내연을 가지고 있지 않기 때문에 혼란과 오해를 불식하기는커녕 더욱 조장할 우려가 많다.[1] 특히 이상과 정상이라는 서사적·병리적 구분은 경계를 해체하는 아방가르드적 문학의 성향에 정면으로 반하는 듯이 보인다.

문학치료가 기초를 다지기 위해서는 과거의 문학이론, 서사이론, 미학에 대한 검토가 수반되어야 할 것이다. 20세기에 등장한 다양한 이론 가운데 목적과 지향성에서 가장 문학치료와 지적에 있는 것이, 야우스H. R. Jauss의 수용이론, 풀레Georges Poulet의 의식비평, 노만 홀랜드Norman Holland의 독자반응이론, 리처즈I. A. Richards의 문학이론 등이다. 특히 마지막에 소개된 리처즈는 이른바 1960년대 이후로 전개된 이론의 시대 훨씬 이전에 활동하였던, 그러나 비평의 초석을 다지면서 문학의 치료적 효용을 이론적으로 규명하였던 유례없는 이론가였다. 그는 과거에 인간을 구원하였던 종교가 현저하게 약화된 현대에 그것을 대체할 수 있는 유일한 길이 문학에 있다고 주장하였다. 그럼에도 우리나라에서 치유의 관점에서 그의 이론을 조명하는 논문은 전무한 형편이다.[2] 이러한 연구의 공백이 메워지면 문학치료를 이론적으로 발판을 다지는 데에 적지 않은 도움이 될 것이라는 생각에서 이 글을 쓰게 되었다.

2. 문학의 치료적 효용이 대두된 사회적 상황

19세기의 영국은 자본주의와 산업화, 기계화, 도시화, 대중의 등장 등으로 기존의 가치와 전통이 심각하게 위협을 받고 있었다. 자연히 지식인들이 새로운 세계관과 윤리를 모색하기 위해 진통을 앓아야 했다. 18세기의 계몽주의자들이 기독교에서 미신의 쭉정이를 추려내고 진정한 종교를 확립하기 위해 노력했다면 19세기는 이미 돌이킬 수 없을 정도로 세속화된 시대였다.

『개신교의 윤리와 자본주의정신』*The Protestant Ethic and the Spirit of Capitalism*에서 막스 베버Max Weber는 자본주의적 세계는 탈주술화된 세계, 초월적인 가치가 이윤추구의 가치로 대체된 세계라고 진단하였다. 이와 같이 도구적 이성과 cash nexus가 지배하는 세계에서 낭만주의자들은 상상력과 중세의 역사, 원시적 자연, 꿈, 밀교적 체험 등을 통해서 잃어버린 주술적 세계의 회복을 꾀했다. 그럼에도 지배적인 분위기는 회복이 불가능하다는 멜랑콜리적 정서였다. 불멸의 속삭임"Intimation of Immortality"라는 유명한 시에서 워즈워드William Wordsworth는 "초원의 빛이여. 꽃의 영광이여. . . . 다시는 돌아갈 수 없다 해도 서러워 말지어다"Though nothing can bring back the hour Of splendour in the grass, of glory in the flower라고 읊으면서 그러한 상실을 위로해야 했다. 「라미아」"Lamia"에서 키츠John Keats도 "철학이 천사의 날개를 꺾고, 모든 신비를 법칙과 선분으로 정복해버렸다"Philosophy will clip an Angel's wings,/ Conquer all by mysteries by rule and line고 탄식했을 때, 그가 비난하였던 것은 철학이 아니라 과학이었음은 두말할 나위가 없다. 19세기 후반에는 부르주아적 산업사회에 대한 반발로서 유미주의와 세기말주의가 출현하였지만, 그래도 당시의 현실을 거부하지 않고 그 안에서 대안을 찾기 위해 고심했던 시인이자 문필가이며 교육자였던 매슈 아널드Matthew Arnold였다. 그에게는 런던과 같은 대도시에서 임금노동자로 전락한 대중들을 계몽하는 것이 가장 커다란 과제였다. 과거에는 종교적 의식과 전원적 생활이 무지한 농민들의 삶을 보호해주었다면, 이제 고향을 떠나서 도시로 유입된 대중은, 디킨즈의 소설에서 생생하게 드러나듯이, 대책 없이 가난과 불결, 음주, 범죄 등에 방치되었다. 더구나 제한된 런던의 공간에 인구는 10년마다 21~56%의 엄청난 속도로 증가하고 있었다. 이러한 열악한 환경에서 취향의 저속화와 아노미는 피할 수 없는 결과였다. 아놀드는 종교의 품을 떠난 대중이 이제는 돈이면 모든 것이 해결된다는 조악한 금전만능주의와 쾌락주의의 노예가 되고, 그러면서 저속한 문화가 판을 치게 되었다고 판단하였다. 종교와 전통을 대체할 무언가가 절실히 요구되는 시점이었다. 그는 인간의 위대한 사상의 보고인 고전이 그러한 종교의 역할을 수행할 수 있다고 주장하였다. 아름다움과 진리는 인간이 추구해야 하는 목적으로, 고전을 독서하고 관찰하고 사유함으로써 평범한 자아는 "최상의 자아"the best self로, 완전성의 이념을 향해 나아갈 수 있다고 아놀드는 믿었다.

비록 아놀드는 "지금까지 생각되고 말해진 것들 가운데 최상의 것"The

best which has been thought and said으로 고전을 정의하였지만, 그는 독서가 어떻게 마음의 혼란을 치유하고 최상의 자아를 개발할 수 있는지에 대한 방법론적인 질문을 제기하지는 않았다. 문학이 학문으로 제도적으로 정착되기 이전의 상황에서는 그러할 필요도 없었다고 할 수 있다. 학이시습지불역열호學而時習之不亦說乎처럼 위대한 책의 가치는 증명되는 것이 아니라 이미 그렇다고 전제되기 때문이었다. 그러한 방법론적 질문과 증명은 리처즈의 몫으로 남게 되었다. 리처즈가 캠브리지대학 최초의 영문과 교수이며 영문과 학위과정이 1911년에 개설되었다는 것도 잘 알려져 있지 않다. 이것은 무시할 수 없는 중요성을 갖는다. 학위과정으로 개설되기 위해서는 문학 작품은 그냥 읽고 즐기는 대상이 아니라 공부하고 연구해야 하는 대상이 되어야 하기 때문이었다. 문학의 정의와 가치, 독서의 방법 등이 설명되어야 하는 것이다. 리처즈는 독서는 꼼꼼하고 엄밀해야 한다는 것, 그러한 독서를 통해서 독자는 마음의 병을 치유할 수 있다고 주장하였다. 물론 독서가 저절로 치료의 효과를 가져 오는 것은 아니다. 앞으로 우리는 독서가 치료로 전환되는 과정에 대해서 살펴보게 될 것이다.

3. 리처즈의 독서이론과 문학치료

리처즈에게 문학이란 텍스트나 플롯이 아니라 심리적이자 심미적인 경험이다. 그에게는 '이 작품이 아름답다'와 같은 판단은 정확하지 않다. 아름다움은 작품의 속성이 아니라 독자의 심리적 반응이기 때문이다. 따라서 그는 비평의 마땅한 본분과 역할도 다양한 심미적 "경험을 구분하고 그것에게 가치의 등급을 매기려는 시도"("Preface", *Principle* 1)로서 규정이 된다. 모든 독서의 경험이 다 똑같은 것은 아니다. 셰익스피어의『리어왕』*King Lear*을 읽고 삶이 바뀐 독자가 있는가 하면 언제 그랬냐는 듯이 기억에서 금방 지워버리는 독자도 있다. 이 대목에서 전자의 "독서 경험이 왜다른 것보다 훌륭한 것일까?"("Preface", *Principle* 1)라는 질문이 제기될 수밖에 없다. 리처즈는『실용 비평』*Practical Criticism: A Study of Literary Judgment*에서 학생 독자들을 대상으로 이 질문에 대한 대답을 시도하였다.

리처즈가 대학원 학생과 학부 학생을 대상으로 행한 독서 실험의 결과는 절망적이었다. 그는 학생들이 선입관이 없이 작품을 읽을 수 있도록 작가와 제목을 삭제한 작품을 나눠주었다. 그런데 대부분의 학생들은, 이육사의「광야」의 주제는 독립을 향한 갈망이라고 학습한 학생들처럼 천편일률적이고 진부하게 시의 의미를 이해하였다. 이 너무나 뻔한 반응을 리처즈는 "독서의 기술"(*Practical* 292)이 결핍된 "고정반응"stock response이라고 불렀다. 생각이 없는 형편없는 독서는 이러한 고정반응의 결과이다. 이것은 문화의 위기를 의미한다. 과거에 안정되고 의미 있는 의사소통을 보장해주었던 전통적 미덕이 붕괴하면서 현대인들은 심리적·문화적 혼란에 휩싸이면서 피상적 반응만을 보이게 된 것이다. 그는 독서를 올바로 행하면 이러한 문명의 질곡에서 벗어날 수 있다고 보았다. "우리가 짐작하듯이 독서는 평이하거나 '자연스러운' 활동이 아니다. 독서는 기술이다. 수학이나 요리, 구두 제조가 기술이듯이 독서도 기술이다. 때문에 독해는 가르침의 대상이다"(*Practical* 294).

왜 독서가 어려운 것일까? 독서는 한편으로 의사소통, 다른 한편으로는 심리적 가치, 그의 표현에 따르면 "비평이론의 두 기둥"과 뗄 수 없는 관계에 놓이기 때문이다(*Principle* 17). 일상적으로 주고받는 대화와 마찬가지로 문학도 작가가 독자에게 건네는 "의사소통의 일종"(*Principle* 10), 전자와 차이가 있다면 그것이 "가장 탁월한 의사소통 활동"이라는 점이다 (*Principle* 17). 그런데 이 탁월한 의사소통은 쉽게 독자에게 전달이 되지 않는다. 작가와 독자 사이에는 텍스트라는 매개가 있기 때문이다. 독자는 작가의 경험을 직접 보는 것이 아니라 그의 경험이 압축적으로 표현된 언어적 구성물을 읽어야 한다. 바람직한 독서는 다음과 같은 6가지 단계를 거쳐야 한다. ⑴ 인쇄된 문자가 시야에 들어옴, ⑵ 어휘에서 연상되는 청각적 이미지, ⑶ 독자의 마음에 떠오르는 시각적 이미지, ⑷ 어휘가 지시하는 사물이 떠오름, ⑸ 감정의 자극, ⑹ 정서와 의지, 행동에 영향. 리처즈에 따르면 이와 같은 단계가 성공적으로 이루어질 때 독자는 창작하던 당시에 작가가 느꼈던 경험과 "유사한 경험"을 느낄 수 있다. 여기에서 중요한 것은 작품의 의미나 해석, 분석이 아니라 독자의 심리적 변화이다. 조르쥬 뽈레Georges Poulet의 현상학적 용어를 빌면 독자는 자신의 정체성을 잊고서 저자와 동일시하고, 또 저자의 의식 속으로 유입되어야 한다. 독자는 "겨울 문의에 가서 보았다./ 거기까지 다다른 길이/ 몇 갈래의 길과 가까스로 만나는 것을"로 시작하는 고은의 「문의 마을에 가서」를 이해하기 위해서는 자신이 문의에 있는 시인이 되어서 그 마을과 길을 바라보고 또 느껴야 하는 것이다. 소통은 의미론적이거나 존재론적이 아니라 심리적인 사건이다.

그런데 독자가 작가의 경험을 추체험하는 것이 왜 중요할까? 그러한 추체험이 문학 치료에 어떠한 도움을 줄 수 있는가? 이 질문에 대한 대답을 하기 위해서는 앞서 이름만 언급했던 심리적 가치이론을 살펴보아야 한다. 리처즈는 작가는 자신의 모든 경험이 아니라 심리적으로 가치가 큰 경험만을 독자에게 전달해야 한다고 주장하였다. "예술은 기록된 가치의 보고이다"(*Principle* 22). 이때 그가 말하는 가치는 생리적이며 심리학적인 인간관에 뿌리를 두고 있는데, 영국의 경험론적 전통에 따라서 그는 인간을 수많은 충동impulse과 욕구들의 조직체로 보았다. 인간에게는 하나의 충동과 욕구가 아니라 수많은 충동과 욕구들이 혼란스럽게 들끓고 있는 것이다. 이들은 평화롭게 공존하는 것이 아니라 배타적이며 모순적인 관계에 있으며, 하나의 충동이 만족되기 위해서는 불행하게도 이와 대치되는 다른 충동이 억압되거나 배제되어야 한다. 이것은 프로이트가 『문명과 불만』에서 설명을 했듯이 문명사회에서 특히 그러하다. 문명은 본능의 지연과 억압을 요구하고 강박증과 신경증이 아니라[3] 연상심리학과 실험심리학, 행동주의에 입각해서 그러한 충동의 혼란을 설명하였다. 아무튼 이와 같이 모든 충동들이 한꺼번에 충족될 수 없는 것이 인간의 불행이라는 사실은 그의 가치 이론에 결정적인 중요성을 갖는다. 그에게 심미적 가치는 충동의 최대만족에 다름이 아니기 때문이다. 욕망의 부재를 심미적 감수성의 조건으로 내세웠던 칸트와 달리, 리처즈에게 최대 가치는 다양한 충동의 최대 만족이다. 그는 벤담의 공리주의적 행복의 정의 "행복이란 충동의 만족이다"(*Principle* 41)[4]를 심미적으로 해석함으로써 가치는 "다양한 방법으로 충동과 욕망을 충족시키는 능력"(*Principle* 35)이라는 정의에 다다랐다. 충동과 욕구의 만족을 통해서 최대 가치를 생산하는 것이 바로 문화와 예술의 목표가 된다.[5] 가치의 극대화를 추구하는 예술과 달리 평범한 사람들은 자신의 욕구를 충족하지 못하는 불행하고 빈곤하며 무가치한 삶을 산다. 반면에 시인은, 리처즈가 즐겨 인용하는 쉘리P. B. Shelley의 『시의 옹호』*A Defence of Poetry*의 한 구절을 인용하면 시인이 시인으로 머무는 한 시인은 가장 현명하면서 가장 행복한 최상의 인간이다. 이 점에 이의가 있을 수 없다. 위대한 시인은 언제나 완전무결한 미덕의 소유자이며 완벽한 지혜의 소유자였다. 시인의 삶의 내면을 살펴보라. 가장 축복받은 인간을 발견할 것이다.

물론 이러한 시인관을 액면 그대로 받아들일 수는 없다. 지나치게 시인을 이상화하고 윤리적인 존재로 바라보기 때문이다. 그렇지만 이 글의 주제인 문학 치료와 관련해서 위 인용문은 무시할 수 없는 중요성을 가지고 있다. 그리고 지나친 이상화로 간주될 수 없는 이유는 "시인이 시인으로 머무는 한"이라는 단서가 있기 때문이다. 시인이라는 인격체가 아니라 시를 창작하는 순간에 시인은 가장 지혜롭고 행복하며 완벽할 수 있다는 의미로 이해되어야 하기 때문이다. 달리 말해 독자는 그러한 시인의 내적 경험을 독서를 통해서 추체험해야 하는 것이다.

그렇다면 어떻게 시인은 다양한 충동을 최대로 만족시키면서 최대의 가치를 실천하는 것일까? 리처즈는 그것이 개별적 충동의 문제가 아니라 관계의 문제, 즉 충동들의 조화로운 결합과 조직화, 체계화에 있다는 점에 착안하였다(*Principle* 31-43). 충동들 자체가 아니라 그들 사이의 관계에 가치의 위계가 있다는 것이다. 도식적으로 표현해서 a와 b, c라는 개별적 충동이 있을 때 abc의 조합은 불가능하다고 가정하자. 그러나 cab로 결합의 순서가 바뀌면 그러한 조합이 가능할 수 있다. 무질서에서 질서를, 무의미에서 의미를 발견하는 것이 시인의 상상력이기 때문이다. 일찍이 콜리지S. T. Coleridge는 상상력이 모순을 통일하는 능력이라고 규정한 바 있었다. 상상력은 이질적이며 배타적 충동 사이에서 조화를, 불협화음에서 화음을 찾아내는 능력이다. 「문의 마을에 가서」에서 고은은 죽음과 삶이 하나라는 사실, "죽음이 삶을 껴안"고 있듯이 삶과 죽음을 양립할 수 없는 모순 관계로 본다면 시인에게는 양자가 조화로운 하나가 되어 있다. 리처즈는 고은이 문의 마을에서 가졌던 그러한 경험을 "표준 경험"이라고 명명하였다. 더 나아가 그는 문학의 본질이 텍스트가 아니라 그러한 경험의 현존성에 있다고 주장하였다. 문학은 즉 작가의 심리적 경험, "독자가 작가의 경험과 얼추 비슷하게 느낀 경험의 총합"(*Principle* 177)인 것이다. 따라서 작품을 읽고 제대로 이해하는 독자는 작가와 마찬가지로 다양한 충동과 욕구들이 조화롭게 충족되는 놀라운 체험에 동참하게 된다.

그러나 시인이 다양한 욕구와 충동을 한꺼번에 충족시킨다고 인정을 하더라도 여전히 다음과 같은 두 가지의 의문이 제기될 수 있다. 첫째, 시인이 그러한 놀라운 경험을 어떻게 언어로 옮길 수 있는가? 둘째, 언어라는 매개를 통해서 독자는 어떻게 시인의 체험에 동참할 수 있는가? 『문학 비평의 원리』에서 리처즈는 두 가지의 질문에 대한 대답을 과학적 언어와 구별되는 시적 언어의 특징에서 찾았다. 시인과 과학자는 동일한 언어를 사용함에도 불구하고 사용방식에서는 차이가 있다. 한편으로 "과학적 언어 사용"scientific use of language은 지시 대상적이기 때문에 객관적으로 참과 거짓이 구별될 수 있다. 반면에 "정서적 언어 사용"emotive use of language은 지시대상이 아니라 시인의 감정적 반응에 조율되어 있다. 달리 말해서 과학적으로 올바른 진술은 외부 대상과의 일치와 상응을 지향한다면 시적으로 올바른 진술은 시인의 심리적 충동의 충족을 지향하고 있다. "본래 모든 언어는 정서적이었다. 과학적인 언어 사용은 나중에서야 발달되었는데, 현재에도 대부분의 언어는 정서적이다"(*Principle* 17).

그러나 1936년에 출판한 『수사학의 철학』*The Philosophy of Rhetoric*에서 리처즈는 이전의 두 가지 언어의 관점을 버리고 콘텍스트 이론으로 선회하였다. 리처즈의 정의에 따르면 "콘텍스트란 동시에 발생하는 일련의 사건들 전체를 칭하는 이름이다. 우리가 인과관계로 간주하는 모든 것들은 물론이고 사건의 발생에 전제되는 조건들 모두가 여기에 포함된다"(*Philosophy* 34). 이와 같이 수정된 그의 입장은 "올바른 의미라는 미신" Proper Meaning Superstition에 대한 비판에서 명확하게 드러난다. 그것은 "어휘가 그 자체의 고유한 의미-이상적으로는 단 하나의 의미-를 가지고 있다는 믿음"으로 어휘는 문맥과 상관없이 언제나 동일한 의미를 가지고 있다고 가정된다. 리처즈가 사용한 비유에 따르면 이러한 미신에 젖은 사람들은 하나하나 벽돌을 쌓아올려서 집을 짓듯이 개개 낱말이 모여서 문장을 이룬다고 생각한다. 그러나 언어에는 벽돌같이 견고하고 일정한 의미가 없다. "의미는 주위의 환경에 유별나게 민감하다. 하나의 의미가 아니라 수많은 의미 다발이라 부르는 이유도 거기에 있다. 그 자체로서 의미는 아무 것도 아니다"(*Principle* 10). 언어는 실재가 아니라 관계인 것이다. 의미는 철저하게 상대적이며 상호의존적이기 때문이다. 작가는 자신의 경험과 정서를 표현하기 위해 언어를 사용할 뿐 아니라 그것에 새로운 의미를 부여하기 위해 새로운 맥락을 만드는 자이다. 다양한 충동을 충족시키기 위해서 언어를 변형하고 새로운 맥락을 창조하지 않으면 안 되는 것이다. 「문의 마을에 가서」에서 죽음은 "이 세상의 길이 아득하기를 바"라며 "이 세상의 인기척을 듣고 저만큼 가서 뒤를" 돌아보고 "삶을 꽉 껴안"고 있다. 저승사자처럼 죽음이 시퍼렇게 눈을 뜨고 살아있는 것이다. 이와 같은 언어의 유연성이 없다면 시인은 모순이 하나가 되는 자신의 놀라운 체험을 언어로 기록할 수가 없을 것이다. 죽음과 길, 부용꽃이 벽돌처럼 하나의 고정된 의미에 묶여 있지 않기 때문에 시인은 죽음을 가지고 삶을 껴안을 수가 있다. 다양한 충동들이 하나도 희생되지 않고서 충족되는 시인의 경험은 언어의 유연성을 통해서 작품으로 표현될 수 있는 것이다.[6] 죽음과 삶, 고통과 기쁨 등의 경계는 고정된 것이 아니라 유연하고 신축성이 강한 것이다.

그러나 리처즈는 이와 같이 작품을 통해서 모순된 충동을 통일하는 것이 작가의 의식적인 작업이라고 생각하지 않는다. 작가가 그러한 목적을 가지고 작품을 쓰거나 자신의 활동을 의식하고 있다는 생각만큼 그의 입장과 거리가 먼 것도 없다. 낭만주의적 유산을 물려받은 리처즈에게 "시를 창작하는 대부분의 과정은 무의식이다. 무의식적 과정이 의식적 과정보다 훨씬 중요하다"(Principle 20). 시인이 자신의 창작을 마음대로 제어하고 지배할 수가 없으며, 모순을 통일하는 시인의 상상력도 의식적인 작업이 아니라고 할 수가 있다. 그는 자신의 마음에서 일어나는 종합과 통일의 사건이 무엇인지 충분히 알고 있지 못한 것이다. 시는 절차탁마의 지적인 산물이라기보다는 영감이나 천부적 재능의 발로에 가깝다. 이러한 이유로 리처즈는 시인을 예외적인 탁월한 인간으로 규정한다. "시는 예외적인 인간의 삶에서 솟아난다. . . . 시는 경험의 가치에 대해 우리가 가지고 있는 가장 중요한 판단의 기록이다"(Principle 22-23). 시인은 인간의 귀감이라는 것이다. 그리고 그의 가치 판단의 거울에 자신의 행동과 경험을 비춰보면서 범인들은 보다 좋은 삶을 지향해야 한다.

그러나 뛰어난 작품은 작가도 통제할 수 없는 무의식의 산물이라는 리처즈의 주장은 텍스트 이해에 장애가 된다는 반론이 있을 수 있다. 무엇보다도 언어로 구성된 텍스트는 독자에게 소통이 되어야 하며, 의식적인 독서와 해석의 과정에 임하지 않으면 독자는 추체험은 물론이고 텍스트의 의미를 헤아릴 수도 없다. 그런데 텍스트 자체는 이러한 의식적 노력으로 접근할 수 없을 뿐 아니라 작가도 모르는 무의식의 깊이를 가지고 있지 않은가! 그렇다면 작품을 통한 치유도 불가능하지 않은가! 더구나 대중문화가 지배하는 사회에서 대중들은 뛰어난 작품보다는 흥미진진하고 감각적인 작품에 더욱 탐닉하고 있지 않은가. 아마도 이러한 질문에 염두에 두고서 리처즈는 엘리트 문학비평가의 역할을 강조하였을 것이다. 훈련된 비평가는 가치 있는 것과 무가치한 것, 좋은 것과 나쁜 것을 구별할 수 있는 기준과 감식안을 갖춘 사람이다. 그는 비록 작가처럼 뛰어난 작품을 창작할 수는 없지만 적어도 그것을 감상하고 이해하며 가치를 평가할 수 있는 위치에 있어야 한다. 또 대중을 계몽하면서 올바른 독서 태도를 가르치고 취향을 향상시킬 수 있어야 한다. 다음과 같이 말할 수 있는 자이다. "나는 대중보다 뛰어나다. 나의 취향은 더욱 세련되고, 더욱 교양을 갖추고 있다. 그러니 대중은 자신에 만족하지 말고 나처럼 되어야 한다"(*Principle* 26). 비평가에게서 대중은 올바른 독서를 배워야 하는 것이다. 그것은 보다 많이 알기 위한 목적이 아니라 최대의 행복을 위해, 또 행복한 사람이 되기 위해서이다. 비평가는 대중의 영혼을 치유하는 성직자와 비슷하다고 할 수 있다. "몸의 건강을 챙기는 의사와 마찬가지로 비평가는 마음의 건강을 위해 고군분투하고 있다. . . . 그럼으로써 [대중은] 최상의 가치를 가진 가장 건강한 마음이 될 수 있다"(*Principle* 25).

비평가의 역할을 정의하는 대목만큼 리처즈가 문학의 치유적 기능을 강조한 적은 없다. 비평가는 인간 영혼의 질병을 치유할 수 있는 뛰어난 작품을 선별할 수 있는 능력을 가지고 있다. 과거에 종교가 그러했듯이 문학에는 영혼 치유의 능력이 내장되어 있는 것이다. 그럼에도 구원을 약속하면서 신자를 유혹하는 이단종교처럼 실제로는 영혼을 타락시키는 저속한 작품들이 많이 있다. 비평가는 일반 독자의 정신 건강을 위해서 그러한 작품을 솎아내고 탁월한 작품을 선별해서 독자에게 제공하여야 한다. 대부분의 독자들은 무의미하고 무기력하게 타성에 젖어있거나 순간적인 쾌락에 탐닉하면서 진정한 행복을 알지 못하는 사람들이다. 하나의 충동의 만족을 위해서 다른 것들을 포기해야만 한다. 그러나 올바른 독서의 능력을 함양하고 좋은 작품을 읽으면 시인처럼 가장 만족스러운 삶을 살 수가 있다. 문학은 이것 아니면 저것의Either A or B 양자선택이 아니라 양자 겸유兼有의Both A and B 세계이기 때문이다. 최소화의 원칙이 아니라 최대화의 원칙이 지배하고 있는 것이다. 그렇다면 독서가 행복의 묘약이자 마음의 질병의 치유제라 할 수 있다.

그러나 올바르게 독서를 하는 것은 쉬운 일이 아니다. 그것은 노력과 훈련이 필요한 지적이며 정서적인 작업이다. 리처즈가 『실용 비평』과 『어떻게 읽을 것인가』How to Read a Page와 같은 책을 저술했던 이유도 그러한 독서 훈련의 필요성에서 기인한다. 꼼꼼하면서도 엄격한 독서가 요구되는 것이다. 그가 활동을 하던 당시에 문학은 학습의 대상이기보다는 여가활동의 일부로 간주되었으며, 대학에서도 작가와 작품에 대한 백과사전적 지식을 축적하는 것이 전부였다. 글을 깨우친 사람에게는 읽는 것이 당연시되었기 때문이었다. 정작 텍스트는 무시되었던 것이다.

> 우리는 다음 사실을 정직하게 인정해야 한다. 시를 읽는 독자 열의 아홉은 시 자체에는 관심을 가지지 않는다고. 단지 우아하게 보이거나 우울함을 달래기 위해서, 혹은 다른 사회적 동기에서 시를 읽는다. (*Principle* 318)

이러한 독자는 자신이 가지고 있는 기존의 상식만 가지고 작품을 읽고 이해하는 경향이 있다. 따라서 아무리 많은 독서를 하더라도 자신의 한계를 뛰어넘지 못하고 가지고 있던 편견과 관행에 묶여있다. 독서가 조건반사적 고정반응stock response, 능동적이 아니라 수동적인 과정이 되는 것이다. 그러면서 시인이 모순을 통일하기 위해 구사하는 시적 언어의 애매모호성이나 역설, 아이러니와 같은 문학적 요소를 간과해버린다. 이러한 문학적 특징과 더불어서 독자는 자신의 혼란스런 충동들이 조화를 이루는 계기를 마련할 수 있는데도 말이다. 꼼꼼하지 못하고 느슨한 독서는 문학을 한갓 정보로 만들어버린다. 그러나 시는 "독자의 안이한 생각이나 확신을 무너뜨리고 그가 끊임없이 엄격하고 능동적으로 사유하도록 강제"(*Principle* 244)하는 힘을 가지고 있다. 올바른 독서의 경우에 독자는 전체의 문맥에 유의할 뿐 아니라 의미가 확대되고 변형되기도 하는 어휘를 눈여겨보면서 자신을 시인의 경험에 내맡겨야 한다. 그럼으로써 자신의 충동이 최대로 만족되는 놀라운 경험을 할 수가 있게 되는 것이다. 더불어서 "마음과 감수성의 영역이 확대되는"(*Principle* 67) 효과도 거두게 된다.

4. 결론

위와 같은 리처즈의 주장은 문학은 현대 문명의 위기를 치유할 수 있는 힘을 가지고 있다는 문장으로 간단히 요약될 수가 있다. 그의 진단에 따르면 과거에 종교가 보살펴주었던 인간의 삶은 현대사회에 접어들면서 황금만능주의와 자극적 대중문화 등에 대책 없이 노출되면서 인간소외와 아노미, 상대적 빈곤, 욕구 불만 등에 시달리게 되었다. 단세포 동물과 달리 인간은 다양한 욕구와 충동을 가진 존재로서, 그것들이 충분히 만족되지 않으면 좌절과 우울증, 신경증에 빠지기 쉽다. 그러나 현대 산업사회는 그러한 충동의 만족을 규제하고 억압하며 이것 아니면 저것의 양자택일을 강요한다. 이러한 사회의 개인은 최소의 행복에 만족하면서 살 수밖에 없다. 가치의 극대화가 아니라 최소화로 치닫는 것이다. 이러한 불행의 질곡에서 벗어날 수 있는 길은 과학이나 종교가 아니라 문학이다. 문학에는 자신이 가진 모든 충동과 욕구를 한꺼번에 충족하는, 즉 가치를 최대화하는 시인의 경험이 담겨있기 때문이다. 이와 같이 극대화된 가치는 시인이 일반 독자들과 다른 충동이나 욕망을 가지고 있기 때문이 아니다. 그것은 충동이나 욕망이 아니라 배열과 배치, 맥락의 문제이다. 그는 자신의 충동을 새롭게 배열하고 배치함으로써 대립과 갈등이 조화로 바뀌는 경험을 작품으로 형상화하는 자이다. 하지만 그가 과학자와 마찬가지로 언어를 지시대상적으로 사용하는 것은 아니다. 그는 정서적으로, 즉 자신의 감정과 체험을 표현하기 위해서 언어를 사용한다. 여기에서 아이러니와 역설, 애매모호성, 비유 등은 시의 본질적인 요소이다. 그렇다면 시인의 체험을 추체험함으로써 자기 삶의 가치를 극대화해야 하는 독자들은 텍스트에 있는 그러한 요소들에 주목하지 않으면 안 된다. 그렇지 않은 독서는 자기가 이미 알고 있는 것을 텍스트에서 재확인하는 지극히 정형적인 독서로 전락하게 된다.

그렇다면 리처즈가 주장하듯이 과연 문학이 그러한 치유의 위업을 달성할 수가 있을까? 나는 그가 말하는 치유가 단순히 정신적인 고양이나 깨달음, 지성의 연마가 아니라 평범한 독자들이 모두 원하는 행복, 즉 자신이 가진 욕망을 조화롭게 충족하는 세속적 삶이라는 점에서, 매슈 아놀드의 교양주의와 다른 그의 현대성을 발견한다. 욕망을 빼놓고 현대를 논의할 수가 없기 때문이다. 그리고 욕망의 충족은 욕망 자체가 아니라 욕망의 적절한 배치와 배합에 있다는 그의 주장에도 전적으로 동의한다. 이것은 세속적 쾌락을 거부하지 않고 환영했던 스피노자나 니체와 같은 철학자들의 주장과도 일치하는 것이다. "가장 위대한 인간은 가장 다양한 충동을 견딜 수 있는 인간이다. 인간이라는 '식물'이 가장 잘 성장한 곳에서 우리는 더할 수 없이 강하게 충돌하면서도 서로 균형이 잘 잡혀있는 충동들을 발견한다"(Nietzsche 507). 그리고 이질적인 것들을 조화롭게 결합하는 문학적 사건이 독자의 마음에서도 발생할 수 있다는 그의 진단에도 동의하는 편이다. 독자는 시인의 경험을 추체험할 수 있는 것이다.

그럼에도 불구하고 리처즈의 소통이론과 가치이론, 문학이론에는 몇 가지 중대한 문제점을 안고 있다. 당시 대중을 경시하는 일반적인 풍조와 지금처럼 고등교육을 받은 사람들이 극소수였다는 사실을 고려하더라도 그는 독자의 독서능력을 과소평가하고 작가를 너무나 우월한 고지에 올려놓았다. 독자를 희생하는 대가로 작가를 위대한 인간으로 승격시킨 것이다.7 이것은 단지 독자의 과소평가가 아니라 독서의 과소평가를 수반한다는 점에서 그의 이론에 치명적인 결함이 된다. 그의 문학과 독서에 대한 정의를 보면 알 수 있다. 그에게 문학은 "독자가 작가의 경험과 얼추 비슷하게 느낀 경험의 총합"으로서, 그리고 올바른 독서는 "표준 경험"의 추체험으로 정의가 되는데, 여기에서 의심할 여지가 없이 문학과 독서의 중심에는 작가의 경험이 있다. 문학과 독서가 작가의 경험으로 소급해 올라감으로써 정당성을 확보해야 하는 것이다. 그렇지 못하면 표준에 함량이 미달하는 독서로 평가가 된다. 그러나 작가의 표준 경험이라는 것은 유령처럼 정체가 없는 것이다. 경험의 총합으로서 문학의 정의도 안개처럼 모호하고 불투명하기는 마찬가지이다. 나중에 윔젯W. K. Wimsatt이 정식화했듯이 명백한 "의도론적 오류"intentional fallacy인 것이다. 작가의 경험을 반복해야 한다는 요청은, 리처즈의 주장과는 반대로 독자의 독서를 수동적인 작업으로 만들어놓는다. 독자가 작품을 자기의 상황과 처지에 맞게 해석하고 재구성하는 능력을 과소평가하기 때문에도 바람직하지 않다. 독서의 치유를 필요로 하는 것은 작가가 아니라 그와 전혀 다른 시대와 환경에 놓인 독자이기 때문이다. 그렇다면 나중에 독자반응비평이 주장하듯이 문학의 존재는 작가의 경험이 아니라 독자의 경험에 있다고 말해야 옳다. 1920년대 후반에 중국에 체류하면서 청화대에서 영문학을 가르쳤던 리처즈 자신도 그 사실을 잘 알고 있었다. 토머스 하디의 『테스』에서 여주인공이 자살하는 장면에서 중국 학생들은 슬퍼하는 대신에 박수를 치면서 잘 되었다고 환호하였다. 작품의 도입부에게 아버지를 무시하는 테스를 보고서 효도를 금과옥조로 생각하는 중국학생들은 그녀를 불효막심한 딸로 미리 규정하고서 작품을 읽었기 때문이었다. 이때 꼼꼼하게 텍스트를 읽는 학생들은 문맥을 통해서 서양에서는 효도가 중요하지 않다는 사실을 깨달았을 수도 있다. 그럼에도 보다 중요한 것은 학생들의 능동적인 해석과 재구성의 능력에 있다. 독자들은 작가가 자신의 좌충우돌하는 충동을 조화했던 사건을 개인적으로 반복할 필요가 없다. 그것은 유일하고 절대적인 표준이 아니라 하나의 실례에 지나지 않는다. 작가가 충동을 재조직하였듯이 독자들은 자신의 문제 상황에서 자신의 고통을 나름의 방식으로 치유해야 하는 것이다. 비록 문의 마을에 가서 겨울을 본 일인칭 주체는 고은이지만 독자는 한편으로 시인과 동일시하면서도 동시에 자기가 일인칭 주체의 위치를 차지하고 있어야 한다. 독자는 타자(작가)가 되는 것이 아니라 주체이면서 동시에 타자가 된다. 만약 작가의 체험이 독자에게 반복된다면 그것은 단순 반복이 아니라 차이를 만드는 반복이 될 것이다. 리처즈는 체계적인 이론가가 아니라 실용적 비평가이며 교육자였다. 그가 『어떻게 읽을 것인가』나 『실용 비평』과 같은 책을 저술한 것은 신생 영문학과를 위한 교수법과도 직결되어 있다. 당시의 주요 사안에 발 빠르게 담론적으로 대처하였던 그에게 일관된 하나의 이론을 기대하기는 어렵다. 그래서 문학이 "인간을 구원하고 . . . 혼란을 극복케 하는 완벽한 수단"(*Science* 95)이라는 그의 주장도 과대평가라는 비판의 표적이 될 수 있다. 또 언어이론의 변화가 그러하듯이 그의 초기와 후기 입장에는 스스로 설명하지 않은 모순과 균열이 존재하기도 한다. 그럼에도 그가 『문학비평의 원리』와 『의미의 의미』에서 제시한 문학의 치유 테제는 체계적이 아니라는 이유로 무시하기에는 너무나 귀중한 이론적 가능성을 가지고 있다. 이것은 완성된 이론이 아니라 초안, 증명이 아니라 희망사항에 가깝다. 무비판적으로 받아들이면 안 되는 것이다. 따라서 미완성인 그의 문학치료이론을 보다 완성된 형태로 발전시키는 것은 우리의 과제로 남게 된다. 20세기 중반 이후 출현했던 문학이론들 가운데 현상학적 비평과 독자수용이론, 독자반응이론, 해체비평 등과 접목을 하면 보다 체계화할 수 있는 길이 열릴 것이다.

그의 문학치료이론은 욕망의 시대라 할 수 있는 현대에 특히 커다란 의미를 갖는다. 현대인은 도시를 에워싸고 있는 전광판처럼 수많은 욕망에 뒤척이면서 마음의 평화를 얻지 못하는 처지에 있다. 이때 행복을 얻기 위해서 두 가지의 방법이 가능하다. 하나는 불필요한 욕망을 최대한 배제하는 것이다. 이것이 정화purgation로서 카타르시스, 중세 수도승들이 취했던 금욕적이고 단순 소박한 삶이다. 이것을 우리는 "배제의 미학"이라 할 수 있다. 그러나 리처즈의 미학은 배제가 아니라 "포함의 미학"이다. 시는 모든 것을 버리지 않고 수용하며 갈등과 모순에서도 조화와 통일을 일구어낸다. 일찍이 산타냐Santayana는 미의 감성Sense of Beauty에서 다음과 같이 말했다. "미는 자아의 다양한 충동을 종합하고 통일하는 특권을 지닌다"(Wimsatt and Brooks 618 재인용). 칸트적인 관조와 초연의 미학이 아니라 기쁨의 미학인 것이다.

* 이 글은 저자의 「문학치료와 I. A. 리처즈의 독서이론」(『문학치료연구』 27 (2013): 225-49)의 내용을 본 저서의 기획 취지에 맞도록 일부 수정·확대한 것임.

참고문헌

정운채. 「문학치료학의 서사 및 서사의 주체와 문학연구의 새 지평」. 『문학치료
　　연구』 21 (2011): 233-52.

박기석. 「문학치료학 연구 서설」. 『문학치료연구』 1 (2004): 1-15.

Coleridge, S. T. "The Imagination." *Criticism: The Major Texts.* Ed. W. J. Bate.
　　New York: Corcourt Brace Javanovich, 1970.

Nietzsche, *The Will to Power.* Tr. Walter Kaufmann. New York: Vintage, 1968.

Ogden, C. K., and I. A. Richards. *The Meaning of Meaning.* New York: Routledge,
　　1956.

Richards, I. A. *Principle of Literary Criticism.* London: Routledge and Kegan Paul,
　　1924.

_____. *Practical Criticism: A Study of Literary Judgment.* New York: Harcourt, Brace
　　& World, Inc., 1929.

_____. *The Philosophy of Rhetoric.* Oxford UP, 1965.

_____. *Poetries and Sciences: A Reissue of Science and Poetry with Commentary.*
　　London: Routledge & Kegan Paul, 1970.

_____. *Science and Poetry.* New York: Norton, 1972.

Welleck, René. *A History of Modern Criticism.* Vol. 5. New Haven: Yale UP, 1986.

Wimsatt, William and Cleanth Brooks. *Literary Criticism: A Short History: Romantic
　　& Modern Criticism.* Chicago: U of Chicago P, 1957.

Xie, Ming. "Trying to Be on Both Sides of the Mirror at Once: I. A. Richards,
　　Multiple Definition, and Comparative Method." *Comparative Literature Studies.*
　　44.3 (2007): 279-97.

▌주

¹ 이러한 구분의 가장 대표적인 사례는 톨스토이의 도덕적 문학관이다. 그는 문학을 도덕적 작품과 부도덕한 작품으로 이분하였다. 18세기 신고전주의의 시대에도 미풍양속을 해치는 작품을 경원시했었다. 그렇지만 이러한 구분은 정상과 비정상이라는 의학적 분류와는 거리가 멀다. 그리고 이러한 구분이 가지는 단점은, 비평가나 학자의 집단이 우월한 고지에서 어떤 작품은 정상적이고 다른 작품은 아니라는 식으로 미리 재단을 함으로써 독자의 해석능력을 과소평가한다는 데 있다. 예를 들어 톨스토이가 도덕적 쓰레기로 취급한 D. H. 로렌스의『채터리 부인의 사랑』도 독자들은 자신의 도덕적·정서적 건강을 위해 읽을 수가 있다. 더불어서 죠르쥬 깡길렘은『정상적인 것과 병리적인 것』에서, 또 미셸 푸코는『임상의학의 탄생』에서 정상과 비정상의 구별이 지극히 제도적이며 이데올로기적이라는 사실을 의학의 역사를 통해 증명하였다.

² 국내에 번역된 리처즈의 저서는 한 권도 없다. 그리고 그에 대한 연구도 시학과 수사학, 혹은 신비평과 관련해서 소수의 논문이 있을 뿐 문학치료와 관련된 것은 없다. 가장 최근의 연구로 박성창,「근대 이후 서구수사학 수용에 관한 고찰: 김기림과 I. A. 리차즈를 중심으로」,『비교문학』41 (2007): 5~33면이 있다.

³ 그는 프로이트에 대해서 무관심했는데, 그는 프로이트의 문학에 대한 글들이 문학비평으로서는 매우 미숙하다(inept)고 판단하였다(*Principle* 20).

⁴ 같은 쪽에서 그는 벤담의 공리주의를 다음과 같이 정리했다. ⑴ 매 행동에서 최대의 행복을 추구, ⑵ 죽을 때가지 지속되는 행복, ⑶ 자기 혼자만이 아니라 공동체와 더불어서 함께 행복할 것.

⁵ "자신을 더욱 많이 성취하면서, 자신을 최소한으로 포기하는 삶이 가장 바람직한 삶이다"(*Poetries and Sciences* 39).

⁶ 리처즈는 다양한 충동들을 최대로 만족시킬 수 있는 심리학적 이론을 가지고 있지 않다. 모순을 통일하는 능력으로서 상상력 이론이라는 우회로를 통해서 그러한 심리적 문제의 해결책을 모색할 따름이다. 나는 만약에 리처즈가 스피노자(Spinoza)의 윤리학에 관심을 가졌더라면 충동의 최대만족에 대해, 시적 비유를 통해서가 아니라 심리적으로도 설명할 수 있었을 것이라고 생각하고 있다. 스피노자의 윤리학은 고통을 멀리하고 기쁨을 극대화하는 방법에 대한 철학적이고 생리학적이며 기계론적인 이론이다. 모순의 지양으로서 헤겔(Hegel)의 변증법은 리처즈의 이론의 빈틈을 채우는 데 도움이 되지 않는다. 변증법은 기쁨과 쾌락의 극대화가 아니라 주체가 자기의 이성을 인식하는 역동적 과정에 초점을 맞추기 때문이다.

⁷ 르네 웰렉이 잘 지적했듯이 위대한 작가는 도덕적으로도 위대한 인간이라는 리처즈의 주장은 하나의 허구이다(224). 일례로 19세기의 위대한 시인 가운데 워즈워드에게는 사생아가 있었으며 콜리지는 아편중독자였다.

융합시대와 영문학의 역할:
독서치료를 통한 영어 학습부진아 교육과 치유

어도선

1. 치유 페다고지(Therapeutic Pedagogy)로서 영어 독서치료

세계화와 국제화의 도래에 따라 학문의 '실용성'이 강조되면서 인문학이 존폐의 위기를 맞고 있다. 이러한 위기에 대응하여 지난 수년간 영문학계에서 그 원인에 대한 진단과 새로운 방향을 탐색하는 노력이 있어 왔다. 국제화뿐 아니라 융합시대의 도래에 따라 영문학의 역할과 위상에 대한 탐색도 이제는 그 방향이 그 전의 논의와 비교해서 보다 현실적이면서 구체성을 띠도록 요구받고 있다. 이런 점에서 융합시대와 국내라는 특수한 환경 속에서 영문학이 자신의 경계를 넘어 '실용'에 가까운 어떤 특수한 그러면서 구체적인 역할을 할 수 있는가를 교육 분야에서 우선적으로 탐색해 볼 필요가 있다. 왜냐하면 지난 십 수 년 간 조기 영어 교육, 조기 영어 유학, 입시 및 입사 영어 등 영어 학습에 대한 과도한 열풍이 가져온 다양한 사회적 병리 현상뿐 아니라, 왜곡된 영어 학습 문화와 더 왜곡된 입시 제도가 '비인간화된' 영어 교수학습을 파생시켰고, 이 과정에서 많은 사람들에게 영어에 대한 학습저항(장애, 거부, 부진)과 같은 문제를 양산해 왔기 때문이다. 수년간에 걸쳐 반복된 영어 학습부진, 장애, 저항, 거부로 인한 유무형의 가정 및 사회적 갈등이 궁극적으로 교육적 문제를 넘어 사회·문화적 문제로 비화할 수 있고 실제 비화했다는 점에서, 영문학이 이러한 교육적 문제에 대해 어떻게 긍정적인 역할을 할 수 있는가를 살펴보는 노력이 시급히 필요하다. 영문학을 통한 치유적 관점의 교육에 대한 논의를 통해 그 가능성의 하나를 가늠해 볼 수 있다.

영어 학습부진에 해당하는 학생들의 비율을 2009년도 국가수준 학업성취도 평가결과를 근거로 해서 볼 때 '기초학력'과 '기초학력 미달'이라는 성취 수준에 있는 학생들이 초등(6학년) 20.7%, 중등(3학년) 35.9%, 고등(2학년) 28.9%(전문계고 합산 시 약 35.9% 예상)로 나타났다(김지영, 2011 재인용). 그러나 이러한 상황이 교육적 문제로 한정되지 않는다는 데에 더 큰 문제가 있다. 두려움, 우울증, 회피, 초조, 분노, 저항, 무기력함, 무관심 등 조기 영어 학습자, 조기 유학 후 귀국한 학생, 중도 귀국생, 영어 학습부진아, 그리고 영어를 배우는 다문화 가정 자녀에게서 볼 수 있는 "학업 부진 징후"는 학업 부진이 반복되면서 오는 지속적인 스트레스 때문에 향후에 공격성, 배타적 태도, 무책임, 태만, 대인 기피 등 반사회적 또는 비사회적 성향으로 발전되는 강한 경향이 있을 수 있으므로, 학습저항 및 부진이라는 문제는 더 이상 개인의 문제가 아니라 "사회적 문제"로 인식되어야 할 필요가 있는 것이다(Rathvon; Evers & Spencer 46). 영어 학습 부진아들이 영어 학습 저항이나 학습 장애로 인해 발생되는 학습부진에 대한 적절한 교육적 개입이 치유의 차원에서 제공되지 않은 상태로 성인이 되었을 경우 사회에서 요구되는 책임, 배려, 규율, 질서, 협력, 안정 등 사회의 기초적 규범에 대해 이들이 보다 비생산적인 방식으로 대응할 가능성을 배제할 수 없는 것이다(Bracher, 1999; 어도선, 2011).

외국에서 학업을 마치고 국내로 회귀하여 학습하고 있는 학생들 가운데 상당수가 국내의 교육 환경에 적응하지 못해 심리적, 정신적 문제를 겪고 있다는 점과 국내에 거주하고 있는 많은 다문화 학생들도 상당한 영어 학습 장애를 경험하면서 심리적, 정신적으로 안정되어 있지 않은 상태에 있다는 사실, 그리고 상당수의 학습자가 다양한 원인으로 인해 영어 학습장애, 학습저항, 학습거부와 같은 심리적 갈등을 겪으면서 영어 학습 부진아로 전락하게 되고 이로 인해 심리적으로 많은 고통을 받고 있다는 여러 가지 사실은 이러한 문제에 대한 교육적 개입이 영어 교육 영역뿐 아니라 교육 일반, 상담, 사회보장(다문화 이해), 사회, 의학, 도서관학 분야에까지 확대되어야 할 필요를 여실히 보여주고 있다. 특히 영어에 투자되는 시간과 노력의 양을 고려해 볼 때 영어 학업 부진은 타 교과 학습뿐 아니라 전체적인 인지 및 심리 발달에도 부정적으로 영향을 미칠 수 있다. 이런 점에서 영어 교육계가 당면한 위와 같은 문제에 대해 영문학이 어떤 긍정적인 역할을 보다 깊이 있게 해야 하는지에 대한 논의는 시의 적절한 것으로 보인다.

영어 학습에 대한 반복적인 실패가 만성화 되면서 생기는 낮은 자긍심, 자폐적 성향, 무기력함, 회피, 과민성, 자신에 대한 불평과 타인에 대한 불만, 분노, 좌절감, 열등의식, 자기 비하, 공격성 등 부정적인 심리 및 인지 상태가 우울증, 대인 기피 및 혐오, 자학 및 자해 또는 가해, 가출, 자살 등 비사회적인 병리적 행위로 발전될 수 있다는 점과(Rathvon; Bracher, 1999; 어도선, 2011), 이와 함께 영어 교육 기회가 사회 기회의 확대를 보장하는 준거가 될 뿐 아니라 영어 교육 소외나 차이로 인한 사회적 갈등이나 통합 장애가 심각한 사회적 문제로 대두된다는 점에서, 영어 학습 부진, 학습장애, 학습거부 등 교육 문제에 대한 적극적 관심과 개입이 필요하다. 그러나 현재 제공되고 있는 학습부진아를 위한 모든 교과 프로그램 대부분이 학습부진이라는 표면적으로 드러난 문제에만 중점을 둔 채 "양질의 교육"과 효과적인 교수법 및 교육 활동을 투입하는 것에만 관심을 두고 있는 인지적 관점의 교육적 개입에 머물러 있다(McIntosh et al. 21-22). 그 결과 이러한 프로그램이 학습에 대한 "실패, 거부, 소외"라는 악순환(Rathvon 28)의 고리를 끊지 못하고 있는 비생산적인 시도로 끝나는 경우가 대부분이라는 것이 우리의 현실이다. 학습부진(장애, 저항, 거부 포함)에 대한 교육적 개입은 학습 방법 및 전략의 결여와 같이 표면적으로 보이는 문제 뿐 아니라 오랜 동안 누적된 패배감과 상실감으로 인해 생긴 학습에 대한 심리적 좌절과 저항과 같이 표면으로 드러나지 않은 상처를 함께 고려하면서 이루어졌어야만 했기 때문이다(김지영, 2011; 어도선, 2011).

이런 점에서 최근 여러 분야에서 급격히 부상하고 있는 독서치료 bibliotherapy의 원리와 방안에(Jack & Ronan; Fuhriman et al. 151-52) 영문학의 장점을 결합시키는 교육적 모델이 영어교육계가 당면하고 있는 영어 학습 저항(장애, 거부, 부진)과 관련하여 치유의 관점에서 가장 적절한 교육적 개입을 허용할 수 있다는 점에서, 영문학을 통한 독서치료를 영문학이 융합시대와 관련해서 교육뿐 아니라 사회 등 다양한 타 분야에서 현실적이면서 효율적으로 역할을 할 수 있는 하나의 가능성으로 제시할 수 있을 것이다. 최근에 영문학을 활용한 독서치료의 원리를 다문화 가정 학생, 결손 가정(부모의 이혼) 가정 학생, 학습 저항 학생 등 부정적인 사회적, 경제적, 심리적 환경으로 인해 학습장애 및 학습저항을 겪고 있는 영어 학습부진아에게 적용한 결과 인지적, 정서적, 심리적으로 긍정적인 영향을 미쳤음을 밝힌 국내 연구(강지혜, 2010; 김지영, 2011; 한가을, 2012) 또한 영어 학습저항(장애/부진)을 겪고 있는 학생들에 대한 근본 대책으로서 영문학 활용 독서치료를 통한 접근방식이 잠재적 사회 문제로 대두되고 있는 영어 교육의 문제를 치유하고 해소하는데 보다 긍정적인 역할을 할 수 있다는 가능성을 시사하고 있다.

그러나 학습 저항(장애, 거부, 부진)에 개입하는 일은 그러한 저항에 담겨 있는 인지 및 정서 구조의 변화, 즉 자아의 인식적 변화를 의미하고 있는데 반해, 자아가 "요새"(a fortress, Ecrits 5: Alcorn 173 재인용)처럼 단단하게 구조화되어 있고 또한 그 내부 세계로 들어가는 것조차도 요새의 견고한 "방어 본성"defense nature으로 인해 어렵다는 사실을 통해 자아의 변화를 일으킨다는 것이 매우 힘들고 많은 시일이 요구되고 있다는 것을 먼저 이해하여야 할 것이다(Alcorn 173). 또한 독서치료사bibliotherapists나 정신의학자가 아닌 교사로서 또는 비전문인으로서 독서치료 기법을 적용할 경우 자칫 미숙한 접근으로 인해 의도하지 않은 결과를 발생시키는 등 문제를 더욱 심화시킬 수 있다는 점을 이해하여야 할 것이다. 위에서 언급한 국내 연구 또한 독서치료 적용의 어려움 및 학습자의 프로그램 참여 거부 등 여러 실패 사례를 지적하고 있다. 영문학을 활용한 독서치료 기법에 기반 한 교육적 개입이 학습 장애(저항, 거부, 부진)와 관련하여 보다 효율적으로 이루어지고 또한 보다 바람직한 결과를 가져올 수 있도록 하기 위해서는 영문학 텍스트의 어떤 면이 어떻게 "치유적 변화를 가져오는 대리인"a therapeutic change agent으로써 작용하여 기대하는 치유 효과를 가져오는가에 대한 보다 정확한 이해가 선행될 필요가 있다(Fuhriman, et al. 150). 독서치료의 효과와 그 질은 독서치료 기법의 원리와 메커니즘에 대한 정확한 이해를 기반으로 한 정확하고 효율적인 교육적 개입에 달려있다고 해도 과언이 아니기 때문이다.

그러나 독서치료의 필요성 및 이점, 방법, 긍정적 결과에 대한 다양한 논문이 국내외 다양한 분야와 영역에서 소개되어 독서치료를 독자적인 학문 영역으로 격상시켰음에도 불구하고 정작 독서치료가 이루어지는 심리적 메커니즘에 관한 논의는 "적절한 독서치료를 위한" "안내서" 수준에 머물러 있거나(Fuhriman, et al. 151) 인지/행동 및 심리학적 접근과 독자 반응 비평 수준에 머물러 있는 경향이 있다(예를 들면, Crago; Holland; Pardeck & Pardeck 1998; Burns & Kondrick; Afolayan; Kramer & Smith; Evers, et al.; Ackerson et al.). 이러한 논의에서 제시된 독서치료 이론은 독서(특히, 문학 텍스트)가 본질적으로 "의식을 변화시키는" 힘을 지닌(Crago 163) "효과적인 치유 도구"로 활용될 수 있다는 점을 지적하고 있지만(Fuhriman, et al. 150), 정작 독서 행위가 어떻게 독자의 심리에 작용하여 치유 기능을 하게 되는가에 대한 심리적 메커니즘에 대한 설명을 정확하게 제시하고 있지 않다. 독자가 텍스트를 통해 찾고 구성하는 문학적 또는 개인적 "의미"의 차이에 중점을 두고 있는 자아 및 인지 심리학 중심의 독자 반응 비평 분석과 달리 독서치료는 텍스트가 독자에게 주는 심리적 "효과"("*Avant-texte*"라 불리는 새로운 정체성을 지닌 내러티브의 생산) 분석에 초점을 두고 있기 때문에 (Cheu 38-39), 이러한 효과가 구성되는 심리적 메커니즘뿐 아니라 이러한 메커니즘이 다양한 치료적 개입(질문, 토론, 활동 등)을 통해 독자의 "증상"과 "치유 욕구"를 어떻게 만족시키는가에 대한 정신분석적 이해가 필요했던 것이다. 또한 독서를 통해 독자에게 일어나는 변화는 모두 독자의 자아("욕망, 억압, 쥬이쌍쓰")가 정신분석학에서 일컫는 "대타자"the Other 와 갖는 역학 관계가 변화되고 재구조화 되는 것을 의미하기 때문에 (Alcorn 175), 그리고 독서치료 이전에 독서치료 대상자의 "환경, 증상, 치유 요구"가 정확하게 확인이 되어야 하고(Jones 24), 정확한 개입이 적시에 이루어질 때 독서치료의 치유 효과가 가장 극대화 될 수 있기 때문에, 독서 치료 과정에 대한 이해는 심리학적 이해보다는 이러한 메커니즘을 복합적으로 설명할 수 있는 정신분석적 이해를 더 필요로 한다.

"말을 통한 치료"Talking Cure에 중점을 두고 있는 라깡Lacan 정신분석학의 다양한 개념과 기법이 대상자의 증상과 치유 요구를 보다 정확하게 읽을 수 있다는 점에서 기존의 자아 심리학에 기반을 둔 독서치료 이론에 매우 효율적인 이론적 근거를 제공할 수 있을 것이다. 따라서 어떻게 텍스트가 독자에게 수용되어 치유 효과를 가질 수 있는가는 다음 두 종류의 독서치료에 작용되는 자아심리학적 메커니즘에 대한 라깡 정신분석학에 근거한 설명을 통해 보다 정교하게 밝혀질 수 있을 것이다:[1] (1) "Developmental bibliotherapy": 독서를 통한 "도움"helping에 중점을 두고 독서치료 대상자의 심리, 인지, 또는 정서상의 문제를 "은연중에"implicit 개선하는 "개선 목적의 독서치료"; (2) "Clinical bibliotherapy": 치료와 관련하여 전문적 훈련을 받은 사람들을 통해 "명시적으로" "진단을 통해서" "특정 기관에서" 이루어지는 "치유 목적의 독서치료"(Cook 92; Jones 25).

이 글에서는 독서치료의 원리가 정신분석학적 관점에서 실제로 임상적으로 교육 현장에 적용된 사례에 대한 분석과 논의보다는(어도선 2012; 미발표 논문) 자아심리학에 기반을 두고 있는 독서치료의 원리와 방안을 정신분석학적 개념과 원리를 통해 재구성하여 설명하는 것에 중점을 두고자 한다. 또한 Heath, et al.의 지적에 따라, 교육 현장에서 감당할 수 없을 정도의 심리적 상처로 인해 고통 받고 있는 학습자를 대상으로 하는 전문 적 "치유 능력"을 요구하는 독서치료 보다는 개선 목적의 독서치료에 중 점을 두고 있다("Bibliotherapy" 566). "자아"ego의 구성 및 구조와 성격에 대 해 다른 관점을 갖고 있는(Alcorn 173) 자아심리학과 라깡 정신분석학을 유 기적으로 연결하여 독서치료의 심리적 메커니즘에 대한 새로운 이해가 가능할 것이다. 더불어 자아심리학과 정신분석학의 이론과 원리가 교류 할 수 있는 이와 같은 시도가 영문학을 활용한 독서치료 기법이 영어 교 육계가 당면한 문제의 해소와 치유에 있어서 보다 효율적으로 역할을 할 수 있도록 하는 이론적, 실천적 기반을 제공할 것이다. 이 글에서 제시하 는 이론적 설명이 독서치료에 대한 임상 분석 및 이해에 있어 보다 유용 한 토대가 될 수 있을 것이다.

2. 독서치료의 배경: 분야, 개념, 원리, 방법

1916년 Crothers에 의해 처음으로 그 용어가 소개된 독서치료는(Jones 24; Heath, et al. "Bibliotherapy" 563) 초기에는 환자가 자신의 문제를 인식할 수 있도록 돕는다는 목적을 갖고 시작되었다. 최근에는 Perdeck의 다양한 연 구 영역이 입증하듯이 독자와 문학작품 사이에 일어나는 역동적인 상호작 용 과정은 초기의 목적과 범위를 넘어 다양한 학문 분야와 실생활 모든 면 으로까지 확대되고 있다(Fuhriman, et al. 151-52; Heath, et al. "Bibliotherapy" 563,

565). 같은 연구 대상에 대해 독서치료만을 투입해서는 효과가 없거나 미미함을 증명한 연구도 발표되고 있지만(Heath, et al. 565), 현재는 텍스트(주로 문학 작품)를 통해 학생들이 발달단계상 겪는 행동 및 심리상에 있어서의 적응 문제들(분노, 스트레스, 불안, 적응 장애, 악몽, 이별/상실로부터 오는 슬픔, 잘못된 습관 등)에 대해 도움을 줄 수 있다는 기초적인 심리/인지 치유로부터(Cook, et. al. 93; Betzarel & Shechtman; Briggs & Pehrsson; Heath, et al.; Perdeck & Markward), 학습 장애(학업 불안, 학습 저항, 학습 위기 및 거부 등; Iaquinta & Hipsky; Prater, et al.; Fisher & Ivey; Lenters), 사회적 장애(대인관계 기피, 소심증, 반사회적 행동, 집단 괴롭힘 등; Chai; Heath, et al, 2011; Perdeck & Perdeck, 1997) 및 급격한 내외적 변화(이혼/별거, 죽음, 학대, 병, 가정 폭력, 입양 등)로부터 기인한 정신 질환(우울증, 공포증, 강박증, 주의 결핍증, 불안 장애, 중독증, 자학적 행위 등; Prater, et al. 6; Apodaca, et al.; Evans, et al.; Perdeck & Perdeck 1996, 1998) 등 전문적인 치료를 필요로 하는 분야에까지 많은 연구가 활발하게 진행되고 있다.

독서치료를 보다 전문화하여 정신치료에 문학을 직접적으로 의도적으로 사용하는 "문학치료"literatherapy, 평가에 독서치료 기법이 사용되는 "독서진단"bibliodiagnostics, 예방에 중점을 둔 "독서예방"biblioprophylaxis, 영화나 비디오를 치료 목적으로 사용하는 "영상치료"videotherapy 등 특수 목적의 전문 분야 치료 방안으로 발전하기도 하였다(Jones 25). 상담 분야에서는 "독서상담치료"bibliocounseling로 응용되고 있다(Karacan). "읽기 치료"reading therapy라고도 불리기도 하는(Clarke & Postle) 독서치료의 용어 또한 독서치료의 분야만큼이나 다양해져 "독서치료심리학"bibliopsychology, "도서 치료학"library therapeutics, "독서치료안내"biblioguidance 등으로도 불리고 방법과 목적 또한 다양해지고 있다(Pehrsson & McMillen 48).

독서치료의 목적, 방법, 분야가 이처럼 다양한 만큼 현재 독서치료는 치료를 필요로 하는 환자들에게만 적용되는 치료이론이 아니라 정신과 의사 및 간호원, 심리학자, 카운슬러뿐 아니라 교사, 도서관 사서, 부모 그리고 일반인에게도 응용되고 있는 보편적인 치유 방안이 되고 있다 (Cook, et al. 93; Burns & Kondrick). 도움을 필요로 하는 대상에게 저작물의 내용 또는 등장인물과 개인적인 연결고리를 찾도록 격려하는 것을 통해 당면한 문제를 해소하고 해결할 수 있도록 유도할 수 있기 때문이다. 담당자가 정신 치료 전문가나 숙달된 상담사일 필요가 없으며, 학생 또한 치료를 요하는 심각한 부적응자일 필요가 없을 정도로 독서치료는 보편화되어 가고 있다(Rozalski). 경우에 따라서는 외부의 개입 없이 이야기 속 등장인물과의 지속적인 인지적, 심리적 또는 정의적 경험을 통해 학생들 자신이 자신의 행동과 감정을 스스로 이해하고 평가하며 어떤 깨달음(카타르시스와 함께)을 얻게 되어 치유가 일어나기도 한다(Forgan).

그러나 정신분석 치료와 같이 특정한 치유 목적 하에 전략적으로 준비된 상호적 토론과 같이 잘 준비된 개입을 통해 이루어질 때 독서치료는 최상의 치유 효과를 거둘 수 있는 것으로 나타났다(Cook, et al. 92; Pehrsson & McMillen 50). 또한 "잘못된 대상자에게 잘못된 책을 잘못된 때"에 제공함으로서 이미 고통을 겪고 있는 대상자에게 다른 고통을 부가할 수 있기 때문에(Jones 24), 정신과 치료, 교육, 또는 상담 등의 분야에서 독서치료를 담당하고 있는 정신과 의사, 간호원, 상담교사, 교사, 사회복지사, 도서관 사서, 그리고 부모 및 관련자의 개입(질문)은 치유 목적에 가장 적합한 방식으로 매우 전문적으로 이루어져야 할 필요가 있다. 적합한 텍스트를 선정할 수 있는 능력, 대상자의 욕구에 대한 분석, 대상자의 인지 발달에 대한 이해, 정신의학적 기본 지식 등 어느 정도 전문적인 지식과 훈련이 준비되어 있다면 보다 성공적으로 독서치료를 담당할 수 있을 것이다(Heath, et al. "Bibliotherapy" 566).

그러나 치유 목적 외의 독서치료는 모든 읽기 활동에서 개인(면담), 소그룹(역할 극), 또는 전체(토론 등)를 대상으로 하는 등 다양한 형태로 제공되고 있으며, 방향(행동 중심/인지 중심/정서 중심 독서치료) 및 방법 (치료자 도움/자기 투여) 면에서도 다양하게 응용될 수 있는 활동이다 (Cook, et al. 92; Betzarel & shechtman; Hahlweg, et al.; Pehrsson & McMillen 50). 독서, 스토리텔링, 스토리 창작, 치료사의 낭송, 묵독silent reading, 다함께 읽기, 정보 수집하기, 반응 작문reaction writing 등 다양한 방법으로 독처치료가 실행될 수 있다(Pehrsson & McMillen 52; Crago 170). 목적에 따라 독서를 통한 치유에 있어 다른 수준과 방법이 적용되지만, 독서치료에 활용되는 텍스트는 문학, 비문학 자료 모두 가능하다. 그러나 독자와 텍스트 간의 "사적 교환"private transaction을 통해 텍스트의 내용이 독자의 내면에 충분히 개입하여 일시적이라도 독자의 내부 세계를 "대치"할 수 있도록 동일한 또는 유사한 소재, 주제, 사건을 담고 있는 문학 작품이 권장된다(Crago 166). 독서치료가 독자와 텍스트간의 "무의식적 매칭"unconscious matching 정도에 따라 그 효율성이 달려있다고 해도 과언이 아니기 때문에, 치유적 관점의 독서치료는 문학 텍스트를 활용한 정의적 접근이 보다 권장되고 있다(Crago 169; Betzarel & Shechtman).

3. 독서치료 원리에 대한 인지심리학 및 정신분석학적 이해

독서치료는 감정이입, 동일시, "투사"projection, "카타르시스," 그리고 "내적 투입"introjection과 같이 독자가 저작물(문학, 에세이, 시, 음악, 예술 등)의 내용에 대해 갖게 되는 나르시스적 심리 작용에 근거하여(Alcorn & Bracher; Cook, et al. 93; Rubin; Jones 25 재인용) 독서로 인한 "억압된 감정 해소"abreaction와 같은 심리적 효과를 이용하여 독자의 심리적 상처, 인지적 문제점, 그리고 정신적 질병을 치유하는 "간접적인" 보조 심리치료의 한 형태로 정의되고 있다(Shechtman & Or; Pardeck, 1994; Jones 24; Fuhriman, et al. 150). 독자의 "정체성"에 미치는 독서의 "형성적"[re]-formative 영향력에 관한 Bracher & Alcorn의 논지와 Shrodes를 인용하여 설명하자면, 독서치료란 정신분석 치료에서 정신분석가가 담당하고 있는 역할을 저작물이 대신하는 구조가 되며, 독자(환자)가 자신의 인지, 심리 및 정신 질환의 원인이 되고 있는 자신의 "억압된 욕망"과 "환상"을 저작물의 내용에 투사하고 발산하게 하면서 시작된다. 이런 상태에서 심리적으로 억압되어 왔던 것을 해소하고 완화할 뿐 아니라(카타르시스) 자신의 욕망에 대한 "통찰"을 통해 자신의 정체성과 내적 세계를 변화시키고 재구성함으로서 결과적으로 좀더 "효율적이고, 성숙하고, 갈등으로부터 자유로운 자아"를 형성하여 "현실"에 보다 잘 적응할 수 있도록 하는 치유 방법이다(Alcorn & Bracher 344, 348; Shrodes 312-14).

[1] 독서치료의 심리적 메커니즘: 투입, 전이, 동일시

Shordes에 따르면, 문학이 정의적 관점의 독서치료에 매우 중요한 텍스트가 되는 이유는 문학이 "인간의 가장 깊은 감정과 꿈, 증오, 두려움"을 다루고 있어 "환자가 살고 있는 환자 자신의 심리적 세계"와 내용과 기능 면에서 "교환"될 수 있기 때문에 환자의 심리적 세계가 확장될 수 있는 매개물이 될 수 있기 때문이다(314). 독서치료는 독서치료의 대상자가 독서를 통해 만나는 등장인물과 공유하게 되는 심리적 세계가 심리치료사를 통해 환자가 자신의 무의식적 욕망이 담겨 있는 "환상"을 체현하는 심리적 상황과 매우 유사하다고 Shrodes는 지적하고 있는데, 이는 문학과 문학을 읽는 독자의 관계가 정신분석 치료에서 환자가 심리적으로 그를 치료하는 분석가therapist 또는 the Analyst에 대해 갖는 관계와 유사하다는 Alcorn & Bracher의 주장과 일치하고 있다. 자아심리학에 기반을 두고 있는 Shrodes와 정신분석학에 근거한 Alcorn & Bracher의 설명 모두 독서가 어떻게 독자의 자아 구조를 변화시키는 치유기능을 할 수 있는가를 "투입"(타대상의 특성을 자신의 자아에 일부로 동화시키는 것)과 이로 인해 발생되는 자아의 "재구성" 그리고 이러한 심리 메커니즘과 관련된 "전이"transference와 "동일화"identification라는 개념을 통해 설명하고 있다. Shrodes와 Alcorn & Bracher의 설명은 25년이라는 시차에도 불구하고 독서 행위를 통한 정체성의 변화라는 독서치료의 근본 원리를 동일시, 투사, 투입introjection, 전이라는 개념을 통해 정신분석학의 관점에서 이해할 수 있는 중요한 이론적 단서와 개념을 제공하고 있으며, 이는 차후 "동일화, 카타르시스, 통찰"(Fuhriman, et al. 151) 또는 "개입involvement, 동일화, 카타르시스, 통찰, 보편성universalism"(Heath, et al. "Bibliotherapy" 567-68) 등 치유 과정을 설명하는데 중요한 심리적 메커니즘이 되고 있어 독서치료 연구자에게 독서치유 과정과 연관된 다양한 심리 작용을 설명하는 토대로 활용되게 된다.

이러한 심리적 메커니즘이 일어나는 자아에 대한 이해는 독서치료의 원리를 이해하는데 있어서 가장 중요한 부분이 된다. 자아는 나르시시즘을 통해 자기 외부에 있는 "중요한 타자"와 심리적 관계를 맺고 이러한 경험을 통해 "심리적 잔여물"을 구성하게 되는데, "투입" 또는 "내적 대상"internal objects이라 불리는 이러한 심리 과정을 통해 자아는 이들과 엮이고 영향을 받으면서 점차적 구성 과정을 거치면서 보다 견고하게 구조화 된 자아로 형성된다(Alcorn & Bracher 344). 이러한 내적 대상의 다양성은 자아가 외부 대상, 특히 기표signifiers와 심상images으로 구성되는 타자와 갖게 되는 다양한 나르시스적 경험을 통해서 이루어진다. 나르시시즘을 통해 자아의 '이상 자아'Ideal Ego 또는 '자아 이상'Ego Ideal이 되는 타자는 일관되고 조화롭고 완벽한 이상적인 몸을 지녀 자아에게 심리적 이미지인 심상imagos; Ideal Ego으로 구성되는 심상계 타자The Imaginary other, 그리고 군자, 영웅, 명장, 성인, 가치 등의 기표를 통해 자아의 '자아 이상'이 되는 기표계 타자The Symbolic Other를 의미하는데 바로 이 두 타자가 자아의 구조를 견고화시키는 핵심적인 역할을 하게 된다.

다시 말해 자아는 이상적인 심상imagos에 대한 무의식적 동일화를 통해 '이상 자아'를 구성하고 또한 이상적 가치와의 무의식적 동일화를 통해 '자아 이상'을 구성하게 된다. 이러한 두 심리적 타자는 자아의 내면에서 일어나는 "투입"과 "내재화"라는 심리적 메커니즘을 통해 자아의 내적 세계를 구성하게 되고 동시에 자아의 내적 구조를 점차 견고하게 형성하게 된다(Ecrits 314-15; 어도선 1998, 61 수정 후 재인용). 이런 과정을 통해 이상 자아 또는 자아 이상에 대한 나르시시즘은 바로 이러한 자아의 근본적인 심리적인 메커니즘이 된다(Samuels "Guest Column" 167). 이런 심리적인 메커니즘을 통해 자아의 "내면세계"inner world와 "내적 세계"internal world가 구조화

되며, 이 두 세계는 대상에 대한 경험의 내재화 정도/깊이에 따라 자아가 자신의 내적 세계 구조에 대한 위협에 처했을 때 "자기 방어 기제"나 "적응 전략"을 행사하게 되는 "초기 체계를 구성하는 토대로 작용"하게 된다 (Alcorn & Bracher 344). 나르시시즘에 기반 한 자아는 차차 "요새"처럼 견고한 상태로 구성되며, 따라서 자아는 대타자와의 관계를 방해하는 어떠한 시도에 대해서도 "방어적"일 수밖에 없는 특성을 지니게 된다(Alcorn 172–73). 이런 방어 기제defense mechanism로 견고하게 무장된 자아의 견고한 구조를 변화시킨다는 것은 따라서 매우 힘들고 오랜 시간을 요하게 된다(Alcorn 176).

다른 한편으로 자아는 이와 같은 실체로서의 성격을 지니면서 동시에 타 대상을 자신의 내부에 "통일되고"unified 이상화 된 몸의 심상imagos을 갖추고 있는 "이상 자아"로 대치시켜 무의식적 동일화의 대상으로 만든 영향으로 인해 생겨난 하나의 심리적 "효과"에 지나지 않게 된다(Samuels Between 60). 이러한 "효과" 때문에 주체는 그의 자아를 이상화된 자아와 일치하고 그것에 고정시키고 싶어 하는 무의식적 욕망을 갖게 되며(Ecrits 307), 그 결과 자아는 성인이 된 이후에도 유아기 때와 같이 그 자신의 외부에서 "이상화되고 강화된" 대상을 끊임없이 찾고 이에 자신을 투사하고 또한 의존하는 상태가 된다(Seminar I 171; Seminar VII 98). 이런 이유로 주체는 자아가 무의식적 동일화를 이룰 수 있는 기표와 이미지로 구성된 대상 등가물을 끊임없이 구하고 찾고, 버리고 또 다시 구하는 심리적 작용을 멈추지 않게 된다(Seminar I 69). 이렇게 해서 자아의 중심적인 메커니즘은 나르시시즘이 되며, 이 나르시시즘으로 인해 주체는 자신의 심상에 대해 갖고 있는 "사랑"과 상호 교체할 수 있는 특징을 지니고 있다고 무의식적으로 믿고 있는 이상적 대상(이미지와 기표 모두)에게서 매혹과 만족을 느끼게 되는 것이다(*Seminar VII* 98).

따라서 동일화는 자아 심리학뿐 아니라 라깡의 주체를 형성하는 심리적 특징이 되고 타 대상에 대한 투사를 통해 자신의 내부 세계에 반영된 '이상적 심상'(이상 자아) 또는 '자아 이상'을 자신의 것으로 견고화 시키고자 하는 욕망으로 인해 주체가 자신의 주위 세계를 이해하려는 모든 시도는 항상 나르시시즘이라는 프리즘을 통해 이루어지게 된다. 그래서 조화와 균형을 잃은 대상 또는 파편화되고 부서진 대상과 같은 "분열된 몸의 심상"*imagos* of the fragmented body이나 분열된 자아 이상은 언제나 나르시스적 공포와 "무가치함"(Samuels, 2001)을 유발하게 되며 이는 역으로 자아가 그러한 공포로부터 얻는 고통에 대한 방어 기제로서 그러한 공포를 일으키는 대상에 대한 공격성이라는 역반응으로 나타나게 된다(*Ecrits* 11). 자아와 타 대상 사이의 관계를 방해(고취)하는 그 어떤 것이든 모두 자아 정체성을 위협(강화)하는 것으로 인식되는 이유가 여기에 있는 것이다.[2]

[2] 개선 목적의 독서치료

이와 같이 나르시시즘을 기반으로 하고 있는 이러한 내부의 두 세계, 즉 자아의 근본적인 구조 자체는 요새처럼 견고하지만, 다른 한편으로는 그렇게 구성된 자아가 하나의 심리적 "효과"illusion일 수 있기에(Alcorn 173), 자아의 구조는 외상적 경험, 타인과의 관계, 정신분석, 그리고 독서 등과 같이 여러 형태의 개입을 통해 변화될 수 있다(Alcorn & Bracher 345). 특히, 본질적으로 "방어적인" 자아를 독서를 통해 변화시킨다는 것은, 즉 독서를 통한 자아 내부 세계의 변화는 독서 과정 중에 동일시, 카타르시스, 전이와 같은 심리적 경험을 통해 독자가 자신의 환상에 숨겨져 있는 "진실"을 마주하게 되면서 구조적으로 자아를 구성하고 있는 무의식적 욕망, 억압, 쥬이쌍쓰와 자아와의 관계를 새롭게 재구성하는 전면적인 또는 부분적인 변화를 의미하게 된다(Alcorn 175). 교훈을 목적으로 하는 아동문학은 대부분이 자아의 방어적 성격을 강화하거나 확장시키는 역할을 하게 되지만, 이제까지 경험해 보지 못한 낯선 영역으로 독자를 위치시키는 좋은 문학 작품은 "낯설게 하기"defamiliarization나 "탈감각화"desensitization와 같은 심리적 경험을 통해(Alcorn & Bracher 344) 독자가 대타자와 갖고 있는 관계에 흠을 내거나, 관계를 의심하게 하거나 또는 그 관계를 극단적으로 완전히 와해시키는 역할을 한다. 독서치료는 이 두 가지 다른 경험을 각기 다른 치유 목적으로 활용하게 되는데 근본적인 치유의 관점은 후자의 경우를 통해 더 많이 이루어지고 있는 것으로 나타났다(Betzarel & Shechtman).

Afolayan의 용어에 따르면 독서를 통한 이와 같은 두 종류의 경험은 "카나르시스"와 "통찰"에 해낭뇌는데, 이런 두 경험은 Alcorn & Bracher도 정확히 지적하고 있듯이 독자가 지금까지 전혀 의식하지 않았거나 또는 두려움 때문에 무의식적으로 대면하는 것을 회피하고 억압하고 있었던 고통스런 감정이나 인식을 극적으로 그러나 심리적으로 보다 안전한 상태에서 경험하고 표현할 수 있게 함으로써 독자 자신이 문제의 원인이 된 그 자신의 무의식적 욕망을 보다 정확하게 마주하면서 파악할 수 있게 할 뿐 아니라 현실에 대해서도 보다 우호적인 느낌을 갖게 하여 자아로 하여금 두려워했던 현실에 보다 가깝게 다가서게 한다(Shrodes 313). 이러한 경험은 지금까지 자신을 억압하는데 사용해 왔던 에너지를 보다 생산적으로 활용할 수 있게 함으로써 독자가 보다 현실에 잘 적응할 수 있게 할 뿐 아니라(Shrodes 315), 지금까지 살아왔던 방식에 영향을 미쳐왔던 자신의 자아 구조와는 다른 성격의 자아 구조를 통해 다른 방식의 삶과 조우할 수 있게 함으로써 자신을 고통스럽게 했던 것들과 작별할 수 있는 심리적 공간을 마련한다(Alcorn & Bracher 345).

독서 과정 중에 일어나는 이러한 심리적 경험은 일차적으로 감정이입, 즉 동일화라는 심리적 메커니즘을 통해 일어나는데 이는 개선 목적이든 치료 목적이든 독서치료가 이루어지기 위해서 선행되어야 하는 무의식적 일치라는 심리 작용이다. 무의식적 동일화라는 심리적 메커니즘을 통해 등장인물이나 사건에 인지적 또는 감정적으로 관계를 맺을 때만이 독자가 그것들과의 "의미 있는 결합"을 발전시키게 되는데, 이런 과정 속에서 독자는 자신의 내면에 "갇힌" 소외, 공격성, 좌절감과 같은 "감정"을 배출시킬 뿐 아니라 그러한 감정을 "언어로 표현"할 수 있게 된다(Gregory, et al. 129; Crago 171). 정신적으로 불안정한 상태에 있는 사람에게는 이런 경험(감정의 배출과 언어 표현)이 위험할 수도 있지만 독서라는 간접적이면서 덜 위협적인 환경에서 유도되거나 고무될 때 독자는 자신의 심리에 직접 참여하지는 않고 오히려 바라보는 관찰자로서 자신의 심리와 일정한 그러나 안전한 거리를 유지하는 가운데 이런 종류의 경험을 심리적으로 보다 적극적으로 수용할 수 있게 된다(Shrodes 312; Fuhriman, et al. 150). 독서는 유사한 또는 동일한 문제를 지닌 등장인물을 제시함으로써 독자에게 자신이 혼자가 아니라는 안정감을 줄 뿐 아니라 "심리치료의 사적인 형식"private version of a psychotherapy을 띠면서 독자 스스로가 자신의 심리적 상처를 통제할 수 있거나 거리를 둘 수 있다는 점에서 보다 안전한 치료 기능을 하기 때문이다(Crago 171; Fuhriman, et al. 150).

이런 점에서 문학 독서 과정 중에 생기는 카타르시스와 같은 심미적 경험은 "대안적 자아 구조"alternative ego structure를 독자의 내적 세계에 새롭게 구성하는 역할을 하며, 다양한 독서를 통해 다양한 대안적 구조가 독자 내부에서 형성될 때 그러한 다양한 대안적 구조는 독자의 내적 세계

내에서 독자 자신의 자아와 이질적이면서 충돌하는 요소를 독자 자신의 내적 세계에 수용하게 할 뿐 아니라 그러한 요소를 정리하여 통일되고 일관성 있는 구조로 만듦으로써 자신의 자아를 더욱 강건하고 융통성 있는 것으로 만들게 된다(Alcorn & Bracher 345). 문학 독서를 통한 심미적 경험은 이와 같이 보다 강화된 자아를 통해 "잠재적으로 문제가 있는 감성적 상태를 완화"시키는 효과가 있을 뿐 아니라(Gregory, et al. 129), 자아의 "다면적 인식"multifaceted awareness 능력을 증진시킴으로서(Alcorn & Bracher 345) 자아가 이전보다 확장된 경계를 가지게 함으로써 외부의 충격에 대해 심리적으로 보다 안정적으로 대응할 수 있도록 보다 융통성 있고 보다 현실적인 자아를 형성하게 한다는 긍정적인 영향을 주게 된다.

정신분석 과정에서 피분석가가 자신의 환상을 분석가에게 투사하고 분석가와 동일시하려는 "전이"라는 심리적 메커니즘이 일어나는데, 이 전이 현상은 독자가 독서를 하는 과정에서 일어나는 심리적 메커니즘을 통해 어떻게 그리고 어떤 과정으로 독서 행위가 독자의 근본적인 자아 구조 변화에 영향을 미치는 치유 효과를 지니게 되는가를 보다 정확하게 설명하고 있다. 일반적으로 잘 알려진 바와 같이, "전이"는 유아기 때 자신에게 중요하다고 인식되었던 인물과 처음으로 경험했던 감정과 행동 유형이 현재 자신이 관계를 맺는 인물에게 전치되는 심리적 현상을 일컫는데, 정신분석 과정에서 가장 자연스럽게 환자가 분석가에 대해 형성하는 "치유적 연합"이라는 심리적 현상은 정신분석 치료 시 환자가 자신의 자아가 나르시스적으로 위협을 느끼는 취약한 상태에 처했다고 무의식적으로 느낄 때 환자 자신이 자신의 깨지기 쉬운 자아를 방어하기 위해 자신이 "자아 이상"으로 받아들이고 있는 분석가와 심리적인 관계를 맺는 방어 기제 전략이다(Crago 166; Alcorn & Bracher 348). "치유적 연합"은 나르시시즘에 근거를 두고 있는 한 신뢰에 바탕을 둔 나르시스적 연대를 지칭하게 되며, 이러한 "나르시스적 방어 연합"을 통해 환자는 분석가가 자신을 이해하고 있다고 믿게 될 뿐 아니라 분석가로부터 자신이 가치 있는 존재라는 느낌을 받음으로써 분석가가 안내하는 대로 그리고 분석가로부터 영향을 받을 수 있도록 자신의 취약한 자아를 열어 놓게 되며, 이런 심리적 과정을 통해 분석가의 개입 전략이 작용할 수 있게 한다(Crago 166; Alcorn & Bracher 349).

　　이와 같이 분석가의 개입은 전이를 통해서 이루어진다. 이미 많은 정신분석학자들이 지적하였듯이 분석가의 답변은 환자에게는 공감 또는 사랑의 표식으로 이해되므로 분석가는 자기 자신을 환자와 환자가 느끼는 심리적 위협 사이에 위치해 놓음으로써 환자가 분석가에 의존하여 현재 환자 자신의 자아를 위협하고 분열시키고 있는 대상들을 피하지 않고 맞설 수 있도록 환자와 보다 안전한 신뢰감을 구축해 간다. 분석가는 환자 자신이 느끼는 불안한 현실을 보다 유익하고 안전한 현실로 변화시킴으로써(Shrodes 312) 환자와 분석가 사이에 구축된 신뢰감을 보다 굳건히 하는데, 이렇게 구축되는 신뢰감은 정신분석 치료 시 환자가 필요로 하는 안정감을 제공하게 되며, 환자는 이런 신뢰감을 기반으로 해서 환자 자신을 심리적으로 위협하고 있는 대상(기억)과 환자 자신이 두려움 때문에 회피하고자 했던 심리적 문제 그리고 심지어 환자 자신의 두려움을 가리는 역할을 해왔던 자기 자신의 언어를 마주하게 된다. 이런 과정에서 환자는 그의 불안에 대해 분석가가 제공하는 해석과 그 해석을 통해 자신의 불안을 대면/대항하는 것을 받아들이고, 궁극적으로 실제 분석가의 편에 서서 문제의 핵심이 되고 있는 자기 자신의 방어 기제와 유아기적 환상을 마주하게 되고 이에 담겨 있는 무의식적 욕망 그리고 그 욕망이 담고 있는 진실과 대면하고 대항하게 된다(Alcorn & Bracher 348).

환자가 분석가에게 있는 이상적인 면을 자신의 내면세계로 투입하여 그것을 자신에 내부에 있는 자아와 동일시하는 이러한 전이가 극대화 되는 시점에서, 다른 말로 하자면 "투입"이라는 이런 심리적 메커니즘을 통해 환자의 내부로 투입된 분석가의 이상적인 면은 '심리적 거울'처럼 환자 자신이 자신의 경험을 문제와 관련하여 진술을 하는 중에 환자 자신이 스스로의 내면으로부터 듣게 되는 목소리가 된다고 정신분석학자들은 지적하고 있다. 그래서 Alcorn & Bracher 또한 지적하듯이, 전이 과정을 통해 이렇게 정신분석 과정이 진행되어 가면서 환자 자신의 태도나 반응은 실제로 분석가의 태도와 반응과 일치하게 되며, 분석가의 이상적인 자아를 자신의 자아로 대치하게 된 환자는 자신의 내부에 억압되어 있던 갈등과 감성적 상처를 언어(말)로 비로소 표현하게 된다(Fuhriman, et al. 152). 내면적 갈등과 상처가 트라우마에 가까울수록 많은 아픔을 주기 때문에 이를 마주하기 보다는 무의식적 자기 방어 기제 때문에 회피하거나 거부하는 정체성이 전이를 통해 분석가의 관점과 가깝게 재구조화됨으로써 환자는 궁극적으로 새롭게(부분적으로 또는 완전히) 자신의 정체성을 구성하게 되는데, 이러한 과정은 독자가 독서를 하는 과정 중에 독자가 동일시하고 있는 등장인물과 갖게 되는 심리적 "연계"affiliation, 즉 "치유적 전이 관계" 형성을 통해서도 나타나게 된다(Fuhriman, et al. 150).

독서치료 기법에 따르면 독서 중에 환자가 등장인물을 받아들여 자신의 내면으로 투입하게 되면 이 등장인물은 분석가처럼 역할을 하게 된다고 한다. 분석 과정 중에 환자가 분석가에게 말을 할 때 그는 과거와 현재 자신에게 일어난 일을 자신의 무의식적 욕망과 환상이 이끄는 대로 분석가에게 말하게 되면서 그 자신의 무의식적 욕망과 그가 한 말 사이의

"비양립성"에 위치하게 되는데, 치유는 이 말에 담긴 "진실"과 조우하면서 시작되게 된다(Ecrits 275). 등장인물(주로 주인공)이 자아 이상으로 독자의 내면에 심리적 타자로 재구성될 때 등장인물은 분석가로 그리고 독자는 피분석가의 위치에 놓이게 된다. 라깡의 표현을 빌려 설명하자면, 이때 피분석가는 "충만한 말"과 "공허한 말" 사이 어딘가 애매한 곳에 위치하게 되며, 분석가는 피분석자로 하여금 "공허한 말"이 아니라 그의 욕망이 보다 분명하게 나타날 수 있는 "충만한 말"을 찾고 독서 과정 중에 그가 어느 순간에 "충만한 말"을 하도록 그때마다 적절하게 분석적으로 개입하는 역할을 하게 된다는 것이다(The Four Fundamental Concepts of Psychoanalysis, 139-40; 어도선 1998, 42-43 재인용). 전이를 통해 독자의 내면에 이상 자아로 투입된 등장인물은 분석가처럼 피분석가의 말에 담긴 내용에 "끼어들고, 방해함"으로서 피분석가의 말을 무의식적 영역(충만한 말의 영역)으로 옮겨 놓으면서 피분석가 말하면서도 알지 못했던 그의 말에 담긴 "진실"을 거울 단계처럼 "역형태"inverted form로 인식하도록 하는 역할을 한다는 것이다(Ecrits 309). 라깡의 표현을 빌려 설명하자면, 피분석가가 이해하지 못하고 있는 이 "충만한 말"에 담긴 무의식적 욕망을 분석가가 해석하는 가운데 분석가는 환자가 했던 말을 그가 말하는 중에도 개입하여 다른 형식으로 다시 말함으로써'retelling' 점차적으로 환자가 자신이 했던 말의 내용과 방식에 대해 다르게 생각할 수 있도록 영향을 미치게 된다는 방식으로 독서를 통한 치유가 일어날 수 있다는 것이다.

이렇듯 분석가의 답변retellings은 환자의 담론에 담겨진 환자 자신의 무의식적 욕망과 환상이 회피되거나 충족되는 것을 방지하기 위해 환자가 말한 담론과는 다른 새로운 담론, 새로운 가능성을 담게 되는데, 그것은 환자가 자아 이상으로 투사하고 있는 분석가의 관점을 통해 환자 자신이 지금까지 자신이 말한 내용과 방식과는 다른 방식의 내러티브를 시도할 수 있도록 하는 목적 하에 제공된다. 트라우마와 같은 심리적 상해나 깊은 내적 갈등을 지니고 있는 환자(독자)는 심리적 고통을 주는 문제에 대해 회피하는 심리적 방어 기제로 인해 문제를 회피하거나 거부하고 흐리는 행위(일관성 없는 말)를 취하게 되는데("공허한 말"), 위와 같은 분석 과정(리텔링, 담론 변경 등)을 통해 분석 초기에 환자의 "공허한 말"에서 엿보였던 환자의 일관성 없는 그래서 문제가 있었던 자아의 구조적 결함이 선별될 뿐 아니라, 환자 자신이 분석 초기에 자신의 것이라고 믿었던 자신의 자아는 그 후 구조적 결함이 보완되면서 상당한 변화의 과정을 겪게 된다. 유아기 충동과 욕구로 특징되는 이러한 자아는 분석 과정에서 또는 독서 과정에서 분석가/등장인물의 관점을 자신의 관점으로 전이시키는 가운데 충동과 욕구를 스스로 통제할 수 있도록 새로운 심리적 구조가 그의 내면세계에 누적되는 과정을 거치게 되고, 차차 생각이나 행동 그리고 정서적 반응 면에서 보다 성숙하고 현실에 적합한 자아로 구성되게 되는 것이다(Alcorn & Bracher 346).

특별히 분석 과정에서 나타나는 전이와는 다르게 문학에서의 치유적 전이 관계는 문학 작품 속에 있는 어떤 특정한 장면, 행동, 표현까지 독자의 내면에 무의식적으로 개입하여 독자로 하여금 자신의 환상과 욕망을 마주하게 함으로써 환상과 욕망에 의해 이끌려 왔던 자신의 삶을 성찰하게 하기도 하고("충만한 말") 자신의 "공허한 말"을 마주하고 의문을 제기하게 하면서 궁극적으로 그 말에 담겨져 있는 숨겨진 '진실'과 조우하게 되는 과정을 유발하게 된다고 한다. 분석 과정의 분석가와 피분석가의 관계와는 다르게, 독서 과정 중에 독자는 등장인물과 나르시스적 동일화를 형성하면서 자신의 거울로서 역할을 하고 있는 등장인물에 대해 한편으로는 참관자로 다른 한편으로는 방관자라는 이중적인 위치에 놓이게 되는데, 이때 독자가 동일화한 등장인물은 분석 과정 중의 분석가처럼 독자의 자아를 위협하는 대상과 독자 사이에 위치하면서 독자 자신이 그의 자아를 위협하는 대상과 방관자로서 보다 심리적으로 안정된 상태에서 분석가를 마주할 수 있게 하기 때문이다(Shrodes 312). 치유적 전이 관계를 통해 독자의 내면에 다른 "주체"로 구성된 등장인물은 이질적인 주체 이기는 하지만 독자의 나르시시즘을 통해 독자의 내부로 투입되면서 독자의 심리 속에 실제로 살아 있는 존재가 되는데, 이 다른 주체는 독자가 자신을 간접적이지만 위협적이지 않은 상태에서 성찰할 수 있도록 하고 독자 자신이 자신의 문제를 감정적으로 거리를 두고 통제할 수 있도록 심리적 환경을 만들어 줌으로써 독자 자신이 자신에 대해서 더 깊이 그리고 더 잘 이해할 수 있도록 하는 역할을 하게 된다(Alcorn & Bracher 349). "통찰"이라는 이러한 인지, 심리적 경험을 통해 독자는 자신이 동일화한 등장인물이 처한 문제를 통해 자신의 문제가 "정지된 상태로"static 남아 있을 이유가 없음을 깨닫고 자신의 문제를 해결하기 위해 "효과적인 대안 행위"를 탐색하기 시작한다(Gregory, et al. 129). "통찰"은 문학이 독자가 등장인물과 맺는 다양한 "치유적 연합"을 통해 자아의 구조를 재구성할 수 있는 가장 효율적인 과정을 제공할 수 있다는 점에서 자아의 구조를 개선하는 목적의 독서치유에서 차지하는 비중이 매우 크다고 볼 수 있다.

[3] 치유 목적의 독서치료

분석 과정에서 일어나는 전이나 독서 과정에서 일어나는 이러한 전이 현상 모두 나르시스적 "동일화"라는 심리적 현상에 근거하고 있는데, 위에서 설명한 바와 같이 이 동일화라는 심리적 현상은 바로 분석치료 및 독서치료의 핵심을 이루는 독자와 텍스트 그리고 분석가와 피분석가의 "치유적 연합"therapeutic alliance이 어떻게 가능한가를 알려주는 단서가 되고 있다(Alcorn & Bracher 346-47). 그러나 타자를 매개로 하여 일어나는 전이라는 심리적 행위가 여전히 자아가 자아 중심적egocentric인 위치를 유지하려고 하는 심리적 행위임을 고려해 볼 때, 전이를 통한 자아의 근본적 변화, 즉 자아의 무의식적 욕망의 근저에 있는 자아의 근본적인 구조인 내부 세계의 변화를 가져오는 것은 한계가 있다. 자아가 스스로를 방어하기 위해 회피하고 부정하고 가리려 했던 "진실"을 마주하고 그러한 "진실"의 기저에 있으면서 이미지와 기표의 네트워크에 혼란과 구조적 변화를 줄 수 있는 라깡이 말하는 소위 "오브제 아"objet a-욕망과 충동의 근원으로 자아가 대타자를 의식하면서 끊임없이 억압하고 있지만 끊임없이 자아에 개입하고 있는 심리적 구조-를 마주하기 전에는 가능하지 않기 때문이다(Alcorn 173-74). 이런 점에서 전이라는 심리적 메커니즘에 기반한 독서치료는 독자의 정체성 일부를 재구성하거나 강화 또는 변화시키는 것에 머물러 있기에 개선이 아닌 치료를 원하는 대상자에게 근본적인 치유를 제공하는 데에는 한계가 있다.

심상계와 기표계 타자와의 동일화 능력을 연습하고 강화시키는 과정이 독서를 통해서 일어날 수 있게 되어 그 결과 독자가 다양한 현실에 대해 더 성숙하고 더 적응력 있는 인식 능력과 행동 능력을 갖게 되는 것이 사실이지만, "깊은 심리적 장애"dysfunctions를 지니고 있어 치유가 필요한 사람들에게는 전이를 매개로 하는 이런 독서 행위는 문제의 근본적인 원인과의 근본적인 "자기 대면"self-confrontation을 극단적인 수준까지는 허용하지 못한다는 점에서 일정한 한계를 지니게 된다(Crago 171). 깊은 심리적 장애는 깊은 외상trauma이나 이에 준하는 원인으로 인해 자아와 대타자(현실) 간의 관계를 이해하고 이러한 관계를 유지하는데 필요한 "근원적" primordial 기표를 내재화하지 못하거나 왜곡된 형태로 내재화 한 결과로 생기는 신경증적 증상으로 이해되고 있다(Fink 49). 이런 경우 자아는 기표계 질서 내에서 언어적 '정착점'anchoring point을 잃고, 그 결과 언어로 대변되는 자아 이상이 자아의 내부에서 더 이상 활동을 할 수 없거나 혼란된 상태에 있게 되므로 문제없이 내재화된 다른 기표들도 그 외상과 관련된 기표의 주위를 표류할 수밖에 없게 한다고 한다(어도선, 2002, 93 재인용).

이렇게 외상 또는 이에 준하는 깊은 심리적 충격과 갈등은 자아 내부에서 어떤 특정한 기표들이 정착점을 잃고 표류하게 함으로써 기표계의 질서를 대변하고 유지하는 자아와 언어와의 견고한 결속 관계를 와해시키게 된다. 이러한 와해는 기표를 통해 사회화 되었음에도 불구하고 완전히 제거되지 않은 채 기표로 구조화 된 자아 내부에서 "타자성"otherness으로 남아 있으면서 기표계 질서에 틈을 내고 그 질서를 부정하는 '오브제 아' 영역과 밀접하게 관련되어 있는 것으로 설명되고 있다(Zizek 123). 따라서 심리적 장애로 나타나는 병리적 증상은 바로 대타자의 법을 대변하는 지배 기표Master signifiers와 자아 내부에 "타자성"을 구조화 시킨 '오브제 아'와의 깊은 갈등에 기인하게 된다고 볼 수 있는데, 바로 이 점에서 신경증과 같이 치유를 요하는 깊은 심리적 장애는 모두 대타자the Other를 통해 그리고 대타자를 위해 사회화 된 자아와 이러한 대타자를 거부하고 있는 자아 내부의 "타자성"이 자아 내부에서 극단적으로 대립하고 있는 경우에 생기는 것으로 이해될 수 있다. 다시 말해, 오브제 아에 기인하는 무의식적 욕망과 그것을 금하는 대타자의 법 사이의 극단적인 갈등이 자아로 하여금 사회적으로 인정된 방식을 거부하며 사회적으로 용인되고 있는 인식과 정서 체계로부터 일탈하여 심상계와 기표계의 현실 원칙을 총체적으로 폐기하도록 하는 병리적 현상을 일으키게 된다는 것이다.

Alcorn & Bracher의 다음과 같은 설명을 통해 전이라는 심리적 메커니즘에 의존하고 있는 개선 목적의 독서치료가 아닌 깊은 심리적 장애를 지니고 있는 독자를 치료하는 데에 활용되는 치유 목적의 독서치료의 가능성을 확인해 볼 수 있다. 자아를 실체가 아닌 하나의 효과로 만든다는 심상계와 기표계의 진실을 마주함으로써 새로운 지배기표를 생산해 낼 수 있는 "역-담론"을 형성하기에는 전이는 오브제 아와 맺고 있는 관련성이 거의 없어 깊은 심리적 상처를 지니고 있는 독자 또는 환자에게 전이를 통한 근본적인 치유 효과를 기해하기 어렵다. 그러나 이러한 문제는 문학에서 독자의 유아적 충동과 욕구를 만족시키는 것을 거부하는 "낯설게 하기"defamiliarization 또는 "탈감각"desensitization을 통해 부분적으로 극복될 수 있다. 독서치료가 근본적인 치료가 아니라 보조 치료의 한 형태로 머무를 수밖에 없는 까닭이 여기에 있지만 동시에 독서치료가 어느 정도 충분한 치유적 힘을 행사할 수 있는 근거도 독서의 이러한 기능에서 찾아 볼 수 있다. 정신분석 과정에서 환자는 자신의 내부에 있는 유아적 자아가 추구하고자 하는 유아적 욕망 또는 환상을 반복하려는 시도를 끊임없이 하게 되는데, 이때 분석가는 말 끊기, 다시 말하기retelling 등의 분석 기법을 통해 환자가 구성한 담론에 결절과 틈을 만들고 그러한 담론을 통해 환자의 환상이 구성되는 것을 저지함으로서 환자 자신의 유아기적 욕망(환상)과 현실 사이의 간극을 보게 하고 또한 환자가 전이 현상을 통해 스스로의 내부에 자신이 투입한 이미지로서의 분석가와 실재 분석가 사이의 모순 또는 불일치를 지적하려고 한다.

정신분석 과정에서 분석가가 하는 역할처럼, 독서에서 "낯설게 하기" 또는 "탈감각" 경험은 감정이입과 동일화에 기반 한 독자의 심리적 투사와 그러한 투사를 통해 독자의 내부에서 일어나는 전이 현상(투입)을 거부하는 역할을 한다. 자아에게 익숙한 인식과 정서를 부정하는 이런 경험을 통해 독서를 통해 구성되는 다른 대타자로서의 텍스트는 독자가 자신의 자아와 자아 이상(자아가 되고 싶어 하는 이상적인 상징계의 자아)과 관련해서 방어하고 유지하려고 하고 있는 관계에 "구멍"을 내고 그 "구멍", 틈, 결절, 불연속성, 불일치, 모순, 삐딱함, 낯설음을 통해 자신의 "투사적 환상"projective fantasy에 의해 영향을 받고 있는 자신의 해석 방식(기존의 자아 구조에 영향을 받고 있는)과 그 해석의 대상이 되고 있는 대상의 실제 모습 사이에 있는 간극을 보도록 하는 역할을 하게 된다.

이렇듯 낯설게 하기는 독자가 자신의 심리에 "투입된 이상"projected ideals에 근거하고는 있지만 이와는 다른 다양하고 이질적인 의견과 관점을 허용함으로써 독자 자신의 가치가 도전 받고 심지어 부정되는 경험을 할 수 있게 한다. 낯설음을 통해 경험되는 이러한 이질적 의견과 관점은 독자의 투사된 투입projected introjects─독자가 일차적으로 자신의 자아를 투사하면서 자신의 자아 내부로 투입하게 되는 심리적 작용─으로 작용하면서 독자 자신이 의식적으로나 무의식적으로 이로부터 방어하고자 하는 가치를 담고 있다. 이러한 경험을 통해 독자는 자신의 습관적인 적응 방식과 방어 방식을 통제하는 자아에게 비효율성, 틈, 결점, 비일관성, 비논리성, 비합리성 등이 있음을 깨닫게 되면서부터 다른 가치와 다른 욕망을 구성할 수 있는 대안적 가치를 찾게 된다. 자신 내부에 자아의 구성 요소로서 구성되어 있는 "투입된 가치"projected values와 그러한 가치를 받아들이는 현실 사이에 큰 간극이 있다는 것을 깨달음으로써 내부적으로 극단적 갈등을 경험하게 되는데, 이러한 경험은 자신의 내부에 있는 자아 구조의 와해와 현재의 자아를 구성하고 있는 투입된 가치와 요소의 재구성 과정을 불러일으킨다. 이러한 방식으로 독서는 독자로 하여금 정신분석 과정에서 피분석가(환자)가 분석가를 통해 경험하는 방식과 같이 자신의 내부에 깊이 그리고 무의식적으로 유지되어 왔던 "원초적 가치"primary values; introjects를 끄집어내어 그러한 가치와 대적할 수 있는 "대안 가치"를 찾고 그것을 내부에 재구성하게 한다.

사실 문학은 자아 이상을 공고히 하는 다양한 가치와 질서를 제공하고 있다는 점에서 상징계의 이상을 강화시키는 자아 개선 기능을 하는 반면에, "낯설게 하기"라는 심리적 기제를 통해 상징계 질서에 틈을 내어 새로운 담론, 새로운 질서, 새로운 정체성의 가능성을 불러일으키는 역할을 함께 하고 있다. "낯설게 하기"를 통한 심리적 경험은 익숙한 세계에 대한 결별을 야기하는데 이와 같은 결별을 통해 독서에서는 "Che Vuoi?"라고 묻는 효과, 즉 독자가 스스로에게 텍스트의 타자로부터 경험하는 낯설음을 통해 "너는 이것이라고 말하지만, 이것을 가지고, 이것을 통해 내가 진정 나에게 말하고 싶은 것이 무엇이냐? 무슨 목적이냐?"(Zizek 111)라는 본질적 의문을 불러일으킨다. 바로 이 의문이 독자가 정신분석가의 도움을 받지 않으면서도 그의 욕망의 궁극적인 근거인 대타자the Other에게 "나에게 원하는 것이 무엇이냐"라고 물으면서 대타자에게 가려졌던 자신의 억압된 욕망을 마주하게 하는 히스테릭 한 질문인 것이다(*Ecritis* 312; 어도선, 1998, 58 재인용).

"낯설게 하기"를 통해 주어진 대타자가 나에게서 무엇을 원하는가에 대한 질문"Che Vuoi?"에 대한 응답으로 독자는 비로소 "나는 당신이 결여한 것을 가지고 있어요. 당신에 대한 나의 헌신으로서, 당신을 위한 나의 희생을 통해, 나는 당신을 채우겠어요, 당신을 완성시키겠어요."라고 말하며 부분적으로 독자가 알 수 없었던 자신의 욕망이 결국 대타자의 욕망이었고 자신은 대타자의 욕망을 대리하는 대리인 이상의 존재가 아니었음을, 즉 대타자의 욕망에 의해 구성된 하나의 심리적 효과에 지지 않았음을 깨닫게 된다(Alcorn & Bracher 346 참조). 이러한 새로운 성찰을 통해 자아를 통제하고 조정하는 대타자의 결핍, 대타자의 욕망에 남겨진 구멍, 틈, 결절, 빈곳이 드러나게 된다. 다시 말해, 낯설게 하기는 독자의 욕망과 환상이 유아기적 유형으로 만족되는 것을 방해함으로써 독자가 자신의 "자아 중심적 함정"egocentric trap에서서 벗어나 "자신의 문제를 자신의 방식으로 바라볼 수 있게" 함으로써(Heath, et al. "Bibliotherapy" 568) 독자가 대타자의 욕망과 무의식적으로 동일화 하는 것을 거부하게 하는 진퇴양난의 상태에 빠지게 한다.

자아의 "소외"를 강요하는 기표계 대타자의 영역 밖에서 대타자에게 의문을 품고 저항하고 거부하는 그 어떤 것에 접근하고 추구하고 또 획득하려고 하게 하는 심리적 기제를 만들어내며, 이러한 기제를 통해 자아에게 숨겨진 '진실'을 마주하게 하는 일이 독서에서는 "낯설게 하기"를 통해 일어나게 된다. "낯설게 하기"는 자아의 심리적 기제인 오브제 아를 마주하게 함으로써 그 오브제 아를 중심으로 형성되는 심리적 기제인 "환상"neurotic fantasy을 통해(Ecrits 272) 자아에게 알려지지 않았던 새로운 대타자, 새로운 가치, 새로운 관점을 엿보게 하는 기능을 하게 된다. "낯설게 하기"를 통한 새로운 주체와 새로운 대타자의 가능성은 궁극적으로 "환상구조물"fantasy-construction에 지나지 않은 독자의 무의식적 욕망에 내재되어 있는(그러나 억압되어 있는) 오브제 아를 보다 극적으로 마주하거나 보다 깊이 추구하고 그에 담긴 "진실"을 보다 강하게 대면하게 하는(Zizek 55) "미몽에서 깨어나기"disillusionment라는 문학적 장치를 통해 보다 극대화 될 수 있다. 그것은 자아가 되고 싶고자 하고 또 그것으로부터 인정받고 싶어 하는 웅대하고 숭엄한 이상ideals을 창출하는 것과는 다르게 "애도"mourning라고 하는 "고통스럽고 견디기 힘든" "손실"loss 그리고 익숙한 것과의 결별을 통해 이루어진다(Klein; Alcorn 175).

자아에게 익숙한 것들과의 결별 또는 익숙한 것을 잃는 경험은 방어 기제를 특성으로 하는 자아에게는 고통스럽지만 자아가 "중요하다고 믿고 있는 신념과 태도에 있어서의 중요한 변화는" 바로 이러한 고통과 상념의 시간을 통해서만 가능하기 때문이다(Alcorn 176). 나르시시즘과 방어 기제를 특성으로 하는 견고한 자아의 내부에서 지속적으로 자아가 동일화하고 있는 자아 이상이나 이상 자아에 대해 의문을 제기하고 도전하면서 자아 이상과 이상 자아의 실체를 깨닫게 하는 것은 새로운 이상ideals 그리고 새로운 대타자의 가능성에 대한 단서를 제공하는 것이며 또한 비현실적이면서 파괴적이기까지 한 자아 이상의 속임수로부터 자아를 보호하는 치유의 성격을 띠게 된다(Alcorn & Bracher 350). 자아 이상이라는 미몽에서 깨어나는 작업은 Alcorn이 말하는 "애도"와 같은 것으로 익숙한 것으로부터의 이별 그러나 내적/외부 세계로부터 보다 큰 독립을 이룰 수 있게 하는 치유의 과정이다.

Alcorn & Bracher의 지적대로, 피분석가의 치료가 완성되기 위해서는 피분석가가 분석가에 대해 가졌던 전이의 허구성을 이해하고 궁극적으로 자아 이상으로 무의식적으로 믿어 왔던 분석가가 사실은 자신의 참된 자아 발견과 형성을 위해서 쓰고 버려야 할 것이라는 것을 깨닫는 것과 같이, "애도" 즉, 자아가 유지하고 했던 어떤 가치 그리고 대타자가 공인해 왔던 가치를 포기하고 상실하도록 하는(Alcorn 175) "미몽에서 깨어나기"는 독자와 텍스트 간의 전이 관계를 넘어서 독자의 자아를 근본적으로 변화시키고 치유할 수 있는 심리적 기제를 제공하게 된다. 정신분석 과정은 피분석자로 하여금 그가 말을 하고 있을 때 그가 진정으로 어느 타자를 향해 말을 하고 있는가를 인식시키는데 목표를 두고 있는데, 이를 위해 분석가는 피분석가가 자기도 모르고 행하고 있던 무의식적 전이 관계를 밝혀 주는 일을 이행하는데 이런 행위가 독서에는 "미몽에서 깨어나기"로 대체되어 있을 뿐이다.

> "진정한" 정신분석의 전체 과정을 통해서 일어나는 것은 언어 객체와 자아 (외양상 말을 하는 것은 항상 언어 객체와 자아임)와 타자들 사이에서 일어나는 관계들이다. 그러나 이것은 분석가의 자아가 분석 과정에 개입하지 않는다는 유일한 전제하에 즉, 분석가는 살아있는 거울(a living mirror)이 아니라 텅 빈 거울(an empty mirror)이라는 유일한 조건 하에 가능하다. 심리 분석의 전반적인 진전은 이 관계의 점진적 전치 속에서 일어나며, 언어 객체는 자기가 어느 순간에 언의의 벽을 넘어서 이런 전치를 실행하고 있지만 스스로 인식하지는 못한다는 사실을 전이로서 파악할 수 있어야 한다. 정신분석은 이런 관계를 감소시키는데 있는 것이 아니라 언어 객체로 하여금 "이런 전이 과정에서" 자기가 현재 위치하고 있는 곳을 인식시키는데에 있다. "심리" 분석은 "주체의 자아와" 분석가의 자아의 관계가 아니라 주체가 인식하지 못했던 그의 진정한 대화자(interlocutor)들인 여러 타자들 (Others; 무의식 내의 타자들)과 언어 객체의 관계를 인식시키는데 있다. (*Seminar II* 246)

독서에서의 "낯설게 하기"나 "미몽에서 깨어나기"와 같은 심리적 경험은 "애도"의 구조처럼 "분석가의 담론"Discourse of Analyst 구조를 가지고 있어 텍스트와 독자의 전이 관계에 있는 허위적인 관습과 통념을 정지시키거나 틈을 내어 그 틈과 그 정지가 무엇을 의미하고 있는가에 대한 문제를 제기할 수 있는 새로운 지배기표의 생산을 가능하게 한다. 왜냐하면 "미몽에서 깨어나기" 경험은 자신이 지금까지 지각해왔던 방식과 사회-문화적 익숙함과의 결별, 그러고 그러한 결별로 인해 환상에 의해 형성된 자신의 무의식적 욕망으로부터 결별하여 심상계의 "쾌락원칙"과 기표계의 "현실원칙"을 총체적으로 폐기할 수 있는 새로운 지배기표와의 조우 또는 생산을 가능하게 하기 때문이다. 정신분석 과정에서 치유의 가능성이 최대화 되는 시점은 바로 새로운 지배기표의 등장을 통해 새로운 정체성이 구성되기 시작하는 순간부터 일 것이다. "미몽에서 깨어나기"가 분석가의 담론 형식을 취하는 이유는 바로 이 때문일 것이며, 이 점에서 독서치료가 진정한 치유 효과를 지닐 수 있는 가능성을 지니고 있음을 엿볼 수 있다.

4. 결론: 독서치료 영역의 확장

독서치료는 심리치료, 상담치료, 상담(교실, 학교, 병원, 교육 시설 등), 교과 교육과 교육학, 도서관학, 사회학, 사회 복지학, 그리고 일반 가정에까지 다양한 방식과 수준으로 활용되고 있으며, 최근 국내에도 도서관학, 상담치료, 교육(수학, 국어, 영어 학습 부진아 개선), 사회 복지 등 다양한 분야에서 활용되고 있다. Muir의 지적을 확대해서 본다면, 심리 및 감성의 분세가, 즉 외상식 성염으로 인한 낡인 빛 두너움, 분일띠고 있는 자아에 대한 좌절, 불신 및 분노, 그리고 이러한 분열된 자아로부터 야기되는 불안감으로부터 오는 공격성과 낮은 자긍심, 사회나 부모로 대변되는 "대타자"the Symbolic Father; the Other의 과도한 혹은 부족한 기대에 대한 부담 및 반감, 대타자의 요구에 부응하지 못할 때 나타나는 자학적 학습장애 및 저항, 그리고 심리 외적인 문제인 사회적 고립, 가정불화, 사회적 계층차이에 따른 심리적 불안이나 자폐성, 교사나 급우와의 불화로 인한 강박적 불안감, 불우한 가정환경 등과 같은 불안한 환경으로부터 오는 부정적인 다양한 사회-심리적 요인들이 학습 행위에 직간접적으로 심각한 영향을 미쳐왔고 이러한 복합적인 요소가 행동 발달상의 장애나 학습저항, 학습장애와 같은 문제를 만들어 낸다고 한다(김지영, 2011; 어도선, 2011 수정 후 재인용). 이러한 사실은 이 글에서 소개한 독서치료의 원리와 기법이 영어 교육 분야에만 한정된 것이 아니라 우리의 교육계 그리고 사회에서 치유적 관점의 개입therapeutic educational interventions이 필요한 곳에도 왜 필요한지 잘 보여주고 있다.

영어 학습에 대해 반복적으로 누적된 부정적 경험이 이미 학습부진의 문제를 넘어 영어 학습 저항과 장애에까지 이른 실업계 고교 영어 부진학생을 대상으로 한 치유 관점의 교육적 개입(영문학을 통한 독서치료)이 가져온 긍정적 영향(김지영, 2011), 사회적, 문화적, 경제적 소외와 결핍으로 인해 깊게 상처 받은 다문화 가정 아이들이 주인공으로 등장하는 영미그림책을 활용한 치유 관점의 영어 교육이 다문화 가정 학생들에게 가져온 긍정적 결과(강지혜, 2010), 그리고 결손 가정(이혼)과 경제적 결핍으로 인해 학습 저항 및 거부를 보인 학습부진아와 동일한 문제를 지난 등장인물이 등장하는 영문학을 통한 치유적 개입이 결손 가정 학생들에게 가져온 긍정적 결과(한가을, 2012) 모두 감정이입, 무의식적 일치, 자성, 공감, 심미적 경험 등 텍스트(교재)와 독자(학습자) 간의 상호관계를 극대화시킴으로서 텍스트가 치료사therapist 또는 분석가로 기능할 수 있는 가능성을 잘 보여주고 있으며, 이러한 여러 연구는 또한 영미 문학 텍스트(Jones 참고)가 독서치료 목적의 텍스트로서 가장 적합하다는 것을 보여주고 있다.

영어 교육 영역에서 독서치료 활용 가능성을 또한 살펴본다면 외국에서 학업을 마치고 국내로 귀국하여 학습하고 있지만 국내의 교육 환경에 적응하지 못해 여러 학습 영역에서 심각한 수준의 심리적, 정신적 문제를 겪고 있는 상당수의 귀국 학생들이 대상이 될 수 있을 것이다. 반복되고 누적된 영어 학습 부진으로 인해 신경증적 학습 장애나 거부 또는 학습 불안을 겪고 있는 상당수의 영어 학습 부진아, 그리고 학습 외적 요인, 즉 가정 내의 결손(학대, 방기, 언어폭력, 배척, 갈등이나 냉대 등)이나 급격한 환경변화(이혼/별거, 죽음, 학대, 병, 가정 폭력, 입양 등)로 인해 영어 학습 행위를 정상적으로 할 수 없는 학생들도 대상이 될 수 있을 것이다. 이러한 활용 가능성은 일차적으로 교육 영역과 깊이 관련되어 있지만 내용은 교육에 한정되어 있지 않다. 오히려, 심리상에 있어서의 적응 문제들(분노, 스트레스, 불안, 적응 장애, 악몽, 이별/상실로부터 오는 슬픔, 잘못된 습관 등)로 인해 학습 장애를 겪고 있는 학습자나, 더 나아가 잘못된 인지 구조나 태도 등 학습 내적 원인으로 인해 학습 장애(학업 불안, 학습 저항, 학습 위기 및 거부 등)를 겪고 있는 학습자에게 독서치료는 교육적 개입 외에도 심리치료, 상담치료, 복지를 위한 치유 영역으로 확장될 수 있기 때문이다. 사회적 장애(대인관계 기피, 소심증, 반사회적 행동, 집단 괴롭힘 등)로부터 기인한 정신 질환(우울증, 공포증, 강박증, 주의결핍증, 불안 장애, 중독증, 자학적 행위 등)으로 인해 영어 학습 행위를 정상적으로 이수하기 힘든 중증 증상의 학생들까지 고려해 본다면 독서치료는 보다 전문적인 치료의 영역에까지 적용될 수 있을 것이다. 다문화 학생들도 상당한 영어 학습 장애뿐 아니라 편견과 차별로 인한 사회적 장애를 경험하면서 심리적, 정신적으로 매우 불안정한 상태에 있는 경우가 많다는 사실은 영문학을 활용한 독서치료가 교육 영역뿐 아니라 교육 일반, 상담, 사회보장(다문화 이해), 사회, 의학 등 다양한 영역으로 확대될 수 있는 가능성을 보여주고 있다. 이 글에서 제시한 독서치료의 심리적 메커니즘에 대한 정신분석적 설명이 이러한 확장 가능성을 보다 현실화하는 이론적 토대가 되기를 바란다.

---

* 이 글은 저자의 「융합시대의 영문학의 역할: 독서치료를 통한 영어 학습부진아 교육과 치유」(『영미문학교육』 16.2 (2012): 129-61)의 내용을 본 저서의 기획 취지에 맞도록 일부 수정·확대한 글임.

▌참고문헌

강지혜. 「다문화 영미그림책 활용 SIOP Model에 기반 한 어휘 활동을 통한 내용 및 언어 통합 교육 연구」. 고려대학교 석사학위논문, 2010.

김지영. 「영어그림책 수업이 학습부진학생의 정의적 영역 및 읽기능력에 미치는 영향」. 고려대학교 석사학위논문, 2011.

어도선. 「영어 학습 부진아와 분석가의 담론(Discourse of the Analyst): 교육과 치유 페다고지(Therapeutic Pedagogy)」. 『라깡과 현대정신분석』 13.2 (2011): 97-122.

____. 「자끄 라깡: 담론, 주체, 그리고 세 영역」. 『인문학 연구』 5 (1998): 27-70.

____. 「융합시대와 영문학의 역할: 교육과 치유」. 영미문학교육학회 봄 학술발표회. 21-34 2012년 5월 19일.

____. 「영어 학습 저항에 대한 임상적 분석: 독서치료와 정신분석학의 융합」. 미발표 논문, 2012.

____. 「라깡과 문학비평: 상호텍스트성, 해석, 전이」. 『라깡의 재탄생』. 김상환, 홍준기 엮음. 서울: 창작과비평사, 607-37.

한가을. 「치유적 관점에서 영어 그림책이 어휘와 정의적 영역에 미치는 효과: 위기에 처한(At-Risk) 학생을 중심으로」. 고려대학교 석사학위논문, 2012.

Ackerson, J., et al. "Cognitive Bibliotherapy for Mild and Moderate Adolescent Depressive Symptomatology." *Journal of Consult Clinical Psychology* 66.4 (1998): 85-90.

Afolayan, J. A. "Documentary Perspective of Bibliotherapy in Education." *Reading Horizons* 33.2 (1992): 137-48.

Alcorn, Jr., Marshall. "Ideological Death and Grief in the Classroom: Mourning As a Prerequisite to Learning." *JPCS* 6.2 (2001): 172-80.

Alcorn, Jr., Marshall and Mark Bracher. "Literature, Psychoanalysis, and the Re-formation of the Self: A New Direction for Reader-Response Theory." *PMLA* 100.3 (1985): 342-54.

Apodaca, Timothy, et al. "A Pilot Study of Bibliotherapy to Reduce Alcohol Problems among Patients in a Hospital Trauma Center." *Journal of Addictive*

Nursing 18 (2007): 167-73.

Betzalel, Nurit and Zipora Shechtman. "Bibliotherapy Treatment for Children with Adjustment Difficulties: A Comparison of Affective and Cognitive Bibliotherapy." *Journal of Creativity in Mental Health* 5 (2010): 426-39.

Bracher, Mark. *The Writing Cure: Psychoanalysis, Composition, and the Aims of Education.* Carbondale: Southern Illinois UP, 1999.

Briggs, Cynthia and Dale-Elizabeth Pehrsson. "Use of Bibliotherapy in the Treatment of Grief and Loss: A Guide to Current Counseling Practices." *Adultspan* 7.1 (2008): 32-42.

Brown, K. "The Reading Cure." *Therapy Today* 20.2 (2009): 20-23.

Burns, Leonard and Patricia Kondrick. "Psychological Behaviorism's Reading Therapy Program: Parents As Reading Therapists for their Children's Reading Disability." *Journal of Learning Disabilities* 31.3 (1998): 278-85.

Chai, Angie Yuyoung. "The Use of Bibliotherapy in Natural Environments to Develop Social Skills in Young Children." ETD Collection for Fordham University (January 1, 2011).

http://fordham.bepress.com/dissertations/AAI3452784;

Cheu, Hoi. "There Is No Class in This Text: From Reader-Response to Bibliotherapy." *TSC*, 13/14 (2001): 37-43.

Clarke, Jean and E. Postle. Eds. *Reading Therapy.* London: Clive Bingley, 1988.

Cook, Katherine, et al. "Bibliotherapy." *Intervention in School and Clinic* 42.2 (2006): 91-100.

Crago, Hugh. "Can Stories Heal?" *Understanding Children's Literature.* Eds. Hunt, Peter. London: Routledge, 1999: 163-73.

Evers, Rebecca and Sue Spencer. *Planning Effective Instruction for Students with Learning and Behavior Problems.* New Jersey: Pearson Education, 2011.

Fink, Bruce. *The Lacanian Subject: Between Language and Jouissance.* Princeton: Princeton UP, 1995.

Febbraro, Greg. "An Investigation into the Effectiveness of Bibliotherapy and Minimal Contact Interventions in the Treatment of Panic Attacks." *Journal of*

Clinical Psychology 61.6 (2004): 763-79.

Fisher, Douglas and Gay Ivey. "Evaluating the Interventions for Struggling Adolescent Readers." *Journal of Adolescent & Adult Literacy* 50.3 (2006): 180-89.

Forgan, J. W. "Using Bibliotherapy to Teach Problem Solving." *Intervention in School and Clinic* 38.2 (2002): 75-82.

Fuhriman, Addie, et al. "Words, Imagination, Meaning: Toward Change." *Psychotherapy* 26.2 (1989): 149-56.

Gregory, Katherine and Judith Vessey. "Bibliotherapy: A Strategy to Help Students with Bullying." *The Journal of School Nursing* 20.3 (2004): 127-33.

Hahlweg, Kurt, et al. "Therapist-Assisted, Self-Admistered Bibliotherapy to Enhance Parental Competence: Short-and Long-Term Effects." *Behavior Modification* 32.5 (2008): 659-81.

Heath, Melissa, et al. "Bibliotherapy: A Resource to Facilitate Emotional Healing and Growth." *School Psychology International* 26.5 (2005): 563-80.

Heath, Melissa Allen, et al. "Strengthening Elementary School Bully Prevention with Bibliotherapy," *Communique* 39.8 (2011): 12-14.

Holland, Norman. *Five Readers Reading.* New Heaven: Yale UP, 1975.

Iaquinta, Anita & Shelie Hipsky. "Practical Bibliotherapy Strategies for the Inclusive Elementary Classroom." *Early Childhood Education Journal* 34.3 (2006): 209-13.

Jack, Sarah and Kevin Ronan. "Bibliotherapy: Practice and Research." *School Psychology International.* 29.2 (2008): 161-82.

Jones, Jami. "A Closer Look at Bibliotherapy." *Young Adult Library Services* 5.1 (2006): 24-27

Karacan, Nurten. "The Effect of Self-Esteem Enrichment Bibliocounseling Program on the Self-Esteem Level of Sixth Grade Students," Master's thesis. Middle East Technical U, 2009.

Lacan, Jacques. *Ecrits: A Selection.* Trans. Alan Sheridan, New York: Norton, 1977.

_____. *The Four Fundamental Concepts of Psycho-Analysis.* Ed. Jacques-Alain Miller. Trans. Alan Sheridan. New York: Norton, 1981.

_____. _The Seminar of Jacques Lacan: Book I: Freud's Papers on Technique, 1953-1954._ Ed. Jacques-Alain Miller. Trans. John Forrester. New York: Norton, 1988.

_____. _The Seminar of Jacques Lacan: Book II: The Ego in Freud's Theory and in the Technique of Psychoanalysis, 1954-1955._ Ed. Jacques-Alain Miller. Trans. Sylvana Tomaselli. New York: Norton, 1988.

_____. _The Seminar of Jacques Lacan: Book III: The Psychosis, 1955-1956._ Ed. Jacques-Alain Miller. Trans. Russell Grigg. New York: Norton, 1993.

_____. _The Ethics of Psychoanalysis: Book VII._ Ed. Jacques-Alain Miller. New York: Norton, 1993.

Lenters, Kimberly. "Resistance, Struggle, and the Adolescent Reader." _Journal of Adolescent & Adult Literacy_ 50.2 (2006): 136-46.

Mesmer, E., & Mesmer, H. "Response to Intervention(RTI): What Teachers of Reading Need to Know." _The Reading Teacher_ 62.4 (2008/2009): 280-90.

Muir, Michael. "What Underachieving Middle School Students Believe Motivates Them to Learn." Doctoral dissertation. U. of Maine, 2000.

Pardeck, J. T., and M. J. Markward. "Bibliotherapy: Using Books to Help Children Deal with Problems." _Early Child Development and Care_ 106 (1995): 75-90.

_____. "Recommended Books for Helping Children Deal with Separation and Divorce." _Adolescence_ 31 (1996): 233-37.

_____. and J. A. Pardeck. "Recommended Books for Helping Young Children Deal with Social and Developmental Problems." _Early Clinical Development and Care_ 136 (1997): 57-63.

_____. _Children in Foster Care and Adoption: A Guide to Bibliotherapy._ Westport, CT: Greenwood, 1998.

Pehrsson, Dale, & P. McMillen. "A Bibliotherapy Evaluation Tool: Grounding Counselors in the Therapeutic Use of Literature." _Arts in Psychotherap_ 32 (2005): 47-59.

Prater, M. Anne, et al. "Using Children's Books As Bibliotherapy for At-Risk Students: A Guide for Teachers." _Prevention School Failure_, 50.4 (2006): 5-13.

Rathvon, Natalie. *The Unmotivated Child: Helping your Underachiever Become a Successful Student.* New York: Fireside, 1996.

Rozalski, Michale, et al. "Bibliotherapy: Helping Children Cope with Life's Challenges." *Kappa Delta Pi Record* Fall 2010, 33-37.

Rubin, R. Joyce. *Using Bibliotherapy: A Guide to Theory and Practice.* Phoenix, AZ: Oryx, 1978.

Samuels, Robert. *Between Philosophy & Psychoanalysis: Lacan's Reconstruction of Freud.* New York: Routledge, 1993.

_____. "Guest Column: 'An Academic is Being Beaten': A Psychoanalytic Discussion of Higher Education." *JPCS* 6.2 (2001): 167-71.

Shechtman, Z., & Aviva Or. "Applying Counseling Methods to Challenge Teacher Beliefs with Regard to Classroom Diversity and Mainstreaming: An Empirical Study." *Teaching & Teacher Education* 12.2 (1996): 137-47.

Strum, Brian. "Reader's Advisory and Bibliotherapy: Helping or Healing?" *Journal of Educational Media and Library Sciences*, 41.2 (2003), 177-82.

Zizek, Slavoj. *The Sublime Object of Ideology.* London: Verso, 1989.

❙주

[1] 독서치료의 원리와 방안에 대한 내용은 어도선. 「융합시대와 영문학의 역할: 교육과 치유」 (영미문학교육학회 봄 정기학술대회, 2012년 5월 19일), 21-34에서 그 일부가 발표되었음.

[2] 이 부분은 어도선(1998), 39를 수정하여 재인용하고 있음.

문학 치료와 영문학 연구:
독서(행위)의 영향과 문학 · 문화 담론

원영선

1. 독서/문학 치료와 영문학 연구

　독서/문학 치료1는 책이 그것을 읽는 독자에게 어떤 형태로든 영향을 미친다는 사실을 기본 전제로 한다. 책이 인간에게 미치는 영향에 대한 믿음은 책의 역사와도 일치하는데, 그에 대한 기록은 기원전 300년경 알렉산드리아 도서관 현판에 새겨진 "마음의 치료제"Medicine for the Mind라는 구절이나 고대 그리스 테베 도서관의 "영혼의 치유"Healing of the Soul라는 헌정으로 거슬러 올라간다(McCulliss 23; Jack and Ronan 162). 또한 미국에서 신경정신과적 치료에 독서/문학 치료 과정을 처음으로 도입한 인물로 잘 알려진 러쉬Benjamin Rush의 1802년 강연에서 언급된 도서관의 활용 사례나, 디킨스Charles Dickens의 『미국 방문기』*American Notes*에 기록된 정신병동의 놀이와 독서 활동에 관한 감회(McCulliss 6 재인용)에서 보는 바와 같이, 실제 치료 현장에서 문학/독서 치료를 수행한 근대적 사례도 발견된다. 그러나 현장의 산발적 시도나 실험적 사례와는 별개로 영어권 국가에서 전문적인 학문 영역으로서 독서/문학 치료 연구가 본격적으로 시작된 것은 20세기에 들어서였다.

주지하듯이, 현재 많은 영역에서 활발한 연구가 이루어지고 있는 독서/문학 치료 연구는 태생적으로 문학과 신경정신의학, 도서관학, 교육학 등 여러 학문 분야 간의 통섭과 혼종을 기반으로 출발하였다. 따라서 독서/문학(혹은 더 넓게는 언어를 매개로 하는 다양한 매체)의 치유/치료적 기능이라는 공통의 관심에도 불구하고 이 분야의 연구가 전공 영역에 따라 상이한 연구 성과를 내고 있다는 사실은 그러한 학문적 연원에서 기인된 자연스런 결과라고도 할 수 있다. 예컨대, 도서관학이나 교육학 관련 학술지에 발표된 독서/문학 치료 연구가 주로 전문 사서나 상담 교사의 역할, 그리고 수업 교과 개발과 운영의 문제 및 사례에 중점을 두고 있는 데 반해, 시치료 학회나 문학과 의학 학회의 학술지에는 주로 신경정신과 치료와 직접 연결된 이론과 방법론, 그리고 사례 연구가 주축을 이룬다.[2]

그런데 지난 50여 년 간의 연구를 되짚어 볼 때 특히 흥미로운 점은 독서/문학 치료 연구에서 '문학' 분야의 독립된 연구가 상대적으로 매우 저조하다는 사실이다. 이 분야의 '문학' 연구에 대한 양적 가늠은 과거의 연구 성과와 관련된 몇 가지 간단한 수치만 보아도 쉽게 파악이 가능하다. 예를 들어, 1993년에서 1997년 사이의 연구 성과를 출판 논문 저자의 전공 분야로 분류하여 수치화한 포레스트M. E. S. Forest에 따르면, 심리(치료)학, 도서관학, 간호학, 사회활동 분야에서 각각 57%, 20%, 11%, 10%의 연구 논문이 발표된 바 있고(Forest 160 재인용), 최근 비슷한 연구를 수행한 퍼슨과 맥밀런D. E. Pehrsson & P. McMillen의 통계 자료 역시 1991년에서 2000년 사이 10년간 독서치료 관련 학술논문 500여 편의 전공 영역은 심리학(31%), 교육학(29%), 도서관학(16%), 의학(15%), 건강관리(10%)의 분포를 보여준다(Jack and Ronan 163). 반면, 문학치료의 권위자로 잘 알려진 니콜라스 마자Nicholas Mazza는 문학비평 조류의 주요 갈래의 하나인 정신분석비평을 독서/문학 치료의 가장 주요한 이론적 기반 중 하나로 꼽는데(6), 독서/문학 치료 과정 중 중요한 단계로 일컬어지는 '카타르시스'catharsis 개념도 따지고 보면 그 기원은 아리스토텔레스Aristotle의『시학』Poetics이다. 그러나 치료 과정에 직접 관여하는 연구자/전문가에게 이론적 틀을 제공하거나 치료의 도구로서 문학적 지식 내지는 감식력을 제공하는 차원을 넘어, 기존의 문학 연구가 축적해온 지식과 통찰의 유효한 지점을 문학 연구의 관점에서 논의한 예는 그리 많지 않으며,3 그 중에서도 특히 독서/문학 치료 연구에서 기본 전제라 할 수 있는 독서(행위)의 영향에 대한 본격적인 논의는 매우 제한적으로 이루어지고 있다.4

영문학에서 독서, 독자, 그리고 독서(행위)의 영향과 관련된 연구는 독자반응이론reader response theory이나 현상학phenomenology, 그리고 서사이론narrative theory 등의 전통적인 비평 영역에 주로 집중되어 왔으나 최근에는 문화연구의 문맥에서 대중 독자reading public와 문해력literacy, 책의 출판과 유통, 소설 장르론 등의 화두를 중심으로 새로운 연구가 활발히 진행되고 있다.5 전통적인 문학 비평에서와 달리 문화연구에서 독자와 독서(행위)는 구체적인 시·공간에 위치하는 역사·문화적 개념으로 정의되며, 따라서 그것의 토대이기도 한 근대 문자문화의 성립 및 발달에 대한 관심과 직결된다. 좀 더 최근에는 그러한 문화연구의 성과에 힘입어 독서(행위)의 인식론적 탐구에 관련된 연구로 그 외연을 넓혀오고 있고, 그 가운데서도 특히 근대적 개인의 '주체'subjectivity 형성과 연관된 18, 19세기 연구에서 이 주제의 논의가 활발히 진행되고 있다.6

크게 보아 이 글은 이러한 문화연구의 영문학적 관심을 바탕으로 문학 치료 연구와의 공통된 관심사라 할 수 있는 '독서(행위)와 그 영향'의 문제를 역사·문화적 문맥 속에서 검토하고, 나아가 그를 통해 영문학 연구와 독서/문학 치료 연구를 가로지르는 새로운 통섭의 접점을 모색해 보는 데 그 목적이 있다. 좀 더 구체적으로는, 근대 독서(행위)의 역사성과 사회·문화적 조건에 대해 간략히 소개하고, 근대 영국 소설에 형상화된 몇 개의 독서(행위) 장면을 통해 작품 속 독자의 독서(행위)가 당대의 역사·문화적 문맥을 드러내 주는 방식을 살펴봄으로써, 그러한 문맥적 관심이 '독서(행위)의 영향'이라는 기본 전제에 대해 어떤 새로운 접근이나 시각을 제공할 수 있을지에 관해 논의해 보고자 한다. 근대 독서(행위)의 문학적 재현에 관한 논의를 위해 19세기 영국 소설인 제인 오스틴Jane Austen의『노생거 사원』Northanger Abbey(1817), 샬럿 브론테Charlotte Brontë의『제인 에어』Jane Eyre(1847), 죠지 엘리엇George Eliot의『플로스 강의 물방앗간』The Mill on the Floss(1860)을 간략히 예시하였고,7 짧은 논의 안에 세 작품을 다루는 만큼 특정 대목에 논의를 한정하되 그것이 독서(행위)에 대해 제기하는 사회·문화적 함의에 집중함으로써 현재적 관심에 맞닿을 수 있는 지점을 찾고자 하였다.

2. 독서(행위)의 역사성과 사회·문화적 조건

'책이 독자에게 미치는 영향'에 관한 논의에서 가장 중요하면서도 동시에 가장 간과하기 쉬운 문제는, 그 전제의 근간을 이루는 독자와 책, 그리고 독자와 책이 조우하는 독서(행위)가 매우 역사적인 개념이라는 사실이다. 독서(행위)는 그 나름의 긴 역사를 지닌 특수한 문화행위로서, 특정한 시간과 장소에서 일어나는 행위이자, 특정 독자와 책, 그리고 작가, 출판 시장, 문학적 관습 등, 다양한 경제, 문화적 요소들의 복잡한 상호작용에 의해 규정되는 구체적인 조건의 결과물이다.[8] 가령 우리에게 익숙한 책 제본binding 형태도 알고 보면 그 자체의 긴 역사를 지니고 있는데, 두루마리 형태의 필사본에서 시작하여 종이 크기와 활자 및 쪽 배열, 그리고 제본 방식 등에서 다양한 형태 변화를 거치면서 오늘날 우리가 알고 있는 책의 모양새를 갖추게 된 것은 18세기에 이르러서이다. 책 제작의 기술적 변화가 단순히 책의 외적 형태 변화에 그친 것이 아니었음은 여러 개의 장으로 나뉘어 제본된 성경책이 내용의 통일성을 해쳐 그 힘을 잃게 한다고 불평한 로크John Locke의 언급에서도 쉽게 미루어 짐작할 수 있다 (Mackenzie 46-47 재인용).

현대인에게는 친숙한 '혼자,' '소리 내지 않고' 읽는 묵독默讀, silent reading 역시 벤야민Walter Benjamin이 "묵시의 영"이라고 명명한 근대식 현상이다. 독일의 문화역사학자 엔겔징Rolf Engelging이 18세기 전 유럽의 독서(행위)에 일어난 새로운 현상을 '광범위한 독서'로의 이행으로 요약한 (Benedict 7, 재인용) 근거 역시 다양한 읽을거리를 빠르게 읽어내는 독서(행위)를 가능케 한 사회·경제적 토대의 변화에 있었다. 예컨대, 17세기 말이래 가파르게 증가한 문해율literacy rate이나 런던의 도서업자로 대변되는 근대적 출판 사업과 시장의 확립, 그로 인해 폭발적으로 증가한 소설과 팸플릿, 잡지 등 대중적 읽을거리page-turner의 등장, 상대적으로 빠른 독서를 가능케 하는 눈으로 읽는 독서습관의 형성, 그리고 그러한 읽을거리의 빠른 소비를 촉진한 간선도로의 건설과 우편체제의 확립, 지방의 소규모 독서클럽이나 대여도서관circulation library의 등장에 따른 도서 접근성의 확대 등은 근대 영국의 활자문화 성립을 설명하는 데 빼놓을 수 없는 요소들이다.

16세기 이후 유럽의 독서문화를 연구한 까르띠에는 문해력을 갖춘 새로운 독서 대중을 근대 "독서의 세 주역"three fundamental figures of reading—어린이, 여성, 그리고 민중—으로 보고, 이들을 근대 영국의 문자문화 역사에서 처음으로 가시화되기 시작한 새로운 독서(행위)의 주체로 설명한다(Chartier 3-12). 그러나 문해력을 갖춘 소수의 지배계층에게 배타적으로 향유되던 봉건적 문자 문화의 시대를 뒤로하고 '대다수의 국민이 책을 읽고 그 영향 아래 놓이게 된' 유례없는 현상을 향한 당대인들의 저항과 우려는 매우 컸다. 이 시기에 쏟아져 나온 대중적 출판물이 주로 그러한 비판의 대상이었는데, 그 중에서도 가장 큰 대중적 인기를 얻은 소설은 흔히 대여도서관에 쉽게 빌려보는 값싼 읽을거리로 당대 지식인들에게 "무시무시한 쓰레기"horrid trash로 여겨졌고(Kelly 613), 심지어 독자들의 삶에 직접적으로 악영향을 미치는 "독"과 같은 존재로 인식되기에 이른다. 특히 소설의 주 소비자인 (혹은 그렇게 여겨지던) 여성 독자들의 소설 소비에 관한 비판이 더욱 거셌는데, 이와 관련하여 피어슨 같은 비평가는 여성의 독서(행위)와 성적 타락을 결부 짓는 당대인의 지배적 견해를 "이 시대가 끊임없이 강조하는 텍스트성과 성의 밀통 관계"로 분석한 바 있다(Pearson 87).

근대 영국의 반反소설 담론은 우리에게도 잘 알려진 제인 오스틴의 『오만과 편견』Pride and Prejudice(1813)에 등장하는 짧은 일화를 통해서도 쉽게 확인된다. 남성 후계자로 한정된 상속제도로 인해 베넷Bennet 집안의 전 재산을 물려받게 될 사촌 콜린즈 씨Mr. Collins는 그의 첫 방문에서 저녁식사 후 베넷 자매들과 함께 책을 읽기로 하는데, 막상 베넷 자매가 가져온 책을 가져오자 못 볼 것이라도 본 듯 "책을 본 순간 놀라 뒤로 물러서며"(46) 대신 자신이 직접 고른 품행서conduct book 포다이스James Fordyce의 설교집을 읽는다. 셰리단Richard Brinsley Sheridan의 『연적』Rivals(1775)에 등장하는 엔소니 경Sir Anthony의 유명한 대사, "사악한 지식을 맺는 사철나무"a Evergreen Tree of Diabolical Knowledge로 비유된 대여도서관의 책은 이른바 '12절'twelves이라 불렸던 12절지duodecimo 소책자가 주를 이루었고 그것은 여성들이 외출 시 가지고 나가거나 안락의자에 앉아 한 손으로 들어 읽을 수 있는, 가벼운 종류의 '여성적' 읽을거리이자 '값싼' 대중적 출판물로 치부되었다. 따라서 콜린즈 씨가 외양만으로도 대여도서관에서 빌려온 책을 식별하고 거부한 장면은, 대여도서관의 책이 점잖은 체통에 걸맞지 않는 부류의 읽을거리이며 그 영향이 마치 전염병처럼 퍼져나간다는 당대인의 일반적인 편견을 단적으로 드러내주는 예라 할 수 있다.9 물론 오스틴과 동시대 작가였던 월터 스콧Walter Scott 소설의 대유행 이후 찰스 디킨스의 소설이 영국 전역을 강타하는 19세기 중반에 이르는 사이 소설에 대한 인식이 점차 달라지고 그 장르적 지위도 격상된다. 그러나 19세기 중반 이후에도 많은 대중 소설을 향한 반反소설 담론은 두 세기 이상 지속되며, 이는 소설로 대변되는 대중적 읽을거리가 저작권법이나, 검열, 소수 출판업자의 독점 판매권 등 공적인 통제 수단의 포섭권을 넘어 보다 광범위한 사회·문화적 영향력을 가지게 되었다는 데 대한 반증이기도 했지만, 그와 동시에 당대의 새로운 독서(행위)가 전통적인 제도와 공동체적 통제 방식을 벗어나 독자 개인의 영역으로 변모했다는 인식의 반영이기도 했다.

반反소설 담론을 포함한 근대 영국의 '주류 독서담론'mainstream discourse of reading은 점차 독서(행위)를 사적 영역 안으로 끌어들여 재정의하는 한편, 그것을 독자의 품성형성, 도덕규범, 품행, 그리고 일상적인 생활습관의 일부로 치환시키는 일련의 문화전략의 일부로 포섭하기에 이른다. 권장도서는 물론, 책을 읽는 시간과 자세, 책을 간수하는 방법에 이르는 다양한 충고를 설파했던 품행서의 독서 지침이나, 독자를 계도하는 안내자/교육자 역할을 자처하는 잡지 서평, 그리고 유년기 독서를 지도하고 통제하는 부모나 교사의 역할을 강조하는 문학작품들 모두 이 같은 맥락에서 이해될 수 있다. 또한 이 시기 동안 문학이 제도권 교육의 정규 교과과정으로 편입되기 시작하고 연령별로 독서 수준을 정하고 책을 분류하는 근대적 아동문고children's library 체계가 확립되었다는(Richardson 131) 사실에서도, 개인 독자의 독서 경험이 근대 제도의 틀 안으로 포섭되고 재조직되어 근대적 개인의 사회화 과정에 필수적인 문화 프로그램의 일부로 자리 잡게 되었음을 확인할 수 있다. 특히 독서행위를 개인의 '의미 있는' 경험으로 재해석하는 독서담론은 모든 경험이 아닌 '특별한' 경험을 선별함으로써 개인의 독서(행위)를 서열화하고, '어떻게' 읽는가의 문제를 책의 의미, 나아가 독자의 자아와 세계를 '읽어내는' 근대적 인식의 지평을 넓히는 문제로 포섭해감으로써 '글을 읽는' 단순한 문해력으로부터 지적, 도덕적 함의를 읽어내는 "문화적 문해력"(cultural literacy, Benedict 219)을 차별화하는 보다 광범위한 문화 패러다임의 형성 과정과 궤를 같이한다.

3. 근대 영국소설 속의 독서(행위)

상술한 사회·문화적 문맥에서 생각해 볼 때, 근대 영국소설 속에 독서(행위)의 다양한 모습이 두드러지게 증가한 것은 결코 우연이 아니다. 자본주의 시장에서 유통되는 상품이 될 태생적 조건 하에 탄생된 소설에서 그것의 소비행위인 독서(행위)에 대한 자의식이 드러나는 것이나, 당대 작가들이 새로운 독서(행위)의 담론 형성에 자신들의 몫을 적극적으로 받아들인 것은 당연한 결과였다. 이들은 작가이기 이전에 새로운 근대적 독자, 즉 새로운 독서(행위) 주체였고, 그들이 작품 속에 형상화한 독서(행위)는 새로운 독서담론의 문학적 반영이자 대응이었다. 18, 19세기에 출간된 소설 세 편에서 발췌한 다음의 인용문은 벤야민이 "혁명"으로 명명한 사적 독서(행위)가 근대 영국소설에서 어떤 모습으로 재현되고 있는지, 나아가 독자로서의 자의식을 가진 작가들이 당대인들에게 가장 큰 우려의 대상이었던 (여성의) 독서(행위)를 어떻게 비판적으로 사유하고 있는지를 보여주는 흥미로운 사례들이다.

첫 번째 다룰 논의는 제인 오스틴의 첫 소설 『노생거 사원』의 중반부 장면에서 발췌된 대목이다. 소설의 기본 플롯은 당대 유행하던 고딕 소설Gothic novel에 심취한 여주인공 캐더린 몰랜드Catherine Morland가 남자 주인공 헨리Henry Tilney을 만나면서 겪게 되는 사건을 중심으로 전개되며, 현실과 허구를 혼동하는 순진한 캐더린이 일련의 경험과 깨달음을 통해 결국엔 헨리와 맺어지게 되는 행복한 결말로 매듭지어진다. 소설 속 허구에 경도된 순진한 여주인공의 실수와 깨달음, 성장을 다루고 있다는 점에서, 그리고 더 중요하게는 소설과 독자의 관계 그리고 독서(행위)의 영향을 탐구하고 있다는 점에서, 이 소설은 소설 읽기에 대한 작가적 고민과 소신을 다룬 '소설에 대한 소설'로 종종 거론된다. 인용문의 화자는 남자 주인공 헨리로서, 틸리 가문의 저택 노생거 사원에 숨겨진 비밀을 캐내기 위해 작고한 틸리 부인의 방에 숨어들어간 캐더린과 맞닥뜨린 장면에 나오는 다소 격앙된 훈계조 대사의 일부이다.

> 친애하는 몰랜드 양, 당신이 품은 의심의 끔찍한 내용을 한 번 생각해 보십시오. 무엇을 근거로 그런 판단을 하신 겁니까? 우리가 살고 있는 나라와 시대를 기억하세요. 우리가 영국인이며 기독교인이라는 사실을 기억하시라는 말씀입니다. 당신의 이해력과 가능한 일에 대한 판단, 그리고 주변에서 벌어지는 일에 대해 관찰한 것을 고려해 보세요. 우리가 그토록 극악한 일을 할 수 있도록 교육받고 자랐습니까? 우리의 법이 그 같은 일을 묵과할까요? 사회적, 문헌적 교류가 요즘 같은 기반에서 이루어지고 있는 나라에서, 모든 사람들이 자발적인 첩자노릇을 하는 이웃에 둘러싸여 있으며, 도로와 신문이 모든 것을 대명천지에 드러내주는 나라에 서, 아무도 모르게 그런 일이 계속될 수 있겠습니까? 친애하는 몰랜드 양, 무슨 생각을 하고 계셨던 겁니까? (199-200)

고딕 소설에 지나치게 탐닉한 나머지 틸리 장군General Tilney이 아내를 유폐하고 살해한 고딕 소설의 악당이라 여긴 캐더린의 상상은 그 자체로 실소를 머금게 하는 희극적 해프닝이라 할 수 있다. 따라서 캐더린의 황당무계한 고딕적 상상을 단번에 뒤엎어 버리고 개화된 법치국가 영국의 현실에 눈 뜨게 한 헨리의 훈계는 흔히 여주인공의 깨달음과 교정을 매개하는 '교화'의 메시지로 해석되기도 한다. 당대에 폭발적인 인기를 누리던 래드클리프Ann Radcliffe류의 고딕 소설에 빠져 고딕적 허구를 영국의 현실로 착각한 나머지 변덕스럽고 위압적인 틸리 장군을 몬타니Montoni같은 사악한 악한으로 착각해버린 캐더린의 모습은, 잘못된 독서(행위)가 어떤 폐해를 낳을 수 있는지, 그리고 그러한 독서(행위)의 영향에 취약한, '어리고 순진한' 독자의 규제와 감시가 왜 필요한지에 대해 직접적이고 간명한 '반反소설적' 경고의 메시지를 전달하는 듯 보인다.

그러나 이러한 고전적 해석과는 달리, 최근의 오스틴 연구에서는 어리고 무지한 독자 캐더린의 성장 소설이라는 표면적 서사 배후에 교묘하게 직조되어 있는 오스틴식 소설 옹호론이나 여성주의적 사회 비판을 읽어내는 비평이 더 큰 비중을 차지한다. 비평가에 따라 논점의 차이는 있지만, 틸리 장군의 가부장적 독선과 전횡의 본질을 간파한 캐더린의 비범한 문학적 통찰력을 강조하고, 나아가 그러한 캐더린의 '전도된' 의심을 통해 폭로되는 가부장 권력의 잠재적, 현실적 폭력성을 조명하는 비평 논의는 이제 오스틴 연구자들에게 낯익은 주제이다. 또한 캐더린의 "고딕 소설적 불신"(Gothic distrust, Johnson 29)을 1790년대 영국의 정치 상황—당대 영국 사회에 만연했던 강박적인 반혁명 정서와 공안 정국, 불안, 공포 분위기 등—과 연결하여 (프랑스) 혁명기의 사회·정치적 문맥에서 분석하는 비평은 문화 연구적 접근과 더불어 최근 비평의 큰 줄기를 차지하고 있다.

따라서 캐더린의 황당한 의심이 '이유 있는' 의심으로 읽힐 때, 위에 인용된 헨리의 대사는 반혁명적이고 반여성적인 당대의 주류담론을 그대로 답습하는, 말 그대로 훈계에 불과한 얘기로 들리게 된다. 틸리 장군의 과도한 친절이 탐욕과 오해에서 비롯되었음이 밝혀지고 위선의 가면이 벗겨지면서, 영국인의 상식과 합리를 주장하는 헨리의 훈계는 역설적으로 현실과 동떨어진 공허한 수사로 전락하기 때문이다. 태너Tonny Tanner가 "잘못되었지만 맞는"(wrongly right, 29) 통찰이라고 정의한 캐더린의 엉뚱한 상상은 따라서 '맞는' 듯 보이지만 사실 사회·역사적으로는 '왜곡된' 헨리의 관점과 병치되면서, 캐더린에게 미친 독서(행위)의 영향이 규범적 담론의 문법으로 치환될 수 없는 특별한 능력으로 기능하게 된다. 요컨대, 가장 보수적인 입장에서 독서(행위)의 폐해를 역설하는 듯 들리는 헨리의 훈계는 실은 편협한 당대의 독서담론을 안으로부터 해체함으로써 그 근본에서 재고하도록 하는, 오스틴 특유의 비판적 사유의 상관물인 것이다.

근대 영국의 주류 독서담론을 전면에 내세우면서 동시에 전복하는 독서(행위)의 문학적 재현은 19세기 중엽에 출간된 샬럿 브론테의 『제인 에어』에서도 발견된다. 다음의 두 번째 인용은 헤널리Mark M. Henelly, Jr.가 작품 전체를 관통하는 "독서(행위)의 문제적 현상학"problematic phenomenology of reading을 집약적으로 보여주는 "극적 리허설"이라고 설명한 바 있는(694) 소설의 시작으로, 어느 겨울날 오후, 두툼한 커튼이 드리워진 창가 난간에 자리를 잡고 앉은 어린 제인이 책을 읽는 데 열중하고 있는 장면이다.

나는 응접실 옆에 작은 조찬실 안으로 살며시 들어섰다. 거기엔 책장이 하나 있었는데, 난 거기서 그림이 있음직한 책을 곧바로 골라 들고는, 창가로 기어올라 터키인처럼 책상 다리를 하고 앉았다. 창에 붉은 모직 커튼이 쳐져 있어서 이중으로 가려진 은신처에 있는 셈이었다. … 나는 보고 있던 책으로 눈을 돌렸다. 베윅의 『영국 조류사(鳥類史)』였다. 나는 대체로 활자로 된 본문에는 그다지 흥미가 없는 편이었지만, 어린 마음에도 백지 종이처럼 그냥 지나칠 수는 없는 개론격의 페이지도 있었다.
… '북극의 광활한 절벽, 그 황량한 공간에 펼쳐진 버려진 땅, 눈과 얼음의 저장소. 수세기 동안 거듭된 겨울이 쌓이고 쌓여 알프스 산 정상을 겹겹이 덧대어 바른 듯 단단해진 얼음 평원이 극지를 에워싸고, 혹한의 몇 배에 달하는 혹독한 추위를 한 데 집적하고 있는 곳.' 라플란드, 시베리아, 슈피츠베르겐, 노바 젬블라, 아이슬란드, 그린란드 등의 황량한 해변을 보여주

는, 이처럼 도발적인 페이지 또한 나는 그냥 지나칠 수 없었다. 그 죽음 같은 백색의 미지에 대해 나는 나름대로의 생각을 만들어냈다. 어린 아이의 머릿속에 어렴풋이 떠다니는 채 이해하지 못한 개념들처럼 막연했지만, 야릇하게 강렬한 인상을 남기는 생각들이었다. 이 도입부에 담긴 말들은 뒤에 나오는 그림에 연결되어 있었고, 파도와 물보라가 휘몰아치는 바다에 홀로 서 있는 바위와 쓸쓸한 바닷가에 좌초된 난파선, 그리고 막 가라앉고 있는 배를 구름 사이로 지켜보는 차갑고 섬뜩한 달에 의미를 부여해 주고 있었다. … 그림들은 제 각기 이야기를 들려주고 있었다. 불완전하고 미숙한 내 지력과 감정으로는 이해하기 힘들 때도 많았지만 언제나 뭔지 모를 깊은 매력을 느끼곤 했다. …

　　무릎에 베윅의 책을 올려놓고 있던 그 때 나는 행복했다. 적어도 내 나름대로는 그랬다. 방해받을지도 모른다는 두려움이 있을 뿐이었다. 그런데 훼방꾼은 너무나 빨리 나타났다. 조찬실 문이 열렸다. (9-11)

제인의 몸을 반쯤 가린 커튼이 리드Reed 집안의 다른 가족들로부터 그녀를 분리해주는 물리적 보호막이라면, 그녀의 무릎 위에 펼쳐진 책은 현실적 제약과 고통을 뒤에 남긴 채 상상 속 미지의 세계로 그녀를 인도하는 정신적인 탈출구 역할을 한다. 그리고 다른 이들의 간섭과 통제에서 벗어나 홀로 책을 읽으며 자신만의 세계를 구축하는 이 짧은 시간 동안 어린 제인은 나름의 행복을 만끽한다. 베윅의 삽화를 보며 제인이 마음속에 그려낸 세계는 "거친 파도"와 "끝없이 펼쳐진 절벽," "외롭고 황량한 북극 해안" 등으로 묘사되며(10), 스팩스Patricia M. Spacks는 이 같은 이미지를 낭만주의 문학작품에 자주 등장함직한 "19세기 특유의 이미지"로 설명한다. 수많은 브론테 비평가들이 다양한 방식으로 논의해온 '붉은 방' 사건의 발단이기도 한 이 대목이 "자기 몰입"과 "탐닉"의 독서(행위)를 형상화하고 있으며, 19세기 이전 문학 작품의 독서 장면에서라면 그 같이 "위험스러운"

독서(행위)가 불러올 위험을 "경고하는 메시지"가 있음직한 장면이라는 것이다(28-30).

그러나 스팩스의 주장과 달리, 제인의 독서 장면에 바로 이어지는 대목은 제인과 현실을 분리했던 두 개의 장막이 현실에서 얼마나 힘없는 탈출구였는지를 여실히 보여준다. 그녀의 이름을 부르는 존 리드John Reed의 목소리는 상상 속 북극 해안 위를 떠돌던 제인을 현실로 불러들이고, 그녀가 읽던 책은 그 소유권을 주장하는 존의 손에 넘어간다. 그리고 다음 순간, 독서 삼매경의 행복했던 시간은 존이 던진 책에 머리를 맞아 피를 흘리는 제인의 모습으로 끝난다. 자신이 읽던 책에 머리를 다쳐 피를 흘리는 모습은 책에 빠져 상상의 나래를 펴는 행복한 순간과 선명한 대조를 이루면서, 마치 '현실 도피적이고 자기 탐닉적인 독서(행위)가 불러오는 위험스러운 결과'를 설파하던 당대 주류 담론을 상징적으로 극화하는 듯 보이는 것이다.

독서(행위)의 위험을 강조하는 교조주의적 담론에 비추어 본다면, 현실의 고통을 잊게 하고, 마음의 위안이 되며, 나아가 마음속 갈망과 열정을 상상의 세계 속에 풀어놓도록 해주는 독서(행위)의 매력이 강력한 만큼 그것을 위해 지불해야할 현실의 대가 또한 매우 크다는 메시지를 이 대목에서 찾아내는 일은 그리 어렵지 않다. 비슷한 맥락에서, 책에서 읽었음직한 "살인자," "노예상," "로마 황제"(13) 등의 명칭을 사용하며 존에게 쏟아내는 제인의 분노로부터 그릇된 독서(행위)에서 비롯된(다고 믿었던) 과도한 감정 표출, 자기 절제와 순종의 미덕에 대한 도전, 무질서, 폭력 등의 축소판을 분석해내는 것도 가능하다.

소설의 첫 장면에 뒤이어 나오는 '붉은 방' 사건도 이 같은 문맥에서 본다면 그 의미가 사뭇 달라 보인다. 붉은 방에서 어린 제인이 보여주는 환각, 히스테리, 그리고 광기에 가까운 발작 증세는 '위험한' 독서(행위)의 영향이 당대 주류 독서담론의 문법 안에서 규범적으로 단죄되고, 심지어 병리화되는 양상을 비판적으로 포착해 내기 때문이다. 이후 로우드Lowood 기숙학교에서 제인이 모든 학생들 앞으로 불려나가 수치를 당하는 장면에서 드러나는 것처럼, 당대 (여성)교육/훈육이 낙인과 배제, 감시와 처벌의 기제를 통해 체제순응적인 주체를 주조하는 것이라면, 제인이 마주하여 극복해야 할 당대의 주류 독서담론은 상상력과 열정, 그리고 문학적 감수성을 지닌 (여성)독자의 독서(행위)를 단죄하고 병리화하는, 일종의 반反문학적 기제이다. 그렇게 본다면, '폭력'과 '감금,' '발작'으로 이어지는 소설의 시작이 앞서 살펴본 캐더린이 상상했던 고딕적 현실의 이미지를 그대로 재현하는 듯 보이는 것도 결코 우연은 아닌 듯 보인다. 헨리의 훈계 후 캐더린이 보이는 통렬한 반성이나 어린 제인의 자기 탐닉적인 독서(행위)로부터 거리를 두는 화자 제인의 시선이[10] 사회화 기제의 작동 방식을 드러내는 것이라면, 궁극적으로는 그러한 내면화 기제에 과부하overloading를 일으키는 어린 여주인공의 모습을 통해 두 소설 모두 독서(행위)가 지니는 또 다른 차원의 인식론적 가능성과 비규범적 전복성을 조명하고 있기 때문이다.

마지막으로 인용된 대목은 죠지 엘리엇의 소설, 『플로스 강의 물방앗간』의 중반부에 나오는 주인공 매기Maggie Tulliver의 독서 장면으로, 독서(행위)의 생생한 경험과 그것이 주는 길고 깊은 영향을 보여주는 19세기 영국 소설의 또 다른 예이다.

책을 읽는 동안 매기는 경외감에 가까운 신비로운 전율이 흐르는 것을 느졌다. 마치 무기력한 자신의 영혼과는 달리 약동하는 영혼을 가진 존재가 있음을 알리는 선율 소리 때문에 한밤중에 잠이 깬 듯한 느낌이었다. 그녀는 자신도 모르게 소리 없이 무엇인가를 가리키는 손짓을 따라고 있는 것만 같았다. 아니, 마치 누군가 나지막한 목소리로 하는 말을 듣고 있는 기분이었다. 그 순간 바로 여기에 다른 모든 것을 단념할 수 있도록 해줄만한 삶의 비밀이 있는 것만 같았다. 바로 최고의 스승이 참을성 있게 외부 존재의 도움 없이도 도달할 수 있는 숭고한 경지, 온전히 내면의 영혼을 통해서만 얻을 수 있는 통찰력과 통제력, 그리고 용기가 있었고, 그 영혼 속엔 지고의 스승이 그러한 가르침을 들려주기 위해 나를 기다리고 있는 것 같다. 어떤 문제의 해답이 불현듯 떠올랐을 때와 같은 느낌이 섬광처럼 스쳐 지나갔다. … 그녀는 눈에는 보이지 않는 스승과 대화하는 간절한 마음으로, 슬픔의 형식과 용기의 근원 등에 관한 얘기를 들려주는 낡은 책을 집어삼킬 듯 읽어 내려갔다. 그리곤 마침내 들뜬 마음으로 새로운 깨달음에 도달했다. 그녀가 그토록 오랫동안 헛되이 갈구해온 충족감에 이르는 길은 모든 것을 내려놓는 것이라는 깨달음이었다. (289-90)

매기가 읽고 있는 책은 토마스 켐피스Thomas à Kempis의 『그리스도를 본받아』The Imitation of Christ이다. 어릴 적 친구인 밥Bob이 가져다준 책 꾸러미 속에서 우연히 만난 이 "낡고 볼품없는" 책에서 그녀는 삶의 비밀을 밝혀줄 "열쇠"를 발견하는 것이다. 내면의 열망과 고단한 현실 사이의 괴리로 인해 괴로워하던 매기에게 삶은 답을 알 수 없는 미궁과 같았고, 스콧과 바이런George Gordon Byron, 존슨Samuel Johnson 등의 작가로부터 단순한 위로가 아닌 어떤 해답을 찾아보려는 그녀의 노력은 또 다른 좌절과 고통으로 이어지고 있는 상황이었다. 그런데 단순한 호기심으로 펼쳐든 책에서 오랫동안 찾으려 애쓰던 삶의 해답을 찾았다고 느끼는 순간, 그녀는 마치 "한 밤 중에 성스러운 음악의 선율에 의해 잠이 깬 듯한" 느낌을 받는다.

또한 "집어 삼키는" 듯한, "섬광처럼 스치는," "신비로운 전율" 등으로 묘사되는 이 대목에서 스팩스가 거론한 "19세기 특유의 이미지"를 다시 한 번 읽어내는 것도 가능하다. "자신이 책을 읽고 있다는 사실도 인식하지 못 한" 채 책 속의 세계에 빠져있는 매기의 모습은 어린 제인의 그것 이상으로 "자기 몰입"적인 장면을 연출하며, 매기와 책의 만남은 하늘로 솟아오르는 종달새의 울음소리를 들으며 느꼈다는 낭만주의 시인의 희열에 비견될 만큼 강렬한 순간으로 그려지고 있기 때문이다.

책을 읽는 매기의 마음속에서 벌어지는 강렬한 반응과 변화를 포착한 이 장면은, 그녀의 좌절과 고통, 그리고 그것을 나름의 방식으로 극복해 보려는 절실한 열망을 생생하게 보여줌으로써 독자의 깊은 공감을 유도한다. 또한 매기의 독서(행위)가 먼 옛날로부터 들려오는 "늙은 수사의 목소리," 나아가 그 목소리에 이끌렸던 또 다른 독자들이 남긴 "펜과 잉크"의 자취를 따라가는 행위로 묘사된다는 점은 특히 의미심장하다. "여기저기 페이지 모서리가 접힌 자국"과 여러 구절에 보이는 "펜과 잉크" 표시는, 책 속에 담긴 누군가의 경험이 제공하는 공감의 힘에 대해 또 다른 시각을 제공하기 때문이다. 매기가 책을 통해 조우한 "빛바랜 흔적"은 그녀의 독서경험이 또 다른 "소리 없는 손"의 경험이기도 하며, 또한 이 낡은 책이 거쳐 갔을 평범한 독자들이 저 마다의 처지에서 느꼈을 좌절과 희망의 자취임을 말해준다.[11] 중세의 어느 늙은 수사로부터 시작하여, 이후 수많은 누군가의 "소리 없는 손"을 거쳐 매기에게로 연결되는 독서(행위)의 이미지는 따라서 매기가 책 속에서 읽어낸 "혼자만의 드러나지 않은, 고뇌와 몸부림, 믿음과 희망의 기록"(289)이 바로 그녀를 비롯한 수많은 독자들이 '혼자, 드러나지 않은' 채 반복했을 독서(행위)를 환유한다.[12]

그러나 다른 한편, 매기가 책 속에서 발견한 고단한 삶의 해답이 "확립된 권위나 인정받은 원리의 도움 없이 스스로 만들어낸 믿음"(292)에서 비롯되었다는 화자의 언급에서 드러나듯이, 섣부른 상상과 낭만적인 감상으로 이어지는 그녀의 독서경험은 자기만의 세계로 몰입하는 탐닉과 현실도피의 위험을 내포하는 듯 보이기도 한다. 매기가 켐피스의 가르침에서 발견한 삶의 해답은 다름 아닌 금욕과 절제, 체념과 희생으로 요약되는 기독교적 원칙이다. 따라서 그러한 가르침에 따른 매기의 선택을 이후 전개되는 매기의 고통스런 여정과 비극적 결말에 비추어 본다면, 이 장면에 묘사된 매기의 독서(행위)는 결국엔 그녀를 더 큰 갈등과 좌절로 이끄는 고난의 시작점이기도 하다.

매기의 자기 탐닉적 성향을 "마약"opium에 비유한 화자의 언급을 이 장면과 연결하는 부쉬넬John P. Bushnell의 분석(385)이 다소 과장되었음을 인정하더라도, 매기가 선택한 삶의 방식을 "긴 자살행위"(long suicide, 307)라고 부른 필립Philip의 경고는 이후 매기의 삶을 볼 때 그리 틀린 진단만은 아닌 듯 보인다(Franken 31). 실제로 켐피스의 가르침이 웅변하는 자기 부정과 희생을 빅토리아조 젠더 규범의 속박과 연결하거나, 더 나아가 매기의 비극을 추동하는 사회·문화적 억압 기제의 상징으로 보는 견해를 둘러싼 논의들이 80년대 이전 비평에서 종종 발견되는 것도 그 때문이다. 또한 좀 더 최근 비평으로, 매기가 스콧과 바이런의 시를 대신해 줄 해답으로 켐피스의 종교적 헌신을 선택하는 순간에도 본질적으로는 "낭만적인 몽상" romantic reveries이 작동하고 있으며, 결과적으로 현실을 벗어나 "자기몰입적인 공상"absorbing fancies의 세계에 빠지는 독서(행위)를 하고 있다고 본 파일Forest Pyle의 분석이(7-8) 일견 타당해 보이는 것도 같은 맥락에서이다. 결국 이 장면에 그려진 매기의 독서(행위)와 그 영향은 이후 그녀의 선택과 비극적 결말을 어떻게 보느냐에 따라 다르게 해석될 수 있는 문제일 것이다.[13] 그러나 본 논의의 맥락에서 주목할 점은 독자의 공감을 자아내는 독서(행위)에서조차 그것이 초래하는 영향의 길고도 깊은 영향을 향한 작가의 애정과 이해, 그리고 우려의 시선이 공존하며, 그를 통해 독자와 책의 만남이라는 지극히 개인적인 독서(경험)일지라도 그것을 조건 짓는 사회·문화적 문맥에 따라 그 의미가 크게 달라질 수 있다는 것이다.

4. 경계와 성찰

앞서 살펴본 세 작품의 독서(행위)와 그에 대한 상이한 해석에서 알 수 있듯이, 문학 작품 속의 독서(행위)는 한편으로는 독서(행위)의 위험과 폐해에 대한 당대 주류 담론을 반영하면서도, 다른 한 편으로는 규범적 틀로는 환원될 수 없는 독서(행위)의 다양한 역할과 함의에 대해 의미심장한 질문을 던져준다. 가령, 어린 제인의 독서(행위)와 연관된 '낭만적' 이미지는 이후 성인이 된 제인의 그림에서 다른 양상으로 반복되며, 그를 통해 환유된 제인의 열정과 에너지는 로체스터Edward Rochester와의 관계뿐만 아니라 그 사랑을 포기하고, 나아가 존 리버스St. John Rivers의 제안을 거절하는 도덕적 결단으로 실현된다. 제인의 어린 시절 독서(행위)의 영향을 이후 삶의 모든 여정과 등치시키는 것은 지나친 단순화일 수 있으나, 그것이 이후 제인의 사고와 감정, 그리고 선택과 '모종의'—따라서 일면적 해석으로 환원할 수 없는—관계를 지니고 있음은 분명해 보인다.

또한 제인의 독서(행위) 장면에 대한 스팩스의 주장이나 캐더린의 고딕적 상상력과 관련한 현대 비평이 보여주는 바와 같이, 문학적 재현을 매개로 제시된 독서(행위)의 영향이 그것을 담론화하는 사회·문화적 기제에 따라 다르게 해석될 수 있다는 점도 이 논의에서 놓쳐서는 안 될 중요한 지점이다. 세 여자 주인공의 독서(행위)가 모두 그러하듯이, 우리의 삶 속에 다양한 자취를 남기는 독서(행위)의 영향은 좁은 의미의 도덕성이나 규범의 경계 속으로 포섭될 수 없는 다양하고 복잡한 형태로 그 모습을 드러내기 때문이다. 따라서 통제와 훈육, 그리고 자기검열의 근대적 문화기제 속에서 비규범적 독서(행위)와 그 결과가 도덕적으로 단죄되거나 심리학적으로 주변화되고, 심지어 병리화되어 왔음을 고려할 때, 이러한 역사·문화적 통찰이 오늘날 독서/문학 치료 연구의 외연 확장에 기여하는 바도 없지 않을 것이라 생각된다. 독서/문학 치료는 독서(행위)의 영향을 교육적, 심리학적, 의학적 치료라는 또 다른 제도화된 담론 안으로 끌어들이는 것이고, 따라서 그것에 개입하는 오늘날의 다양한 문화·정치적 담론 기제에 대한 연구자들의 자의식과 성찰도 필요해 보이기 때문이다.

그런 의미에서 독서/문학 치료 연구와 임상 사례에 대해 비판적 거리를 유지하면서 여러 기본 전제에 대한 재고를 촉구하는 최근 연구는 본 논의와 관련하여 흥미로운 생각거리를 제공한다. 예컨대, 우울증 치료에 활용되는 자기조력서self-help books의 정치성을 분석한 필립Brigid Philip은, 임상적 효과가 증명된(혹은 그렇다고 알려진) 베스트셀러에 작동하는 도덕적, 심리적 규범화 기제 분석을 통해 자기조력서의 최근 유행이 궁극적으로 "자유주의적 자기규제"liberal self-regulation 논리를 관철시키는 현대의 문화·정치 기제임을 주장한다(159). 비슷한 맥락에서, 맥기Micki McGee는 최근 유행하는 자기조력서 및 자기개발서가 후기 자본주의 사회의 경제적 모순을 은폐하고 사회적 모순을 개인의 책임으로 돌리는 결과를 낳고 있다고 비판하며(12), 여성 심리학자 로우Y. M. Rowe와 호치실드Arlie Hochschild

는 이러한 현상이 자본주의적 가치를 통해 여성주의운동을 "납치"hijacking 하는 것이며, 사랑과 관계에 대한 가부장적 가치를 전파할 뿐이라고 지적한다(Rowe 24; Hochschild 11). 대부분이 자기조력서로 분류되는 책에서 작동하는 정치, 경제 담론을 비판하는 연구이지만, 많은 독서/문학 치료가 교육이나 일반 (심리)상담 분야에서, 그리고 도서관 카운셀링의 영역에까지 확대되어 이루어지고 있음을 고려한다면 이 같은 문제의식은 독자와 독서(행위)를 포괄하는 독서담론의 문화정치성에 대한 본 논의의 관심과 궤를 같이한다고 볼 수 있다.

독서(행위)는 단순한 책과 독자의 사적 만남으로 정의될 수 없는, 지극히 역사적이고 문화적인 행위이며, 치료라는 목적으로 수행되는 일체의 독서(행위) 또한 특정한 형태의 제도적 '개입'을 전제로 한 행위일 수밖에 없다. 따라서 특정한 책의 선택과 특정한 독서방법, 그리고 결정적으로는 특정한 과정/훈련을 통해 발현되는 독서(행위)의 영향이 학교와 상담소, 병원 등 제도권의 담론 안으로 편입될 때 그것은 어떤 방식으로든 개인의 독서(행위)를 범주화하거나 서열화할 위험을 내포한다. 따라서 문명화된 근대 영국의 문화와 제도에 대한 헨리 틸리의 믿음을 통해 의미심장한 물음을 던지는 제인 오스틴의 문학적 비판과 성찰이 우리에게 시사해 주는 바와 같이, '무엇을' '어떻게' 읽는가의 문제를 다룸에 있어서 그것의 제도와 담론 기제를 규정하는 일체의 사회·문화적 토대에 대해 비판적 성찰과 경계의 자세를 견지하려는 연구자들의 노력은 오늘날 독서/문학 치료 연구에 없어서는 안 될 중요한 조건일 것이다.

---

* 이 글은 저자의 「문학치료와 영문학 연구: 독서(행위)의 영향에 관한 소고(小考)」(『문학치료연구』 29 (2013): 265-95)의 내용을 본 저서의 기획 취지에 맞도록 일부 수정·확대한 것임.

▌참고문헌

원영선. 「제인 오스틴 시대 독서행위의 문화적 조건과 독서 담론」. 『영미문학교육』 11.2 (2007): 225-47.

Austen, Jane. *Pride and Prejudice*. New York: Norton, 1966.

_____. *Northanger Abbey*. Harmondsworth: Penguin, 1972.

Benedict, Barbara M. *Making of Modern Readers: Cultural Mediation in Early Modern Literary Anthology*. Princeton: Princeton UP, 1996.

Brontë, Charlotte. *Jane Eyre*. New York: Penguin, 2006.

Bushnell, John P. "Maggie Tulliver's 'Stored-up Force': A Re-reading of *The Mill on the Floss*." *Studies in the Novel* 16.4 (Winter 1984): 378-95.

Charon, Rita, and Sayantani DasGupta. "Editor's Preface: Narrative Medicine, or a Sense of Story." *Literature and Medicine* 29.2 (Fall 2011): vii-xiii.

Chartier, Roger. *The Order of Books: Readers, Authors, and Libraries in Europe between the Fourteenth and Eighteenth Centuries*. Trans. Lydia G. Cochrane. Oxford: Polity Press, 1994.

Eliot, George. *The Mill on the Floss*. Oxford: Oxford UP, 1996.

Erickson, Lee. "The Economy of Novel Reading: Jane Austen and the Circulating Library." *Studies in English Literature 1500-1900* 30 (1990): 573-90.

Forest, Margaret E. "Recent Developments in Reading Therapy: A Review of Literature." *Health Library Review* 15.3 (1998): 157-64.

Franken, Lynn. "The Wound of the Serpent: Philoctetes Story in *The Mill on the Floss*." *Comparative Literature Studies* 36.1 (1999): 24-44.

Henelly, Jr., Mark M. "Jane Eyre's Reading Lesson." *ELH* 51.4 (Winter 1984): 693-717.

Hitchcock, Jan L. "Reflections on 'Dusting': Poetry's Educational and Therapeutic Capacity to Convey and Evoke Multiple Meanings." *Journal of Poetry Therapy* 18.4 (December 2005): 184-95.

Hitchcock, Jan L. and Sally Bowden-Schaible. "Is It Time for Poetry Now?: Therapeutic Potentials-Individual and Collective." *Journal of Poetry Therapy* 20.3 (September 2007): 129-40.

Hochschild, Arlie Russell. "The Commercial Spirit of Intimate Life and the

Abduction of Feminism: Signs from Women's Advice Books." *Theory, Culture & Society* 11.2 (1994): 1-24.

Hunter, Darline, and Shannon Sanderson. "Let Mother Earth Wrap Her Arms Around You: The Use of Poetry and Nature for Emotional Healing." *Journal of Poetry Therapy* 20.4 (December 2007): 211-18.

Jack, Sarah J., and Kevin R. Ronan. "Bibliotherapy: Practice and Research." *Social Psychology International* 29.2 (2008): 161-82.

Johnson, Claudia L. *Jane Austen: Women, Politics, and the Novel*. Chicago: U of Chicago P, 1988.

Kelly, Gary. "Jane Austen's Real Business: The Novel, Literature, and Cultural Capital." *Jane Austen's Business: Her World and Her Profession*. eds. Juliet McMaster and Bruce Stovel. New York: St. Martin's, 1996. 154-67.

Leeming, David A. "Myth and Therapy." *Journal of Religion and Health* 40.1 (Spring 2001): 115-20.

Mazza, Nicholas. *Poetry Therapy: Theory and Practice*. New York: Brunner & Routledge, 2003.

McCulliss, Debbie. "Bibliotherapy: Historical and Research Perspectives." *Journal of Poetry Therapy* 25.1 (March 2012): 23-38.

McGee, Micki. *Self-help, Inc.: Makeover Culture in American Life*. New York: Oxford UP, 2005.

Mackenzie, Scott. "Ann Radcliffe's Gothic Narrative and the Readers at Home." *Studies in the Novel* 31.4 (1999): 409-31.

Obiechina, Emmanuel. "Poetry Therapy: Reflections on Achebe's *Christmas in Biafra and Other Poems*." *Callaloo* 25.2 (Spring 2002): 527-58.

Pearson, Jacqueline. *Women's Reading in Britain 1750-1835: A Dangerous Recreation*. Cambridge: Cambridge UP, 1999.

Philip, Brigid. "Analysing the Politics of Self-help Books on Depression." *Journal of Sociology* 45.2 (2009): 151-68.

Pyle, Forest. "A Novel Sympathy: the Imagination of Community in George Eliot." *Novel: A Forum on Fiction* 27.1 (Autumn 1993): 5-23.

Richardson, Alan. *Literature, Education, and Romanticism: Reading as Social Practice, 1780-1832.* Cambridge: Cambridge UP, 1994.

Rojcewicz, Stephen. "Poetry Therapy in Ancient Greek Literature." *Journal of Poetry Therapy* 17.4 (December 2004): 209-14.

Rowe, Y. M. "Beyond the Vulnerable Self: The 'Resisting Reader' of Marriage Manuals for Heterosexual Women." Paper presented to The 2nd Annual Rhizomes: Revising Boundaries Conference of the School of Languages and Comparative Cultural Studies. U of Queensland (Feb. 2006): 24-25.

Spacks, Patricia M. *Privacy: Concealing the Eighteenth-Century Self.* Chicago: U of Chicago P, 2003.

St. Clair, William. *The Reading in the Romantic Period.* Cambridge: Cambridge UP, 2004.

Tanner, Tony. *Jane Austen.* Cambridge: Harvard UP, 1986.

Waltz, Robert J. "Loving to Death: An Object Relations Interpretation in William Wordsworth's Lucy Poems." *Journal of Poetry Therapy* 20.1 (March 2007): 21-40.

http://www.poetrytherapy.org/history.html

▍주

[1] 영어권에서 '문학치료'(literatherapy 혹은 literary therapy) 분야의 독립적인 연구가 없는 것은 아니다. 그러나 일반적인 쓰임에서 그것이 '시치료'(poetry therapy) 혹은 '독서치료'(bibliotherapy)의 한 갈래로 이해되거나 혼용되는 경우가 많고, 적어도 본 논의의 맥락에서 그 구분이 중요한 문제로 다루어지는 것은 아니므로 '시치료' 대신 좀 더 일반적인 의미를 포괄하는 '문학치료'를 선택하되 '독서'의 영역을 강조하기 위해 '독서치료'와 함께 묶어 사용하였다. '시치료'의 정의에 대해서는 그것을 나름의 "특수성과 강력함을 지닌 독서치료의 한 형태"(Poetry therapy is a specific and powerful form of bibliotherapy)로 설명하는 NAPT(National Association for Poetry Therapy)의 공식 홈페이지 참조. http://www.poetrytherapy.org/history.html

² 여러 분야에 걸친 연구를 다 섭렵하기는 어려우나 대표적 예로, 도서관학과 교육학 분야의 학술지로는『지식 조직』(*Knowledge Organization*),『도서관 동향』(*Library Trends*),『국제 학교심리학』(*School Psychology International*) 등을, 문학과 의학, 심리치료 분야에서는『시치료』(*Poetry Therapy*),『문학과 의학』(*Literature and Medicine*) 등의 학술지 논문 목록 참조.

³ 물론 이러한 연구가 전혀 없는 것은 아니다. 워즈워스(William Worsworth)의 시를 심리분석학적 접근을 통해 시치료 논의와 접목한 월츠(Robert J. Waltz), 고전 작품에 그려진 시치료 행위를 분석한 로제위츠(Stephen Rojcewicz), 아체베(Chinua Achebe)의 시가 지닌 치유적 힘을 검토한 오비키나(Emmanuel Obiechina), 신화와 프로이드적 심리치료의 구조적 동질성을 분석한 리밍(David A. Leeming) 등의 연구가 그 예이다.

⁴ 시 혹은 문학 작품의 치료적 본질과 잠재력에 대한 논의로, 샤론과 다스굽타(Rita Charon and Sayantani DasGupta)는 2011년『문학과 의학』의 편집자 서문에서 치료자와 환자의 "서사 감각"(sense of story)이 만나는 지점에서 이루어지는 자기표현과 소통을 강조하고 그러한 과정이 지니는 치료적 잠재력에 대한 이론화와 연구가 "무성한 푸른 잎"으로 자라고 있음을 역설한 바 있다(vii-viii). 또한 히치콕과 보덴-셰이블(Jan L. Hitchcock and Sally Bowden-Schaible)은 심신(心身)과 감정, 감각을 망라하는 자기표현의 도구로서 시(넓은 의미의 문학)의 치료적 기능을 설명하고, 궁극적으로 "말할 수 없는 것"을 표현할 수 있도록 돕는 최적의 과정으로 시치료의 의미와 역할, 치료적 문맥을 비교적 상세히 논의한다(195). 문학 작품에 형상화된 타인의 '이야기'를 통해 그 경험과 감정을 공유하는 공감과 소통의 과정을 강조하는(Hunter & Sanderson) 논의 등에서 보는 바와 같이(213-14), 사례 연구의 도입부에 등장하는 개론적이고 단편적인 선언 수준에 머무르고 있어 좀 더 본격적인 연구가 여전히 필요한 형편이다.

⁵ 독서(행위) 연구를 이끄는 문화역사학자 중 하나인 까르띠에(Roger Chartier)는 독서(행위)의 다면성을 강조하면서, 크게 세 가지 분야, 즉 텍스트 분석(텍스트 비평), 책의 역사(서지학), 실제 독서(행위) 연구(문화사)의 영역에서 연구가 함께 이루어질 때 비로소 온전한 논의가 가능해진다고 주장하며, 실제로 최근 20여 년 동안 이 세 가지 영역에서 많은 연구가 이루어지고 있다. Chartier, "Introduction" 참조.

⁶ 이 시기 문학 작품 속에 재현된 독서담론을 근대적 개인의 성립과 사회와 과정, 부르주와 계급의 정당성 확보, 소설 장르의 정전화 등을 포괄하는 더 큰 문화기제의 맥락에서 논의하는 연구로 베네딕트(Barbara M. Benedict), 마이클슨(Patricia H. Michaelson), 피어슨(Jacqueline Pearson), 리차드슨(Alan Richardson) 등이 있다. 연구자 마다 당대 문화기제와 독서(행위)의 연결점을 찾는 방식은 다르지만, 이들 모두 특정 독서(행위)의 문학적 재현에 내포된 근대적 문화·정치성에 주목한다. Benedict; Michaelson; Pearson; Richardson 참조.

⁷ 세 작품의 서지 정보는 다음과 같으며, 이 후 세 작품의 인용은 괄호 안에 면수만 표기하였다. Jane Austen, *Northanger Abbey*, Harmondsworth: Penguin, 1972; Charlotte Brontë,

Jane Eyre, New York: Penguin, 2006; George Eliot, *The Mill on the Floss*, Oxford: Oxford UP, 1996.

[8] 근대적 독서(행위)의 사회·문화적 조건과 주류 독서담론에 관한 상세한 논의로 졸고, 「제인 오스틴 시대 독서행위의 문화적 조건과 독서 담론」 참조. 본 장의 대부분 내용은 전작 논의를 부분적으로 발췌 정리하거나 부연 설명한, 간략한 소개임을 밝히며, 따라서 인용 부호나 면수는 생략하였다.

[9] 그러나 실제로 대여도서관의 장서가 한 가지 장르에 국한되어 있다거나 주 고객이 여성 독자였다는 것은 당대인의 편견이었다. 에릭슨(Lee Erickson)에 따르면 도서 카탈로그에 인쇄된 표제의 20 퍼센트 정도만이 소설이었으며(580), 18세기 말에서 19세기 중엽 사이 대여도서관의 회원가입 명부에 기록된 여성회원의 수가 반을 넘지 못했다는 세인트 끌레어 (St. Clair)의 연구결과도 주목할 만하다(242).

[10] 헤널리에 따르면, 어린 제인이 사용하는 어휘에서 그녀를 향한 작가의 아이러니를 느낄 수 있고, 어른이 된 화자 제인의 회고로 이루어진 작품 전체를 놓고 볼 때 어린 제인의 자기 탐닉적인 문학 감수성은 제인이 극복해야 할 대상으로 그려진다. Henelly, Jr. 395-96 참조.

[11] 이 대목에서 엘리엇이 켐피스의 책을 "새로 출간된 값비싼 설교집과 전문서"와 대조하는 대목도 눈여겨볼 만하다. "가판대에서 6펜스면 살 수 있는 볼품없는 구식" 책이 그 책을 읽는 많은 독자들에게 "기적"을 낳는 반면, 권위적인 책들은 정작 아무런 영향력도 발휘하지 못한다는 것이다(291). 이 같은 비유는 '고급 장정본'으로 출간된 값비싼 책으로 대변되는 교조적 독서담론이 실제 독자들의 독서경험과 얼마나 큰 차이가 있는지를 효과적으로 전달한다.

[12] 제한된 독자에게만 접근이 허용되었던 책이 자본주의적 상품이 되면서 벤야민이 말한 '이야기꾼의 손가락 흔적'이 작품 속에서 사라졌을지는 몰라도 같은 책을 읽는 독자의 공시적, 통시적 공유 공간은 오히려 확대된 측면이 있다. 실제로 근대 독서대중이라는 개념 안에는 같은 활자문화와 그것이 전달하는 지식/정보를 다수가 공유하고 있다는 일종의 동질감도 포함되어 있으며, 그것은 크게 보아 근대시민 정신을 구성하는 사회·문화적 토대의 일부로 평가되기도 한다. 근대 영문학 연구에서 잡지, 신문 등의 연속간행물에 대한 많은 연구가 근대 독서대중의 형성과 근대성 등의 문맥에서 이루어져 온 것도 이 같은 문맥에서 이해될 수 있다.

[13] 단순화를 무릅쓰고 요약하자면 그것은 매기의 삶을 엘리엇의 유명한 구절이 전하는 바, 남루하고 고단한 삶을 살아가는 이 세상의 평범한 마더 테레사들이 전하는 작지만 숭고한 성취의 이야기로 읽거나, 혹은 개인(특히 여성)의 열망을 억압하는 현실 속에서 분투하는 작은 영혼의 비극으로 읽는 상반된 견해라고 할 수 있다.

글쓰기 치료:
소설 고쳐 쓰기를 통한 자아성찰 사례

이봉희

1. 가상의 이야기 쓰기의 치료적 효과

글쓰기는 본능적이고 즐거운 자기표현 수단의 하나이다. 자신이 쓴 글에 대한 선생, 부모 등 타인의 검열이나 비판을 받을 두려움이 없는 자신만을 위한 자유로운 감정표현 글쓰기가 이성적이고 논리적인 글쓰기보다 자아성찰을 가져오는데 오히려 더 도움을 된다는 것은 최근 문학치료, 특히 글쓰기치료, 또는 저널(일기)치료 등을 통해 점점 증명되고 있다. 또한 심리학자 페니베이커Pennebaker는 표현적 글쓰기가 정신적 건강뿐 아니라 면역체계와 육체적 건강에 미치는 긍정적 영향을 연구하여 글쓰기의 치료적 힘을 과학적이고 통계적으로 증명함으로써 심리학, 의학뿐 아니라 인문학, 문예창작, 그 외 표현예술 학문의 실용적 가치를 환기시키는 중요한 업적을 남겼다(페니베이커, 1994, 2004).

그렇다면 자신의 경험을 탐구하는 것뿐 아니라 허구화된 이야기를 쓰는 것도 건강상 유익한 일일까? 1996년 그린버그, 스토운, 워트만Melanie Greenberg, Arthur Stone, Camille Wortman과 그 동료들은 한 실험연구에서 참여자들에게 자신이 전혀 경험한 적이 없는 가상의 심리적 외상에 대해 마치 자신들에게 실제로 일어난 것처럼 소설로 쓰도록 지시하였다. 그리고 놀랍게도 이런 가상의 트라우마에 대해 글을 쓴 사람들이 눈에 띄는 건강의 증진을 보였다는 사실을 발견하였다(페니베이커 2004, 139-40).

가상적인 고통에 대한 글쓰기가 도움이 될 수 있는 한 가지 이유는 우리 모두가 가상의 이야기에 나타난 이별, 상실, 수치심, 모욕, 비밀, 배반, 격노 등과 같은 감정적 사건을 언젠가는 경험하였다는 점이다. 비록 독자/참여자가 소설 〈목걸이〉에서처럼 수천 만 원짜리 다이아몬드 목걸이를 잃어버리거나, 하루 밤의 화려한 꿈의 대가로 10년의 극심한 가난과 고통을 감수한 일을 당하지는 않았더라도 한 번의 엄청난 실수로 인해 일생이 전환점을 맞은 사건이 있을 수 있으며, 주인공 마틸드처럼 자신의 운명의 부당함에 대해서 또는 삶의 허망함, 삶이 가치에 대한 혼란스런 갈등을 겪었을 것이다. 페니베이커는 가상의 사건의 한 예로 오늘 신문에 실린 비극적 사건을 골라 이것이 마치 당신에게 일어난 일인 것처럼 써보라고 권한다. 가상적인 고통에 대한 글쓰기는 자신이 의식하지 못하는 감정적 문제에 다가가고 타협하는데 도움을 주고, 자신의 삶의 혼란스러운 경험들에게 객관적인 의미를 부여할 수 있게 도와주며, 더 나아가 다른 사람의 고통에 더 잘 공감할 수 있게 해주기 때문이다.

본 소고에서는 모파상의 단편소설 〈목걸이〉를 문학치료의 매체로 한 [소설 고쳐 쓰기]를 통해 참여자가 자아성찰에 이른 문학치료 과정을 살펴보고자 한다. 특히 이 경우는 글쓰기치료나 애덤스 등의 저널치료에서 사용하는 "관점 바꾸기," "창의적 글쓰기," "가상의 이야기 쓰기"의 기법을 모두 응용한 [소설 고쳐 쓰기]라는 독특한 과정이며, 소설을 쓴다는 것에 부담을 느끼는 사람들에게 다른 사람의 작품에서 이야기를 시작하여 일부를 고쳐 쓰게 하는 새로운 글쓰기기법이 치료적 효과를 가져 온 사례이다.

2. 문학치료 텍스트 선정

문학치료에서 사용되는 문학작품은 독자/참여자의 내적인 자아성찰을 이끌어내기 위한 조건들을 가지고 있어야 한다. 문학작품 선정의 기본적인 지침들은 다음과 같다.

첫째, 보편적 주제를 가지고 있어야 한다. 심리치료사이며 문학치료사인 잭 리디(Jack Leedy, 1985)가 말하는 '동일시원칙'iso-principle에 따라 참여자가 작품의 내용이나 느낌, 생각들 속에서 자신의 모습을 발견 할 수 있어야 한다. 누군가 "나는 고통 받고 있어"라고 말하면 "나도 그래(넌 혼자가 아니야)"라고 문학이 대답해 주는 것이다.

둘째, 그 주제나 표현이 강렬해야한다. 보편적이란 것이 진부함을 뜻하지는 않는다. 진부한 시는 참여자의 깊은 내면의 반응을 이끌어 낼 수 없으며 새로운 깨달음으로 유도할 수 없다(하인즈와 하인즈 베리, 1994: 66-67).

주제나 표현이 강렬하다는 것은 자극적이라는 뜻은 아니다.

셋째, 긍정적인 주제여야 한다. 문학치료사는 부정적인 감정들을 해결할 수 있는 통찰력과 깨달음으로 이끌어지지 않는 혼란스럽고 절망적이거나 우울한 작품을 택해서는 안 된다. 혹시 세상의 슬픔이나 절망을 말한다 해도 결론적으로 그 너머에 희망과 극복의 가능성과 통찰력을 보여주는 작품을 선택해야 한다.

넷째, 난해하기 보다는 이해 가능한 작품이어야 한다. 문학적으로 높은 가치를 가지는 시나 작품이 반드시 문학치료에 좋은 것은 아니다. 치료사는 은유나 상징성들이 명확하고 일관성 있으며 통일된 이미지를 주는 작품을 선택하여 참여자가 자신의 감정과 문제를 명확하고 일관성 있게 인식할 수 있도록 돕는다(하인즈와 하인즈베리, 66-71).

그 외 연령, 문화, 교육, 병력, 개인사 등과 같은 내담자나 그룹의 성격과 특성 등을 미리 파악하여 치료 자료의 선정과 토의, 글쓰기 유도등의 방향을 설정해야하며 치료세션 중에도 민감하게 참여자들의 대화와 토론을 인도하여야 한다. 이때 교실에서의 문학수업과 달리 참여자들의 개별적인 감정적 반응에 문제를 진단해주거나, 직접적인 수정을 가하거나, 자신의 답을 제시하거나, 문학의 내용이나 주제 등을 "강의"해서는 안된다(이봉희, 2006(1): 111-12).

모파상의 단편소설 〈목걸이〉를 선택한 이유는 우선 이 소설이 언어와 문화를 초월하여 가장 널리 읽히는 소설의 하나로 내레이션이 단순 명확하고 생생한 심상을 불러오며, 소재와 반전이 보편적인 공감을 불러오면서도 강렬하여서 독자의 다양한 개인적 반응을 환기시킬 수 있기 때문이다. 그 뿐 아니라 세계적으로 잘 알려진 내용과 주제의 소설에 새로운 관점을 제시함으로써 신선함을 주어서 문학을 새롭게 읽고 바라보는 계기를 마련해 주고자 했다. 참여자들은 초, 중학교 영어교사들이기 때문에 외국어로 된(영어로 번역된) 〈목걸이〉를 수업 중에 사용하여 학생들에게 새로운 관점을 이끌어 내고 치료적 문학수업을 접목시킬 수 있는 모델을 제시하려는 목적이 있었다. 한편 이 작품은 허망하고 충격적인 결론으로 인해 부정적인 요소를 가지고 있다고 생각될 수 있다. 하지만 그보다는 우리의 외적인 문제 이면의 보다 근본적인 내적 문제를 바라보는 강렬한 통찰력과 깨달음을 가져올 수 있다는 점에서 희망적인 작품이다. 특히 필자는 이 한 작품을 사용하는 것이 아니라 이어서 '실수'와 관계된 긍정적인 여러 시를 함께 사용할 계획이 있었기에 이 소설을 택하였다.

3. 문학치료의 과정

문학작품, 치료사/촉진자/교사와 참여자간의 상호작용 문학치료의 과정은 대개 다음과 같은 과정을 거친다.

첫째, 인지단계: 먼저 참여자는 문학작품에 반응하고 자신과 동일시하게 된다.("저 구절이 왠지 가슴에 와 닿아. /저 주인공을 보니까 지난 기억이 떠올라.")

둘째, 탐구단계: 문학치료사의 도움(대화, 질문)을 받아서 참여자는 문학작품에 대한 자신의 반응의 의미하는지 좀 더 구체적이고 상세하게 탐구하게 된다. 이때 문학치료사는 참여자의 문제를 직접적으로 진단하거나 지적하거나 답을 제시하는 일을 하지 않는다.

셋째, 병치단계: 대조와 비교를 통한 상호작용의 과정으로 그룹토론

등을 통해 서로 다른 반응과 의견과 느낌을 탐구, 자신의 문제와 생각에 새로운 시각, 관점, 지혜를 얻는다.

넷째, 적용단계: 문학치료사는 참여자를 격려하고 도와서 보다 더 깊은 자아이해와 인지적 차원에 이르도록 한다. 즉 문학치료의 궁극적인 목표인 참여자가 자신과 문학을 연결시켜 자신의 문제나 경험에 대해, 그리고 자기 자신에 대해 새로운 깨달음에 도달하며, 이 새로운 깨달음을 현실에 적용할 수 있게 되는 단계이다.

물론 이 단계가 반드시 그 순서대로 나타나는 것은 아니다. 특히 적용단계는 문학치료모임에서는 이루어지지 않을 수도 있으며 시간이 흐른 후에 나타나기도 한다(이봉희, 2006(1): 112-13).

4. 모파상의 〈목걸이〉를 사용한 J 선생의 자기성찰 과정과 그 의미

J선생은 중학교 영어교사이다. 그녀는 교육대학원의 문학수업에서 필자를 만났다. 필자는 문학수업 중 문학에 내재된 본래의 실용적 가치인 치료적 힘을 잠시 소개하였고 체험시간을 가졌다. 문학치료적 단계를 통한 J선생의 자아성찰 과정을 알아보기 전 우선 소설의 줄거리를 요약해본다.

〈목걸이〉의 주인공 마틸드는 뛰어난 미모와 매력을 가진 여자였으나 가난한 집에 태어나 가난한 하급 공무원의 아내가 되었다. 그녀는 마음속으로 화려한 삶에 대한 공상을 하며 자신의 초라한 삶으로 인해 끊임없이 고통 받았다. 어느 날 남편이 어렵게 구해온 초청장으로 고위층들이 모이는 파티에 가게 되자 보석이 없는 그녀는 부자 친구 잔느에게서 값비싼 다이아몬드 목걸이를 빌린다. 그날 밤 마틸드는 꿈꾸던 대로 모든 사람들의 시선과 관심을 모으며 황홀한 시간을 보냈지만 파티가 끝나고 집으로 오는 길에 그만 목걸이를 잃어버린다. 혹시 가난한 그녀가 목걸이를 탐내어 잃어 버렸다는 거짓말을 한다고 친구가 생각할지 모른다는 자격지심에 마틸드는 차마 친구에게 그 사실은 말하지 못하고 엄청난 빚을 내어 똑같은 것을 사서 돌려주고 10년의 젊음을 바쳐 그 빚을 갚는 고통스런 삶을 살게 된다. 드디어 빚을 다 청산한 어느 날 그녀는 10년 만에 처음으로 누리는 자유와 해방감에 여유로운 맘으로 샹젤리제 공원을 산책하다가 잔느를 만난다. 여전히 젊고 아름다운 잔느는 고생으로 변하고 늘어버린 옛 친구 마틸드를 알아보지 못한다. 그리고 소설은 그 사연을 말하며 자신이 그 빚을 다 갚았다는 "자랑스러움으로 웃음 짓는" 마틸드에게 던지는 잔느의 충격적인 한마디로 끝을 맺는다. "내 목걸이를 돌려주기 위해 새 목걸이를 샀다고? 아! 불쌍한 마틸드! 그 목걸이는 가짜였어! 겨우 5만 원짜리였다고."

1) 인지단계: 필자는 대학원 수업에 참여한 초, 중학교 선생님들에게 우선 모파상의 단편소설, 〈목걸이〉를 읽고 자신의 개인적인 반응을 써오라고 과제를 내주었다. (이것은 필자가 모든 문학수업에 사용하는 방법이다. 객관적으로 작품을 읽고 '분석'하기 전에 먼저 그 작품을 읽었을 때 가슴에 와 닿는 감정적 반응과 느낌, 깨달음, 개인적인 적용 등을 맘껏 써오는 것이다.) 그리고 수업 중에 함께 토론을 시작하였다. 주로 허망함을 느낀 다른 참여자들과 달리 A선생은 주인공을 보면서 자기 주변의 허영심 많은 누군가가 떠올라 못마땅해서 견딜 수 없다면서 심한 감정적 거부

감을 느꼈다. J선생도 "화가 났다"면서 무척 불편한 심정을 토로했다. J선생의 경우는 오히려 마틸드가 느끼는 불행과 박탈감, 현실의 상황이 충분히 공감이 가는데도 작가가 여성폄하적인 관점을 가지고 가혹하게 다루고 있는 점이 화가 난다고 했다.

2) 탐구단계: 문학치료사/촉진자인 교수는 우선 왜 그런 반응이 나왔는지 그 이유를 성찰하고 토론하였다. 또한 성찰을 돕는 글쓰기를 추가로 과제로 주거나 질문을 던져서 보다 깊은 문제의 핵심으로 들어가도록 이끌어 주었다. (예를 들어 A선생에게는 좀 더 구체적으로 주변의 '그 사람'의 무엇이 그렇게 못마땅하고, 거부감을 주는지 그 사람에 대한 인물묘사 저널(일기)을 써보라고 권하였다. A 선생님의 사례는 저널쓰기의 사례이므로 여기서는 J 선생의 경우만을 논하기로 한다.)

3) 병치단계: 다른 참여자와의 대화와 토론은 자신의 사적이고 감정적인 반응과 견해에 새로운 관점을 추가하여 보다 객관적으로 자신의 문제를 성찰할 수 있게 해준다. 하지만 보다 더 적극적인 새로운 시각을 만날 수 있는 병치단계는 작품을 구체적으로 읽어가면서 이루어졌다. 이 때 치료사/촉진자인 교수가 던진 질문은 작품 자체에 있는 의미를 찾기 위한 질문이었으며 그 답이 작품 자체에 있는 질문이었다. 이 단계에서 가장 조심해야할 것은 강의와 문학치료 토론은 다르다는 점이다. 모범 답, 혹은 정답을 제시하는 문학 강의와 달리 토론의 형식으로 이루어지며 참여자가 '스스로 자신에게 필요한 답'을 찾도록 유도하는 지도법을 사용해야 한다. 무엇보다 질문과 제시된 답에 반드시 참여자가 찬성을 하거나 받아들여야할 필요는 없으며, 참여자가 두려움 없이 자유롭게 자신의 의견을

이야기할 수 있는 안전한 분위기를 만들어 주어야 한다. 이 모임의 주인은 참여자이며 문학과 문학치료사(교사)는 참여자의 자기 성찰과 문제해결을 돕는 촉매와 가이드이기 때문이다.

수업 중 제시한 토론의 주제들은 다음과 같았다: 마틸드의 불행의 원인은 무엇인가? 마틸드가 목걸이를 잃어버린 사건은 그녀에게 어떤 의미를 갖는가? 이야기의 종결부분, 마틸드와 친구 잔느와의 만남에서 나타난 주인공의 변화는 무엇인가? 이 작품의 충격적인 반전은 무엇을 말해주는가? 정말 모두들 말하는 대로 주인공 마틸드의 허영심은 이런 고난을 받을 만큼의 도덕적인 죄인가? (소설에 대한 기존의 비평은 거의 대부분 마틸드의 허영심에 초점이 맞춰져 있다.)

마틸드의 불행의 원인에 대한 참여자들의 의견은 첫째, 운명의 불공평함 때문에 가난하게 태어나서라는 의견과, 두 번째, "우연히" 목걸이를 잃어버리면서부터 시작되었다는 의견으로 모아졌다. 두 견해는 공통적으로 마틸드의 의도적 선택과는 관계없는 우연적 상황과 연결 지어 그녀의 불행을 논하고 있다는 점이었다. 이에 필자는 객관적 책읽기를 다시 권하게 되었다. 모파상은 첫 문장을 이렇게 시작하고 있다.

그녀는 <u>마치 운명이 실수라도 한 듯이</u> 가난한 집에 잘 못 태어난 아름답고 매력적인 여자들 중 하나였다. (as if by a mistake of destiny/ comme par une erreur du destin.......)

모파상은 소설의 첫 문장에 이어 첫 5개의 문단에서 4번에 걸쳐서 그녀의 불행을 묘사할 때마다 '마치~인 것처럼,' '~라고 느끼면서'라는 가정법, 그리고 주관적 느낌과 생각을 나타내는 표현법을 반복하고 있다.

그녀는 마치 정말 자신이 있어야 할 정당한 부유층 지위에서 떨어져 내려온 것처럼 불행했다.(she was unhappy as if she was really fallen from a higher[proper] station/ comme une déclassée)

자신이 [아름다운 옷, 보석 등] 모든 화려한 삶을 누리도록 태어난 것이라고 느끼면서 끝없이 고통 받았다.(She suffered ceaselessly feeling herself born to enjoy all delicacies and all luxuries./ Elle souffrait sans cesse, se sentant née pour toutes les délicatesses et tous les luxes.)

그녀는 야회용 드레스도 보석도 아무 것도 없었다. 그리고 그녀는 그런 것 외에는 원하는 게 없었다. 자신이 그런 것들을 위해 태어났다고 느꼈다. (She felt made for that./ elle se sentait faite pour cela.)[1]

그래서 그녀와 같은 중산층 다른 여자들이라면 느끼지 않았을 현실에서 불행을 느꼈다고 서술되어 있다. 여기서 모파상은 마틸드의 근본적인 불행은 그녀의 "가정법"에서 시작된 것이라는 것을 반복적으로 말해주고 있는 것이다. 그녀의 가난이 그녀의 선택이 아니고 운명의 일방적인 실수였다면 그녀의 타고난 아름다운 외모는 왜 운명의 실수가 아닌 정당한 결정이고 혜택인 것일까? 왜 운명은 아름답고 매력적인 여자가 화려함을 누리도록 해주어야 하는 것일까? 그 모두는 마틸드의 가정에 불과하다. 그녀는 "마치" "정말로" 자신이 누릴 "정당한"(이때 영어번역은 proper 또는 higher라는 두 가지로 되어 있다) 사회적 위치에서 떨어져 내린 것처럼 끝없이 고통 받았다는 작가의 설명은 주인공의 불행이 주관적인 하나의 가정과 이상에서 시작된 것임을 말해주고 있다.

사람들의 불행은 때로 각자 자신이 있어야할 정당한 위치를 주관적으로 정하고 그 정당한 대우를 박탈당한 것처럼 여기는 데서 시작되는 것이라는 것이 이 소설이 마틸드를 통해 제시하는 불행에 대한 견해이다. 그렇기에 '운명의 실수'라기보다는 '자신의 실수'로 목걸이를 잃어버리고 난 후 마틸드의 삶은 급속히 달라지기 시작한다. 그녀가 늘 불평하던 중산층의 삶보다 더욱 더 쪼들리는 빈곤한 삶을 살기 시작하지만("그녀는 이제 정말 가난이 무엇인지 알게 되었다.") 그녀는 "갑자기 영웅적으로" 삶을 대면한다. 그 날 이후 이야기 속에서 마틸드의 운명에 대한 불평이 사라졌다. 화려한 파티나 남자들의 선망의 대상이 되는 공상도 사라졌다. 그녀의 삶에서 중요한 가치관이던 미모, 옷, 보석 등이 없어지고 오직 치열한 현실과의 대면이 있을 뿐이다.

그러나 독자/참여자들은 이 부분을 계속 간과하고 있다. 심지어 때로는 필자가 문단을 지적해주면서 그 문단 중에 작가가 제시한 마틸드의 불행의 원인을 찾아보라고 하여도 "마치 ~인 것처럼"이라는 가정법 묘사에 주의하는 학생들은 필자가 이 소설을 수업에서 함께 읽었던 지난 10년 간 한 명도 없었다. 오히려 마틸드의 생각에 공감하며 모두들 운명에 의한 자신들의 불행을 털어놓는 경우가 대부분이었다. 문학치료에서 해석의 옳고 그름을 논하는 것은 피해야 한다. 오히려 그런 공감으로 인해 더 많은 치료적 효과가 있을 수 있기 때문이다. 따라서 치료사/교사는 당신들이 소설을 잘 못 읽었다는 듯 지적해주면 절대 안 되며 그보다는 예를 들어 참여자들에게 운명이 실수하지 않았다면 자신들이 누려야할 정당한 것들과 사회적, 직장에서의 지위 등에 대한 글(리스트 만들기)을 써보라고 스스로 문제점을 발견하도록 하는 것이 문학치료적 방법이다. 이렇게 작품을 다시 객관적으로 읽은 후 참여자들은 문학치료사의 인도에 따라 각자가 경험한 운명에 대한 원망, 억울함에 대해서 토론을 하고 또한 자신이 있어야할 "정당한" 지위에 대해 토론을 하게 되었다. 그 과정에서 참여자들은 문학치료사의 유도에 따라 어떤 것은 주관적인 생각이었다는 것을, 그래서 스스로 박탈감과 실패감과 수치심을 느끼고 있다는 것을 성찰하게 되었다.

'주인공의 불행은 목걸이를 잃어버리면서 시작되었다'는 두 번째 견해에 새로운 관점을 주기 위해, 그리고 그 외, 나머지 질문들에 대한 답을 찾기 위해 작품읽기는 계속 되었다.

어느 날 정신없는 살아가는 고달픈 일과 틈에 마틸드는 잠시 창가에서 숨을 돌리며 그녀의 생에 가장 행복했던 꿈과 같은 무도회 날을 추억한다.

그날 그녀가 목걸이를 잃어버리지 않았더라면 어찌되었을까? 누가 알 수 있을까? 누가 알 수 있을까? 삶은 얼마나 신기하고 변화기 쉬운 것인가? 얼마나 사소한 일이 한 사람의 생을 파멸하기도 하고 구원하기도 하는가?

이 말은 작가가 독자들에게 묻는 질문이지만 동시에 마틸드가 창가에 앉아 스스로에게 하는 독백처럼 보인다. 누가 알 수 있을까? 라는 두 번의 반복되는 질문은 마틸드의 과거 회상을 통한 자아 성찰과정을 보여줄 뿐 아니라 독자의 성찰을 유도하고 있다. 대부분 독자/참여자들의 즉각적인 답은 '목걸이를 잃어버리지 않았으면 최소한 이렇게 더 가난하고 불행해지지는 않았을 것이다'이다. 그러나 반복되는 "누가 알 수 있을까?"라는 작가의 질문에 독자는 잠시 멈추고 생각하게 된다. '마틸드는 그 전의 삶에서 늘 불행했다고 하지 않았던가? 하지만 지금은 얼마나 달라졌는가? 그녀는 목걸이를 잃어버리는 불행으로 인해 오히려 더 씩씩하고 용감하며 이제는 자신이 빚을 갚는 그 일을 해낸 것에 자부심을 느끼고 친구 앞에 망가진 모습으로 당당히 나설 만큼 변화되지 않았는가? 그녀는 더 이상 허영심에 가득한 과거의 마틸드가 아니다. 그렇다면 과연 삶에서 어떤 것이 불행일까?' 라는 성찰에 이르게 되는 것이다. 소설 속에서 이어지는 "얼마나 삶은 이해할 수 없으며 변하기 쉬운 것인가. 얼마나 작은 일이 한 사람의 생을 '구원'하거나 '파괴'하는 것일까?"라는 독백은 마틸드의 깨달음이며 동시에 독자들이 그 독백에 참여하도록 유도하는 작가의 메시지이다.

참여자들은 목걸이를 잃어버린 사건이 더 큰 불행의 시작(파괴)이라는 이전의 관점에 새로운 관점(구원)을 가지게 되었다. 그녀는 공원에서 만난 여전히 아름답고 부유한 친구 앞에 하녀와 같은 모습으로 당당히 다가간다. 자신의 상대적인 초라함 때문에 친구의 집을 방문하지 않았다는 과거의 모습과는 대조적이다. 이런 엄청난 삶을 살아낸 자신이 자랑스러웠기 때문이다. 마틸드는 너무나 초라하게 변한 자신을 알아보지도 못하는 잔느에게 지난 사연을 들려주면서 "자랑스러움과 천진함으로 가득한 웃음"을 지어 보인다. 분명 마틸드는 목걸이를 잃어버린 불행으로 인해 허영심 많고 철없던 시절보다 더 강하고 성숙하고 순수한 모습으로 성장한 것을 알 수 있다.

토론은 더 활발해졌다. '그렇다면 그것으로 족하지 않은가? 그녀의 허영심으로 타인에게 해를 가한 적도 없는데 허영심은 그렇게까지 대가를 치러야하는 도덕적인 죄인가? 이 정도고통과 변화면 충분하지 않은가?' 라는 점이 거의 모든 참여자들이 느끼는 당혹감이며 거부감 또는 허망함이다. 한 참여자가 질문을 했다. "그렇다면 대체 왜 모파상은 다시 한 번 마틸드를 나락으로 떨어뜨린 걸까요?" 이것은 10여 년 전 영문학과 수업에서 마틸드의 불행의 원인과 변화에 대한 토론과 강의를 한 뒤 한 학생이 필자에게 던진 질문이기도 했다. 필자는 그 학생의 질문에 대한 답을 찾기 시작했고 그 결과 당시 필자가 겪고 있는 개인적인 생의 갈등과 문제에 대한 전혀 새로운 시각을 갖게 되었다. 즉 학생들과의 토론 수업을 통해 교수에게도 삶에 대한 새로운 성찰이 가능해진 것이다.

그 때 필자가 찾은 답은 이것이었다. 우리는 흔히 최선을 다하는 삶이 아름답고 중요하다 한다. 하지만 그게 전부일까? 최선 다 한 삶과 업적이 가짜목걸이를 위한 것임을 깨닫는 순간이 온다면 어떻게 될까? 이 소설의 결말은 우리 인생의 여정이 최선을 다하는 것에서 끝나지 않음을 말해준다. 우리의 삶은 어디로 향하는 여정인지, 최선과 열정이 무엇을 위한 최선이며 열정인지, 그것이 혹시 "가짜목걸이"를 위한 것은 아닌지 물어보라고 삶의 목표와 가치에 대한 충격적 도전을 던지는 것이다.

문학치료사인 필자가 이렇게 개인적인 소설읽기를 통한 새로운 관점을 첨가하자 J선생은 더욱더 혼란스러워하고 불편한 심정을 토로했다. 그래서 필자는 J선생에게 본인이 원하는 대로 결말을 고쳐서 써보라는 과제를 내어주었다. (사실 필자는 이때 그녀가 왜 그렇게 이 결말에 불편한 감정적 반응을 보이는지 스스로 답을 찾아내기를 원한 것이었다.) 그리고 그 글을 쓴 후 무엇을 느꼈는지 후기를 쓸 것을 권하였다.

4)적용단계: 한 달 후 J선생은 자신이 무엇을 두려워하고 있었는지 성찰하게 되었다. 그 과정으로 다음 주 그녀는 소설의 결말을 고쳐 써왔다.

　　[다시 쓰는 〈목걸이〉 1]

　　포레스티에 부인은 크게 감동하여 친구의 두 손을 꼭 쥐었다.
　　"가엾어라, 마틸드! 3만 6천 프랑짜리 다이아몬드목걸이를 사서 그 빚을 갚느라 얼마나 고생이 심했겠니? 난 다른 것들도 많으니 그 목걸이를 돌려줄게. 너의 책임감과 성실함에 대한 보상이야.

"아니, 고맙지만 난 어떻게든 내 실수에 대한 책임을 졌고 이젠 내 인생을 살고 싶어, 당당하게 말이야."

마틸드는 그 친구 앞에서 한껏 힘을 주어 고개를 높이 쳐들고 쌩하니 돌아서서 발길을 재촉했다.

"아! 이 상큼한 공기, 파란 하늘, 이게 얼마 만에 느껴보는 행복인가?"

집으로 오는 길에 빵집에 들러 호밀 빵을 사고 라즈베리주스도 샀다. 오늘 저녁만큼은 남편과 오붓하게 와인을 마시며 여유로운 식사를 즐기고 싶다 정말 사는 것 같이.

돌아보면 참으로 혹독하고 긴 시간 이었는데 이상하게도 행복했던 시간으로 기억된다.

인생은 꼭 달콤하기만 하다고 해서 행복한 것은 아닌가보다. 때로는 큰 파도가 덮쳐 올 때 더욱 큰 힘이 솟아나고 이겨냈을 때의 행복감은 배가 되는 게 아닌가 싶다. 내일은 또 어떤 '우연'이 날 기다리고 날 어디로 이끌어갈까?

후훗.2

J선생은 후기는 쓰지 않았다. 그리고 필자는 그녀가 그 결말에 만족하지 않았다는 것을 느꼈지만 그 작품을 계속 토론하기 보다는 다른 문학작품(詩)을 통해 다시 동일한 문제로 돌아갈 것이라고 믿고 좀 더 기다려보기로 했다. 한 달 뒤, J선생은 '실수'에 대한 주제를 다룬 시(詩)를 읽고 반응하고 토론하는 문학치료 시간에 갑자기 모파상의 〈목걸이〉에 대한 이야기를 다시 꺼냈다. 그녀는 필자에게 "다시 쓰는 목걸이"를 제출하고 마음이 답답하여 견딜 수 없었고 그 이유를 찾기 위해 3개의 다른 번역본을 구해서 읽었다고 했다. 번역마다 조금씩 느낌이 달라서 본인이 가장 원하는 것을 찾고 싶었다는 것이다. 그리고 혼자서 또 다시 고쳐 써보았다고 하였다.

[다시 쓰는 〈목걸이〉 2]

　10년이라는 세월이 흘러가버렸고 주름투성이의 각박한 얼굴만이 남았다. 10년 전 파티 때의 화려하고 아름다운 마틸드는 어디에서도 찾아볼 수가 없었고 오히려 나이보다 10년은 더 늙어보였다. 괜스레 눈물이 주르륵 흘렀다. 마틸드는 세느 강변을 하염없이 거닐었다.

　'미라보 다리 아래 세느강은 흐르고 우리의 사랑도 흘러간다.......'

　그래 10년이라는 까마득한 세월이 저렇게 흘러갔구나.

　다리 아래로 흐르는 강물을 멍하니 들여다보았다. 얼마의 시간이 흘렀을까?

　강물을 따라 목걸이와 함께 흘러갔을 아름다운 내 청춘, 내 못난 자존심, 그래 멀리 멀리 그렇게 사라져 가렴....... 그런데 내일 부터는 무엇을 하며 살아갈까?

　이제는 더 이상 어제처럼 살지 않아도 되련만.......

　얼마나 간절히 기다렸던 오늘인가? 그런데 마음 한 구석이 텅 빈 것 같고 왜 이리 쓸쓸할까? 이제부터는 다르게 살 꺼야, 그 동안 못 다한 것들을 다 해볼 꺼야. 그럼 뭐부터 할까?

　그래 예쁜 옷부터 사야겠다. 멋진 모자도, 구두도, 가방도, 그래 목걸이도 사야겠군. 무엇인가에 홀린 듯 신이 난 마틸드는 시내 백화점을 향해 걸음을 재촉했다. 10년 전과 다름없이 여전히 화려하고 고급스런 외관이 눈에 확 들어왔다. 고개를 한껏 치켜들고 가슴을 한껏 버티고 우아하게 걸었다. 옆을 흘끗 보니 한 늙고 촌스러운 한 여자가 턱을 한껏 치켜들고 엉덩이를 우스꽝스럽게 빼고 걷는 모습이 쇼윈도에 비쳤다. 순간 마틸드는 '저렇게 몸매가 엉망이고 천박스런 여자가 어울리지 않게 웬 백화점이람' 하며 투덜거렸다. 자신도 모르게 다시 한 번 멈춰 서서 그녀를 바라보았다. 쇼윈도속의 여인도 멈춰 섰고 마틸드를 물끄러미 바라보고 있었다. 마틸드는 아악! 비명을 지르고 말았다. 거울 속의 자신의 모습을 이제야 제대로 본 것이다. 우뚝 멈춰 서서 오래오래 자신의 모습을 찬찬히 살펴보았다. 그래 저 모습이 나다. 힘들게 내 껍데기를 버리고 나 자신의 내면의 모습을 찾은 거야. 얼마나 열심히 살아왔는지? 누구에게도 부끄럽지 않아. 내가 만들어온 내 모습일 뿐. 남편도 이런 날 사랑하고 있어.

하지만 본인이 원하는 대로 행복한 결말로 고쳐 썼는데도 마음이 시원하기는커녕 점점 더 불편하기만 하더라는 것이다. 그리고 바로 전 날 다시 한 번 고쳐 써보았다고 했다. 필자는 그녀의 이야기를 들으면서 스스로 길을 찾아간 것이 무척 반가웠고 그녀가 분명 목걸이가 가짜라는 가혹한 결론을 내렸을 것이라고 생각했다. 행복한 결말이라는 환상 속으로 도피하지 않고 고통스럽지만 수긍할 수밖에 없는 현실을 직시하는 결론을 내렸을 때 오히려 마음의 부담을 덜었을 것을 확신했기 때문이다. 문제의 해결은 도피가 아니라 고통의 직면에서 시작된다. 두려움을 직면하는 것은 자아발견과 성장, 문제해결의 핵심이다.

J선생은 이번에는 이야기를 그 목걸이를 되찾는 것으로 시작하고 있더라고 했다. 그녀는 마틸드가 되찾은 진짜 목걸이를 팔아서 행복하게 살게 하려고 했는데 정말 뜻밖에도 자신도 모르게 그 목걸이를 본 보석상주인이 "이건 가짜에요" 라고 말하는 글을 쓰고 있었다. J선생은 맨 처음에 소설을 읽을 때 느낀 분노와 그 불편한 심정을 해결해보려는 의도와 달리 '다시 쓰는 〈목걸이〉 3'에서 결국 목걸이가 가짜라고 원작과 같은 결론에 다다르고 있는 것을 보고 무척 당황했다고 말했다.

필자가 J선생에게 원치 않는 결말을 맺었을 때 기분은 어떠했는가라는 질문을 하자 그녀는 본인이 작가와 같이 그 목걸이가 가짜라고 쓰고 나서야 속이 후련하더라는 것이다. 그러면서 아직도 신기하다고 했다. 아래는 J선생이 고쳐 쓴 3번째 〈목걸이〉의 결론부분이다.

[다시 쓰는 〈목걸이〉 3]

이제 마틸드는 어제의 공기와는 다른 공기를 마시고 있다. 어제와 같은 거리를 걷고 있지만, 어제와는 사뭇 다른 곳을 걷는 느낌이다. 마치 구름

위를 걷는 듯 두둥실 두둥실....... 쉴 새 없이 종종 걸음으로 뛰어다니던 길이지만 무척 낯설게 느껴진다. 길가의 이름 모를 작은 꽃들도 길가에 늘어선 나뭇잎들도, 뺨에 세차게 부딪치던 바람도 모두 간지럽고 사랑스럽기만 하다. 집으로 오는 내내 이름 모를 노래를 흥얼거렸다. 삐걱거리는 어두운 계단을 지나 초라한 다락방으로 돌아왔건만, 여왕이 된 기분이다. 아! 피곤이 몰려온다. 한 숨 푹 자고 싶다. 침대에 누워 스르르 잠이 들었다. 얼마쯤 지났을까? 전화벨 소리가 요란하게 울렸다. 바깥은 새벽인지 저녁인지 알 수 없게 으스름해져 있었다.

" 여보세요? 르와젤씨 댁인가요? 페가수스 마차회사입니다. 혹시 10년 전쯤 목걸이를 잃어버리신 적이 있나요?"

" 아, 네. 그런 적이 있었죠"

"하하하 그럼 제대로 찾았군요. 사실은 너무 오래된 마차를 폐기하려고 하던 중 마차 바퀴와 몸체 틈에서 목걸이를 찾았거든요. 10년 전 쯤 애타게 찾으셨던 게 생각나서요."

" 네에? "

마틸드는 그만 수화기를 떨어뜨리고 꺼지듯 바닥에 주저앉았다. 수화기 속에선 여전히 흥분된 목소리가 흘러나오고 있었다. 아아, 머릿속이 온통 뒤죽박죽 얽혀지더니 어느 순간 하얗게 변해버렸다. 주섬주섬 옷을 차려입고 길가로 나왔다. 10년 전 그날처럼 바람이 차가웠고 마차는 오지 않았다. 다시 집안으로 마차를 부르러 들어갔다. 아니 아니야 그곳이 어디였더라, 전화번호를 찾아보았으나 어디에도 없다. 이게 꿈인지, 낮잠을 자다 깨어 받은 묘령의 전화가 꿈인지 생신지 알 수가 없다. 정신을 차려야지, 숨 좀 돌리고, 그래 남편에게 전화를 해야겠다. 자주 걸던 전화이건만 몇 번을 걸어서야 겨우 제대로 된 번호를 돌렸다. 반가운 남편 목소리가 들려왔건만 입이 떨어지지 않고 목소리가 나오지 않는다. 여보세요? 여보세요? 말씀하세요? 뚜~ 뚜~ 끊어져버렸다. 다시 밖으로 달려 나와 마차를 잡으려 큰 길로 달려 나갔다. 한참만에야 겨우 마차를 탈 수 있었다.

....

따르릉 "르와젤씨 댁입니까? ○○ 병원 응급실입니다. 부인이 실려 왔습니다."

"마틸드, 마틸드, 정신차려요. 눈을 떠봐요?" 남편은 마틸드를 세차게 흔들며 울먹였다.

멀리서 아주 멀리서 아련하게 무슨 소리인가가 들려왔다. 너무나 희미하게 들릴 듯 말 듯, 안개가 짙게 낀 숲 속 어딘가를 맨발로 잠옷만 입은 채 헤매고 있을 뿐이었다. 금방이라도 안개가 걷힐 듯도 한데 좀처럼 앞을 볼 수도 없고 한 발짝도 나아갈 수가 없다.

시간이 얼마나 지났을까? 마틸드는 맑은 새소리와 창가로 들어오는 눈부신 햇살에 눈을 떴다. 긴 터널을 지나 다른 세상에 온 것만 같다. 침대 발치에서 잠에 떨어져 있는 가냘픈 남편의 어깨가 보인다. 순간 왈칵 눈물이 솟았다. 숨을 죽여 눈물을 훔치며 창밖으로 시선을 던졌다.

'아 이럴 수가, 목걸이가 가짜였다니.....'

J선생은 그렇게 여러 번 주인공의 행복과 고생에 대한 보상을 이야기 속에 써보고 싶었으나 결국 보석상 주인에 의해서 그 목걸이가 가짜라는 이야기를 듣고 충격을 받는 결론을 맺은 것이다. 필자는 그녀가 이제 그동안 회피하고 싶었던 그녀의 현실을 받아들일 준비가 되었다고 생각하고 그 이야기를 쓰는 과정에 대한 자기 성찰을 글로 써보라고 권하였다.

모파상의 〈목걸이〉를 예전에 별생각 없이 문학으로서가 아닌 공부의 일부로 아무 생각 없이 정해진 해석대로 읽었던 때가 있었다. 그깟 짧은 단편을 새삼스레 왜 꺼내 들까하는 의문으로 수업을 들었다. 교수님이 발문하는 대로 그냥 따라가다 보니 내가 여태껏 참으로 한심하게 책을 읽었구나 싶어 참 부끄러웠다. 하지만 교수님이 그 모든 상황을 먼저 알고 이해하고 배려해주셔서 나의 지극히 개인적인 반응에 자신감을 갖고 접근하게 되었다.

〈목걸이〉를 읽고 나서 참 머리가 복잡했다. 화가 치밀어 오르기도 하고 모파상의 반전모드에 감탄하기도 하고 하지만 누구나 인간이라면 가질 수 있는 허영심을 우연한 실수를 설정하여 한 여자의 삶을 너무 가혹하게 다룬 모파상에게 무척 화가 났다. 여성을 멸시하는 작가의 사상이 목걸이를 통해 의도적으로 표출된 것 같아서 나는 무척 반감이 들었다. 친구에게 빌린 고가의 목걸이를 분실한 자신의 실수에 책임을 지려 자신이 소중하다고 여기던 것들을 모두 포기하고 10년이라는 세월을 완전 딴 사람으로 살아온 마틸드에게 목걸이가 가짜였다고 충격적인 선언을 하고 소설을 끝내다니. 정말이지 약이 올랐다. 그때 교수님이 그럼 내가 원하는 대로 이야기의 결말을 바꿔서 한번 다시 써보라고 과제를 내주셨다.

더욱 충격적인 것은 글의 결말인 목걸이가 가짜라고 말하고 끝나는 부분에 대한 토론 시간에 우리가 이런 저런 해석을 한 뒤 교수님의 "답이 아니라 자신의 해석"일 뿐이라면서 들려주신 이야기였다. "우리가 진실이라 믿고(진짜 보석으로 알고) 최선 다해 열심히 지켜온 삶이 알고 보면 그렇지 않을 수도 있다"는 교수님의 말씀에 나는 커다란 충격을 받았고 더더욱 항거하고 싶어서 목걸이를 가짜가 아닌 설정으로 써보겠다고 큰 소리를 쳤다. 그래서 바꿔 써서 과제를 제출하였다.

하지만 왜 속이 후련하지 않을까? 마음은 더욱 답답해져서 그 후 내 혼자 두 번, 세 번을 다시 써 봐도 여전히 마음에 들지 않고 싱겁기만 하다. 속이 시원할 줄 알았는데……. 쓸 말이 많을 것 같았는데 막상 쓸려니 써지질 않는다. 답답하고 짜증이 났다. 한 달 동안 머릿속에서 마틸드 생각이 떠나지 않는다. 어떻게 하면 마틸드의 고생이 헛되지 않고 정말 최선을 다한 행복한 삶으로 만들어 줄 수 있을까? 이렇게 써 봐도 저렇게 써 봐도 마음이 후련하지 않다. 고민만 하다가 몇 줄을 쓰지 못하고 포기했다. 다시 또 쓰기를 시도했는데 쓰다 보니 목걸이를 다시 가짜로 만들어 버리고 말았다. 그런데 가짜로 만들어 쓰고 나니 이상하게 후련한 느낌이다. 교수님의 종용에 쓰긴 썼지만 자꾸만 이상하게 웃음이 나고 어이가 없다. 자꾸만

웃음이 나고 더 이상은 못쓰겠다. 큰소리 쳤는데 창피하기도 하고, 내가 마틸드의 삶을 정말 멋지게 만들어주고 싶었는데, 마틸드의 고생이 헛되지 않게 만들어주고 싶었는데, 왜 그게 말처럼 쉽지 않았을까? 마지막 글에서 목걸이를 마차에서 찾는 것으로 쓰다가 결국은 정말 뜻밖에 마틸드가 그 목걸이를 보석상에 가져갔을 때 보석상으로부터 그게 가짜라는 말을 듣는 것으로 그래서 마틸드가 충격을 입고 쓰러져 병원에 실려 가는 것으로 끝을 맺고 말았다.

목걸이를 가짜로 만들어 놓고서야 좀 후련했던 건 무엇 때문이었을까? 난 열심히 살아온 내 삶이 알고 보니 잘못 살아온 가짜인생이 될까봐 무척이나 걱정이 되고 두렵다. 그래서 마틸드를 살려보려고 애를 썼는데 잘 안돼서 속상하다. 그런데 왜 더 이상 다시 쓰고 싶지 않을 만큼 속은 후련한 것일까? 진실을 외면하지 않게 되어서일까? 정말 어떤 삶이 제대로 된 멋지고 참된 삶일까? 마빌느의 모습으로 살아가고 있을 수많은 사람들도 나처럼 씁쓸하고 두려울까?

J선생은 가상의 이야기쓰기의 일종인 [소설 고쳐 쓰기]를 통해 자신의 두려움에 직면하고 있는 것을 알 수 있다. 그녀는 문학치료 모임 중에 자신이 믿고 살아 온 고정된 틀이 깨어질까봐 불안하다고 했다. 그래서 초기에는 문학치료에 거부감과 저항을 느꼈다는 것이다. (사실 문학치료 첫 시간 그녀는 자신도 모르게 울음을 터뜨렸고 그 후로 더욱 자신을 방어하게 되고 거부감을 드러냈었다.) 자신이 살아온 가치관이 무너지는 것도 두렵고 그 뒤에 올 삶이 어떤 것이 될지 두렵다고 했다. 자신도 그렇게 살아왔지만 항상 학생들에게 무엇이 옳고 무엇이 그르다는 정확한 틀을 제시하고 그에 따라 자신의 삶과 학생들을 판단하였는데 그 기반이 흔들리면 앞으로 어떻게 해야 할 지 두려웠다는 것이다. 그러나 이제는 그것이 무엇인지 알고 싶다고 했다. 자신의 깊은 곳에서 들려오는 세미한 음

성을 거부하고 싶지 않으며, 그동안 굳게 가두어 둔 꿈과 외면했던 내면의 진실들을 만나고 싶다고 했다. 그래서 문학치료를 계속해보고 싶다고 했다.

5. 결론: 인문학의 치료적 가치와 그 대상의 확대

문학작품의 해석은 주관적인 것이라는 리쾨르의 말대로 해석자의 해석은 그 해석자 자신에 대한 해석이다. 독자는 소설/문학을 통해 자신의 모습을 투사하여 각자 다른 해석을 한다. 독자의 심리학적 배경에 따라 서로 다른 반응과 해석을 보이는 이 점이 바로 치료의 통로가 된다. 또한 어떤 것을 만족스럽거나 의미 있는 이야기로 여기는가 하는 것은 사람들마다 천차만별이다. 따라서 가상의 이야기 쓰기를 활용한 [소설 고쳐 쓰기]는 작품에 대한 자유로운 해석의 자유를 바탕으로 이루어진다고 하겠다. 페니베이커는 치료를 위한 가상의 이야기를 지을 때 "당신 자신의 본능과 직관을 믿어라"고 말한다(2004: 99). 볼튼Bolton도 치료적 글쓰기에서 "당신이 무엇을 쓰든 다 옳으며 잘못된 글이란 없다"고 한다(1999: 17).

J선생의 소설 다시쓰기-1에서 나타난 흥미로운 사실은 종종 화자가 3인칭에서 일인칭 독백으로 바뀌고 있다는 점이다.(글씨체로 필자가 구분하여 표기한 부분 참고.) 다시쓰기-2의 경우는 거의 대부분이 3인칭 주어가 생략된 일인칭 독백으로 되어 있어서 마틸드의 말인지 J선생의 독백인지 구분이 되지 않는다. 하지만 3번째 다시 쓰기에서는 일인칭 독백이 사라지고 3인칭의 객관적 시점으로 글을 쓰고 있다. 이것은 가상의 이야기

쓰기가 왜 개인적인 스트레스와 심리적 외상을 치료하는 데 도움을 주는지 잘 드러내준다. 마틸드와 동일한 경험을 하지는 않았지만 그가 겪는 감정적 경험과 사건들을 통해 자신의 모습이 투사되어 글을 쓸 때면 종종 감정이입을 통한 일인칭 화자로 변화되는 것이었고 그 과정에서 자신이 느끼는 분노와 불안, 회의 등을 맘껏 표출하고 자신을 정당화하기도 하고 위로하기도 한 것이다. 그러나 쓰기를 거듭하면서 J선생은 다시 3인칭의 시점으로 돌아가 보다 객관적으로 자신의 문제를 성찰하게 된 것이다.

지금까지 완벽주의자이며 원칙주의자, 모범생으로 살아온 J선생은 그 후 대인관계뿐 아니라 자신의 삶에 좀 더 유연성이 생기게 되었고 학생들을 대할 때 훨씬 더 융통성이 생기게 되었다. 문학치료를 학교수업에 적용하기도 하였고 그 때마다 뜻밖에 학생들의 창의적 반응에 신선한 충격을 받았다고 한다. 또한 학생상담에서 글쓰기치료를 사용하고 있으며 그뿐 아니라 영어연극클럽도 만들어 학생들에게 자기표현의 기회를 주고 영어교육에서도 더 큰 효과도 얻고 있다.

문학치료는 강요가 아닌 자발적인 참여이며 치료사의 진단이나 해답의 제시가 아닌 스스로 답과 길을 찾아가도록 하는 자기발견과 성장의 도구이다. J선생이 선택한 두려움의 직면과 자신의 삶의 가치관에 대한 성찰은 그 누구도 강요할 수 없는 자신의 고귀한 선택에 해당하는 것이다. 각자의 삶의 질은 각자의 선택이다.3

인문학의 실용적 가치와 인류의 건강과 행복에 미치는 중요한 역할을 재발견하고 학교 교육에 접목시키는 일은 더 이상 외면할 수 없는 현실이다. 1997년 세계보건기구WHO 총회에서는 건강의 정의로 육체, 사회, 정신에서 이제 영혼의 건강까지 포함시키고자 WHO헌장 개정의 시도가 있었다. 영적이라는 말이 여러 종교적 의미로 해석될 수 있는 위험성 때문에 보류되긴 했지만 의료계는 영적 건강의 중요성 때문에 점차 예술과 인문학, 그리고 종교를 바라보고 있다. 문학의 치료적 힘에 대한 관심은 인문학의 가치를 확대시키는 일이지 결코 예술로서의 문학의 가치를 손상시키거나 문학의 심오한 의미를 독자의 개인적이고 감정적인 해석의 범주로 축소시키는 일이 아니다. 오히려 독자의 자유로운 반응과 표현이 보다더 깊은 작가의 시각과 대화할 수 있는 길을 열어주어 문학을 독자들의 사랑과 관심 속으로 되 돌려주는 일이다. 영국 소설가 버지니아 울프Woolf가 "심리치료사가 환자에게 하듯 나는 '글쓰기를 통해' 나 자신을 치료했다"고 말하듯 치료적인 글쓰기가 창의성 개발과 문예창작에 밀접한 관계가 있다는 것은 드 살보(1999)와 볼튼(1999)을 비롯해 여러 작가들에 의해널리 알려져 있다. 미국에서는 문예창작과에 문학치료과정이 포함된 경우도 많다.

사례에서 나타난 대로 문학교사의 텍스트에 근거한 전문적인 글 읽기가 문학치료사로서의 역할과 만나 참여자/학생들에게 새로운 관점의 변화와 성장을 가져오는 좋은 병치의 효과를 낼 수 있다는 점은 교실에서의 문학수업이 문학치료와 만날 수 있는 희망적인 근거를 마련해 준다. 문학치료가 별도로 연구되어야하는 영역으로 발전함도 중요하지만 동시에 교실에서의 문학수업이 문학치료적인 토론과 병행될 때 참다운 인문교육의 가치를 되찾게 될 것이다.

---

* 이 글은 저자의 「글쓰기치료: 소설 고쳐 쓰기를 통한 자아성찰 사례」(『새국어교육』 80 (2008): 339-60)의 내용을 본 저서의 기획 취지에 맞도록 일부 수정 · 확대한 글임.

참고문헌

이봉희. 「나를 찾으려면 낯선 사람을 찾아가라: 문학치료를 위한 『오즈의 마법사』 읽기」. 『문예비평연구』14 (2004): 359-81.

_____. 「시/문학치료와 문학수업, 그 만남의 가능성 모색」. 『문예비평연구』 20 (2006): 103-28.

_____. 『저널치료: 자아를 찾아가는 나만의 저널쓰기』(공역). K. 애덤스(Adams) 저. 서울: 학지사, 2006.

_____. 『글쓰기치료』(역). J. 패니베이커(Pennebaker) 저. 서울: 학지사, 2007.

_____. 「저널치료: 새로운 일기쓰기」. 『새국어교육』 77 (2007): 235-64.

_____. 『어린이를 위한 크리에이티브 저널』(역). L. 카파키오니(Capacchione) 저, 서울: 시그마프레스, 2008.

_____. 「저널치료의 실제: 이론과 사례」. 『발달적 독서치료의 실제』(공저). 서울: 학지사, 2008.

Adams, Katheleen. *Journal to the Self: 22 Paths to Personal Growth*. N.Y.: Warner Books, 1009.

Bradshaw, John. *Homecoming: Reclaiming and Championing Your Inner Child*. N.Y.: Bantam Book, 1992.

Bolton, Gillie. *The Therapeutic Potential of Creative Writing: Wring Myself*. London and Philadelphia: Jessica Kingsley Publishers, 1999.

De Salvo, Louise. *Writing as a Way of Healing: How Telling Our Stories Transform Our Lives*. N.Y.: HarperSanFrancisco, HaperCollins Publishers, 1999.

Greenberg, Melanie, A. A. Stone, Arthur and C. B. Wortman. "Health and psychological effects of emotional disclosure: A test of the inhibition-confrontation approach." *Journal of Personality and Social Psychology* 71 (1996): 588-602.

Hynes, Arleen McCarthy, and Hynes Berry, Mary. *Bilio/Poetry Therapy: The Interactive Process: A Handbook*. MN: North Star Press of St. Clouds, Inc, 1994.

Leedy, Jack. *Poetry as Healer: Mending the Troubled Mind*. N.Y.: Vanguard, 1985.

Maupassant, Guy de. "The Necklace." *The Necklace and Other Short Stories*. N.Y.:

Dover Publications, 1992.

_____. La Parure(e-text) http://clicnet.swarthmore.edu/litterature/classique/maupassant/
parure.html 1884.

Miller, Alice. *Drama of the Gifted Child: The Search for the True Self* (revised ed.).
N.Y.: Basic Books, 1997.

Pennebaker, James W. *Writing to Heal: A Guided Journal for Recovering from
Trauma and Emotional Upheaval.* New Harbinger Publications, Inc, 2004.

┃주

[1] 한국어 번역과 강조는 필자의 것이며 불어원문은 인터넷 제공, e-book을 참고하였다.

[2] 참여자의 글은 참여자의 동의에 의해 사용되었으며 문학치료의 글쓰기관례대로 맞춤
법, 문장 등은 고치지 않고 그대로 인용하였다. 글씨체의 변화는 필자가 강조를 위해 사용
하였다.

[3] 이것에 대한 좋은 예는 페니베이커의 '2가지 이야기' 속에 나와 있다(2004:15).

글쓰기 치료와 실천적 증언으로서의
자전적 질병서사:
오드르 로드의 『암 일기』를 중심으로

서길완

1. 들어가며

최근 몇 십 년간 전 세계적으로 발생한 크고 작은 재난으로 인해 트라우마 피해자들의 다양한 고통 경험이 소개되고 그 치료법에 대한 대중적인 담론이 형성되면서 트라우마의 위험성과 파괴력이 널리 알려졌다. 정신의학 전문가인 주디스 허먼Judith Herman에 따르면, 트라우마가 특히 파괴적으로 위험한 것은 지금까지 정합적으로 유지된 어떤 사람의 자기 구조를 산산이 부수고, 그런 피해자를 존재론적인 위기로 몰아넣기 때문이다. 트라우마적 경험에 따른 이 같은 위험성은 특히 『정신질환 진단 및 통계 편람』*Diagnostic and Statistical Manual of Mental Disorder* 제 4판의 '외상 후 스트레스 장애'post-traumatic stress disorder, PTSD에 대한 정의를 통해 잘 드러난다. 여기서 PTSD는 대개 반복적이고 갑작스럽게 침입하는 트라우마적 사건의 기억, 심적 마비 혹은 감정적 마비와 같은 외부 세계에 대한 위축된 반응, 사회적 고립 등의 증상들을 발현한다고 설명되어 있다.

현대 트라우마 이론의 대표적인 연구자인 캐시 캐루스Cathy Caruth는 이러한 증상들에서 특징으로 나타나는 지연성(뒤늦은 반응)에 주목한다. 『쾌락의 원칙을 넘어서』*Beyond the Pleasure Principle*에서 프로이트가 트라우마적 신경증에 관한 설명에서 바로 이 트라우마의 잠복성(지연성)을 언급했는데, 캐루스는 프로이트에게서 차용한 이 지연성의 개념에서 정확하고 끊임없이 반복되는 현상을 더 부각시켜 설명한다. 트라우마적 경험은 쓰나미와 같은 위압적 힘 때문에 사건 당시에는 정상적인 형태로 의식에 등재되지 못하고 사후에 자기도 모르게 하는 행동, 불쑥 치밀고 들어오는 생각, 그리고 악몽이나 환각의 형태로 계속해서 출몰한다는 것이다. '출몰'은 말 그대로 갑자기 나타났다가 사라지는 현상이다. 이러한 현상은 주체가 능동적으로 경험해서 생겨나는 것이 아니라 부지부식 간에 도래하는 사건을 그저 수동적으로 겪음으로써 발생한다. 정신의학의 영역에서는 피해자가 사후적인 증상의 형태로 도래하는 트라우마 경험을 맞는 일을 '트라우마적 기억'traumatic memory으로 부르는데, 문제는 이러한 종류의 기억은 의식의 깊은 곳에서 경직된 감정과 동결된 이미지 상태로 남아 그것의 해빙을 학수고대 한다는 것이다. 반복적인 행동, 갑자기 끼어드는 기억, 그리고 악몽과 환각의 악순환을 통해서 말이다. 이것은 트라우마적 기억이 유의미한 언어로 해독되지 않으면, 피해자는 극심한 병리적 증상, 즉 외상 후 스트레스 장애에 시달릴 위험이 크다는 점을 시사한다. 트라우마적 기억이 해독 가능한 언어로 변형되어 정상적인 의식에 편입되어야 하는 중요한 이유가 바로 여기에 있다. 이 변형의 과정은 병리적인 증상을 완화시키고 치명적인 결과를 방어하는 치유적인 역할을 하기 때문이다.

그런데 동결된 것이 해빙되는 변화의 과정이 성공적으로 완수되기 위해서는 무엇보다도 동결의 정확한 원인을 파악하는 일이 중요하다. 캐시 캐루스를 위시한 현대 트라우마 이론의 핵심적 관점에 따르면, 트라우마를 유발하는 궁극적인 원인은 신체적 위협으로 작용하는 것처럼 보이는 충격, 즉 사건 자체의 위입싱에 있다기보다는 사건이 갖는 가공할 힘과 그것을 수용할 수 있는 정신 역량 사이의 괴리, 그리고 더 나아가 그것을 포섭할 사회, 문화적 틀의 부재, 그럼으로써 경험의 당자가 그 상황을 혼란과 충격, 그리고 두 번 다시 느끼고 싶지 않은 불쾌한 감정으로 의식의 한 구석에다 괄호로 묶어 놓는데 있다. 피해자에게 그 사건은 분명 일어났지만 온전히 경험되지 않는 유령적인 사건이 되는 셈이다. 그래서 설령 그 사건이 다시 도래한다고 해도 피해 당사자는 그것을 잘 모르고 맞이하게 되는 것이다.

따라서 트라우마에 관한한 정신분석의 목적은 괄호로 묶여진 이미지와 감정의 조각난 요소들을 시간과 역사적 맥락으로 재조율하고 재조직하는 일이 된다. 허먼은, 말(언어)을 사용해서 트라우마적 기억을 변형시킬 때 "외상 후 스트레스 장애의 주요 증상들이 많이 완화"될 수 있다고 주장한다(Herman 183). 바로 이 발화 행위에서, "외상의 이야기는 증언, 즉 대중적으로 접근할 수 있는 치유의례"가 되어 간다는 것이다(Henke xviii). 그리고 이 과정에서 결정적으로 중요한 것은 역사적 사실과 감정적 반응을 해부하는 일이라고 허먼은 강조한다.

문학적 증언들은 수없이 다양한 사람들의 고통 이야기를 들려주고 있지만, 특히 여성들이 강간, 근친상간, 아동 성학대, 원치 않는 임신, 낙태나 자아의 통일성을 위협하는 극심한 질병에 의해서 촉발된 위기를 겪은 후 PTSD 증상들을 발현하는 놀라운 증거들을 제공한다. 『부서진 주체들』 Shattered Subjects에서 수젯 헨크Suzette Henke는 문학적 증언의 한 형태인 삶의 글쓰기life-writing[1]는 바로 위에서 설명된 정신분석의 치유 현장을 효과적으로 모방할 수 있기 때문에 극심한 불안, 더 심각하게는 외상 후 스트레스 장애를 겪는 피해자들에게 치료와 실천적인 대안을 제공할 수 있다고 주장한다(xii). 동일한 맥락에서, 제임스 페니베이커James Pennebaker 역시 삶의 글쓰기 형태로서 고통 경험을 말하는 과정 자체가 치유적이 된다고 주장한다. 트라우마와 관련된 생각과 감정을 써내려갈 때, 충격적이거나 혼란스러운 감정의 복잡한 실타래로 묶였던 경험이 어느 정도 풀리고, 그럼으로 트라우마적 사건으로 인해 중절된 부분이 이어져서 정합적인 자기 삶의 이야기가 완성될 수 있기 때문이라는 것이다. 외상을 입은 사람이 트라우마적 기억들을 말로 표현하거나 글로 쓸 때 능동적으로 일화적episodic 해석을 창출하고 이전에 분리된 감각과 감정기억들을 통합하기 때문이라는 것이다.

이런 이해의 바탕 위에서 이 글은 삶의 글쓰기가 트라우마적 고통을 겪은 이들을 위한 글쓰기 치료scriptotherapy의 역할을 할 수 있다는 점을 제시하고자 한다. 그러기 위해선 우리에게 실험적 패러다임을 제공하는 글쓰기의 표본들이 필요하다. 고통 경험에 대한 많은 다양한 사람들의 문학적 증언들이 있다면, 그만큼 다양한 삶의 글쓰기가 존재한다는 뜻일 것이다. 필자는 이들 중에서 가장 최근에 그 수가 급증하고 있는 자전적 질병이야기를 통해서 자기 삶의 글쓰기가 어떻게 치유와 실천적 증언의 역할을 수행하는지를 살펴볼 것이다. 이 작업을 위해 레즈비언 흑인 여성 시인이자 수필가이기도 한 오드르 로드Audre Lorde의 『암 일기』*The Cancer Journals*를 표본적인 한 사례로 삼고자 한다.

2. 『암 일기』, 자전적 질병서사

『암 일기』는 로드가 유방암을 진단받고 암 질환 자체와 그것을 둘러싼 편견과 싸우는 투병과정을 그리는 일종의 '자전적 질병서사'autopathography 이다.[2] 문학의 영역에서 자서전의 하위 장르로 분류되는 질병서사는 로드의 『암 일기』와 같이 질병에 관한 자서적인 이야기도 담고 있지만, 부모, 자녀 혹은 보호자와 같은 제 3자가 쓴 회고록도 포함된다. 그런데 이 장르는 분명 최근에 급부상한 현대적 형태의 자서전이다. 앤 호킨즈Anne Hawkins의 관찰에 따르면, 미국의 경우 1950년 이전에는 극히 작은 수의 질병 서사가 존재했고, 1990년쯤엔 몇 백 권의 질병이야기가 출판되었으며 1993년과 1997년 사이에 그 수가 두 배로 급승했다. 이들 이야기에서 다루어지는 질병의 종류는 대체로 암이 가장 많았고, 다음으로 에이즈, 그리고 심장질환이나 알츠하이머 질환이 그 뒤를 따랐으며, 그 다음에 각종 강경증이나 자폐 질환이 다루어졌다. 호킨즈의 관찰에 비춰볼 때, 암에 관한 회고록은 질병서사를 정립하는 데 결정적인 도움이 되었고, 암은

현대 질병의 지배적인 상징이 되어가고 있다고 짐작된다.[3]

그런데 여기서 우리는 1990년대 질병서사의 급증이 무엇을 의미하는지를 묻지 않을 수 없다. 과거에도 인간의 몸과 삶을 위협하고 파괴하는 수많은 질병은 존재했다. 그럼에도 최근 몇 십 년 사이 질병서사가 유행적인 현상으로 부상하고 있다는 사실은 그러한 현상을 추동하는 보다 현대적인 요인들이 있다는 것을 짐작케 한다. 무엇보다도, 질병서사의 증가 원인들은 필자가 글쓰기 치료의 표본적인 예로 삼은 로드의 『암 일기』가 쓰여 진 동기와 그 책이 의도하는 바를 이해하는 중요한 실마리가 되기 때문에 여기서 그 원인을 분석한 몇 가지의 설명들을 간단히 살펴보고 넘어갈 필요가 있다. 먼저 현대성의 중요한 특성들을 통찰력 있게 분석한 안소니 기든스Anthony Giddens의 설명을 살펴보자.

기든스는 최근 몇 십 년 동안 질병서사가 많은 사람들의 관심을 끈 이유를 "경험의 격리"sequester of experience(Giddens 144) 개념을 사용해서 보다 사회학적 관점에서 설명한다. 주지되다시피, 의·과학기술이 고도로 발달한 현대사회에서 사람들은 좀처럼 죽음, 광기, 회생 불가능한 질병 등의 위기적 상황들과 직접으로 맞닥뜨리지 않는다. 이들 한계사건과의 조우는 환자가 정확히 이해하지 못하지만 그럼에도 질병의 완전정복을 보장하는 듯한 온갖 복잡한 의료 장비들과 의료제도의 보호막에 둘러싸여 잘 보이지 않기 때문에 일시적으로 유보되고 억압된다. 하지만 이 같은 보호막은 결코 완전할 수 없다. 오진과 치료실패의 가능성이 상존하고, 불안정성과 의심은 질병경험의 접점에서 언제든 삐져나온다. 그만큼 잠시 유보되고 격리된 경험의 경계선은 긴장과 통제력의 결핍으로 쉽게 부서질 수 있는 얇은 단층선이라는 뜻일 것이다. 그래서 어느 날 갑자기 어떤 한 사람이 회생 불가능한 질병에 걸렸을 때, 달리 말하자면 억압되고 격리된 경험과 갑자기 맞닥뜨렸을 때, 이 취약한 보호막은 쉽게 찢어질 수 있다. 문제는 그 속에 살고 있는 개인은 보호막을 찢고 갑자기 끼어드는 문제들을 극복할 심적, 사회적 자원을 갖추고 있지 않다는 것이다. 때문에 그러한 질병경험은 예정된 건강 규범에 대한 대재앙적 사건, 개인의 자아와 삶을 순식간에 와해시키는 재난으로 조우될 수밖에 없다. 기든스에 따르면, 많은 사람들이 자신의 아픈 이야기들을 쓰는 것은 언제 갑자기 평온한 자기 삶의 표면을 찢고 나올지 모르는 격리된 경험의 심적, 사회적 방어책을 갖추기 위한 방편이다.

또 다른 사회학자, 아서 프랑크Arthur Frank 역시 기든스와 비슷한 맥락에서 질병서사의 증가원인을 분석한다. 프랑크는 기든스가 대격변 혹은 대재앙적 경험으로 묘사하는 질병을 "서사적 난파"narrative wreckage라고 부른다. 그에 따르면, 질병서사의 증가원인은 바로 이 파괴적 경험에서 기인한다(Frank 53). 질병이 "서사적 난파"로 경험되는 것은 그가 현대라고 명명하는 시대, "회복사회"remission society의 특성 때문이다(Frank 8). 특이하게 그가 현대라고 부르는 시대는 환자의 몸과 자기-서사(목소리)를 의료보호 제도에 복속시키는 의학적 권위가 지배하는 시기이다. 이 시대의 의사는 환자들의 자아나 인격을 다루기보다는 의도적으로 질환disease을 고치는 데만 역점을 둔다. 그리하여 "회복사회"의 서사는 건강 회복을 정상으로, 질환이나 병의 재발을 도덕적 실패로 묘사한다. 특히 한 번 발병하면 좀체 잘 낫지 않거나 치료가 된다고 할지라도 그 과정에서 특별한 의료적 기술과 약효가 발휘될 수 없는 경우, 환자는 자기 질병의 책임을 짊어지고 오랜 기간 동안 혼자 고군분투해야 하는 경우가 여기에 속한다. 가령 술이나 담배로 인한 발병이 의심되는 폐암과 간암이 생명을 위협하는 정도로 진행될 때, 환자는 간과 폐가 제 기능을 못하게 된 책임을 밝혀내고 따지는 사람들에게 충동을 자제하지 못한 자기 통제력의 실패를 자기 삶을 절단 낸 대패배로 받아들이며, 질병경험을 고통스러운 침묵으로 견뎌내야 한다. 프랑크의 관점에 따르면, 질병서사는 아픈 사람이 자기 목소리로 제 질병 이야기를 하는 것이고, 그것은 바로 회복담론restitution discourse에 맞설 수 있는 항체를 키우는 작업이며, 질병이 가한 손상을 치료하는 '문학적 치료 연고(제)'이다. 이런 관점에서 보자면, 우리가 여전히 회복과 치료, 복원을 도덕적 성공으로 여기는 회복서사가 지배하는 사회에 속해 있는 한, 우리는 질병을 "서사적 난파", 그리고 도덕적 실패로 경험할 수밖에 없다. 그런 사회에서 질병서사는 대격변의 사건에 휩쓸려 난파되지 않기 위한 생존도구의 역할을 하게 된다.

이 밖에도 존 윌트샤이어John Wiltshire는 의료적 관점에서 질병서사가 증가한 원인을 찾는다. 그에 따르면, 사람들이 질병서사를 쓰는 이유는 그들 자신이 제어할 수 없는 두 가지의 사건들과 직면하면서 의미를 창출하기 위함이다. 어떤 사람의 일상적 삶의 이야기에 급작스럽게 개입한 질병과 1960년대 이후 생-의학의 기술 덕택으로 지배적인 입지를 차지하게 된 건강산업의 탈 인간적 치료를 받게 되는 사건이 사람들로 하여금 질병경험을 서술하는 일에 관심을 갖게 했다는 것이다. 그리고 앤 호킨스Anne Hawkins는 오진과 잘못된 치료의 증가로 인해 의학적 권위에 대한 환자들의 불신과 대안적 치료를 통한 생존자들의 증언적 목소리의 증가가 질병서사를 부추겼다고 본다.

흥미롭게도, 위의 설명에서 네 명의 학자들이 사용하고 있는 은유와 이미지들은 앞에서 제시된 트라우마 이론에 직접적으로 기대고 있지 않지만 분명 트라우마적 경험(사건)과 심적 치유의 관념과 밀접하게 연관되어 있다. 의과학이 고도로 발달된 현대의 삶에서 질병을 비롯한 어려운 문제들은 직접적인 피해자뿐 아니라 그 밖의 다른 사람들에게 트라우마적 사건으로 경험되고, 그럼으로써 치유적 해법을 요구하고 기다리는 상흔이 된다는 것이다. 로드의 『암 일기』는 바로 이런 시대적 환경 속에서 탄생한 간절한 요구의 산물이라고 할 수 있다. 『암 일기』를 시작하는 서문의 마지막에 로드는 자신이 이 글을 쓰게 된 동기와 함께 『암 일기』를 쓰기 시작한 시점을 명시하고 있다.

> 나는 인정받고, 존중받고, 그리고 효용성이 있기 위해서 우리 감정에 목소리가 있어야 한다고 믿는 유방절개 수술을 받은 여성이다. 나는 암에 대한 나의 분노와 고통이 또 다른 침묵 속에 화석화되기를 원하지 않는다. 그리고 이러한 경험의 핵심에 놓여 있는 힘이 무엇이건 그것을 빼앗기길 원치 않는다. . .내 자신을 위해서 나는 인조유방, 절개의 고통, 이윤 경제에 있어 암의 기능, 죽음과의 조우, 여성의 사랑의 힘과 자기-의식적 삶의 보상에 대한 나의 감정과 생각을 소리 내서 말하려고 한다. (7-8)[4]

여기서 로드는 유방암과 절제술의 병발 자체가 궁극적으로 그녀에게 트라우마를 입혔다고 판단하지 않는 듯하다. 에세이의 서문에서 밝히고 있듯, "유방암과 절개수술은 독특한 경험이 아니며, 수 천 명의 미국 여성이 공유하는 경험이다"(8). 그렇다고 로드가 이 질병경험이 고통스럽거나 두렵지 않다고 말하려는 것은 아니다. 오히려 때로, 두려움은 "또 다른 암성종양처럼" 그녀를 집요하게 괴롭히며, 그녀의 에너지와 힘, 그리고 글 쓰는 일에 대한 관심을 약화시켰다고 말한다(13). 심지어 감기도 위협적이 되어간다는 생각에 두려움을 느꼈다고 회고한다. 하지만 그 어떤 때보다도 그러한 "아픔에 목소리가 없을 때"가 가장 두려웠노라고 로드는 힘주어 말한다(13). 그리고 서문의 또 다른 곳에서 로드는 "내 한쪽 가슴의 부재는 자꾸 생각나는 슬픔이지만, 확실히 내 삶을 지배하는 슬픔은 아니다"고 말하면서, 부재한 오른 쪽 가슴이 "가끔은 살을 에인 듯이 그립다"고 덧붙여 말한다(14). 그런데 로드는 이보다 더 슬프고 참담하게 느껴지는 현실이 있었다고 고백한다. "한 쪽 유방만 있는 다른 여성들이 인조유방의 가면과 성형의 위험한 환상 뒤에 숨을 때," 그녀 자신은 가짜 같이 느껴지는 것을 거부하고 한쪽 가슴의 부재를 애도하려고 했지만 그런 생각을 이해하고 지지해줄 보다 넓은 여성적 환경을 찾지 못하는 현실, 그러므로 또 다시 그 아픈 자리로 되돌아갈 수밖에 없는 상황이 그녀의 가슴을 멍들게 했다는 것이다.

분명 로드에게 유방암과 절개수술은 엄청난 고통과 두려움을 안겨주는 위압적 사건들이었지만, 그렇다고 그 자체가 회복과정에 들어선 그녀로 하여금 또 다시 고통의 시간들을 되새김질하게 한 궁극적 원인은 아니었다는 것이다. 유방암과 절제술의 끔찍한 고통과 두려움이 소리 없는 고통의 절규, 추방된 경험이 될 때, 그 질병경험은 "서사적 난파", 트라우마적 경험으로 인식된다는 점을 시사하고 있다. 바로 이 시점에서 우리는 트라우마를 유발하는 궁극적인 원인에 대한 앞선 설명을 상기해볼 필요가 있다. 신체적 위협으로 작용하는 것처럼 보이는 충격, 즉 사건 자체의 위압성이 트라우마를 유발하는 것이 아니라 그 가공할 힘과 그것을 수용할 수 있는 정신 역량 사이의 괴리, 그리고 더 나아가 그것을 포섭할 사회, 문화적 틀의 부재(재현의 어려움), 그럼으로써 정신이 경험하는 시차(시간의 중절)로 인해 트라우마가 생긴다. 말하자면, 이미 수 천 명의 미국 여성들이 공유하고 있는 경험, 그래서 어떤 면에선 특별할 것도 없는 유방암과 절제술이 로드에게 끔찍한 트라우마로 인식되는 이유는 바로 그녀와 같은 질병경험을 포섭할 사회, 문화적 틀의 부재, 그로 인해 그녀가 경험하는 정신적 중절 때문이다. 정신이 경험하는 시간의 중절은 극복되어야 한다. 그렇지 않으면, 수많은 임상의학적 관찰이 보여주듯, 외상 후 다양한 병리적 증상들, 심지어 생명을 위협하는 치명적인 결과가 초래될 수 있다. 바로 이런 위험성에 대한 직감과 관련해서 로드는 1979년 11월 19일의 일기에 다음과 같이 쓰고 있다.

> *분노를 쓰고 싶지만 나오는 것은 슬픔뿐이다. . .과학은 그렇게 말했다. 나는 존재하지 않기도 되어 있다. 나는 과죄(斷罪)처럼 죽음을 몸으로 실어 나른다. . .그것을 무시하거나 그것에 굴하지 않고 죽음을 삶으로 통합하는 어떤 방편이 있어야 한다.* (11)

그리고 로드는 『암 일기』가 이 책의 제목처럼 일기 자체가 아닌 그녀가 암 투병 당시 적어놓았던 일기들에서 선별한 내용을 다시 읽고 쓴 에세이임을 밝히고 난 뒤, 이 글이 유방절제수술 후 6개월이 지난 시점에서 시작되었다는 점을 명시한다. 말하자면 『암 일기』는 유방암과 절제술로 인한 날 선 고통의 직접적이고 즉각적인 반응(상처에 대한 있는 그대로의 생생한 기록)이라기보다는 반성적(지연된)인retrospective 자기-삶의 글쓰기 라는 것이다.

3. 유방암과 절개수술이 트라우마적 경험으로 구성되는 과정

그렇다면 로드는 어떻게 구체적으로 그녀의 질병 경험을 '글쓰기 치료'로 변형시키는가? 이 변형의 과정을 알기 위해서 우리는 먼저 그녀의 암,

절개수술의 고통과 한 쪽 가슴의 상실이 얼마나 그녀의 몸과 마음에 깊은 생채기를 내는지를 알아야 한다. 이 같은 상처는 처음엔 그녀의 오른 쪽 유방을 중심으로 신체적인 차원에서 발생한다. 그녀의 회고록에서 로드는 유방 절제에 대한 반응을 원초적인 상실로 묘사한다. "내 가슴에서 분리되는 고통은 내 엄마에게서 떨어져나가는 고통만큼 통렬했다"(25-26). 이 끔찍한 물리적 절단의 고통과 조우할 때, 로드는 트라우마적 수축, 심적인 마비와 비슷한 반응을 보인다.

가끔씩 나는 가슴 오른쪽 편에 평평해진 붕대 더미 위에 손을 올리고 이렇게 말했다. 내 오른쪽 가슴은 사라졌다. . . 그런데 나는 아직까지 상실의 현실과 실질적으로 접촉하지 못했다; 그것은 마치 내가 감적으로 마비가 되었던 것 같았다. 혹은 내가 느낌으로 닿을 수 있는 것은 물리적인 것만 있는 듯했다. 그리고 그 상흔은 붕대아래 감추어져 있을 뿐 아니라 거의 고통도 느껴지지 않았다. (37)

로드에게 이 꿈결 같은 상태는 쉽게 깨어지지 않는다. 심지어 잠을 자는 듯한 이 몽롱한 상태에서 깨어나는 것이 두려워 "집으로 가는 것이 걱정됐다"고 회고한다(46). 로드는 이러한 상태가 연장된 것은 환자를 어린애 취급하는 의료체계의 교묘한 책략 때문이라고 주장한다.

나는 또한 알게 되었다. 그리고 내가 맹렬히 비난하고 증오했던 병원의 단조로운 백색이 일종의 보호였다는 것, 그 속에서 내가 계속해서 느낄 필요가 없었던 반가운 절연재였음을 그때 당시에는 인정할 수 없었다. 미분화되고 힘들지 않으며 유아처럼 보호하는 에로틱하게 멍한 환경 속에서 나는 내 자신에든 어떤 사람에게든 그 밖에 다른 어떤 것이 될 필요도 없이 감정적으로 계속 공백 상태로 있을 수 있었다—심적인 곤죽 상태로. (46)

문제는, 고통에 대한 이런 마비적 반응이 신체적 차원에서 머물지 않는다는 것이다. 그녀를 옴짝달싹하지 못하게 만드는 상황은 인식의 차원에서도 발생한다. 이 마비적 상태는 로드가 보정물을 구입해서 착용하도록 압박을 받는 과정을 통해 적나라하게 보인다. 로드가 절제수술을 받고 입원해 있을 당시, 회복 프로그램을 위한 단체Reach For Recovery에서 나온 한 자원봉사자 여성은 수면 브라와 살색 브라 모양의 패드가 든 꾸러미와 함께 희망의 메시지를 가지고 로드의 병실을 찾았다. 로드는 당시 친절한 그 여성의 메시지를 다음과 같이 기억한다. "정확히 똑같이 보이기 때문에 예전과 다름없이 좋아 보인다", 그리고 "어떤 사람도 그 차이를 모를 것이다", 그러므로 "당신 자신도 그 차이를 결코 알지 못할 것이다"(42). 그러나 로드는 그 여성이 바로 그 지점에서 그녀를 진정으로 이해하지 못했다고 지적한다. 왜냐하면 로드 자신은 그 차이를 너무도 분명히 감지했기 때문이다. 비록 대부분의 보정물들이 잃어버린 몸의 일부 기능의 부재를 보상하도록 기획된 것이라 할지라도, 그녀 자신에게 그것은 수술의 흔적을 감추는 미용적 외관을 제공해서 상실을 보상하는 불편한 물건으로 여겨졌다는 것이다.

표면적으로 악의가 없어 보이는 그 친절한 여성의 메시지는 사실상 수술의 상흔을 지우는 것일 뿐 아니라 사회 속에서 아픈 사람들의 모습과 질병의 현실을 제거하는 역할을 한다. 인공 보형물 때문에 아프지 않은 사람들은 절제술을 한 환자가 유방암이 있었다는 것조차 모르고 지나치고, 유방암을 가진 여성들은 서로를 잘 알아보지 못하거나 질병과 여성들을 숭배와 소비의 대상으로 규정하는 남성중심주의에 대항해서 함께 맞서 싸울 수 없게 된다. 무엇보다도 인조 유방을 함으로써 여성들은 자기 자신의 몸으로부터 소외된다. 왜냐하면 그들의 몸에 대한 공적 이미지와 사적 이미지 사이의 깊은 골이 패이기 때문이다. 겉으로, 그들은 과거의 모습 그대로인 듯 보인다. 그러나 로드 자신이 절감했듯이, 내부적으로는 온전한 몸을 지닌 사람들과 다르다는 것을 그들은 알고 있다. 그러므로 보형물은 여성들에게 그들이 상실한 것에 대한 애도를 부정하고 여전히 유방암이 없었던 과거 속에 살아갈 것을 독려한다. 그로 인해 유방암으로 절제술을 받는 여성은 지금 그들이 직면하고 있는 죽음의 위협을 비롯한 다른 시급한 문제들은 배제해 놓은 채, 미용 재건수술로서의 절제술에 심혈을 기울이게 된다. 암 재발을 막는 데 도움이 되는 영양의 문제와 심적 무장의 필요성을 간과한다거나, 여성에게 부과된 미적 잣대를 무비판적으로 수용하는 것이다. 그러한 잣대를 그대로 받아들일 때, 절제 수술을 받은 여성은 한 쪽 혹은 양 쪽 가슴에 난 상흔을 부끄럽고 불명예스러운 것으로 여기게 된다. 사실 처음엔 로드 자신도 '회복 프로그램을 위한 단체'에서 나온 자원봉사자 여성의 메시지를 수용해서 그녀가 두고 간 보형물을 착용하려고 시도했다고 고백한다. 그러나 그 물건이 주는 불편함과 이상한 괴리감 때문에 이내 그것을 벗어던졌다고 술회한다.

나는 내 방 침대로 와서 거울 앞에 섰다. 그리고 그 물건을 내 오른 쪽 가슴이 있었던 브라의 오른 쪽 면의 주름진 곳에다 쑤셔 넣었다. 그것은 기력이 없고 생명이 없는 채로, 그리고 내가 상상할 수 있는 어떤 나와도 상관이 없는 채로, 내 가슴에 삐뚜름히 놓았다. 게다가, 그것은 색깔도 이상해 보였다. 내 브라 천에 기괴할 정도로 창백하게 비쳤다. 그것을 하지 않으면, 나는 이상하게 균형이 맞지 않고 내 자신에게 기묘하게 보였다. 그러나 훨씬 내 자신 같아 보였다. 그럼으로 보정물을 내 옷 속에 집어넣고 보았던 것보다 훨씬 봐줄만했다. (44)

안타깝게도, 로드는 이런 참담한 현실을 의료 현장에 있는 의사, 간호사들에게서 보다 더 적나라하게 확인한다. 퇴원 후 로드가 사후검사를 받기 위해서 유방암 전문의를 찾아간 병원이 바로 그 현장이다. 수술이 끝나고 첫 외출이어서 약간은 흥분된 감정으로, 그리고 힘든 시간을 견뎌내고 살아있다는 것에 대한 기쁨을 안고 검사실로 들어간 로드는 간호사의 황당한 말들 때문에 충격을 받는다. 내심 자기 모습이 얼마나 좋아 보이는가를 말해주길 반쯤 기대하고 있던 로드에게 간호사는 약간 걱정스러운 듯이 "당신 오늘 보정물을 하지 않았네요"(60)라고 묻는다. 순간, 로드는 그 간호사의 말에 허를 찔린 듯 옴짝달싹하지 못한다. 그리곤 인공유방을 착용하지 않아 수술의 상흔이 엿보이는 그녀의 모습에 간호사는 로드가 해서는 안 될 부끄러운 일을 한 것처럼 훈계하는 어투로 다음과 같이 설명한다. "당신이 그것을 착용하면 훨씬 더 기분이 좋아질 거예요", "그리고 게다가, 우리는 당신이 진료실로 들어올 땐 최소한 어떤 것을 착용하고 오면 좋겠습니다, 그렇게 하지 않는 것은 진료실에 들어올 때 가져야 하는 몸가짐에 어긋나는 일입니다"(60). 그러나 로드는 그 순간에 자신의 신체의 정의와 권리에 대한 간호사의 공격에 어떤 반격도 하지 못한다. 당시에는 너무도 분개해서 한 마디로 하지 못하고 그냥 그 자리에서 얼어붙었다는 것이다. 그러면서 간호사가 한 말이 그녀에게 너무도 큰 상처가 되어 다음 날 일기(1978년 10월 5일)에 그 때의 감정을 남기게 된다.

지난 며칠 동안 내가 말하지 못한 것이 너무 많다. 지금에 와서 그것은 기록으로 남겨질 수 있다. 글쓰기 행위는 때론 나에게 불가능해 보인다. 상황이 완전히 바뀌기엔 말과 글로 표현될 시간은 너무 오래 걸려서, 너는 거짓말쟁이가 되거나 또 다시 진실을 찾을 것이다. 페이지 위에서 움직이는 내 갈색 팔의 물리적 형태에 의해서 실제적/가시적이 되는 일은 불가능해 보

인다; 내 팔이 움직일 수 없어서가 아니라, 어떤 것이 그것을 빼앗아 갔기
때문이다. 어떤 면에서 나는 이 슬픔에 숨통을 트이게 해야 한다. 고통에
일정 비율을 주기 위해서 열과 빛을 가져다주어야 한다. (51-52)

『자아들 쓰기』*Writing Selves*에서 잔느 페로Jeanne Perreault는 위의 일기
는 글쓰기의 신체적 행위와 감정적/심적 표현의 불가능성 사이의 괴리에
대한 안타까움을 토로하고 있다고 해석한다. 로드의 갈색 팔의 마비
immobility는, "보는 자로부터 분리된", "보이는 자의 대상화와 이해의 어려
움을 나타내고," "자아가 부분으로 떨어져 나가고 파편화되는 것", "말이
감정과 분리되는 것"("너를 거짓말쟁이로 남게 하는 것")은 기록되어야 하
지만, 구현되지 않고 남아 있는 것을 표현한다는 것이다(Perreault 21).

지금까지 로드가 기억하고 반추한 내용을 살펴보면, 수술 후 극심한
통증을 호소할 때마다 즉시 투여되는 진정제 주사들과 가슴 수술을 한 여
성들을 위해 마련된 많은 사회적 프로그램들과 네트워크는 표면상으로
로드와 같은 환자들이 수술 후 정상적인 삶으로 복귀하는 데 도움을 주는
듯 보이지만, 실제로 그런 사후 조치들은 오히려 그들 몸의 현실(한 쪽
가슴의 상실과 한 쪽 가슴을 가진 몸)을 부인하게 하고, 그들이 겪은 모진
고통의 경험들을 들여다보지 못하게 한다. 그런 의미에서, 로드가 애도하
려는 것은 잘려나간 가슴의 물리적 외관이라기보다는 절단의 사실과 상
실의 고통이다. 자기 몸에서 잘려나간 한 쪽 가슴은 물리적인 절단을 넘
어 그것에 대해 평소 그녀가 갖고 있던 생각, 느낌, 그리고 다른 사람이
그것에 부과한 의미까지 생소하게 만든다. 한 쪽 가슴이 상실된 그녀의
새로운 모습은 로드 자신과 다른 사람에게 잘 이해되지 않는 풍경이 되는
것이다. 그런데 환자가 이 같은 상실의 현실을 인식하고 애도하기도 전에
가슴에 난 상처는 서둘러 봉합되기 때문에 그것은 환자 본인에게뿐 아니

라 다른 사람들에게도 보이지 않게 된다. 로드의 관점에서 보자면, 보이지 않는 것은 들리지 않는 것이다.[5] 더구나 로드는 자기 경험이 격리되고 소외되는 이 위기 상황에서 몸과 마음이 얼어붙어 아무런 대응도 하지 못했다. 그럼으로써 그녀의 특별한 고통의 목소리와 경험은 그녀 자신에게는 물론 누구에게도 닿지 않는 "서사적 난파"로 중절된 것이다.

그런데 아이러니하게도 바로 이 고통 경험이 그녀의 정합적인 자기 삶의 이야기에서 중절되어 괄호 묶여진 덕택에 로드는 끔찍한 상실의 현실과 죽음의 위협을 직시하지 않을 수 있었다. 분명 질병경험으로 인해 충격적인 타격을 입은 것은 맞지만 도대체 그 일이 정확히 어떤 의미인지를 제대로 인식하지 못하고 겪었기 때문에 오히려 시퍼렇게 날이 서 있는 고통을 어느 정도 피할 수 있었던 것이다. 문제는 침묵과 마비적 상태를 통해 얻는 일시적인 위안은 절단의 상처를 새로운 자아에 연결하는 일 또한 방해한다는 점이다. 질병과 상실을 둘러싼 그녀의 내부 현실을 정확히 파악하지 못하기 때문에 외부 현실과의 골은 더욱 깊게 파이게 되고, 그러므로 외부 현실과 심적 현실 사이의 이 엄청난 간극은 우리 삶에서 어쩌다 마주칠 수 있는 특별한 사건을 일상적인 말로는 표현될 수 없는 트라우마적 사건으로 변형시키는 것이다. 이 변형의 과정은 로드가 수술 실밥을 제거한 다음 날에 쓴 1978년 10월 5일자 일기에 적나라하게 드러났다고 보인다.

4. 치유와 실천적 증언으로서의 『암 일기』

수술 솔기를 제거한 다음 날에 쓴 1978년 10월 5일자 일기에서 알 수 있듯, 로드의 트라우마적 경험은 구체적으로 표현되지 못하고 그녀의 개인적인 일기장 곳곳에 앙금으로 남았다. 하지만 로드는 그 잔여들을 절제술로 잘려나간 한 쪽 가슴처럼 중절된 상태로 두기를 원치 않았다. 오히려 그 모든 것은 한 쪽 가슴을 지닌 새로운 몸과 자아에 합체되어야 한다고 다짐한다. 다만 수술 직후엔 그 난파된 이야기의 파편들이 구체적으로 다루어질 수 없어 해결할 숙제로 떠안았던 것으로 보인다. 그리하여 그녀에게 숨이 막힐 정도로 이해되지 않는 것들, 그럼으로써 그때 당시에는 말하여지지 못한 많은 것들은 언제나 책임의 양상으로 되돌아오게 된다. "신체절단은 새로운 자아감에 통합해야 할 신체적이고 심적인 현실"이 되어야 한다고 요구하면서 말이다(16). 그리하여 새해(1979년 1월)에 로드는 바로 이 요구에 대한 응답으로 자신의 최근 과거의 조각들을 떠올리고 그것들을 이어 맞추려고 노력하면서 『암 일기』를 쓰고 있다고 말한다. 그리고 그 텍스트의 용도는 그녀 자신뿐 아니라 그것을 필요로 하는 모든 사람들을 위한 것이라고 쓰고 있다. 보다 넓은 구조물을 짓기 위해서 요긴한 재료를 찾는 데 필요로 하면 자유로이 활용할 수 있다는 것이다.

그런데 여기서 우리가 주목해야할 것은 글쓰기를 통해 로드가 자신의 과거를 이해하는 방법이다. 이 글의 앞머리에서 밝혔듯이, 『암 일기』는 단순한 일기가 아니다. 그 속에는 로드가 질병에 대한 직접적인 반응을 기록한 일기(2장), 사후적인 해설, 공적인 성명들과 형식적 에세이(3장)로 구성되어 있다. 특히 구체적인 날짜를 명시한 과거의 일기는 지금 그녀가 써내려가고 있는 에세이의 중간에 이탤릭체로 표기되어 있다. 수잔나 에간Susanna Egan에 따르면, 그러한 병치는 생생한 과거의 경험과 삶의 글쓰기를 연결하는 장치이다. 이것은 로드가 글쓰기를 통해 궁극적으로 전달하고자 하는 바가 그녀의 개인적인 생고통의 비명, 즉 직접적 고통 자체가 아니라는 것을 말해준다. 더구나, 로드는 암 발병과 절제 수술(보정 물

착용에 대한 경험)에 대한 고통의 기억을 다른 시간에서 다른 관점과 다른 말하기 양식으로 접근하고 있다. 과거에 대한 로드의 이 같은 접근방식은 '담론적 실천으로서의 증언'the testimonial as a discursive practice이다. 자신의 삶을 쓰고 있는 현재의 로드는 "텍스트의 독자이면서 저자이고 글쓰기의 증인이면서 동시에 생생한 경험의 증인"이다(Perreault 22). 『거울 담화』Mirror Talk에서 수잔나 에간Susanna Egan은 이것을 "경험에서 실천주의로 움직이는 생생한 과정"이라고 말한다(218). 말하자면, 삶의 가닥들을 되짚어서(일기를 다시 읽어서) 글을 씀으로써, 로드는 생고통의 비명으로 메아리치는 고통의 목소리를 되찾고 절단 난 신체를 새로운 자아와 공동체에 통합시키는 것이다. 요컨대 로드의 과거 다시쓰기rewriting the past는 트라우마로 변형된 그녀의 특별한 질병경험을 그녀 자신뿐 아니라 대중이 이해할 수 이야기로 재구성하는 것이다.

물론 개인적인 감정의 잔여로 남아 있는 일기를 다시 읽는 일은 그 잔여들을 전체적인 삶으로 통합시키는 데 반드시 필요하다. 그러나 한편으로 그 작업으로 인해 그녀의 자아가 이전의 위기에 다시 노출되고, 재발에 대한 두려움을 갖게 될 위험에 놓이는 것도 사실이다. 실제로 로드는 두려움을 언어로 바꿀 때 느꼈던 엄청난 압박감을 다음과 같이 묘사한다.

> 『암 일기』의 서문을 만들 때, 나는 강철 막대기처럼 내 손에 드리워져 있는 두려움을 느꼈기에 여기서 두려움에 대해서 훨씬 많이 쓴다. 절제술 후의 18개월을 재검토하려고 했을 때, 나에게 닿은 것은─내 상실된 가슴, 시간, 거짓 능력의 만족에 대한-녹아버린 좌절과 애도의 물결이었다. 이 감정들은 누그러지기 어렵고 고통스러울 뿐 아니라, 내가 세심하게 검토하기 시작해서 상실과 좌절의 고통의 감정에 또 다시 닿게 되면,....나는 한 번 더 병에 걸릴지 모른다는 공포와 뒤엉켰다. (15-16)

로드가『암 일기』의 서문을 쓸 때 포착한 두려운 감정들은 실제 외상을 입은 피해자가 외상적 과거를 재연(되살이)할 때 빠져들게 되는 함정이다. 외상 후 스트레스 장애를 겪는 사람들은 바로 이런 함정에서 갇힌 채 빠져나오지 못하고 있는 피해자들이다. 이들에게 과거와 현재 사이의 간극은 거의 영점화되어 있기 때문에 언제든 고통스러운 과거가 재소환될 위험이 있다. 18개월 동안 경험했던 고통의 시간을 되짚어보려는 바로 이 시점에서 그 함정의 덫은 로드를 기다리고 있다. 고통을 받는 자아와 그 상황을 쓰고 있는 자아는 너무도 얇은 단층 막으로 연결되어 있기 때문에 로드에게 언어로 과거를 되쓰는 작업은 몸으로 그것을 다시 엮는 것과 다름없다. 유방암의 고통에서 살아남은 자기와 그러한 경험을 쓰는 자기가 합쳐져서 과거 되살이의 악순환에 빠져들 수 있는 것이다.

바로 그 수렁에 빠지지 않기 위해서 로드는 생명을 위협하는 질병에서 분출하는 고통, 굴욕, 분노, 그리고 공포를 있는 그대로 기록하지 않는다. 로드는 보다 용기 있고 창조적인 자세로 트라우마적 과거와 재대면한다. 이 창조적인 방법은 앞에서 언급한 "담론적 실천으로서의 증언"이다. 생생한 과거 경험의 증인이면서 동시에 텍스트의 독자와 저자로서 트라우마적 경험을 개조하고 재창출한다. 가령, 작가로서의 로드는 생고통의 경험을 기록한 일기를 시간 순으로 재생하지 않고 현재 그녀의 주장에 필요한 항목을 선별해서 에세이(『암 일기』)에 삽입한다. 그리고 선별한 일기의 내용을 반추하고 분석한다. 이 과정에서 로드는 과거의 일기를 이탤릭체로 표기함으로써 현재 그녀가 다른 관점에서 그것을 반추하고 있음을 보여준다. 이러한 전략은『암 일기』의 서문과 나머지 장들 사이의 복잡한 관계를 통해서도 드러난다. 이 책의 서문은 그녀의 결론, 즉 악성종양으로 발견된 암, 육체적 생존, 그리고 여성에게 강요되는 침묵을 막아보겠다는 의도를 밝히는 것에서 시작된다. 그런데 그 다음 두 장에서 로드는 질병에 대한 그녀의 초기의 반응(개인적)을 기록한 일기를 다시 읽는다.

먼저, 1장과 2장에서 로드는 암 진단을 받고 수술과 치료단계를 거치면서 비탄에 빠졌던 그녀의 개인적 경험과 물리적, 심적 고통의 비명을 세부적으로 서술함으로써 그녀의 트라우마적 과거와 재조우한다. 어찌 보면, 암과 절제술, 그리고 인공유방의 착용과 관련된 충격적 경험에 초점이 맞추어진 이 두 장은 그녀의 개인적 고통경험을 되살이하고 모방하는 "서사적 푸가"를 만들어낸다(Egan 218). 하지만 과거의 삶을 되풀이하는 이 구간은 단순히 모방적 형식으로 반복되지 않는다. 이탤릭체로 묘사된 일기에 현재 작가로서의 그녀 자신의 비판적 해설과 설명을 끼워 넣고 확대 재해석한다. 그런가 하면 과거에 말문이 막혀서 아무런 대응을 하지 못했던 상황을 글을 통해 반응하기도 한다. 가령, 절제술을 받고 다시 병원을 찾았을 때 간호사가 그녀의 푹 꺼진 한 쪽 가슴을 보며 내던진 뼈아픈 말에 대해, 그리고 인공유방을 착용하는 것에 따른 유용성을 설명하며 보형물 착용을 강권했던 자원봉사자 여성의 회유에 대해 로드는 늦게나마 그때 미처 표출하지 못했던 분노의 감정을 드러내며 다음과 같은 통쾌한 복수의 말로 되받아친다.

> 이스라엘 총리, 모쉐 다이안(Moishe Dayan)이 텅 빈 그의 안와에 안대를 하고 의회 연단에 서고 TV에 출현했을 때, 어느 누구도 그에게 의안을 하고 나오라든지, 혹은 의회의 도덕률에 맞지 않다고 말하지 않는다. 세상은 그를 명예로운 상처를 가진 용사로 본다... 만약 당신이 다이안의 텅 빈 안와를 보는데 문제가 있다면, 사람들은 그것을 보지 못하는 것은 당신의 문제이지 그의 문제가 아니라고 말한다. (61)

그런가 하면 언뜻 보기에 소심한 복수 같지만, 알고 보면 매우 치밀한 계획 하에 이루어진 사후대처가 엿보이는 대목도 눈여겨 볼만하다. 아무리 회복기에 들어서 『암 일기』를 썼다고는 하지만 분명 그 에세이는 질병 경험의 내용이 주를 이룬다. 그럼에도 『암 일기』를 읽다보면 우리 독자는 이런 의문이 든다. 간호사가 잠깐 등장한 것을 제외하고는 그 어떤 의료인들이 일기의 내용에는 없지 않은가? 심지어 의사도 익명의 엑스트라처럼 스쳐 지나갈 뿐 그녀와의 유의미한 만남조차 성사되지 않는다. 말하자면 이 책에서 로드는 의사나 간호사와 같은 전문 의료담론의 목소리는 침묵시키고, 암환자, 생존자, 그리고 작가로서의 로드 자신의 입장에서 그녀의 아픈 경험을 이야기한 것이다. 도려내진 한 쪽 가슴의 상처 때문에 생고통의 비명을 질러도 진통제 주사로 그녀의 아픔을 억누르려 했던 의료현실에 대해서, 그리고 물리적인 고통은 물론이거니와 한 쪽 가슴의 상실의 아픔조차 무효화하자는 의료담론과 그것을 무비판적으로 받아들이는 사람들의 태도를 사후적인 글로 되받아친 것이다.

만약 로드가 그녀의 과거 일기에 적힌 내용을 액면 그대로 읽고 보여주면서 그때의 고통이나 충격에 몸서리치고 분노하는 선에서 그쳤다면, 아마 일시적으로는 속이 후련하고 기분이 나아지는 느낌을 받았을지 모른다. 하지만 그 순간이 지나고 나면 다시 원점으로 돌아가 문제의 사건에 제대로 대응하지 못한 것을 곱씹고 또 곱씹지 않았을까. 그럼으로, 한 쪽 유방을 잃은 것은 단순히 종양이 있는 물리적인 부위를 잘라내는 것 이상의 의미이며, 그로 인한 고통과 상처는 그것을 대신하는 인공유방이나 다른 보형물로 치유될 수 없다는 것, 그리고 도려 진 한 쪽 가슴 때문에 신체 불균형이 생기긴 했지만 그럼에도 그 일그러진 풍경에 익숙해질 때가지 정상적인 신체 풍경에서 떨어져 나간 부분을 어루만지고 위로하고 싶다는 그녀의 진심은 끝내 전달되지 못하고 마음 속 깊이 묻혔을 것이다. 그렇게 되면, 지배적인 의료담론이나 미적담론을 무비판적으로 수용하는 다른 사람의 눈엔 애도해야 할 것도 없고 상실의 현실도 없는데, 그녀 혼자서 메아리로 울리는 비명을 지르며 환통을 느끼는 사람이 되지 않겠는가?

그런 의미에서 로드가 혼란과 충격의 감정의 형태로 기록해놓았던 자기 삶의 편린들을 다시 꺼내서 읽으면서, 그것을 현재 되어가고 있는, 그리고 앞으로 되어갈 그녀의 새로운 자아와 삶의 이야기에 맞게 변형해서 편입시킨 것은 글쓰기 치유의 작업이라고 할 수 있을 것이다. 물론 이 과정에서 상실의 고통과 상처를 다시 건드려서 상처가 덧나는 위험한 상황도 벌어졌을 것이다. 하지만 자기 삶의 서사에 영향을 미친 치명적인 사건이 괄호 묶여 격리되고 소외될 경우 오히려 그런 상태가 그 사람의 삶의 정합적인 서사에 치명타가 될 수 있다는 점은 트라우마가 구성되는 과정에서 이미 설명된 바 있다. 로드 역시 그 사실을 누구보다도 절감했기에 그녀의 중절된 자아와 이야기를 맥락화해서 반추하는 대담하고도 창조적인 작업을 했던 것으로 보여 진다.

나아가 로드는 자신의 개인적 상처를 치유하는 일에서 끝나지 않고, 그것을 공적인 담론과 실천적인 운동으로 바꾸어놓는다. 두려움을 이겨낸 로드는 질병, 정치적 부당함, 계급의 특권, 동성혐오주의와의 투쟁을 시작한다. 마지막 3장에서 로드는 다양한 형식의 언어를 통해서 다양한 청자에게 그녀의 실천적 운동에 참여할 것을 독려한다. 가령 어떤 부분에서 로드는 부엌 식탁에서나 나눌 수 있는 친밀한 어투를 사용해서 은밀하게 감춰진 목소리를 끌어낸다; *"내 자신과 몇 시간 동안 사랑을 나눔으로써, 마침내 나는 자위를 다시 할 수 있게 되었다"*(1978년 12월 12일자 일기), 다른 부분에서 로드는 형식적이고 훈육적인 말로 실천적인 참여를 부추긴다.

> 절개수술 후 여성들이 자신들에 대한 어떤 현실적인 가치판단을 하지 말라고 설득을 당할 때, 그들은 상당한 시간, 에너지, 그리고 돈을 보다 교묘한 정상성의 외관을 약속하는 환상을 쫓는 데 허비한다. 우리 삶의 일부로서 차이를 인정하지 않고, 환상을 부끄럽게 쫓는, 여성들은 예측하기 힘든 허름한 신뢰도의 희생양이 된다. 공포와 가슴의 유령을 대체하려는 여성의 암묵적 외로움은 또 다른 피해를 낳게 한다. (68)

그리고 또 다른 섹션에서 로드는 평이하게 고백하는 어조로 그녀와 같이 사적으로 이런저런 치료를 고민하는 환자들에게 그들의 실제 마음을 털어놓을 수 있는 장을 마련해준다; "나는 관례적인 의료계, 수술, 방사선, 화학요법에 대한 대안을 생각해보았다. 나는 다이어트 요법과 비타민 치료법과 같은 전인적인 접근법을 생각해보았다"(30). 이외에도 로드는 신문 기사의 광고와 뉴스방송의 보도와 설명을 인용해서 정치적으로 냉엄한 분석을 수행한다.

요컨대 『암 일기』의 마지막 장에서 로드는 때로는 가장 내밀한 언어로, 그리고 다른 때는 친숙한 담소로, 그리고 또 다른 곳에서는 매우 냉엄한 어조로 다양한 층위의 경험을 대변하고 그 다양한 형태의 언어들이 억압되지 않고 각자의 목소리를 낼 수 있도록 공론의 장을 마련한 것이다. 그리하여 그녀 자신의 개인적인 삶의 중요한 부분, 즉 질병경험을 쓰는 일은 자기 고통을 말하는 개인적인 행위인 동시에 그녀 자신의 경험을 담론적 매개와 다양한 자아의 목소리를 통해 다른 사람들에게 전해줌으로써 그 사람들도 그녀의 아픈 이야기를 듣고 공유할 수 있게 하는 증언적 실천이다.

5. 나가며

_____

　로드의 질병경험에 관한 이야기에서 우리는 질병과 장애가 사람들에게 가하는 가장 극심한 위협이 무의미성임을 깨닫게 된다. 로드와 같이 난치성 질환을 앓고 그 흔적을 내보이는 일은 현대 의학의 실패와 불완전성을 상기시킨다. 바로 이런 실패와 불완전성의 치부를 가리고 완전성의 신화를 창조하기 위해 현대 의학의 담론과 체계는 사람을 환자로 환원시키고, 또 환자를 질병사례로 환원시키는 식민화 작업을 불사하지 않고 있다. 그 결과, 질병과 장애를 앓는 사람들과 그들의 경험은 완전성의 신화적 틀에 가로막혀 보이지 않고 들리지 않는 무의미한 절규가 되기도 한다. 고통경험과 현실 인식 사이의 엄청난 괴리가 빚어낸 비가시성과 침묵은 이미 물리적으로 병들고 아픈 사람들의 정신까지 무력화시켜 그들의 삶과 자아를 파괴하게 되는 것이다. 유방암, 절제술, 그리고 죽음의 위협을 경험한 로드는 그녀 자신의 개인적인 질병 이야기를 통해 현실의 장벽에 가로막혀 사장된 고통의 목소리를 되살려서 질병이 의미하는 바를 증언하는 실천적인 방편을 제공했다. 삶의 글쓰기로서의 질병서사가 갖는 이 증언적 수행성은 로드 자신에게 치유적인 도움을 주었을 뿐 아니라 그녀와 같은 경험을 공유한 독자와 건강한 사람들에게도 질병경험의 의미를 복원하는 일에 동참하게 했다.

　최근 몇 십 년 사이에 로드의 자전적 질병서사와 비슷한 형태를 취하지만 질병 이외의 다른 주제를 다루는 자기 삶의 글쓰기가 증가하고 있다. 이것은 자기-삶의 글쓰기와 그 이야기를 읽는 행위가 개인들이 직면한 위기와 고통의 상처를 극복하고 치유하는데 도움을 주고 있다는 점을 짐작케 하는 대목이다. 이런 유용성에도 불구하고 자기 삶의 글쓰기는 여전히 전통적 자서전 장르의 아류 혹은 신변잡기를 기록하는 에세이 정도로 평가절하 되는 경우가 적지 않다. 때문에 그것을 필요로 하는 사람들에게 충분히 활용되지 못하고 있는 실정이다. 그런 의미에서, 이 글에서 소개된 로드와 그녀의 질병서사가 모든 아픈 사람들과 그들의 다양한 경험들을 전달하는 대표자와 대표 표본은 아닐지라도 그녀의 실험적인 표본을 통해 보다 창조적이고 실천적인 자기 삶의 글쓰기가 창출되기를 기대하고, 또 절하된 평가로 인해 아직 개인의 저장고에 묻혀 있는 많은 글들이 발굴되어 그것을 필요로 하는 사람에게 활용될 수 있기를 기대한다.

* 이 글은 저자의 「글쓰기 치료와 실천적 증언으로서의 자전적 질병서사: 오드르 로드의 『암 일기』를 중심으로」(『영미문학교육』 17.3 (2013): 153-57)의 내용을 본 저서의 기획 취지에 맞도록 일부 수정·확대한 글임.

▮참고문헌

Egan, Susanna, *Mirror talk: Genres of Crisis in Contemporary Autobiography*, Chapel Hill: U of North Carolina P, 1999.

Frank, Arthur W. *The Wounded Storyteller: Body, Illness, and Ethics*. Chicago: U of Chicago, 1995.

Giddens, Anthony. *Modernity and Self-Identity in the Late Age*. Cambridge: Polty, 1991.

Henke, Suzette A. *Shattered subjects: Trauma and Testimony in Women's Life-writing*. New York: St. Martin's P, 1998.

Herman, Judith. *Trauma and Recovery*. New York: BasicBooks, 1997.

Perreault, Jeanne. *Writing Selves: Contemporary Feminist Autobiography*. Mineapolis: U of Minnesota P, 1995.

▮주

[1] 사리리 벤스탁(Shari Benstock)과 같은 페미니스트 비평가들은 전통적인 자서전의 한계에 도전하기 위해서 수기, 일기, 편지, 그리고 다른 개인적인 의사 자서전을 포괄하는 범주를 사용해서 삶의 글쓰기라는 용어를 제안했다. 그런가 하면, 현대 자서전 연구에 지대한 공헌을 한 토마스 쿠저(Thomas Couser)는 삶의 글쓰기를 삶의 서사(life narrative)라는 용어와 바꾸어 쓰기도 한다. 그가 정의하는 삶의 서사란, 사건이 일어난 뒤 그것을 단순히 기록하는 방식이 아니라 개인의 정체와 인격적 관계형성을 발전시키는 데 본질적인 수단이다. 그런 의미에서 삶의 글쓰기 혹은 삶의 서사는 이미 온전하게 성숙한 개인이 반성적으로 과거의 어떤 사건과 관계하는 것이 아니라 삶의 중요한 부분이 개인의 자아와 인격발달에 도움이 되는 수단으로 작용하는 것이다.

[2] 1978년에 로드는 유방암 진단을 받고 같은 해에 오른쪽 유방을 절개하는 수술을 받는다. 그러나 난 뒤 1984년에 암이 간으로 전이되어 간암 판정을 받고 투병생활을 하다가 19992년에 사망한다. 『암 일기』는 절제술 후 회복기에 접어들어 그녀의 충격적인 질병경험을 반추하며 쓴 에세이다. 그리고 1988년 로드는 두 차례의 암 투병과 흑인 레즈비언 여성

시인으로서의 사회적 편견과 싸워야 했던 그의 삶의 문제들과 연관된 두 번째 질병서사 『빛의 파열』(A Burst of Light)을 출간한다.

3 이외에도 정신적 우울을 다루는 질병 이야기와 부모님의 죽음에 대한 회고록도 최근 새로운 질병 서사로 주목을 받고 있다. 가령 윌리엄 스타이론(William Styron)의 『보이는 어둠』(Darkness Visible)과 엘리자베스 워첼(Elizabeth Wurtzel)의 『프로작 네이션』(Prozac Nation), 그리고 필립 로스(Philip Roth)의 『유산』(Patrimony) 등이 그것들이다. 그리고 많지 않지만, 희귀병이나 장애, 그리고 치매 혹은 자폐를 다룬 질병서사도 있다.

4 이하 본문에서 직접적으로 인용되는 로드의 『암 일기』의 내용은 쌍 따옴표 안에 넣고 페이지를 병기하기로 한다.

5 비가시성은 로드와 같이 가슴 절개로 인한 상흔을 지닌 여성들에게 많은 이득을 주는 것도 사실이다. 그럼에도 로드는 가시화(자기 자신을 표현하는 것)의 위험성 때문에, 이런 이점을 잃는 것을 두려워하지 말아야 한다고 호소한다. 가시성이 없으면 그녀는 진실로 살아갈 수 없기 때문이라는 것이다. 그런 의미에서 로드에게 있어, 진실로 산다는 것은 자기를 표현(현시)할 수 있는 힘을 의미한다.

화병과 소설?
한방신경정신의학으로 본
소설의 정화와 치유의 기능에 대하여

우정민

1. 들어가며

미국정신과협회American Psychiatric Association의 정신장애의 진단 및 통계 편람 4판(*DSM-IV*)」과 세계보건기구World Health Organization의 국제질병분류 10판(*CD-10*)에는 51개의 공식 정신병명이 나열되어 있는데 알파벳 H군에는 우리에게 낯익은 병명이 눈에 띤다. 이는 다름 아닌 우리말 "화병"

의 영어식 표현 "Hwa-byung"이다. 화병은 일종의 "분노증후군"anger syndrome으로, 그 병리현상이 공식적으로 인정된 하나의 질병이다 ("Examining Anger in 'Culture-Bound' Syndromes", *Psychiatric Times* 1998 참조). 그런데 연구에 따르면 화병은 특수하게도 한국적인 문화에서 주로 나타나는 바 이를 "문화특유증후군"culture- bound syndrome이라 구분하기도 한다. 캘리포니아 대학UC Davis의 룩 김 박사Luke I. C. Kim는 이러한 화병을 한국 문화의 특징인 "한"haan, 恨과 연관 지으며 다음과 같이 말한다.

> 한자에서의 한은 복수, 혹은 더 나아가 행동을 수반하는 보복의 개념을 담고 있다. 그러나 한국에서의 한은, 복수의 동기와 욕망을 이차적으로 담고 있기는 하나, 이에 앞서 근본적으로 억압되고 표현되지 못한 내재된 화(火)이다. (필자 역)

다시 말해, 화병은 억눌린 한, 즉 한국문화가 자아낸 독특한 스트레스가 표출되지 못하고 몸 안에 남아 열상으로 나타난 증후군이다.[1] 그런데 이 질병은 기타 증후군과 달리 내재되어 현상적으로 잘 드러나지 않을 뿐 아니라 잠복기가 길고 증상 자체가 복합적이어서 개별 증상의 직접적인 치료가 어렵다는 것이 통설이다.[2] 특히 "우리와 같은 문화권에 속하는 중국이나 일본에서도 화병이라는 용어는 찾아볼 수 없다"(김종우 43)고 할 정도로 한국의 문화권에 특수하게 존재하는 까닭에 독특한 문화현실을 고려하지 않고서는 적절한 치료가 이루어 질 수 없다. 또한 "화병은 중년 이후의 여성과 사회나 학력 그리고 경제 수준이 낮은 계층에서 많이 발생한다"(김종우 45)는 특징을 가지고 있어 직접적인 통원치료를 받는 환자의 수가 극히 적어 실효성 있는 진단과 처방이 더욱 어렵다.

억눌림에 의해 생긴 병을 치료하는 데에는 표현만큼 좋은 방법은 없을 것이다. 그러나 눌러 담아오기를 수십 년 배우고 익혀낸 이들에게 표현은 말처럼 쉬운 일이 아니다. 불이 나면 물로 끄는 것이 응당한 이치이거늘 몸과 마음에 난 불은 어떻게 끌 수 있을까? 이 물음에 답하기 위해 인류가 오래도록 감정표현의 수단으로 삼아왔던 말과 글로 풀어내기, 즉 문학의 치유적 기능을 고찰하고 그 안에서 표현하기의 해법을 찾아보려 한다.

2. 치유와 문학

[1] 문학치료의 동향

문학이 과연 치유의 기능을 할 수 있는가라는 본질적인 질문에 답하기 전에 우선 현재의 문학치료의 동향을 살펴보도록 하자. 문학치료 literatherapy는 크게 독서치료bibliotherapy와 쓰기치료poetry therapy 혹은 poesietherapy로 나뉜다.

현재(2008년 기준) 독서와 글쓰기를 통틀어 우리나라의 문학치료를 담당하는 교육기관을 나열하자면, 숙명여대 사이버 대학원의 아동교육 전문가과정에서 아동독서치료과목을 강의하고 있고, 경북대학교 대학원에서는 2004년부터 문학치료학과 석/박사과정을 개설하였다. 독서치료에 관한 교육은 대학교 부설기관에서 주로 이루어지고 있는데, 연세대학교, 성균관대학교, 삼육대학교, 경기대학교, 충남대학교, 부산대학교, 동아대학교, 신라대학교, 전남대학교, 광주대학교, 조선대학교 사회(평생)교육원에 강의가 개설되어 있다. 또한 1999년 한국어린이문학교육학회 산하 독서치료 분과모임으로 시작한 한국독서치료학회에서는 2000년 독서치료 관련 자료와 논문 초록들을 번역하여 『독서치료 자료 모음집』을 만들고, 2001년 『독서치료』(학지사), 2003년 『독서치료 실제편』을 필두로 정기적인 학술대회를 통해 독서치료를 보급하고 있으며 전문가양성(독서치료사 및 독서치료전문가)을 위해 힘쓰고 있다.

이러한 노력에도 불구하고 현재 문학치료의 보급률은 영미권과 유럽 지역에 비해 현저히 낮은 수준이고, 어린이와 청소년을 대상으로 한 프로그램을 제외하면 사회적 공공 서비스의 양적 부족을 극복하지 못하고 있는 실정이다. 이 점에 대하여 경북대학교의 문학치료학과 변학수는 대한의사협회 부설 의료정책연구소의 계간지 의료정책포럼 2003년 10월호에서 다음과 같이 밝힌다.

> 우리나라에서 문학치료의 이론적, 실제적 토대는 아직까지 활성화되어 있지 않은 실정이다. 몇몇 학자들이 독서치료나 문학치료란 이름으로 여러 가지 외국 이론들을 소개하고 있지만 그것도 현대 한국인의 문학적 성향에서 출발한 것이 아니라 대부분 상담이나 또는 그냥 문학감상 정도의 차원에서 시행되고 있다... 그러나 유럽에서도 이런 이론적 계획에 대한 임상심리학에서의 포괄적이고 모델 이론적인 방향제시는 아직도 부족한 실정이다. 미국에서 이루어지고 있는 것은 필자가 직접 경험하지는 못했지만 책을 통해서 확인할 수 있는 바, 유럽의 존재론적 정신병리학적 방향보다는 물리치료의 일환으로 볼 수 있을 듯하다. (변학수, 인터넷자료 인용)

짧게 말하면, 문학치료의 가치는 우리나라를 포함한 세계 여러 나라에서 인정되나, 아직 그 효과와 임상결과가 만족할만한 단계에 이르지 못했다는 지적이다. 게다가 우리의 독자는 유럽, 영미권과는 다른 독특한 문화권에 있다는 점에서, 우리에게 필요한 문학치료의 이론적 틀과 실제적 활용 방안의 모색이 이루어져야 할 것으로 보인다. 이에 대한 노력이 곳곳에서 보이는데『겨레어문학』에서 정운채는 동양의 주역을 통한 인간해석으로 문학치료의 의의와 이론을 구조화하려는 시도를 보인 예가 있다.

문제는 여러 시도에서 나타나는 문학치료가 기타 예술치료에 비해 치료로서의 구체성을 결여하고 있어 부차적이거나 이차적인 수단으로 여겨지기 쉽다는 점이다. 변학수도 이 문제에 대하여 "문학치료는 이런 예술수단의 치료음악치료나 미술치료보다는 간접적이고 이차적이라 할 수 있다"고 지적하며 문학치료의 한계를 인정한다. 이는 글쓰기나 글읽기가 마음의 평정, 위안, 긴장완화 등의 심리적 안정을 주는 매개 정도로 인식되기 때문이다. 그러나 문학은 단순히 감정의 안정에만 주목하지 않는다. 변학수는 이를 뒷받침하기 위해 "텍스트가 수용-인지 영역에서 흥미를 일깨우고 새로운 '인식'이 자극적 효과를 거둘 수 있다고 가정할 경우 문학치료는 최소한 이원적 형식, 즉 감정과 인지의 형식에서 모두 가능하다"는 주장을 펼친다. 즉 문학의 치유적 기능은 심리적 안정에 국한되지 않고, 작가-작품-독자의 상호유기적 관계를 바탕으로 감성과 이성을 아우르는 인지와 동화, 그리고 자기재인식의 범위로 확장된다. 따라서 문학치료는 기타 예술치료와는 차별성을 지니며, 한편 감수성과 지성, 그리고 인격을 동시에 총괄할 수 있는 장점을 지닌다.

[2] 소설의 치유적 기능

국내와 국외의 독서치료 연구동향을 분석한 황금숙은 역사적으로 문학이 인간의 영혼을 치유하는 양식이었음을 강조하며, 기원전 1300년경 이집트 람세스 2세의 궁전 도서관을 "영혼의 치유장소"The Healing Place of the

Soul라 불렀고 또한 기원전 300년경 고대 그리스 도서관 입구에는 "영혼을 위한 약"Medicine for the Soul이란 현판이 붙어 있었다고 전한다(황금숙 307). 인간의 표현본능이 이루어낸 지적 예술의 한 형태인 문학은 고대로부터 그 기능에 대한 담론이 끝없이 이어지고 있는데, 그 중 우리는 가장 원론적이며 역사를 통해 증명되어 온 아리스토텔레스의 "카타르시스"Catharsis를 기억하지 않을 수 없다. 『시학』의 머리말을 쓴 파이페W. Hamilton Fyfe는 아리스토텔레스의 문학 이론이 "실제적 목적", 즉 "도덕"을 구현하기 위해 쓰였다고 주장한다(『시학』 20).

> 『시학』은 아테네 사람들이 어떤 문학비평보다도 중요하게 생각하는 실제적 목적을 가지고 있었다. 그것은 도덕상의 목적이다. 그리스 작가들은 도덕적 개념 하에서 인생과 자연의 모든 양상을 관조한다. 그들은 인간행위에 가능성 있게 받아들여지는 영향력에 관해 무척이나 관심을 쏟는다. 그래서 아리스토텔레스는 관객의 입장에서 비극의 효과는 그들에게 유익한 어떤 것이라는 사실을 보여 주려고 애썼다.... 감정은 출구를 가져야 하며, 시극에 안전하고 편리하며 규칙적 간격을 가진 그러한 출구를 제공할 도덕적 기능을 부가하여야 함을 그는 알고 있었다. 만약 사람들이 감정을 쌓아두려고만 한다면 과잉축적된 감정이 격렬하고도 분별없는 행동으로 터져버릴지 모른다. 기쁨을 창출해 내는 것이 비극의 목적인 것이다(이 주장은 전에 분명하게 받아들여지지 않았으며 그 후 점차 잊혀졌다). (『시학』 20-21)

『시학』의 13장과 14장에서 등장하는 비극의 목적을 나타내는 단어 "카타르시스"는 어원에 따르면 "배설" 혹은 "정화"의 의미를 갖는다. 의학에서의 카타르시스가 배설의 의미를 지닌다면, 예술에서의 카타르시스란 "비극적 쾌락"이라 할 수 있는데, 이는 "연민과 공포로부터 야기되는 기쁨이며 시인은 그것을 모방에 의해 만들어내야 한다"(89). 여기에서 시인은 언어를 예술의 매개로 하여 삶을 재현하는 문학가를 통칭하여도 좋을 듯하다. 문학의 여러 기능 중 다분히 의학적이라고도 할 수 있는 카타르시스의 기능은 문학을 창조한 인간이 스스로에게 선사한 가장 큰 유산의 하나일 것이다.

그런데 왜 소설인가? 문학의 많은 형태 중 특히 소설은 표현본능이 가장 사실적, 혹은 현실적으로 살아 있는 공간임에 틀림없다. 때문에 소설이 가지는 치유의 기능 또한 현실적으로 매우 높이 평가될 수 있을 것이다. 분명, 카타르시스, 즉 감정의 정화라는 문학의 기능이 고대 그리스의 비극이라는 극예술에서 비롯된 개념인 것은 부인할 수 없는 사실이며, 근현대의 정신분석학에서 줄곧 이용되는 심리치료 역시 극의 형태를 빌려 왔다는 점도 역시 간과할 수 없다. 다시 말해, 지금껏 문학의 치료 혹은 치유의 효과를 논하는데 있어 극과 희곡이 이론과 수행의 중심을 이루었다고 할 수 있겠다. 그러나 소설은 태생부터 타 장르와 구분되는 몇 가지 속성에 의해 현대사회의 구성원들과 더욱 긴밀하고 현실적인 관계를 맺는다. 19세기 서구의 산업화와 더불어 본격화된 중산층의 여가문화는 이야기의 생산과 소비를 담당하는 동력원이 된 바, 형용사로 "새롭다"는 뜻의 영어식 표현인 소설novel이 현대 언어예술의 대표 장르가 된 것은 말 그대로 혁신이었다. 헨리 제임스Henry James가 "느슨하고 헐렁한 괴물"loose, baggy monsters이라고 칭하기도 했던 소설은 그 헐거움을 무기로 사실상 무엇이든 담아낼 수 있는 비정형적 틀로서, 계급과 계층의 벽을 자유로이 넘나들며 괴물스러우리만치 거대하고 방대한 예술의 형식으로 자리 잡았다. 그러면서도 소설은 한자 소小의 의미가 전해주듯, 거대서사를 무력화시키는 작은 이야기의 총체이며, 허구적 상상의 공간에서 사실성과 사회성을 꽃피우며 개인과 사회의 긴밀한 유대감을 맺어주는 장르이기에 매우 훌륭한 치유와 전도의 기능을 담당할 수 있는 가능성을 지닌다. 따라서 소설을 통해 치유와 정화의 기능을 고찰해 보는 일은 현대의 문학계와 의학계가 지나치지 말아야 할 가치 있는 논의가 될 것이라 기대한다.

[3] 정신한의학3으로 본 치유의 개념

문학치료를 포함한 예술치료의 증례는 줄곧 프로이드 이후의 정신분석학을 바탕으로 한 경우가 많다고 여기는 것이 보통이다. 그러나 우리의 의학, 즉 한의학에서도 문학치료의 예는 이어져오고 있다. 어찌 보면, 몸과 마음의 구분을 두지 않고 심신일여心身一如의 철학과 천인상응天人相應 관계를 생리와 병리의 근간으로 삼는 자연순응사상에 근거한 한의학적 전통에서의 치유 및 치료는 문학치료의 가치와 의의를 설명하는 데 있어 근대 이후 서구의 의학적 전통에서 찾기 어려운 창조적인 토대를 마련한다.

이를 분석하기 위해 한의학에서 설명하는 정신의 구조를 살펴보자. 『영추』靈樞의 「본신편」과 『장씨유경』에서는 인간의 정신구조를 일곱 가지로 나주어 설명하는데 그 내용은 다음과 같다.

神 兩精相搏 謂之神 神者精氣之化成也
신: 양정상박 위지신 신자정기지화성야
魂 隨神往來者 謂之魂 神氣之輔弼也
혼: 수신왕래자 위지혼 신기지보필야
魄 幷精而出入者 謂之魄 精氣之匡佐也
백: 병정이출입자 위지백 정기지광좌야
心 所以任物者 謂之心 心爲君主之官 統神靈而參天地故 萬物皆其所任
심: 소이임물자 위지심 심위군주지관 통신령이삼천지고 만물개기소임

意: 心有所憶 謂之意 意思憶也 謂一念之生 心有所響而未定者曰意

의: 심유소억 위지의 의사억야 위일념지생 심유소향이미정자왈의

志: 意之所存者 謂之志 意之所存 謂意已決 而卓有所立者曰志

지: 의지소존자 위지지 의지소존 위의이결 이탁유소립자왈지

思: 因志而存變 謂之思 因志而存變 謂意志雖定 而復有反覆計度者曰思

사: 인지이존변 위지사 인지이존변 위의지수정 이부유반복계도자왈사

慮: 因思而遠謀 謂之慮 深思遠謀 必生憂疑 故曰慮

려: 인사이원모 위지려 심사원모 필생우의 고왈려

智: 因慮而處物 謂之智 疑慮既生 而處得其善者曰智

지: 인려이처물 위지지 의려기생 이처득기선자왈지

(『동의정신의학』 55)

위 지문을 풀이하자면, 음양, 즉 부모의 양정이 교합하여 하나의 생명
이 탄생할 때, 신神이 깃든다. 신은 정기가 화하여 이루어진 것이며, 혼은
신에 깃든 신기를 보필하고, 백은 정기와 같이 있으면서 정기를 돕는다.
그러므로 혼백이란 신과 같이 있으며, 신이 그 기능을 증진하는 데에 필
요한 요소가 된다(이는 마치 기독교사상의 삼위일체론과 흡사한 구조를
이룬다). 즉, 신은 모든 사물을 음양의 원리에 입각하여 관찰하고 사고하
는 동양의학적 개념이다. 신神 아래, "심의지사려지"의 각 여섯 단계가 구
성되는데, 이로서 칠신의 구조를 이룬다. 그 첫째인 심心은 인체의 내부에
존재하고 진행되는 모든 사물의 변화에 대처하는 주체이다. 둘째, 의意란
의사 혹은 의향을 뜻하고, 셋째, 지志는 자기의 의사가 이미 확정되어 변
치 않는 것이며, 넷째, 사思란 이미 확정된 자기의사라도 이를 다시 생각
해 보아 다시 변경시킬 수 있는 단계이다. 다섯째, 려慮는 미래에 대한 걱
정과 우려이며 마지막으로 지智는 걱정근심이 생겼을 때 가장 좋은 방법

을 선택할 수 있는 판단력이다. 요약하면, 위 인용문은 신神에서 출발하여 사회적 발전단계를 거쳐 마지막 단계인 지智로 변이되는 과정을 나타내는데, 이를 확장하면 신으로부터 출발한 인간 정신이 가장 진화한 단계가 바로 지智라는 개념이며, 거꾸로 지智의 근원은 다름 아닌 신神이다.

그렇다면 문학은 동양의 정신의 체계 어디에 위치하고 있을까? 동아시아의 문화권은 전통적으로 사농공상의 위계를 세워 문文의 절대적 우수성을 고수하여 왔다. 이렇게 볼 때 문학文學은 가장 높은 수준의 정신능력을 요구한다는 점에서 인간 정신구조의 마지막 단계, 즉 판단력을 좌우하는 지를 추구한다. 최고의 인지認知상태를 요하는 문학의 읽기와 쓰기의 독창적 활동을 정신한의학에서 일컫는 지智의 영역에 대입하여 생각해볼 때 한의학에서의 문학 치유는 가장 높은 수준의 심리치료이며, 병든 신神을 회복하기 위한 근원적 치유가 된다. 그러나 여기에는 모순이 따른다. 글과 말에 대한 지나친 강조는 전통사회의 계급적 질서의 토대를 제공하였을 뿐 아니라 고도의 산업화를 이루어낸 현대 사회에 이르러서도 시민들의 삶에 막대한 영향력을 행사하는 극동의 특수성이기도 하다. 선택의 여지를 무시하고 모두가 큰 학문을 배우겠다고 대학입시의 경쟁을 치르고, 이도 모자라 외국어까지 모국어의 수준으로 구사하기를 요구하는 한국의 풍토는 문文 중심의 유교적 위계를 답습하는 수준을 넘어서고 있다. 극동에서의 문의 권력화는 언어능력을 표현의 매개가 아닌 평가의 수단이자 계급의 척도로 전락시키고 글과 말의 실제 사용자인 대중들로 하여금 문의 주체가 되지 못하도록 막는 억압의 기재로 작용한다. 문에 대한 지나친 강조는 예술적 형태로서의 문학을 주변화하고, 그것을 향유하는 이들을 변방에 내몰아 기껏해야 허구적 도피처, 마음의 피난처를 제공할 뿐이다. 특히, 큰 글들에게 밀려난 작은 이야기 "소설"이 그러하다. 희곡과 시야말로 문학의 장르 중에서도 순위에서 밀려난 것이 아니냐 하겠으나, 희곡은 극예술로 시는 노래로 언제나 대중들과 함께 하였온 것을 감안할 때, 현대사회는 티비 드라마와 영화, 그리고 대중음악의 상업화를 바탕으로 희곡과 시의 생산과 소비를 오히려 더욱 가속화시키고 있다. 그런데 소설은 어디에 있을까? 유아들을 위한 동화시장을 제외하고 책으로 된 이야기의 생산과 소비는 교과서 일부와 소수의 문화 향유계층의 요구를 제외하면 현대인의 삶으로부터 멀찍이 물러나있다. 대학에서도 문학을 다루는 학과들의 위기는 어제 오늘의 이야기만이 아니며, 문학 전공자의 대다수는 생계를 유지할 방법을 찾기 위해 자의 반 타의 반 실용학문으로 소위 개인역량을 쌓아야 한다. 태생부터 민중의 삶과 얽혀있다던 소설은 이제 더 이상 새롭지도 현실적이지도 않다고 느껴지기에, 무슨 무슨 수상삭과 부슨 부슨 문학계가 주목하는 작가가 아니라면 글의 홍수에 밀려 흔적조차 사라지는 소모품이 되고 만다.

문제는 "그럼에도 불구하고"이다. 그럼에도 불구하고, 여전히 소설의 가치를 평가절하 할 수 없다. 앞에서도 밝혔듯이, 소설은 거대서사를 무력화시키는 장치이자 개인과 사회를 소통하게 하는 열린 장이기 때문이다. 근대화, 산업화와 더불어 시작된 서구에서의 소설의 발생은 이제 극동의 역사가 주목하여야 할 여러 유의미한 서사 전략을 제공하는데, 그 중 우리가 눈여겨보아야 할 것이 소설의 효과라 할 것이다. 한 세기 전 소설이 무엇인가를 고민하였던 루카치가 천명하였듯 "별이 총총한 하늘이 갈 수 있고 또 가야만 하는 길들의 지도인 시대, 별빛이 그 길들을 훤히 밝혀주던"(27) 과거의 시대는 행복하였지만 다시는 오지 않을 날들이 되었다. 즉, "영혼 속에 타오르고 있는 불이 하늘에 떠 있는 별들과 본질적 특성을 같이" 하던 때, 이원적인 것들이 하나로 연결되어 고리모양의 원을 이루며 총체적이고 완결적인 삶의 가능성을 보여주었던 때는 이제 우리가 고전이라 부르는 과거의 뒤안길에 남겨져 있다. 현대의 비극을 마주한 루카치의 주장은 이렇다. 폭파된 원, 허물어진 완결성을 회복할 서사의 전략이 다름 아닌 소설에 있다. 이는 소설이 완전해서가 아니다. 소설은 불협화음을 확증하는 과정이며, 균열을 극복하고자 함이 아니라 재현을 통해 인식하고자 하는 여행이다. 따라서 소설은 "신들에게 버림받은 세계의 서사시"(102)이며, "시대의 대표적 형식"(108)이 될 만한 자격을 갖는다.

루카치가 그리는 원환적 완결성의 유형이 동양의 정신구조와 동일하다고 하기 어렵겠으나, 그 회복을 향한 열망만큼은 동양 전통의 칠신구조와 괘를 같이 한다. 흥미롭게도 위 지문의 칠신은 구체적인 현상으로 이어지는데 이를 칠정七情이라 하며, 그 종류는 기쁨, 분노, 슬픔, 공포, 사랑, 미움, 욕망(욕정)으로 구성된다. 또, 칠정 역시 오장(五臟: 간장·심장·비장·폐장·신장), 즉 구체적인 몸의 기관과 연관되어 있는데, 몸과 마음은 어느 한 방향으로 흐르는 것이 아니라 상호 양방향으로 관계를 맺으므로,4 마음을 고쳐 몸을 고치고 몸을 고쳐 마음을 고치는 한의학의 기초가 성립된다. 인간 영혼이 완결성을 잃고 버림받은 시대에 총체성에의 욕망을 저버리고 싶지 않았던 현대 소설 이론가들의 염원이나, 심신의 원환성에 주목하여 우주적 총체로서의 인간상을 그린 동양의학의 전통은 모두 문학치료가 일깨우고자 하는 삶의 회복이라는 본연의 주제로 환원된다. 이제 작은 이야기들, 소설이 어떻게 마음의 정화를 통해 몸을 정화하고 또 몸의 정화를 통해 마음이 치유되는 쌍방향의 이중의 효과를 낳는지 지켜볼 차례이다.

3. 이언 매큐언의 소설: 폭력과 질병의 치유

무수히 많은 이들이 현대인의 삶과 사회가 병들어 있다고 지적한다. 소설가도 예외는 아니며, 오히려 그들은 삶과 사회의 병리현상을 밝혀내고 드러내는 기록가들이라 하여도 과언이 아니다. 이제 우리는 현대 영국의 소설가 이언 매큐언이 그려낸 현대인의 삶과 사회의 병리현상들을 하나의 징후로 선택하여 살펴보도록 하자.

1970년대 68혁명의 기운이 사라지지 않은 가운데 젊은 소설가 매큐언은 8편의 짧은 단편을 엮은 『첫사랑, 마지막 의식』First Love, Last Rites을 출간하여 1976년 서머싯몸상을 수상하였다. 20세기를 지나 21세기에 접어들며 그는 영국 뿐 아니라 유럽 및 세계 문학계의 주목을 받았으며, 후로도 굵직한 여러 문학상을 거머쥔 영향력 있는 작가로 성장하였다. 그러나 그의 소설세계는 기괴하리만치 병적이어서 "악마같은," "지저분한," 혹은 "스캔들성"이라는 수식어가 작가로서의 매큐언의 언저리를 떠나지 않았던 것도 사실이다(『첫사랑, 마지막 의식』 208-09). 그의 단편집의 첫 이야기인 「입체기하학」은 1979년 BBC에 의해 영상물로 제작될 예정이었으나 작품의 주인공이 증조부로부터 물려받은 물건이자 작품의 중요한 소재가 "방부처리된 남근"이라는 이유로 제작이 중단되는가 하면, 그 외의 다른 작품에서 역시 소재나 수제가 강간, 근친상간, 유아살해, 비정상적 성의식, 변태적 상상력과 불온한 성관계, 그리고 여러 종류의 폭력이 대부분이어서 매큐언의 명성은 (이 단편집을 우리말로 옮긴 박경희의 말을 빌자면) "늘 불안한 편이었다"(『첫사랑, 마지막 의식』 209). 그럼에도 불구하고 그의 수상경력이나 대중적 인기가 증명하듯 그의 문학세계는 독특하면서도 보편적인 문학의 가치를 지닌다. 특히 1998년 부커상Booker Prize을 수상한 『암스테르담』Amsterdam, 또 다시 부커상의 최종후보에 올랐던 2001년 작 『속죄』Atonement, 그리고 유럽을 넘어 미대륙의 큰 반향을 불러 모은 『토요일』Saturday에 이르기까지 그는 현대인의 삶의 무기력한 병리와 사회 도처에 널린 폭력을 때로는 날카롭게, 때로는 무관심하게, 때로는 경멸스럽게, 때로는 우스꽝스럽게, 그리고 때로는 아름답게 그려냈다는 점에서 그의 지적 관찰능력과 예술적 표현본능은 현대의 영소설계를 대표할 만한 작가로 내세우기에 부족함이 없어 보인다.

『첫사랑, 마지막 의식』의 대부분의 내용이 그러하듯, 그의 소설 속 주인공들의 다수는 "정체성 혼란을 겪은 사춘기 소년 소녀이거나 성장하지 못한 어른들"(208)이며, 그들의 결'은 사회의 병리를 직간접적으로 드러낸다. 다시 말해, 그의 소설쓰기는 병든 사회를 배경으로 살아가는 현대인의 병리를 지독하리만치 솔직하고도 집요한 방법으로 진단하는 작업이다. 단편이든 장편이든 그의 글을 읽은 독자라면 마치 의사가 환자의 병에 주목하듯 세상의 더럽고 추한 모습에서 눈을 뗄 수 없다. 그렇다면 그의 소설이 치료하기를 포기하고 진단만 늘어놓는 말장난에 불과한 것일까? 이 물음에 답하기 위해 많은 이들이 매큐언의 역작이라 손꼽는 장편소설 『속죄』의 경우를 살펴보기로 하자.

『속죄』의 역자 한정아는 이 소설의 주제를 "폭력"이라 꼽으며 이렇게 말한다. "『속죄』는 전쟁이라는 이름의 폭력, 다른 이의 말에 귀 기울이기보다는 자신의 눈과 판단만 믿는 오만함이라는 폭력, 뿐만 아니라 상상력이 휘두르는 폭력까지 실감나게 보여주는 소설이다. 자기가 본 것을 진실이라 믿으며 재구성하려는 브라이어니의 상상력은 두 사람의 인생을 파멸로 이끈다"(『속죄』 527). 풍부한 감수성과 소설적 상상력을 지닌 어린 소녀가 자신이 보고 판단한 것이 진실이라 믿고 행동한 것이 마치 나비효과처럼 일파만파 걷잡을 수 없는 소용돌이를 불러 무고한 두 연인을 비참한 전쟁의 현장에 몰아넣고 결국은 그들을 죽게 하였다는 이 소설의 구성과 내용을 집약적으로 보여주는 평가라 할 수 있겠다. 즉, 이 소설의 주제가 전후 현대사회의 짙은 폭력성과, 눈에 보이지 않지만 모두의 삶에 깃든 고집과 편견, 그리고 소통의 부재로 인해 빚어진 돌이킬 수 없는 과오에 대한 통렬하고도 감동어린 성찰이라는 점은 부인할 수 없다.

그렇다면 이 소설의 폭력이라는 주제가 우리에게 작용하는 기능이란 무엇인가에 대한 고찰로 넘어가보자. 필자는 그 해답을 이 소설의 제목의 의미에서 찾고자 한다. 속죄, "물건을 주거나 공을 세우는 따위로 지은 죄를 비겨 없애"거나 "기독교에서, 예수가 인류의 죄를 대신하여 십자가에 못 박힌 일"(민중국어사전)을 일컫는 이 단어에는 인간이 원죄의 굴레에서 벗어나기 위해서는 그에 상응하는 죗값을 치러야 한다는 보편률이 담겨있다. 고대 헤부르인들은 속죄atonement를 통한 정화catharsis 의식으로 두 마리의 염소goats, 혹은 새를 피흘리게 하여 "속죄의 날"the Day of Atonement에 바쳤다고 전해지는데, 소설 『속죄』에서 작가 매큐언은 그 죄의 값을 "소설"이라는 이야기로 상정한다. 이 소설이 제안하는 속죄는 인간의 상상력이 빚어낸 씻을 수 없는 죄를 다시 상상력으로 갚아 정화, 즉 카타르시스에 도달하고자 하는 시도에 다름 아니다. 자신의 죄를 알고 스스로 과거를 재구성하여 한 편의 소설로 "속죄"를 행하려는 소설 속 작가 브라이어니의 비극적 노력은 많은 독자들에게 뭉클한 문학적 감동으로 다가온다. 반면, 작품의 마지막 장에서 지금껏 읽어왔던 소설의 내용이 결국 브라이어니가 쓰고 있는 이야기라는 점, 그리고 이야기는 결국 허구일 뿐이고 브라이어니의 소설속 아름다운 사랑이야기는 현실의 덧없는 비극을 왜곡하였고 독자는 이에 기만당하였다는 사실을 맞닥뜨리게 된다. 이 소설은 묻는다. 소설을 통한 속죄가 가능한가? 결국 소설은 허구이고 기만이며, 독자는 독서행위를 통해 자발적으로 기망을 허용한다. 따라서 소설을 통한 속죄는 근본적으로 불가능하다.

> 지난 오십구 년간 나를 괴롭혀왔던 물음은 이것이다. 소설가가 결과를 결정하는 절대적인 힘을 가진 신과 같은 존재라면 그는 과연 어떻게 속죄를 할 수 있을까? 소설가가 의지하거나 화해할 수 있는, 혹은 그 소설가를 용서할 수 있는 존재는 없다. 소설가 바깥에는 아무도 없다. 소설가 자신이 상상 속에서 한계와 조건을 정한다. 신이나 소설가에게 속죄란 있을 수 없다. 비록 그가 무신론자라고 해도. 소설가에게 속죄란 불가능하고 필요 없는 일이다. 중요한 것은 그럼에도 불구하고 그가 속죄를 위해 노력했다는 사실이다.
> 나는 이제 창가에 서서 피곤의 파도가 내 몸에 부딪히며 남아 있는 힘을 모두 빼앗아가는 것을 느낀다. 발 아래 바닥이 물결치는 것만 같아. 밝아오는 새벽의 회색빛 속에 사라진 호수 너머로 공원과 다리들이 서서히 모습을 드러내는 것이 보인다. 그리고 로비가 경찰차에 실려 갔던 그 길고 좁은 차도가 하얗게 모습을 드러내는 것도 보인다. 연인들을 살려내고 마지막에 다시 만나게 한 것은 나약함이나 도피하고 싶은 마음이 아니라 마지막으로 베푼 친절이었고, 망각과 절망에 맞서는 투쟁이었다고 생각하고 싶다. 나는 그들에게 행복을 주었지만, 그들이 나를 용서하게 할 만큼 이기적이지는 않다. (『속죄』521)

중요한 것은 속죄가 이루어졌다는 확신이 아니라 속죄의 의식이 "망각과 절망에 맞서는 투쟁"이라는 것을 인식하는 과정이란 것이다. 다시 말해 이 소설의 작가는 작품 속 소설가 브라이어니를 통해 속죄의 시도와 과정 그 자체의 불가능성이 제시하는 도덕성을 전하고 싶었던 것이리라 예측하여 본다.

속죄의 시도와 과정은 앞에서 언급한 칠신의 괘와 관련된다. 여기에서 브라이어니의 죄는 무의식의 신神에 근거하되, 심, 의, 지의 단계에 걸쳐 형성되어 려慮에 이르렀다가 그를 회복하는 지의 단계에서 소설쓰기라는 과정을 통해 속죄의 과정으로 이어진다. 흥미로운 것은 동양의학이 시사하는 지智로서 신神을 회복하는 치유의 과정이 소설 창작에 대한 열망으로 대변되며, 과거를 재구성하여 근원적 감정을 회복하는 브라이어니의 비극적 서술에 고스란히 담겨 있다는 점이다. 이렇게 볼 때, 브라이어니의 문학창작은 무의식의 신神의 단계를 지智의 언어로 풀이하여 그 실체를 얻고자 하는 행위이다. 그러므로 이 소설이 시사하는 문학창작의 최종 목적은 태고의 신, 무의식에 살아있는 생명의 근원적 공간이다. 『속죄』의 브라이어니는 소설쓰기의 작업이 완성되었을 때 마지막으로 이렇게 말한다. "우선 잠부터 좀 자야겠다"(521). 긴 소설을 끝내고 속죄 의식을 마무리하며 청하는 브라이어니의 잠은 무의식으로의 복귀를 향한 갈망을 의미하여 이는 다름 아닌 신神의 회복을 향한 염원이다. 결국 이 긴 장편은 잠으로 가는 여행이며, 비록 그 잠으로 인해 우리는 영원한 "망각"oblivion을 향한 절망적 운명에 치닫고 있다 하더라도, (그럼에도 불구하고) "망각과 절망"에 맞서는 투쟁을 포기하지 않은 여정이 있었기에 가치 있다는 결론에 도달하게 된다.

4. 한의정신요법과 소설의 쌍방향 치유기능

한의학의 근본이론을 한 권의 소설에 나타난 등장인물의 삶에 대입하여 적효성과 우수성을 밝히고자 한다면 값없고 우스운 말장난에 불과할 것이다. 그럼에도 불구하고 소설 주인공 브라이어니의 소설이라는 허구적 장치를 통해 작가 매큐언이 보여주고 있는 속죄와 정화의 심리치료 과정은 지금까지 논의되지 않은 동양의 정신의학과 소설치유의 관계를 조금이나마 가까이 연결시킨다고 본다. 이에 더 나아가, 궁극적으로 소설이란 마음의 치유를 통해 몸을 치료하는, 그리고 삶을 치유하는 기능을 가진 매체라는 주제에 접근하려고 한다.

한의학에서의 정신학이 양학 및 기타 동양의학과 구분되는 점은 "동양의 유불선사상을 원류로 한의학적 생리, 병리를 발전시키고 있으며 정신치료 역시 이를 바탕으로 하고 있어, 질병 자체를 분석적으로 보고 치료에 임하기보다 그 인간의 정서나 의지를 변화시켜 안정을 얻고 건강을 얻고자 노력"(황의완, 김종우 83)하는 데 있다. 즉, 병을 분석과 치료의 대상으로 파악하고 직접적으로 공격하여 물리치기보다 병의 위해성을 제시하고 이해하려는 진지한 태도를 갖게 하고(고지이기패告之以其敗), '말'(상담)로서 의사와 환자가 화합하여 질병을 극복할 수 있는 신념을 고양시키고(어지이기선語之以其善), 조양의 구체적 방법을 제시하며(도지이기소편導之以其所便), 궁극적으로는 환자의 소극적인 심리상태를 제거하는 것(개지이기소고開之以其所苦)이 병을 대하는 한의학의 기본자세이다. 이에는 첫째, 환자의 기분을 변환하여 병을 치유하고자 하는 **이정변기요법**과, 둘째, 상담과 대화를 통해 소통능력을 배양하여 적응력을 향상시키는 지언고론요법, 셋째, 불안이나 병리증상을 일으키는 원인이 되는 자극을 약한 것으로부터 순차적으로 강한 자극을 주어 익숙하게 하는 경자평지요법, 그리고 마지막으로 감정의 상호관계, 즉 오행의 상생상극의 이론을 심리요법에 응용하여 감정으로 생긴 질병을 통하여 역동적으로 치료하는 **오지상승위치료법**이 있다. 이 중 첫째와 마지막 치료법을 『속죄』에 나타난 소설쓰기 그리고 읽기의 양식과 비교하여보자.

[1] 글쓰기의 치유: 정신의 이전

첫 번째 이정변기요법은 신형일체神形一體이론에 따르는 적극적인 치료방법으로 정신이전법과 정서도인법으로 나뉜다. 정신이전법은 환자의 정신활동을 질병이 아닌 기타 방면으로 전이 또는 분산하여 악성 자극을 유발하는 인자를 완화 혹은 해소하는 방법이다. 예를 들면 "거문고를 타고 바둑을 두고 글씨를 쓰고 그림을 그리는 것琴棋書畵", 즉 취미활동을 통해 삶의 질을 향상시키고 심신의 건강을 취하는 요법이다. 한편 정서도인법은 물리적인 호흡법과 기타 동작을 배합하여 정신의 혼란을 제어하는 방법을 칭한다. 이정변기요법을 위 소설의 전개와 관련시켜 보면 어린 아마추어작가 브라이어니의 글쓰기 행동에서 정신이전의 양상이 뚜렷이 보이는 점이 흥미롭다. 전시를 살아가면서도 바깥세상을 알지 못하는 브라이어니에게 부유한 영국 남부 써리county, 지방의 깊숙한 전원농신에 손새아나 비현실적이라 할 만큼 사회와 고립되어 평화롭고 고요하다. 이곳에서 어지러운 세상과 단절된 브라이어니는 "세상을 말끔하게 정돈하려는 열망"(15)을 가지고 자신의 주변과 상상의 공간을 꾸며나간다. 어린 브라이어니의 희곡작품 "아라벨라의 시련"은 그 열망의 표현이자, 의식적으로 분석하거나 사고할 수 없으나 심리의 기저에서 삶을 위협하는 폭력적 일

상 속에서 한 어린 소녀가 할 수 있는 본능적인 자기방어와 저항의 몸짓
이다. 브라이어니는 사촌언니 롤라와 쌍둥이 사촌이 탈리스 가의 저택에
한동안 머물러야 하는 사실에 불만을 토로하는데 작품의 화자는 이렇게
설명한다.

> 브라이어니는 열다섯 살의 롤라와 아홉 살 된 쌍둥이 형제인 잭슨과 피에
> 로가 가정에서 일어난 끔찍한 내전의 피해자라는 사실에 좀더 주의를 기울
> 여야만 했다.... 브라이어니는 엄마와 언니가 최근의 사태 진전에 대해서,
> 그리고 그 부부 사이에 오갔다는 분노에 찬 비난과 맞비난에 대해서 이러
> 쿵저러쿵 의견을 늘어놓는 것도 들은 적이 있어서, 사촌들의 방문이 학기
> 중까지 연장될 수 있음도 알고 있었다.... 브라이어니는 이혼이 큰 고통이
> 자 불행임을 희미하게나마 느끼고는 있었지만, 작품의 주제로는 적절치 못
> 하다는 생각이 들어 더 이상 이혼에 대해 생각하지 않기로 했다. 이혼은 되
> 돌릴 수 없는 속세의 일이며, 따라서 작가에게는 별로 흥미롭지 못한 주제
> 라는 것이 그녀의 생각이었다. 이혼은 무질서한 현실세계의 영역에 속하는
> 일일 뿐이었다. 그러나 결혼은 달랐다.... 이혼이 브라이어니에게 이 모든
> 것과 정반대인 비열한 모습으로라도 나타났더라면, 배신과 질병, 도둑질,
> 폭행, 거짓말과 함께 저울의 반대접시에 놓여 관심을 끌었을 것이다. 그러
> 나 이혼은 따분하고 복잡한 절차와 끝없는 언쟁이라는 별 관심을 끌지 못
> 하는 모습으로 나타났다. 이혼은 군비 재증강이나 아비시니아 문제⁵ 혹은
> 정원 가꾸기와 마찬가지로 전혀 브라이어니의 관심의 대상이 되지 못했다.
> (『속죄』 21-22)

브라이어니가 살아가는 세상은 실제로 폭력과 무질서로 가득 차 있
다. 그러나 어린 소녀 브라이어니에게 폭력적이고 무질서한 세계는 견딜
수 없는, 그래서 알고 싶지 않은 세상 저 편에 있다. 삶과 일상의 폭력성

이 이 어린 소녀에게 보이지 않는 것은, 그것이 부재하여서가 아니라 이를 읽을 수 있는 현실의 눈이 없기 때문이다. 게다가 세상의 폭력과 무질서는 아이 평범성을 지적한 한나 아렌트Hannah Arendt의 구절처럼 "시루하고"(dull, 8) "지속적"(incessant, 9)이어서 존재가 쉽게 드러나지 않는다. 브라이어니의 아는 만큼의 세상보기는 어린 아이로서는 당연하다고 여겨지기도 한다. 그러나 "정돈된 여신이 사는 말끔하고 성스러운 신전"처럼 꾸며 놓은 허구의 공간에 갇힌 아이는 전제적 폭력성을 연습하며 자신이 생각하지 못한 악을 행할 전초전을 치루는 중이다.

> 넓은 창문턱 여기저기에 흩어져 있는 장난감 농장의 가축들은 일제히 합창이라도 시작하려는 것처럼 모두 한 방향-자기들의 주인인 브라이어니 쪽-으로 고개를 향하고 있었고, 농가 마당에 있는 암탉들조차 일렬로 줄지어 서 있었다. 방이 여러 개인 인형의 집에 살고 있는 인형들은 벽에 기대지 말라는 준엄한 명령이라도 받은 듯 등을 꼿꼿하게 편 채로 서 있었다. 화장대 위에는 엄지손가락 크기의 카우보이와 잠수부, 사람처럼 옷을 입은 생쥐 인형들이 계급별로 간격을 두고 줄지어 명령을 기다리고 있었다. (16)

언뜻 보기에는 깔끔 떠는 어린 소녀의 잘 정돈된 방인 듯하지만 화자는 가지런히 정리된, 심지어 준엄한 명령을 받는 듯 서 있는 동물과 사람 모양의 작은 인형들을 독선적인 주인을 모시는, 혹은 전제주의 정권하의 피지배층과도 같이 묘사하고 있다. 게다가 "조화롭고 정돈된 세상에 대한 브라이어니의 바람은 그녀가 부주의로 실수할 가능성마저 허용하지 않았다"고 서술함으로써 브라이어니의 정돈과 질서에 대한 보통 이상의 욕구(혹은 강박)를 강조한다. 브라이어니가 어린아이답지 않은 성향을 지니게 된 것에 대해 같은 문단에서 서술하기를, "탈리스 가의 저택은 마을에서 떨어져 있고 브라이어니는 탈리스 가에 남은 유일한 아이였기 때문에, 적어도 긴 여름방학 동안에는 또래 여자애들과 만나 속닥거리면서 어린애다운 음모를 꾸미거나 비밀을 만들 기회가 거의 없었다"고 한다. 엄마와 언니의 과장된 칭찬과 격려가 모든 비평의 전부인, 그리고 세상과는 단절되어 성과 같은 집 안에 홀로 자라는 어린 아이가 그 이유도 모른 채 무언가를 결여하고 있음은 어찌 보면 당연한 일인지도 모른다. 브라이어니에게 결여의 돌파구는 혼자만의 비밀을 갖는 것이고 그 세계는 문학적 허구성으로 가득하다. "작은 인형을 모으는 취미 외에도 정돈과 질서를 좋아하는 브라이어니의 성격을 잘 드러내 보여주는 것이 있었는데, 그것은 비밀에 대한 열정이었다"(16). 그리고 "브라이어니는 상상력이야말로 수많은 비밀의 원천임을 알게 되었다. 일단 작품을 쓰기 시작하면 그것에 대해서는 아무에게도 말하지 않아야 했다. 상상에 근거하여 글을 쓰는 일은 너무나도 실험적이고, 비난받기 쉬우며, 민망한 일이었기 때문에 작품이 완성될 때까지는 누구도 알게 할 수 없었다"(17). "글쓰기는 자기만의 비밀이 생겼다는 짜릿함뿐만 아니라 세상을 축소하여 손 안에 넣는 즐거움까지 맛보게 해주었다. 단 다섯 페이지 안에 세상을, 장난감 농장보다 훨씬 더 유쾌하고 아기자기한 세상을 그려 넣을 수 있었다"라고 하는 브라이어니의 정서이전은 지저분하고 정돈되지 않은 (더 나아가 폭력적인) 세상사에 "짓이겨진"6 감정을 일시적으로나마 순화할 수 있는 계기를 마련해 준다.

물론 표면적 안락함에 갇혀 세상을 바로 볼 수 없는 어린 브라이어니에게 정서이전을 통한 감정의 정화와 치유를 의식의 차원에서 일어나지 않는다. 그 후 오십 구년의 세월이 흘러 자신의 독선으로 인한 죗값을 장편소설로 완성하고서야 문학의 정화와 치유의 기능을 인지하고 어릴 시절 성공적으로 공연하지 못했던 "아라벨라의 시련"을 재현하기에 이른다.

"아라벨라의 시련을 쓴 이후로 난 그렇게 먼 길을 걸어온 것은 아니라는 생각이 든다. 아니, 멀리 길을 둘러 가다가 서둘러 시작 지점으로 되돌아온 것 같은 느낌이다"(519)라고 밝히는 필립의 브라이어니는 이제 "숙제가 다 끝났다"(518)라고 고백한다. 자신이 알고 있는 제한된 잣대로 세상을 함부로 해석하고 오역함으로써 자신뿐 아니라 타인에게 치명적인 상처를 남기고 이를 속죄하기 위해 한 평생을 바치게 된 브라이어니는 현실과의 단절과 소통의 부재가 얼마나 엄청난 역사적 오류를 부를 수 있는가에 대해 다시 한 번 독자를 환기시킨다. 브라이어니가 끝낸 "숙제"는 비단 정서의 이전을 통한 개인정신의 정화에 그치지 않고 우리 사회가 짊어졌어야 하는 폭력성의 치유라는 점에 근원적인 의의가 있다. 다시 말해, 소설쓰기의 정서이전은 취미와 여가에서 출발하나, 이를 넘어 사회적 인간으로서의 인격수양의 기능을 수행함으로써 완성된다고 볼 수 있다. 동양의 예술이 개인적 향유를 넘어 인성의 교육과 수양을 목적으로 하는 점을 상기할 때, 정신의 치료에서 강조하는 예술을 통한 감정 전이가 갖는 도덕적이고 사회적인 의미를 도출해낼 수 있을 것이다.

[2] 읽기의 치유: 감정상호 간의 역동적 치료

한방정신의학은 단순히 감정과 집중력을 내가 아닌 대상에 이전하여 정서의 안정을 꾀하는 간접적인 치료에 머물지 않는다. 앞에서 간략히 설명한 오지상승위치료법은 감정 조절을 통해 감정상호 간의 역동적 관계를 바로잡아 궁극적으로 각 장기를 치료하는 한의학의 독특한 성격을 보여준다. 한의학에서는 오장에 각각의 감정, 분노(간), 기쁨(심장), 우울(폐), 두려움(신장), 근심(비)을 부여하는데 그 이치는 다음과 같다.

슬픈 감정은 가히 화(분노)를 치료할 수 있는데, 측은하고 괴로운 말로써 감동시킨다. 두려워하는 마음은 가히 기쁨−과도한 기쁨 상태−를 치료할 수가 있는데, 급박하고 두려운 죽음과 관련되는 말을 하여 공포스럽게 한다. 분노는 가히 근심 등으로 생각이 많은 것을 치료할 수가 있는데, 모욕적이고 속임을 당하는 그런 말로 충격을 준다. 생각하는 것은 가히 두려움을 치료할 수 있는데, 상대를 곰곰이 생각하게 함으로 이쪽을 바라게 하는 말로 탈취하게 한다. (황의완, 김종우 87)

이로서 분노로 상한 간과 기뻐하는 마음으로 상한 심, 우울한 감정으로 상한 폐, 두려운 마음으로 상한 신, 그리고 골똘한 생각으로 상한 비를 치료한다는 것이다. 이들 공통적인 것은 "말"을 사용하여 치유한다는 것인데, 분노, 기쁨, 우울, 두려움, 걱정의 말은 상상에 근거한 허구의, 즉 소설의 형식에 토대를 둔다.

말을 통한 치유를 강조하기에 앞서 현대의 소설가들이 '말'의 연금술사인 점을 상기하여보자. 한 서평에 의하면 매큐언의 『속죄』는 "마술의 아름다움"The Beauty of the Conjuring을 재현하여 마치 "잘 생긴 사람을 만나는 것"과도 같다고 한다. "너무도 매력적이어서 재기 있고 매력적이고 위트에 넘치지 못할 것 같으나 분명히 그러하고, 너무도 유연하고 우아하며, 또한 너무도 생생하면서도 세심하여 심오한 순간이나 말로 표현조차할 수 없는 장엄함에 대한 통찰을 담아내지 못할 것 같으면서도 분명히 담아내고 있다"(Messud 106). 극찬의 진위여부를 제쳐두더라도, 이 서평은 소설이란 해낼 수 없는 것을 하는 듯 보이는 "마술"같은 허구임을 제안한다. 소설에 대한 소설이라고도 불리는 『속죄』는 마술적인 충격요법, 오지상승위치료법에서 논의하는 '말들로 가득 차 있는데, 특히 예기치 않은 마지막 장의 반전에서 그 마술적 언어의 묘미가 극대화된다. 브라이어니의 실수로 애석하게 헤어진 두 연인이 전쟁의 상흔을 극복하고 다시 만나 행복해졌으며 이로 말미암아 주인공의 속죄가 완성되었다는 소설의 전개에 내심 안노하고 있을 무렵, 화자는 이 행복한 결말이 브라이어니의 소설이 꾸며낸 거짓에 불과하다고 알려주며, 기쁨을 슬픔으로 단숨에 뒤엎어버린다.

범죄가 있었다. 그러나 내 곁에는 사랑하는 두 사람도 있었다. 연인들과 그들을 위한 행복한 결말, 이것이 밤새도록 내 머리를 떠나지 않고 있다. 우리는 저 석양 속으로 노 저어갑니다. 불행한 반전. "아라벨라의 시련"을 쓴 이후로 난 그렇게 먼 길을 걸어온 것은 아니라는 생각이 든다. 아니, 멀리 둘러 가다가 서둘러 시작 지점으로 되돌아온 것 같은 느낌이다. 내 연인들이 내가 지하철역으로 걸어 들어가는 동안 런던 남부의 지하철역 밖 인도에 나란히 서 있는 것으로 행복한 결말을 맞는 것은 이 마지막 원고뿐이다. 그 전의 원고들은 모두 냉혹하기 짝이 없다. 그러나 이제 나는 독자들에게 직접적으로든 간접적으로든, 로비 터너가 1940년 6월 1일 브레이 듄스에서 패혈증으로 죽었다는 사실을, 혹은 세실리아가 같은 해 9월 밸엄 지하철역 폭격으로 죽었다는 사실을 알려야 할 이유를 알지 못한다. 그해에 내가 그들을 만난 적이 없다는 사실을, 런던을 가로지르는 나의 도보여행은 클래펌 커몬의 그 교회에서 끝이 났다는 사실을, 겁쟁이 브라이어니는 살아갈 희망을 잃어버린 언니를 마주 대할 용기가 없어서 어깨를 축 늘어뜨린 채 병원으로 돌아왔다는 사실을, 여인들이 주고받은 편지는 지금 모두 전쟁박물관 문서보관소에 있다는 사실을 알려야 할 이유를 알지 못한다. 그런 일들이 어떻게 결말이 될 수 있겠는가? 연인들이 두 번 다시 만나지 못했고, 사랑을 이루지 못했다는 것을 누가 믿고 싶어할까? 냉혹한 사실주의를 구현한다는 것을 빼면 그런 결말이 가져올 장점이란 과연 무엇인가? (『속죄』 520)

화자는 "냉혹한 사실주의를 구현한다는 것을 빼면 그런 결말이 가져올 장점이란 과연 무엇인가?"라고 반문하지만, 소설 속 소설의 구도에서 풀려나 더 큰 비극을 공감하는 독자는 이미 "그런 결말이 가져올 장점"을 경험한다. 즉 이 소설은 두 겹의 비극을 통해 카타르시스의 효과를 극대화한다. 작가는 냉혹한 사실주의의 구현만이 비극적 결말의 장점이 아니라는 사실을 누구보다도 잘 알고 있으며, 비극을 더욱 비극적으로 만드는 것이 바로 독자가 원하는 것임을 인지한다. 독자는 문학적 언어의 수용을 통해 현실보다도 더욱 통렬하고 아린 고통을 맛보려한다는 사실은 오랜 인류의 예술사가 증명하는 바이다.

그렇다면 왜 독자는 굳이 없어도 될 감정의 질풍을 겪고 싶어 하는 것일까? 이에 대한 답을 제시하는 데 있어 카타르시스의 의의를 다시 한 번 언급하지 않을 수 없다. 심리치료에서 말하는 카타르시스요법은 "표현요법"expressive therapy라고도 불리는데, 『동의정신의학』에 따르면 "비밀을 신뢰하는 사람에게 털어 놓고 이야기할 때" 생성되는 "커다란 해방감"이 심리치료적 근거가 된다(황의완, 김지혁 761). 즉 카타르시스요법은 "과거의 불만, 한, 증오, 공포, 죄악감 등 억제되었던 감정의 갈등을 치료자가 계속해서 들어주어, 자유스럽게 표현시키고 발산시키는 방법"이며 "논리성보다도 감정의 발산이 충분히 행해지도록 하는 것"이 주된 기능이다. 이러한 관점에서, 소설쓰기는 분명히 심리학적 표현요법의 효과적인 방법이 될 수 있을 것이다. 그러나 카타르시스요법은 심리치료의 측면에서 한계를 지니는데, 표현요법은 위의 의학서가 지적하듯이 "표현만으로는 통찰에 이르지 못하고 일시적인 치료효과로 끝나는 수가 많"기 때문이다(황의완, 김지혁 761). 즉, 표현요법은, 마치 몸속의 이물질을 배설하듯, 감정의 표출과 발산에는 도움이 되나 표현이 소통과 교류에 미치지 못하고 '혼잣말'과 같이 개인적인 영역에 머물 수 있다. 그러나 표현요법의 한계를 극복할 수 있는 대안은 카타르시스의 고전적 의미에서 구할 수 있다. 아리스토텔레스의 카타르시스는 단순한 표현의 차원이 아닌 연민과 공포의 공감을 통해 감정의 정화와 순화를 꾀하는 것이기에 의학서에서 말하는 표현요법과는 차이가 있으며 궁극적으로 심리치료의 일회적 효과를 극복할 수 있다. 문학적 카타르시스의 의의가 표현보다 공감과 연민에 있다면 이는 독서의 심리치료효과에 대한 대안적 근거를 제시할 수 있다. 심리치료에서 이해하는 카타르시스효과는 직접적인 치유가 아닌 감정의 발산 혹은 비움에 머무르기 때문에 '치료'보다는 '완화'에 궁극적 목적을 둔다. 그러므로 의학 분야에서 혼용되는 카타르시스요법은 궁극적 치료요법으로서의 독서요법을 지지할 수 있는 확고한 기반을 제공하지 못한다.

그렇다면 앞에서 언급한 오지상승위치료법의 원리를 다시 한 번 살펴보도록 하자. 오지상승위치료법은 위에 설명하였듯이 감정 상호간의 교류를 통해 병든 심리를 치료하며 나아가 궁극적으로는 몸과 마음을 모두 치유하고자 한다는 점에서 심리치료의 표현요법(카타르시스요법)과는 구별된다. 즉, 감정의 '표현'보다는 '동화'에 더 큰 비중이 주어진다. 더 나아가 표현과 동화를 넘어 상생과 상극의 원리에 근거해 서로 다른 감정의 공존을 도모하며, 궁극적으로는 신체의 균형을 꾀한다. 아래의 표는 상생과 상극의 이치를 설명한다.

肝(liver)	心(heart)	脾(pancreas)	肺(lung)	腎(kidney)
怒(노여움)	喜(기쁨)	思(사색, 걱정)	悲(슬픔)	恐(두려움)
木	火	土	金	水

相生: 목생화 화생토 토생금 금생수 수생목

相剋: 목극토 화극금 토극수 금극목 수극화

悲可以治怒 以愴惻苦楚之言感之

비가이치노 이창측고초지언감지

恐加以治喜 以迫懼死亡之言怖之

공가이치희 이박구사망지언포지

怒加以治思 以汚辱欺罔之言觸之

노가이치사 이오욕기망지언촉지

思加以治恐 以慮彼志此之言奪之

사가이치공 이려피지차지언탈지

첫째, 목화토금수의 순으로 서로를 상생하는데, 예를 들어 나무는 불을, 불은 흙을, 흙은 금, 금은 물을, 물은 다시 나무를 살린다. 반대로 그 단계를 하나 건너는 교합을 꾀하면 서로를 죽이는데, 나무는 흙을, 불은 금을, 흙은 물을 금은 나무를, 물을 불을 해한다. 여기에서 노여움은 나무, 기쁨은 불, 사색과 걱정은 흙, 슬픔은 금, 그리고 두려움은 물에 해당되는데, 이들 감정도 목화토금수가 하는 것처럼 서로를 죽이고 살린다. 사람의 몸 또한 자연과 같아 각각의 성질을 갖는데 간, 심장, 소화기, 폐, 신장이 각각의 형질과 심리에 연결되어 있다. 언뜻 보아 비과학적인 미신으로 보일 수 있으나 쉽게 노여움(스트레스)이 많은 이는 간질환이 쉽게 생기고, 극한 기쁨에는 심장이 상하며, 걱정이 많은 이는 소화력이 떨어지고, 극한 슬픔에는 숨조차 제대로 쉴 수 없으며, 두려움이 지나치면 소변을 지리는 경우 등의 일상적 지식을 동원하여 생각하여 볼 때 이의 과학적 근거는 경험을 통해 수긍할 수 있다 보인다. 오지상승위치료법은 주로 동양의 철학인 상극의 원리에 근거하여 노여움을 통해 걱정을 없애고, 기쁨으로 슬픔을 달래고, 걱정으로 두려움을 없애며, 슬픔으로 노여움을 없애고, 두려움으로 지나친 기쁨을 상쇄한다. 물론 이에 대한 과학적 증명의 절차는 일상의 경험을 넘어 의학계가 풀어야 할 숙제 중 하나일 것이 분명하다. 이 논리가 의학적 보편성을 획득한다면 한의학과 독서를 연계한 새로운 치료요법이 구체적으로 활용될 수 있으리라 기대해본다.

5. 나아가며: 상상력을 통한 감정의 재구성과 재건

플라톤의 『향연』에 의하면 의술이란 "신체에서 일어나는 사랑의 현상들에 대하여 어떤 부분은 보충해주고 어떤 부분은 비워줘야 하는지에 관한 지식"(『향연』 186c, 74)이라 정의된다. 이는 조화와 균형을 근본 원리로 여긴 서구 고전 의학의 핵심을 설명하는 한편, 헤라클레스의 사상과 히포크라테스 전집의 중심체계와 한 괘를 이루기도 한다. "훌륭한 의사란 신체에 있어 가장 적대적인 부분들을 서로 친하게 만들어 결국 그 부분들 서로가 **사랑**하도록 만들 수 있어야 한다"(186e, 필자강조)는 고대 철학의 지혜는 여전히 놀랍고 유효하다. 더 나아가 가득차면 비워주고 비면 채워주어 한 가지 요소가 너무 많아 흐름을 방해하면 반대의 성질로 넘치는 기운을 달래는 것이 의술의 근본 원리라는 점을 상기할 때, 동서양의 의학은 공통의 기원을 가진 것이리라 볼 수 있겠다.

사랑은 단순히 정신적인 것만도 혹은 육체적인 것만도 아닐 것이다. 사랑은 개별적인 것이면서도 설명할 수 없는 총체이며, 밉고 고움을 떠나 삼라만상의 여러 색과 질감을 가진 다양하고 혼란스러운 상태의 혼종이다. 또한 사랑은 상상과 동화능력의 근본이자 원동력이며, 그 어떤 시대에도 봉합되지 못한 균열과 상처를 치료할 유일한 대안인지도 모른다. 매큐언은 미국의 911사태 직후 "감정은 내러티브를 가진다"라는 문장으로 시작하는 한 신문 사설에서 다음과 같이 말한다. 끔찍한 사건이 발생하였고, 우리가 할 수 있는 유일한 일은, 일단 놀라고, 망상 속에서 떠들어대고, 다른 끔찍한 비극들을 기억해내고, 일상을 꾸려가는 것뿐이다. 즉 "우리는 본 것을 기억하고 속절없이 몽상에 빠진다". 그런데 이와 같은 경험은 분명 집단적으로 발생함에도 불구하고 우리는 사건을 개별적으로 느낀다. 왜냐하면 우리는 총체적 트라우마 속에서도 개인의 비극에 깊이 다가가기 때문이다. 불타오르는 건물에 갇혀 마지막으로 사랑하는 이에게 전화를 걸어 "사랑한다"는 말을 전한 한 여인의 목소리는 어느 위인의 어록보다 짙은 진실을 전한다. 타인의 구체적 처지를 상상하여 우리 자신을 그 자리에 위치시킬 수 있는 그 능력이 바로 "공감"empathy이며, 이것이 사랑의 기초이다. 「오직 사랑 그리고 망각: 사랑이 그들의 살인자에 대항하여 내놓은 전부였다」라는 제목의 이 사설에서 저자는 폭력의 순간에 단 한 순간 만이라도 상대의 처지를 상상할 수 있는 능력이 발휘될 수만 있었더라면 범죄는 일어나지 않았을 것이라 단언한다. 즉 상상력과 공감 능력이 인간성의 핵심이며, 도덕의 시작이다.

이 바쁜 세상에 문학이 무엇 때문에 중요하냐 묻게 된다. 지식이나 기술을 가르쳐 주는 것도 아니고, 돈을 벌어다 주지도 않는다. 더구나 단편적인 시청각 매체의 과도한 유통과 보급으로 인해 활자문학의 현실적 기능과 역할이 축소되고 있는 시점에서 문학의 실효성을 재확인하는 일은 때로 덧없다 느껴지기도 한다. 그러나 문학, 특히 감정의 내러티브를 담아내는 소설은 인류의 놀라운 선물인 상상력을 연마하여 타인의 삶을 경험토록 하는 가장 효율적이고 재미있는 모험의 연습장이다. 그리고 감정의 동화를 통하여 일궈낸 상상의 세계는 상처 난 감정의 재구성과 재건을 위한 치료제가 된다. 특히, 억눌린 감정을 부둥켜 앉고 살기를 감내해야 하는 사회의 소외계층에게 문학은 어떠한 통원치료나 약물치료보다 더욱 효과적인 돌파구가 될 수 있을 것이다.

위에서 밝힌 정신한의학적 요법을 있는 그대로 문학에 적용하여 글쓰기와 독서의 효과를 수식화하는 것은 가능하지도 바람직하지도 않다. 문학의 영역은 고정된 틀을 갖지 않고 창작과 독서 또한 정형화 될 수 없기 때문이다. 게다가 외국의 문학 작품을 작가 자신이 잘 알지도 못하는 타문화권의 의학적 원리에 대응시켜 분석하자고 한다면 단순화와 일반화의 오류를 피하기 어려운 것이 분명하다. 그러나 그가 소설 속에서 치열하게 보이고자 하였던 작가의 속죄의식과 역사의식, 그리고 감정의 정화작업에 동원된 아름다운 언어를 마주하며, 동양의 순환적이고 자연치유적인 삼라만상의 법칙과 이를 바탕으로 한 의술의 근본 원리를 떠올리게 되는 것은 아마도 동과 서, 문학과 의학의 표면적 상이함 뒤에 쉽게 손에 잡히지는 않으나 서로 일맥상통하는 보편적 이해가 숨어있기 때문이라 믿으며, 소설의 의의를 다시금 되새겨 본다.

* 이 글은 본래 저자의 논문 「한방신경정신의학으로 본 소설의 정화와 치유의 기능: 이언 매큐언의 『속죄』(*Atonement*)에 대한 연구」(『영미문화』 8.2 (2008): 139-66)의 내용을 본 저서의 취지에 맞도록 일부 수정·확대한 글임.

▌참고문헌

김종우. 『화병』. 서울: 여성신문사, 1997.

김종우, 황의완. 「화병환자의 한의학적 치료에 대한 임상적 연구」. 『대한의학학회지』 19(2).

루카치, 게오르크. 『문학의 이론』. 서울: 문예출판사, 2007.

매큐언, 이언. 『속죄』. 한정아 옮김. 서울: 문학동네, 2003.

_____. 『토요일』. 이민아 옮김. 서울: 문학동네, 2007.

_____. 『암스테르담』. 박경희 옮김. 서울: media2.0, 2008.

_____. 『첫사랑, 마지막 의식』. 박경희 옮김. 서울: media2.0, 2008.

민성길. 『화병과 한』. 연세대학교 의과대학 정신과 연구실(별책), 1992.

_____. 「화병의 개념에 대한 연구」. 『신경정신의학』 28(4).

변학수. 『문학치료 자발적 책읽기와 창의적 글쓰기를 통한 마음의 치유』. 서울: 학지사, 2007.

_____. 「문학치료란?」. 『의료정책포럼』 10월호. 대한의사협회 부설 의료정책연구소, 2003.

아리스토텔레스. 『시학』. 김재홍 옮김, 서울: 고려대학교출판부, 1998.

정운채. 「「주역」의 인간 해석 체계와 문학치료의 이론적 구조화」. 『겨레어문학』 27: 147-65.

플라톤. 『향연-사랑에 관하여』. 박희영 옮김. 서울: 문학과지성사, 2003.

황금숙. 「외국 독서치료 연구동향 분석 연구」. 『정보학회지』 39(2): 305-20.

황의완, 김종우. 『증례로 본 정신한의학』. 서울: 집문당, 2006.

황의완, 김지혁. 『동의정신의학』. 서울: 현대의학서적사, 1989.

American Psychiatric Association. *Diagnostic and Statistical Manual of Mental Disorders, 4th Ed.* Washington DC, 1994.

Messud, Claire. "The Beauty of the Conjuring: *Atonement.*" *The Atlantic Monthly* 289(3): 106-09.

Lin, Am J. "Hwa-Byung: a Korean culture-bound syndrome?" *America Journal of Psychiatry* 140: 105-07.

McEwan, Ian. *First Love, Last Rites* (1975). London: Vintage, 1998.

_____. *Amsterdam* (1998). London: Random House, 1999.

_____. *Atonement* (2001). Toronto: Vintage Canada, 2002.

_____. *Saturday* (2005). London: Vintage, 2006.

_____. "Only Love and then Oblivion: Love was all they had to set against their murderers." *The Guardian* 15 Sep. 2001.

Somers, Sandra L. "Examining Anger in 'Culture-Bound' Syndromes." *Psychiatric Times* 15(1).

▌주

[1] 「화병환자의 한의학적 치료에 대한 임상적 연구」에 의하면 화병은 "단일한 신경증적 진단이라기보다 몇 가지 신경증 등의 복합체로 증후군의 성격을 띤다." 또한 "화병은 오래 전부터 한국의 민간에서 사용되어오던 질병개념 중의 하나로 울화병으로 인식되어오던 질환이다. 울화병은 그 뜻대로 말한다면 억울한 감정이 쌓은 후에 불(火)같은 양태로 폭발하는 질환을 의미한다." (김종우, 황의완, 『대한의학학회지』 19(2): 7)

[2] 이에 관한 연구로는 다음과 같은 논문이 다루고 있다.

엄효진, 김종우, 황의완, 근황성, 「화병 환자에게 나타나는 화의 양상에 관한 연구」, 『동의신경정신과학회지』, 1997.

류영수, 박진성, 「화 및 화병(火病)의 의의에 관한 문헌적 고찰」, 『동의신경정신과학회지』, 1997.

임재환, 김종우, 황의완, 「한의학적 화병 치료에 따라 나타나는 화병 환자의 스트레스 지각 정도와 삼성장성의 변화에 대한 비교연구」, 『동의신경정신과학회지』, 2000.

김보균, 김종우, 지상은, 임재환, 김광호, 황의완, 「화병인식과 자아존중감의 관계에 관한 연구」, 『동의신경정신과학회지』, 2000.

[3] 한의학에서의 정신의학의 정식 명칭은 "한방신경정신의학"이나, 『정신한의학』의 저자 황의완, 김종우는 한방신경정신의학 대신 정신한의학이라 새로이 명명하는데, 이는 "한방신경정신의학에서의 '한방'이라는 용어가 치료의 방법이나 도구로만 인식되기 쉽다는 점 때문"이며, 정신한의학이라는 새로운 용어를 통해 "한의학과 정신의학을 같은 선상에서 해석하고자" 한다고 밝히고 있다. (황의완, 김종우 5)

⁴ 한방신경정신의학과 유사한 심신의학은 정신과 육체의 관계를 밀접하게 인식한다는 점에서는 매우 유사하나 정신과 육체를 여전히 이원적으로 분리한다는 점에 있어 상이하다. 즉, 정신신체적(psychosomatic)이라는 일방적관계를 상정하고 있는 심신의학과는 달리 한방신경정신의학은 몸과 마음의 관계가 일방적이기 보다 몸에서 마음으로(somatopsychic), 마음에서 몸으로(psychosomatic)의 양방향으로 관계를 맺고 있다고 본다. 이러한 점에서 미루어 볼 때 한방정신의학은 심신의학적 개념에 비해 보다 통합적이라고 볼 수 있다고 주장한다. (황의완, 김종우 41)

⁵ 아비시니아 문제란 1924년 이후 파시즘 체제하에 이탈리아가 아비시니아(현 에티오피아)의 독립을 보장하기로 한 국제조약(영국, 프랑스, 이탈리아)을 무시하고 1935년 아비시니아를 침략해 승리를 거두었던 파시즘정권의 독단적 강점의 예이다.

2

문학 작품을
통한 치유

유도라 웰티의 『낙관주의자의 딸』: 기억과 회상을 통한 치유의 내러티브

장경순

1.

유도라 웰티Eudora Welty(1909-2001)는 어린 시절 안정석이고 보호받은 환경 속에서 성장해왔다는 것을 인정한다. 그러나 웰티는 『한 작가의 시작』One Writer's Beginning이라는 자전적 에세이집에서 "모든 진지한 대담성 daring은 내면에서 시작되기 때문"에 이러한 조용하고 안정적인 삶이 "대담한" 삶이 될 수 있다고 주장한다(114). 독서하는 분위기가 조성되어있고 보호를 받는 가정에서 성장한 작가의 인생은 아무 일 없이 평온해 보이는

삶을 영위한 것 같지만 내면에서는 다양한 경험과 감정의 풍파를 겪고 이겨내어 굳센 마음으로 세상에 정면으로 맞서는 도전적인 생각을 한 것으로 보인다. 더불어 이 세상의 복잡다단한 일을 직시하고 간파할 수 있으며 각양각색의 인간 군상과 다층의 인생과 인간의 속성을 통찰하고 이해하는 힘을 자신의 작품에서 다양한 인물들과 상황을 통해 보여주고 있다. 이는 겉으로 보기엔 평화롭고 안정적이고 모든 것이 완벽해 보일 수 있는 가정이라할지라도 그 가정의 속을 깊이 들여다보면 다양한 내면의 갈등과 어려움은 존재할 수 있다는 것을 드러내는 일이다. 또한 웰티의 경우 성년이 된 이후 여러 명의 가족일원의 죽음을 겪은 바 있고, 그러한 다층의 비극적 경험은 작가가 인간을 폭넓게 이해하는 밑거름이 되어 작품에 반영이 된 것으로 보인다.

웰티의 안정적이고 조용한 삶의 터전은 미국의 최남단deep South 중 하나인 미시시피Mississippi주의 잭슨Jackson이다. 웰티는 미시시피주에 있는 미시시피 주립 여자대학교에 다니다가 위스콘신Wisconsin 대학교에 편입해서 졸업하기 위해 위스콘신에 2년 정도 있었고, 콜롬비아Columbia 대학교에서 경영학 공부를 위해 뉴욕에서 2년 정도 지냈던 것을 제외하고는 잭슨에서 거의 전 인생을 보내며 그곳에서 작품 활동을 했다. 그녀의 거의 모든 작품은 남부를 배경으로 하고 있어서 지역적 색깔이 강하다는 이야기를 듣고, 대표적인 남부문학 작가 중 한 명으로 간주되는데, 그 이유는 웰티가 한 마디로 규정하기 어려운 복잡한 남부 문화와 문학의 특성 중에서 대표적인 특성으로 여겨지는 공동체와 장소성sense of place을 자신의 작품에 반영하기 때문이다. 장소성은 웰티가 중요하게 여기는 요소로, 장소는 개인의 정체성 형성에도 영향을 끼치는 것이다. "개인의 정체성은 감정적 상태의 특정하고, 구체적이며, 눈에 보이는 소재인 장소와 인간적으로 결부"되기 때문이다(Rubin 33). 웰티가 남부작가로서 정체성을 확립한 것도 거의 전 생애를 보낸 남부라는 장소가 중요한 역할을 한 것이다.

그러나 웰티는 남부문학을 하는 지역성 강한 작가로만 남아 있지 않고 남부를 넘어 많은 사람들에게 공감을 불러일으키는 보편적 감수성에 호소하는 작가이다. 웰티는 "지역적 글쓰기"regional writing라는 말에 반감을 품고 있었는데, 이는 그 말이 어느 "지방의 특색을 나타내는 삶의 소재와 예술로서 그 소재의 결과물"을 구분하지 못하는 것이기 때문이다(Eye 132). 지역은 작가의 경험이 쌓여 있는 소재의 보고이고, 웰티는 남부의 지역색이 풍부한 소재를 보편성으로 승화시켜 세상의 다양한 인간사를 꿰뚫어 보는 시각으로 작품에 반영한 것이다. 앞서 언급한 바와 같이 웰티가 쓴 대다수의 작품이 남부를 배경으로 하고 있고, 그 중에서 미시시피가 주된 공간적 배경이다.

웰티의 작품 가운데에서 1969년 『뉴요커』New Yorker에 「낙관주의자의 딸」"The Optimist's Daughter"이라는 제목으로 발표되었던 단편소설은 1972년에 동명의 제목 하에 노벨라novella로 재탄생한다. 이렇게 완성된 『낙관주의자의 딸』은 1972년에 퓰리처Pulitzer상을 수상하는데, 이 작품도 주로 미시시피가 배경이다. 그러나 웰티가 한 인터뷰에서 언급했듯이 이 작품의 등장인물들이 "특별히 미시시피적인" 것은 아니고, 또한 장소가 "움직이지도 변화하지도 않는" 배경으로 쓰이기보다 "사람들의 특징을 나타내고 설명할 수 있는" 등의 좀 더 복잡한 여러 방식으로 이용되었다는 것이다 (Prenshaw 129-30). 비록 웰티가 미국남부 출신 작가로서 남부에 대한 강한 장소성을 느끼고 또한 그 장소성에 대해 중요하게 여겨 작품에 반영하는 것이 사실이지만, 그녀는 미시시피라는 특정한 지역을 넘어서 자신이 표현하고자 하는 인물들의 내면을 구현하기 위한 메커니즘으로 장소를 작용시키므로 지역성에 갇혀 있지 않는 것으로 보인다.

본 연구에서 다루게 될 작품인『낙관주의자의 딸』에는 안정적인 어린 시절의 성장기를 보냈으나 도전적이고 '대담성'을 지닌 작가의 자서전적 요소가 텍스트에 두루 내포되어 있다. 남부가 배경이고 자서전적 요소가 많은 만큼 작품의 프로타고니스트는 작가인 웰티 자신과 공통점이 많이 있다. 그들의 공통점은 가족의 죽음을 경험한 남부의 예술가라는 점이다. 특히 미시시피는 웰티가 직계 가족의 죽음을 많이 겪은 비통한 장소이기도 하다. 웰티의 아버지의 죽음 이후, 남동생인 월터Walter와 에드워드 Edward가 각각 40, 50대에 폐질환, 뇌질환으로 세상을 떴는데, 1966년에는 에드워드와 어머니인 체스티나Chestina가 같은 해 세상을 떠나는 비극이 일어난다. 수잔 마스Suzanne Marrs는 웰티에게 치유의 시간이 필요했을 것 이라고 언급하는데 그 치유는 "결국 이러한 진 싸움, 걱정, 죄책감, 그리고 이제는 비탄의 세월을 소설로 정제하는 그녀의 능력에 달려있다"고 한 다(320). 가족을 모두 잃고 혼자 세상에 남겨진 웰티가 가족의 죽음을 애 도하고 자신을 치유할 수 있는 것은 기억을 회상하고 정리하며 시행한 글 쓰기이다. 마찬가지로『낙관주의자의 딸』의 프로타고니스트는 사랑하는 사람들을 모두 떠나보낸 후 생존자로서 남겨져 기억을 정리하며 세상에 적응하고 과거와 화해하면서, 예술가로서 자신의 정체성을 더욱 확립하 며 치유의 길을 모색한다. 이 작품에서 전반적으로 웰티는 기억의 한계성 에 대해 점검하고 재정돈하는 작업을 한다. 기억을 정돈하고 회상하는 것 이 과거의 상처를 치유하고 자신의 정체성을 확립해나가는데 어떤 관계 가 있는가를 끊임없이 묻는 것이다.

본 글에서는 작가인 웰티와 같이 겉으로는 안정적이고 조용한 삶을 영위한 것 같지만 가족의 죽음을 겪으며 내면에 도전정신과 상처를 지닌

『낙관주의자의 딸』의 프로타고니스트가 아버지의 죽음을 계기로 어머니의 죽음과 자신의 남편의 죽음이 주축이 되는 과거의 기억을 회상하며, 예술가로서 자신이 성장한 미국 남부 공동체로부터 독립하여 자신의 정체성을 확립하고 상처를 치유하는 과정을 주로 탐구한다. 이전에 자신이 알고 있었던 것과 대치되는 자신의 부모의 관계를 기억하는 내러티브를 통해 재정립한다. 또한 기억을 다시 회상하는 행위를 통해 자신의 어머니와 아버지의 아픔을 이해하면서 자신과 자신의 남편과의 관계도 재정립하여 자신의 내면의 상처를 치유하고, 과거와 현재, 나아가 미래의 관계를 새롭게 받아들이는 과정을 탐색한다.

2.

―

　『낙관주의자의 딸』에서 작품의 프로타고니스트인 로렐 매켈바 핸드 Laurel McKelva Hand에게는 자신의 부모와 남편을 죽음으로부터 구하지 못했다는 자책감이 있다. 이 자책감은 자신도 의식하지 못한 분노로 그녀의 무의식 깊은 곳에 잠재해 있고, 살아남은 자로서 갖게 되는 죄의식에 시달리게 된다. 로렐은 작가 자신인 웰티와 공통점을 지닌다. 예술가인 이들은 아버지의 죽음을 경험하는 것이다. 사실 웰티는 뉴욕에서 콜럼비아 대학교를 다닐 때인 1931년에 당시 52세였던 부친을 백혈병으로 잃었다. 웰티의 어머니가 수혈을 했으나 수혈을 받은 직후 웰티의 아버지는 결국 무의식에 빠져 일어나지 못했다. 이 사건 이후 웰티의 어머니는 "결코 감정적으로 회복을 하지 못했다. 비록 그녀가 30년을 더 살았고 다른 힘든 죽음을 겪기도 했지만, 그녀는 결코 자신을 비난하는 것을 멈추지 못했다. 그녀는 남편의 생명을 구하지 못한 것을 자신의 실패로 여겼다"(One Writer's 101). 자신의 가족의 생명을 구하지 못한 죄책감은 뿌리 깊게 자리 잡아 트라우마로 작용하고 어머니의 상처는 웰티의 작품에 다양한 층과 방식으로 반영되어 구현된다. 특히 어머니의 죄책감은 웰티의 무의식에 투영되고 이는 『낙관주의자의 딸』의 주요 테마로 사용된다.

웰티는 작품의 주인공인 로렐과 같은 예술가로서 많은 유사성을 지니고 있고, 아버지의 죽음을 통해 많은 것을 느끼고 경험을 했다고 한다. 한 인터뷰에서 웰티는 다음과 같이 언급한다. "내웰티는 가족과 관계에 대해 알기를 원하는 점에서" 그리고 "집을 떠나서 예술과 관련된 무엇인가를 하기 위해 다른 곳에서 살았다는 점에서 로렐과 동일시 할 수 있다"(Wolff 85). 물론 디자이너로서 자신의 꿈을 펼치기 위해 미시시피의 마운트 세일러스에서 시카고로 떠난 로렐과는 달리 웰티는 타지에서 그렇게 오래 살지 않았지만 예술가로서 겪은 고독감이나 고립감은 공유하고 있고 아버지의 죽음을 통해 자신과 가족의 관계를 되돌아보게 되는 점에서 둘 사이에 공통점이 있다. 웰티는 이 작품에서 가족관계에 대해 심도 있게 조명하고 있다.

시카고에 있던 로렐은 아버지가 망막이 벗겨진 증상으로 눈 수술을 해야 한다는 소식을 듣고 맥켈바 판사가 입원해 있는 뉴올리언스New Orleans로 비행기를 타고와, 수술에 대해 긍정적으로 생각하며 낙관주의자라고 자신을 칭하는 아버지의 병간호를 시작하지만 사실상 로렐이 아버지를 위해 할 수 있는 일이 그렇게 많지 않았고 여기에서 그녀는 무력감을 느낀다. 심각하게 여기지 않았던 수술 후 아버지의 증세는 호전되어 보이지 않고 아버지는 침묵을 지킨다. "그녀는 아버지의 침묵의 일부가

부분적으로 그가 가족의 감정에 있어서 늘 보여주었던 예민함 때문이라고 여겼다. . . . 여기에 그의 딸이 그를 돕기 위해 왔지만 어쩔 수 없이 한가할 수밖에 없게 되었다. 그녀는 그를 도울 수 없었다"(*Optimist's* 19). 로렐이 할 일이 거의 없었던 것이다. 간간이 아버지에게 책을 읽어주지만 맥켈바 판사는 거의 반응을 보이지 않고 아버지가 침묵을 지키는 때에도 그 침묵의 의미를 완전히 파악할 수 없었다.

딸로서 로렐은 죄의식을 느끼게 되지만 가족의 의미를 다시 한 번 더 새기고 그녀가 할 수 있는 일은 그저 아버지 옆에 있는 것이라는 것을 깨닫는다. "결국, 로렐은 자신의 아버지는 딸이 내내 함께 옆에 있는 것만으로 그녀의 쓸모없음을 인정해주었다는 것을 알아차렸다"(*Optimist's* 19). 아버지를 위해 꼭 무엇을 해야만 의미가 있는 것이 아니다. 그냥 아파 누워있는 아버지 옆에서 자리를 지키고 함께 있어주는 것으로 가족의 연대감을 느끼고 위로가 되는 것이다. 그럼에도 불구하고 성공적인 눈 수술 후에도 금방 자리를 털고 일어나지 못하며 점점 생명력을 잃어가는 맥켈바 판사를 지켜보는 일은 딸로서 쉽지 않은 일이다. "자신을 공공연하게 낙관주의자라고 해왔던 그는 [수술 휘 한 번도 희망을 표현한 적이 없었다. 이제 그에게 희망을 주려는 사람은 그녀[로렐]였다. 그런데 그것은 거짓 희망일 수도 있다"(*Optimist's* 29). 판사의 전 부인이며 로렐의 어머니인 베키Becky가 죽어갈 때 낙관주의적 태도로 베키에게 헛되이 희망을 불어넣어주려다 베키의 원망만 샀던 판사는 정작 자신의 죽음 앞에서 낙관인 태도조차도 점점 상실해가는 것으로 보인다. 로렐은 아버지가 경험했던 것을 경험하게 되고 절망감을 느낀다. 맥켈바 판사는 눈이 점점 나아가고 있다는 닥터 코트랜드Dr. Courtand의 말에도 불구하고 점차 주변 사람들의 말에도 반응을 보이지 않는데, 이는 삶에 대한 끈을 판사가 놓는 징조로 읽힌다.

사실상 로렐은 판사직에서 은퇴한 후 현재 일흔 한 살의 나이로 거의 서른 살 차이가 나며 로렐 자신보다 몇 살 더 어린 여자인 페이Fay와 1년 반 전에 재혼해서 살고 있는 아버지를 이해하기 힘들었다. 로렐은 "일흔이 다 된 나이에 자신의 아버지가 누군가 새로운 사람을 자신의 인생으로 걸어 들어오게 하고 그런 일들을 너그럽게 받아들인 것에 대해 아직도 믿을 수가 없었던" 것이다(Optimist's 26). 페이는 남편의 수술에도 반대하고 의사의 말도 무시하며 모든 권위를 무시하는 성격의 소유자인 것으로 보인다. 병실에 누워 있는 맥켈바 판사가 못마땅하고 바깥에서 벌어지는 마르디 그라Mardi Gras 축제에 참석하고 싶어 안달이 나서, 누워 있는 환자를 간호하기보다 자신이 원하는 카니발에 가지 못하는 것에 대한 원망을 늘어놓다가 절대 움직이지 말아야 한다는 의사의 말을 무시하고 맥켈바 판사를 침대에서 끌어 내리려고 시도하기까지 한다. 이런 소동이 있고서 곧 판사는 죽음을 맞이한다.

그러나 페이의 반응은 자신의 생일에 이러한 일을 당하게 된 것을 용서할 수 없다는 입장이다. "어느 누구도 내가 이런 일을 당할 거라고 말해주지 않았어!"(Optimist's 44). 페이는 매 순간을 자기 자신을 위해 써야 하는 인물이고 나이 들고 병이 들어 죽어가는 판사는 페이의 욕망을 채울 수 없는 한계에 다다른 것으로 보인다. 로렐에게 페이는 "무작위로 남의 인생에 끼어들어 마음의 평화를 파괴시킨, 어울리지 않고 말도 안 되는 것들, 즉 끔찍한 괴리와 위반의 상징이 되었다"(Mortimer 619). 맥켈바 판사가 페이를 두 번째 아내로 맞아들인 사실은 로렐이 알고 있는 자신의 아버지가 내릴 수 있는 판단과는 사뭇 다르고, 로렐이 맞닥뜨린 이 모든 상황은 그녀가 이해하기 힘든 것이지만, 아버지의 죽음 이후에 로렐은 병실에서 죽어가고 있었던 아버지의 심정과 아버지가 살았던 인생을 이해하려

애쓴다. 맥켈바 판사는 왜 페이와 같은 여성과 재혼을 했고, 성공적인 수술 후에도 회복되지 않고 죽음을 맞이한 이유는 어디에 있는 것인가? 로렐은 자신이 처해있는 현실을 제대로 파악하기 위해 과거를 뒤돌아본다.

로렐은 어머니와 아버지가 서로 사랑했고 행복한 결혼 생활을 유지했다고 생각했는데 아버지가 어머니와 전혀 다른 성격의 젊은 여자와 재혼을 한 것을 납득하기 힘들었다. 아버지의 후처인 페이는 공동체에서 환영받지 못하고 공동체는 평생 판사였던 그가 이번만큼은 판단을 잘못했다고 비난한다. 그가 판단력이 흐려져 페이와 같은 여자를 아내로 맞아들였다는 것이다. 공동체 일원들이 페이를 싫어하는 이유는 페이가 그들의 기준에 맞지 않기 때문이다. 페이는 집안에서 전통적으로 여자가 부엌에서 해야 하는 일을 잘하지 못했다. 그녀는 "계란을 분리하는 법도 거의 알지 못했고" 살림살이에 대해서는 거의 아는 바가 없었다(*Optimist's* 107). 공동체에서 가부장적 사고의 대변자와 같은 미스 테니슨Tennyson은 이러한 페이를 힐난한다.

"그 부엌에 있는 너의 어머니 살림살이 중에서 그녀[페이]가 이름을 댈 수 있는 것은 '프라이 팬 밖에 없다, 로렐. 그런 일들은 빠르게 마을에 퍼지기 마련이지. 이런 결과를 말하기 싫지만,"라고 미스 테니슨이 말했다. "일요일에는 무슨 수를 써도 미주리가 일을 하러 오게 할 수 없는데, 그러면 그들은 교회에서 걸어 나가 이오나 호텔의 식당에서 일요일 식사를 했단다."

"'Frying pan' was the only name she could give you of all the things your mother had in that kitchen, Laurel. Things like that get over town in a hurry, you know. I hate to tell you the upshot," said Miss Tennyson, "but on Sundays, when no power on earth could bring Missouri, they walked from church and took their Sunday dinner in the Iona Hotel, in that dinning room." (*Optimist's* 107-08)

남편의 밥도 챙겨주지 못하는 페이는 가부장적 사고가 지배적인 미국 남부 마을인 마운트 세일러스Mount Salus에서는 얘깃거리가 되고 커다란 흉이며 결점이다. 공동체의 남성보다 여성들이 페이에게 더 관대하지 못하다. 전형적인 가부장적 이데올로기가 가부장체재에 물들어 있는 여성들에 의해 더 옹호되는 점이 아이러니컬하다.

남부 공동체는 맥켈바 판사가 자신들과 여러모로 수준에 맞지 않고 예절도 갖추지 않은 타지의 여자를 두 번째 아내로 맞이한 것에 대해 매우 못마땅해 하며 페이를 인정하려들지 않는데, 이는 마운트 세일러스 공동체 사람들의 속물적인 태도를 반영하는 것이다. 전통적 가치관을 지키고 유지하려는 사람들에게 페이와 같이 떠돌이 생활을 하다가 사회적으로 자신의 신분보다 더 높고 나이도 훨씬 더 많은 판사와 결혼한 것을 인정하기가 쉽지 않다. 게다가 공동체 구성원 대부분이 가부장적 사고에 젖어 있는 터라 페이에게 전통적인 여성의 역할을 할 것을 기대하지만, 페이가 그 기대에 부응하지 않고 더 나아가 그 기대를 무시하기 때문에 페이에게 비난의 화살을 던진다.

페이는 이렇듯 마운트 세일러스 공동체가 원하는 기준에는 미치지 못한 것으로 보이지만 판사의 마음은 사로잡은 것으로 보인다. 페이가 판사를 얼마나 "행복"하게 해주었는지는 모르겠지만, 그가 그녀에게 "홀딱 빠져"있었고 "남자는 페이와 같은 아이를 보면 마음이 짠해질 수도" 있다고 미스 테니슨이 이야기 한다(*Optimist's* 107). 또한 미스 어델은 페이가 "외로운 노인에게 살아갈 수 있는 낙을 주었다"고 언급하기도 한다(*Optimist's*

116). 이들의 내러티브에는 성적인 함의가 포함되어 있는 것으로 보인다. 그러나 풀러Fuller가 언급하듯이 로렐은 "자신의 아버지의 주목을 끌었던 감각적인 외부인으로서의 페이의 역할"을 직시하지 못하고 "자신의 아버지를 성적인 존재sexual being로 인지하기를 꺼려했던" 것으로 보인다(311). 로렐은 아버지의 욕망을 못 본체하고, 맥켈바 판사의 삶에 페이가 대단한 활력의 근원으로 작용했다는 것을 인정하려들지 않는데, 이는 그녀의 한계인 것 같다. 더불어 그러한 로렐의 한계는 그녀가 아버지와 아버지의 재혼을 이해하기 어렵게 했던 요인으로 보인다.

자신의 마음을 거의 표현하지 않는 로렐은 장례식 후에도 계속 침묵을 지키다가, 결국 침묵을 깨고 페이가 아버지의 죽음을 가속화 시킨 것에 대해 페이에게 맞선다. 로렐은 페이가 자기 자신이 무슨 짓을 했는지 인식하고 자신의 잘못을 인정하기를 바라며 계속해서 따져 묻고 싶었던 자신을 억눌러오다가, 드디어 페이에게 맞서 목소리를 내는 것이다.

> "당신이 아버지를 때렸을 때 아버지가 겁먹게 해서 무엇을 하도록 할 작정이었나요?"
> "난 그에게 겁을 주어 그 사람이 살아오도록 한 것이었어요!" 페이가 외쳤다.
> "당신이 뭘? 뭘 *했다고요?*"
> "난 그 사람이 거기에서 일어나와, 이번에는 나에게 조금이라도 주목을 하기 바랐다고요."
> "아버지는 죽어가고 있었어요,"라고 로렐이 말했다. "그 일에 온통 열중하고 계셨어요."
> "난 그이가 늙은이의 어리석은 짓을 그만두도록 애썼어요. 그를 잡아끌어서라도 그가 살도록 할 작정이었어요. 내가 한일에 칭찬을 받아야하지요,"라고 페이가 소리쳤다. "그건 어떤 다른 누가 했던 일 이상이었어요."

"당신은 아버지를 다치게 했어요."

"난 그 사람에게 아내 노릇을 하고 있었다고요," 페이가 외쳤다. "이제 아내가 뭔지 완전히 잊어버렸나요?"

"What were you trying to scare Father into—when you struck him?"

"I was trying to scare him into living!" Fay cried.

"You what? You *what?*"

"I wanted him to get up out of there, and start him paying a little attention to me, for a change."

"He was dying," said Laurel. "He was paying full attention to that."

"I tried to make him quit his old-man foolishness. I was going to make him live if I had to drag him! And I take good credit for what I did!" cried Fay. "It's more than anybody else was doing."

"You hurt him."

"I was being a wife to him!" cried Fay. "Have you clean forgotten by this time what being a wife is?" (*Optimist's* 175; italics original)

로렐은 아버지의 죽음을 더 일찍 몰고 온 원인이 된 것에 대해 페이에게 항의를 하는 언쟁을 통해 아버지가 처했던 실상을 좀 더 이해하고, 아버지와 페이의 관계의 복잡하고 다층적인 실재를 인지하게 되는 것으로 보인다. "상상력도 없이"(*Optimist's* 178) 앞만 보고 사는 것에만 익숙한 페이가 삶의 역동성으로 판사를 끌어들이려고 채근한 것에도 불구하고 페이가 의도한 행위는 실패로 끝났고 오히려 상황을 악화시킨 것이다. 페이가 죽어가는 판사에게 일어나서 삶속으로 들어오라고 재촉했지만 판사는 더 지치게 되었고 페이를 감당하지 못한 것으로 보인다. 페이와의 언쟁 이후에도 로렐은 여전히 페이에 대한 반감을 갖고 있지만, 페이가 저

지른 폭력적인 거친 행동에 대한 의도를 알게 되었고, 페이와 맥켈바 판사와의 부부로서의 관계에 대해 좀 더 깊은 통찰을 한 것으로 보인다. 아버지는 진이 빠져 감당하지 못했지만 활력이 충만했던 아내가 필요한 것이었다.

나아가 로렐은 페이와 언쟁을 하면서 페이를 닮은 페이의 조카 웬델을 기억하며 페이에게 마음을 다소 누그러뜨린다. 자신의 삼촌의 죽음에 대한 이야기를 들으며 울었던 아이인 웬델을 보고 로렐은 안아 지켜주고 싶다는 생각을 한 바 있다. 이는 판사가 페이를 보고 느꼈던 것과 같은 짠한 마음과도 같았을 것이라고 로렐이 아버지의 마음을 이해하게 되는 것이다. 웬델은 "젊고, 몰아붙이지 않고, 속이지 않고, 악의적이지 않은 페이와 같았다. 아마도 처음에는 시력이 나빠지고 늙어가는 그녀의 아버지에게는 페이가 그렇게 보였을 수도 있었을 것 같았다"(*Optimist's* 76). 로렐이 지나간 일들과 사람들을 기억하면서 아버지의 심정을 짐작해보며, 아버지가 페이와 결혼한 이유나 아버지를 점차 이해하게 되는 것이다. 아버지가 세상을 떠난 이후 아버지를 더 잘 이해하게 된 것과 마찬가지로 로렐은 자기 자신에 대한 통찰도 더 깊이 하게 된다.

3.

———

맥켈바 판사가 세상을 떠난 이후 로렐은 자신을 뒤돌아보면서 예술가로서 자신의 정체성에 대해 더욱 확고한 생각을 갖게 된 것으로 보인다. 앞서 언급한 것과 같이 『낙관주의자의 딸』에는 작가인 웰티의 자전적 요소가 많이 들어가 있고, 작품의 프로타고니스트인 로렐은 웰티와 똑같은 삶을 살지 않지만 두 사람 모두 예술가라는 공통점을 가지고 있다. 웰티가 예술가로서 경험한 고독과 고립감은 로렐을 통해 잘 드러나고 있다. 로렐은 예술가로서 『황금 사과』Golden Apples에 등장하는 미스 에크하르트 Miss Eckhart처럼 마을 공동체의 어느 누구로부터도 예술가로서 이해받지 못해서 마을에서 혼자였음을 웰티는 한 인터뷰에서 언급한다. "로렐은 미스 에크하르트가 그랬던 것처럼 마을에서 고립되어 있었다. 로렐은 마을 사람들의 보호를 받았고 소중하게 생각되어졌지만 그 문제[예술]에 관해서라면 인생과 책임감에 대한 가장 깊은 감정을 함께 할 수 없었다. 우리는 보통 남부에서 또는 아마도 어느 곳에서도 그런 얘기는 하지 않는다"(Wolff 86). 미스 에크하르트가 남부공동체에서 결혼도 하지 않은 채 피아노 선생으로 혼자 살아가는 고독한 이방인이라면, 『낙관주의자의 딸』에서 로렐은 공동체에서 사랑 받는 일원이지만 여전히 예술가로서는 이해받지 못해 고립되어 있음을 웰티가 지적하는 것이다.

공동체와 다른 사고체계를 가진 페이가 공동체로 부터 환영을 받지 못하는 것과 같이 로렐도 공동체와 다른 생각을 가졌을 때 비난의 대상이 될 수 있다. 공동체 사람들은 로렐이 고향을 떠난 것에 대해 비난을 한다. 특히 베키가 죽은 후에 고향에 남아 아버지를 지켰다면 아버지가 페이와 같은 사람은 만나지 않았을 것이고 로렐 자신도 타지에서 세계 제 2차 대전에 참전해 죽은 남편과 만나지 말았어야 했다고 나무란다. 로렐의 아버지인 맥켈바 판사가 세상을 떠난 이후, 주로 베키의 친구였던 사람들을 포함하는 공동체의 일원들은 단도직입적으로 로렐이 예술가라는 것을 못마땅해 하고 도전적인 모습을 보인다. 그들은 로렐이 시카고에서 하는 일을 인정하지도 않고 마운트 세일러스 공동체 일원으로 그곳에 남을 것을 종용하기도 한다. 시카고에 다른 딸린 식구도 없으니 시카고 생활을 정리하고 미시시피로 돌아오라는 것이다.

로렐이 시카고로 돌아가야 함을 밝히자 공동체 사람들은 그녀가 돌아가야 할 이유를 찾지 못하고 그녀가 하는 일의 소중함을 무시한다. 공동체의 일원들은 로렐이 예술가로서 자신의 인생을 펼치는 것에 대해 무관심하고 몰이해하는 경향이 있다.

"직장으로 돌아간다네요. . . . 저 아이는 이제 기도로 바랄 수 있는 것보다 더 많은 것을 가졌어요. 이제 그냥 쉽게 일을 그만 두면 될 텐데 노동을 해야 하는 삶으로 돌아간다네요. 클린트가 저애에게 많은 돈을 남겼어요."

"이후에 일단 떠나면, 넌 항상 손님으로 돌아오게 될 거야," 라고 피즈 (Pease) 부인이 훈계했다. "물론 마음대로 해라. 그렇지만 사람들은 손님을 원하지 않는다는 게 내 생각이다." "그러게요. 아니 왜 북극으로 돌아가려고 하지?" 미스 테니슨이 물었다. "네가 그림을 그리지 않는다면 누가 널 죽이기라도 한다는 거니? . . . 만약 로렐이 고향에 남고 어델이 퇴임하게 된다면, 우리는 베키와 같이 게임을 할 때처럼 멋진 사인조로 브리지 게임을 할 수 있을 거야."

"Back to work." . . . . "That girl's had more now than she can say grace over. And she's going back to that life of labor when she could just as easily give it up. Clint's left her a grand hunk of money."

"Once you leave after this, you'll always come back as a visitor," Mrs. Pease warned Laurel. "Feel free, of course—but it was always my opinion that people don't really want visitors."

"I mean it. Why track back up to the North Pole?" asked Miss Tennyson. "Who's going to kill you if you don't draw those pictures? . . . if Laurel would stay home and Adele would retire, we could have as tough a bridge foursome as we had when Becky was playing." (*Optimist's* 112-13)

로렐이 하는 일은 돈을 버는 노동이고 돈이 충분히 있으므로 더 이상 일은 하지 않아도 되지 않으냐는 것이 공동체의 논리인데 이는 로렐의 일을 이해하지 못하는데서 나온 생각이며, 예술가로서 로렐은 그림 나부랭이나 그리는 것으로 폄하된다. 로렐이 공동체에서 베키를 대신해 맥켈바 가문을 이끌고 공동체에서 활발한 역할을 해주기를 바란다. 그들에게는 로렐이 예술가로서 자신의 일을 하고 자기 세계를 만들어 나가는 것 보다 예전에 베키가 있을 때처럼 같이 모여 브리지 게임을 하는 것이 더 중요하고 의미가 있다고 여기는 것으로 보아 로렐의 예술세계를 얼마나 가볍게 여기는지 드러내는 것이다.

심지어는 로렐의 아버지가 재혼한 대상인 페이조차도 로렐이 예술가로서 자신의 일을 찾아 고향을 떠난 것에 대해 공격을 한다. "내[페이]라면 나를 필요로 하는 누군가로부터 달아나 그들을 남겨놓지는 않을 거야. 단지 나 자신을 예술가라고 부르고 돈을 많이 벌기 위해서 말이지"라며 페이는 로렐을 비난한다(*Optimist's* 28). 페이에게는 로렐이 예술가라는 사실도 비아냥거릴 소재이며 예술가임을 존중하거나 인정하지 않고 자기 자신만을 위해 연로한 부모를 버리고 떠난 불효자식으로 간주한다. 사실 페이 자신이 가족을 두고 멀리 떠나와 여기 저기 떠돌아다니며 살아온 것을 고려하면 로렐을 비난하는 페이의 태도는 상당히 이중적이고 아이러니컬하다. 게다가 살아 있는 자신의 가족을 모두 죽은 것이라고 로렐에게 거짓말을 하는 페이는 자기 자신이 걸어온 길에 대해 무의식적인 죄책감이 있고 그것을 로렐에게 투영해서 말을 한 것으로 보이기까지 한다.

로렐은 아버지가 세상을 떠나고 나자 홀로서서 공동체 사람들이 몹시 반대하는 것에도 불구하고 자신이 가야할 길을 더욱 굳건하게 믿게 되고 예술가로서의 정체성을 더욱 굳건히 구축하게 된다. 울프가 언급했듯이 로렐의 사적인 생각과 "고독이 내러티브에 반영이 되어 있다. 그러나 우리는 책의 아주 마지막 부분에 가서야 그녀의 생각을 들여다 볼 수 있다"(86). 로렐은 자신이 겪는 아픔이나 고통 그리고 가슴속에 이는 분노까지도 분명하게 표현하지 않는 인물이다. 그것은 예술가로서 사람들에게 이해받지 못하고 고립되어 있는 것과 연결되어 있고 그것은 삼인칭 로렐의 시선으로 내러티브가 진행되는 작품에도 반영된다. 웰티는 그것을 울프와의 인터뷰에서 다음과 같이 설명한다.

> 그녀[로렐]는 주변에 돌아가는 상황에서 자신이 참아야 하는 일에 순종한다. 그리고는 그것에 의해 작동이 된다. 그녀는 목소리를 낮추는 입장에 놓여있다. 그녀가 소리치고 외쳐야할 자리가 아니다. 그녀는 많은 것을 자신의 안에 담아둔다.

> She is subservient to what she endures going one around her, and then she is activated by this. She has a muted position. It's not her place to yell and scream. She's kept a lot of things inside her. (Wolff 86)

그러나 장례식 이후 로렐은 부모님의 삶을 정리하며 자신의 삶을 뒤돌아보고 점차로 자신을 표현하게 된다. 판사의 장례식에서 로렐은 자신의 아버지가 사람들에게 거짓 없이 있는 그대로 기억되기를 바란다. "로렐은 그녀의 아버지가 자신의 친구들에 의해 잘못 해석되고 잘못 표현되는 것으로 인해 더 당황해했다"(Kerr 139). 특히 술에 취한 불락대령은 맥켈바 판사에 대해 과장되게 표현한다. 판사가 "백모단원White Caps에게 고의 살인죄"를 적용해 선고를 한 바 있었는데, 이들과의 대결을 무용담으로 과장해 연극을 하듯 과거를 회상하는 것이다(*Optimist's* 79). 이는 남부 특유의 유머를 비극적 상황에 이용하는 웰티의 "희극적 감수성"이 작동된 것이기도 하다(Inge 163). 공동체 사람들이 맥켈바 판사를 두고 그의 생전의 일을 과장해서 이야기를 지어내거나 농담조로 이야기를 할 때 로렐은 몹시 불쾌해하며 화를 낸다. 침묵을 지키던 로렐은 점차 자신을 표현하기 시작하는데, 이는 세상을 떠난 부모를 대변해서 그들을 바로 기억하고 살아남은 딸로서 의무와 최선을 다하려는 것이다. 공동체 사람들은 자신들의 행위가 아끼고 사랑했던 일원의 죽음에 대한 애도의 과정이며 애도의 표시라고 로렐을 이해시키고 로렐은 이를 받아들여 소통이 부분적으로 된 것으로 보이지만, 예술가로서는 여전히 이해받은 것은 아니다.

4.
—

　살아남은 자가 죽은 자를 기억하고 추억하는 과정은 애도와 추모하는 일이고 서로를 위로하는 일이다. 기억과 추억을 통해 살아남은 자는 슬픔을 마주하며 슬픔을 극복할 수 있는 힘을 얻는 것이다. 로렐은 아버지의 죽음으로 인해 어머니인 베키의 죽음을 다시 점검하고, 어머니가 겪은 고통과 아픔의 내용을 깊이 숙고하며 자신이 믿고 있었던 과거의 기억을 재정돈한다. 특히 맥켈바 판사가 페이라는 젊은 여자와 재혼을 한 사실은 더할 나위 없이 행복했다고 여겨지는 자신의 아버지와 어머니의 결혼

생활을 로렐이 다시 뒤돌아보고 정리하게 되는 계기가 된다. 로렐이 어렸을 적에 맥켈바 판사와 베키 두 사람이 완벽하게 행복하고 평화로운 삶을 꾸려왔었다고 믿어왔던 생각을 되짚어 어머니와 아버지의 관계도 다시 추적해보는 것이다. 크레일링Kreyling은 "로렐이 고향에 안치될 판사의 시신을 싣고 온 기차에서 내릴 때, 그녀는 자신에게는 살아있는 과거인 살아있는 현재로 발을 내딛는" 것과 같다고 언급한다(221). 로렐에게 마운트 세일러스는 과거와 현재가 공존하는 곳이고 과거는 과거에만 존재하는 것이 아니라 현재에도 상당히 영향력을 미치는 요인인 것이다. 과거와 현재를 어떻게 조화롭게 연결을 시킬 수 있느냐하는 것이 로렐에게 맡겨진 과제이다. "로렐은 가족의 신화와 그녀 자신의 과거의 문제와 화해하도록 마운트 세일러스의 집에 홀로 남겨진 것"이다(Kreyling 222). 과거를 잘 정리해야 현재에 충실하고 미래로 자연스럽게 나아갈 수 있다.

사실 가족이나 자신의 인생과 화해하지 못하고 이 세상을 떠난 베키의 고통과 아픔은 로렐에게 그대로 전달되고 그로 인한 로렐의 트라우마는 깊은 것으로 보인다. 로렐이 과거를 회상하며 정리하는 것은 절망에 빠져 자신을 공격하던 어머니로부터 받은 상처를 치유하는 일이기도 하며, 어머니가 겪었을 죽음에 대한 공포와, 상실감, 절망감을 딸로서 이해하여 죄책감을 극복하고 현재와 미래로 나아가는 길을 찾는 과정이기도 하다. 공동체와 가족의 한 가운데 자리를 잡은 베키는 이미 죽었으나 살아있는 사람들에게 강력한 영향력을 끼치는 내부인insider의 역할을 한다. "내부인은 전통적으로 그 장소에 대한 대변인이고 장소에 확고하게 자리를 잡았을 때만 안전하다"고(263) 맥케산MacKethan은 주장하는데 로렐의 어머니인 베키가 "강렬하지만 먼 기억"으로 남아서 여전히 그 내부인의 역할을 충실히 수행하고 있다(264). 기억으로 남은 베키는 변화를 거부하고 맥켈바 판사가 살아 있는 동안 그의 인생에 계속 남아 있었고 외부인인 페이를 견제하거나 과거가 여전히 살아 있도록 가족에게 커다란 영향을 끼치고 있다. 페이 또한 베키를 "자신의 경쟁자"로 여기기도 한다(*Optimist's* 152). 로렐은 이러한 어머니와의 관계를 정립하고 정돈해야할 처지에 놓여있는 것이다. 로렐이 기억과 회상을 통해 이러한 일을 하는 방향을 잡아갈 수 있다.

로렐이 어릴 적에 기억하는 부모님은 책을 같이 읽는 것을 즐겼고, 로렐의 뇌리에 박힌 부모님의 모습은 평화로움과 생명력이 넘치는 이미지이다. "그들 사이에는 생명의 숨결이 흘렀고, 그들을 기쁨에 넘치게 했던 것은 그 숨결을 타고 있는 그 순간의 말들words이었다"(*Optimist's* 118). 두 부부는 같이 책을 읽는 것만으로도 존재의 충일함을 느끼고 행복하던 순간이 있었던 것이다. 그러나 로렐은 자신이 기억하고 있던 부모의 행복하던 모습이 그들 부부관계의 전부가 아니라는 것을 기억해 낸다. 그들의 사이는 로렐의 어머니의 건강이 악화되기 시작하면서 다른 국면을 맞이한다. 베키가 병석에 오랫동안 누워있게 되자 가족의 사이는 악화되어가고, 베키는 투병생활의 공허함을 떨치기 위해 자신을 괴롭히고 가족을 괴롭히기도 한다. 이는 베키의 절망, 공포 등으로 인한 것인데 남편인 맥켈바는 베키를 위로하는데 실패하는 것으로 보인다. 이는 무의식에 내재된 두려움을 맥켈바 판사가 낙관주의로 극복하려고 하는 데서 생성된 결과이다. 베키는 남편에게 "겁쟁이" 그리고 "거짓말쟁이"라고 비난하며 자신이 배신을 당한 것이라고 몰아붙인다(*Optimist's* 148, 150). 맥켈바 판사 자신이 "통제할 수 없었던 것은 그의 아내의 모든 문제가 다 좋아질 것이라는 그의 믿음이었는데, 그 믿음은 아내를 위해 그가 해 줄 수 없는 것이 없다"는 생각에 바탕을 두고 있었다(*Optimist's* 146). 맥켈바 판사는 아내인 베키를 위해 뭐든지 다해줄 수 있을 것이라는 자신의 마음과 또 그의 믿음과는 다르게 죽어가는 아내에게 해줄 수 있는 것이 실은 아무 것도 없었다. 그는 이러한 무기력한 비극적 현실을 인정하기 어려워 현실을 회피하려든다. 패배감과 무기력을 낙관적인 태도로 맞서려는 것이고 이는 베키를 더욱 힘들게 하고 남편에게 배신감마저 느끼게 한다.

로렐도 아버지에게 막연한 반감을 갖기도 했는데 이는 아버지가 "자신의 아내를 위해 무엇인가를 해줄 수 있기에 너무 무기력한 것"처럼 보였기 때문이다(*Optimist's* 145). 맥켈바 판사는 자신의 아내의 두려움이 무엇이고 현재 마음속에서 아내가 무엇을 느끼고 있는지 파악하고 있지 못한 것 같다. 그러므로 베키를 올바르게 위로할 수 없는 것이다.

> 그는 자신의 아내에게 일어나는 변화에 대해 충분히 격정적으로 슬퍼하지 않았다! 그는 그 변화에 똑같은 온화한 반응을 보였다―그 변화들은 난시 당분간에 불과한 것이기 때문에 그것들을 받아들이고, 심지어는 그것들을 사랑하고, 그것들의 터무니없음에 때로 웃어버리기까지 하는 것 같았다.

> He was not passionately enough grieved at the changes in her! He seemed to give the changes his same, kind recognition―to accept them because they had to be only of the time being, even to love them, even to laugh sometimes at their absurdity. (*Optimist's* 145)

베키는 맥켈바 판사의 무기력한 태도를 참을 수 없고 자신이 겪는 고통에 대해 매우 민감하고 절망적으로 반응을 한다. 판사는 괴롭고 힘든 비극적 현실을 받아들일 준비가 되어 있지 않아 사태를 낙관적으로만 받아들이려고 한 것이다. 베키는 남편이 무조건적으로 낙관주의자인 것이 못마땅할 뿐만 아니라 혐오스럽기까지 한 것으로 보인다. 왜냐하면 베키는 "강렬한 현실감을 소유한 사람이었고 그래서 거짓 약속으로 인해 기운을 내는 것을 거부"했기 때문이다(Stuckey 40). 남편의 이렇게 현실회피적인 성향은 베키를 더 고통으로 몰아넣었고 베키의 원성을 자아내었던 것으로 보인다. 자신의 아내가 상당히 절망적인데도 그 사실을 받아들이지 않고 현실에 제대로 맞서지 않아 베키를 더욱 절망적으로 몰아넣고 화나게 만드는 결과를 낳는다.

결국 베키는 "한 마디 말도 하지 않고 모든 것을 자신 안에 간직하고 방랑과 굴욕의 상태로 죽었다"(*Optimist's* 151). 일방적으로 마음을 닫아버린 베키는 살아남은 가족들과 화해를 하지 않고 원망을 가슴에 품은 채 세상을 떠난 것이다. 이러한 원망의 화살은 딸인 로렐에게도 단단히 꽂힌다. 베키는 자신이 딸을 아직 알아볼 수 있을 때 로렐의 마음에 깊은 상처가 될 수 있는 말을 한다. "넌 네 엄마를 살릴 수도 있었잖아. 그러나 넌 방관적으로 서 있기만 하고 개입하려 들지 않았어. 난 너 때문에 절망한다"(*Optimist's* 151). 베키는 로렐에게 트라우마가 될 수도 있는 이러한 독설을 죽기 전에 쏟아놓고 가버렸고 남겨진 로렐은 이 숙제를 풀어야 할 주인공이다. 어머니를 이해할 수 있어야 어머니의 말을 이해할 수 있고, 어머니의 말을 이해할 수 있어야 자신이 받은 상처를 치유할 수 있게 된다.

아버지의 죽음 이후 집안 정리를 하면서 로렐은 죽은 어머니와 대면하는 시간을 갖는다. 어머니가 모아둔 편지를 꺼내보면서 어머니가 살아있었을 때 어머니의 입장에 서 보게 되는 것이다. 로렐이 어렸을 적에 어머니 생전에 어머니의 고향인 웨스트버지니아West Virginia인 "위쪽 고향"up home에 자주 갔는데 거기서 외할머니의 비둘기들이 서로의 모이 주머니에 있는 삼킨 음식을 꺼내 나눠먹는 모습을 보고 충격을 받은 일이 있다. "처음에는 그녀는 그들이 그것을 다시는 하지 않았으면 했다. 그러나 그들은 다음 날에도 했고, 다른 비둘기들도 그들을 따라서 했다. 그들은 서로를 벗어날 수도 없고 서로에게서 달아날 수도 없다고 그녀가 믿게 만들었다"(Optimist's 140). 우리처럼 비둘기들도 배가 고파서 그럴 뿐이라는 외할머니의 말에 로렐은 비둘기들이 두려워졌다. 이는 사람과의 관계에 대해 서툰 로렐이 서로에게 기대고 서로에게서 벗어날 수 없는 상호의존적인 모습을 제대로 받아들이거나 이해할 수 없었기 때문인 것으로 보인다.

이 점은 웰티가 고백하는 작가 자신의 모습과도 일맥상통한다. 웰티는 "나는 항상 육체적으로 숫기가 많았다. 이것은 부분적으로는 내가 관계를 포함해서 어떤 일에 무작정 뛰어들게 하는 것을 막게 하는 경향이 있도록 했다"고 고백한다(One Writer's 24). 웰티의 이러한 성향은 로렐에게서 그대로 보인다. "나는 항상 누군가가 내 몸에 손을 대는 것에 대해 두려워했어"(Optimist's 168). 누군가와 관계를 무작정 또는 무모하게 바로 시작하는 것을 두려워하고 지나치게 밀접한 관계에 대해서도 부담을 갖게 되는 것이다. 이는 로렐이 외할머니의 비둘기들이 서로 지나치게 기대고 밀접한 것을 두려워하는 것에서도 드러난다. 그러나 로렐은 비둘기의 상호의존적인 관계는 인간관계에서 필요한 것으로 그것이 우리들이 처한 현실이라는 것을 깨닫게 된다. "부모와 자식들은 돌아가면서 자리를 바꾸고, 서로를 보호하고 서로를 항변해준다"(Optimist's 141). 특히 가까운 부모 자식 간의 관계를 비둘기들의 친밀성을 통해 로렐이 마주하게 되는 것이다.

베키가 살아생전에 자신의 부모와 매우 친밀했지만 부모님의 임종을 맞지도 못해 부모님을 지켜주지 못했다는 죄책감에 시달린 것으로 보인다. 로렐은 할머니의 편지를 보고 할머니와 어머니 사이의 모녀의 정을 통감하며 그 둘의 관계를 기억한다. "감정의 홍수가 로렐에게 몰려왔다. . . . 사랑과 죽은 이들을 위해 슬픔으로 울었다"(Optimist's 154). 앞서 자신의 감정 표현에 경직 되어 있었던 로렐은 이제 충분히 자신이 느끼는 복잡한 슬픈 감정을 쏟으며 표현한다. 이는 베키가 느낄 수 있는 감정에 그대로 이입된 것이고, 베키가 치러야할 의식을 로렐이 대신 하는 것과 같은 것으로 보인다. 자신의 어머니가 해야 할 의식을 치르며 자신과 자신의 어머니와의 관계를 회복하고 회상하는 것이다. 앞서 언급한 로렐에게 분풀이하듯 쏟아내었던 베키의 독설은 사실 자신의 딸에게 한 말이라기보다, 베키가 자신의 부모를 지켜내지 못한 자기 자신을 향한 원망이었던 것을 로렐이 깨닫게 되는 것이다. 베키의 절망과 아픔, 죄책감을 이해하게 되면서 로렐은 자신이 베키에게서 받은 상처를 치유하는 것이다. 로렐은 어머니가 느낀 죄책감을 공유하면서 또 한편으로는 딸들의 인간적인 한계도 인식하게 된다. "우리들 중 누구도 우리의 아버지들을 구하지 못했다. . . . 그러나 나는 누군가로부터 어느 누군가가 결코 구원되어질 수 있다고 더 이상 믿지 않는다. 다른 사람들로부터 구해지지 않는다"(Optimist's 144). 로렐은 자신의 어머니인 베키가 그랬던 것처럼 자신의 아버지를 구하지 못했다는 죄책감에도 불구하고, 다른 한편으로는 누군가가 다른 누군가를 구원할 수 없는 것이 현실이라는 것을 깨닫게 된다.

5.
—

　로렐이 부모와의 기억을 통해 치유하고 화해하는 과정을 거친 것과 마찬가지로 자신의 남편과의 기억을 정리하는 시간을 갖는다. 로렐은 자신의 이상에 맞는 형태로 자신의 부모를 기억하려 했던 것처럼 같은 방식으로 남편을 기억하려고 했었다. 로렐은 "자신의 아버지가 어머니의 발작

적이며 분노에 차서 죽어가며 느낀 절망을 인지하려고 하지 않았던 것처럼 필이 죽어갈 때 느꼈을 절망을 상상하기를 거부한다"는 것이다(Arnold 241). 이 역시 살아남아 있는 자로서 느끼는 죄책감이 그 바탕에 있는 것으로 보인다.

> 사랑하는 사람들 보다 오래 사는 죄책감은 당연히 견뎌내야 하는 일이라고 그녀는 생각했다. 더 오래 사는 것은 우리가 그들에게 하는 그 무엇이다. 죽는 것에 대한 환상은 사는 것에 대한 환상 보다 더 이상할 수 없다. 살아남는 일은 아마도 그 중에서 가장 이상한 환상일 것이다.

> the guilt of outliving those you love is justly to be borne, she thought. Outliving is something we do to them. The fantasies of dying could be no stranger than the fantasies of living. Surviving is perhaps the strangest fantasy of them all. (*Optimist's* 162-63)

해군으로 참전한 남편을 잃고 로렐이 떠올린 것은 그들의 짧은 결혼생활 중에 "단 한 건의 큰 실수도 없었다"는 기억이었다(*Optimist's* 162). 로렐 자신의 기억 속에 온전하고 완전한 결혼 생활을 고이 남겨두는 것이다. 그리고 살아남은 자로서 죄의식을 당연하게 간직하며 비현실적인 하루하루를 견디며 살아내야 한다고 생각하는 것이다. 그러나 부모의 과거와 자신의 어린 시절의 과거를 회상하며 진실에 직면할 수 있었던 로렐은 역시 남편의 죽음으로 인해 짧게 영위했던 결혼생활에 대한 기억을 대면하고 전쟁에서 절망스럽게 죽어갔을 남편의 죽음에 대해 다시 평가하게 된다. 아름다운 장면 속에 남편을 가두는 것이 아닌 "정당한 눈물을 요구하는" 남편의 마음을 이해하며 그의 절망을 기억할 것이다(*Optimist's* 179). 로렐이 기억을 재정리하며 부모의 절망을 인지한 것과 마찬가지로 이제 남편의 죽음의 현실과 그들이 영위했던 짧았던 결혼 생활의 현실을 직시하려 한다.

로렐은 기억의 속성 그리고 기억을 통한 치유의 힘을 인지한다. "로렐을 진정 현명한 사람으로 만드는 것은 기억의 타당성에 대한 자신의 믿음으로 과거와 미래, 장소의 견인력과 시간의 힘을 융합할 수 있는 그녀의 능력"이라고 맥케산은 지적한다(274). 기억은 머무는 것이 아니다. 기억은 계속해서 생산적으로 우리의 미래에 영향력을 끼칠 수 있는 힘을 지닌 것이다. 로렐은 "기억이 봄처럼 돌아왔고" 따라서 "기억은 봄의 속성을 지니고 있다"라고 인지한 바 있다(*Optimist's* 115). 기억은 오래된 나무에서 꽃을 피우듯 새로운 깨달음을 우리에게 전해준다. 기억을 통해서 예전에 미처 깨닫지 못했던 숨은 진실을 새롭게 알 수 있기도 하고 그 과정에서 우리를 치유하는 것이다. 그러므로 기억은 과거에 단순히 머무는 것이 아니라 과거와 미래를 연결시켜주는 역할을 하는 것이다.

웰티는 "기억은 우리의 감정과 이해의 연속"이라고 언급하며 기억을 하찮게 여기는 페이를 예로 들며 기억의 중요한 역할에 대해서 설명한다 (*Conversations* 267). 페이는 기억을 간직하지 못한 사람이다. 페이에게 과거는 전혀 중요하지 않고 심지어는 그녀의 인생에 과거의 기억은 거의 존재하지 않는다. 과거를 모르는 것이 페이와 같은 부류의 사람들의 결점이라고 웰티는 지적한다.

> [만약 페이와 같은 인물들이] 기억을 간직하고 있다면 그 기억은 그들에게 현재에 대해 무엇인가를 가르쳐주었을 것이다. 그들에게는 꺼낼 거리가 아무것도 없다. 그들은 자신의 경험을 이해하지 못한다. 그들이 자신의 경험을 자신의 기억으로 쌓기 위해서는 그 경험을 이해해야만 한다. 그 경험이 어떤 것도 의미하지 않으므로 그들의 기억도 의미를 부여받지 못한 것이다.

If they had memory it would've taught them something about the present. They have nothing to draw on. They don't understand their own experience. And they would have to understand it in order to have it in their memory. Their memory hasn't received it because it hasn't meant anything. (*Conversations* 375)

과거는 과거에 머무르지 않는다. 과거에 대한 기억은 현재와 과거를 잇는 다리가 되는 것이고 더불어 미래까지 연결시킬 수 있는 동력이다. 과거를 아는 일은 현재를 아는 일이고 현재를 아는 일은 자기 자신에 대한 파악을 할 수 있고 더불어 미래를 꿈꿀 수 있는 일이 된다. 그러나 정작 미래에만 관심이 있다고 말하는 페이가 과거를 무시하고 온전하게 미래를 맞이하게 될지 의문이 드는 일이다.

페이는 현재와 미래만이 의미가 있는 사람으로 괴기는 지워버리거나 무시하려한다. 마운트 세일러스에는 로렐의 과거를 기억하는 로렐의 결혼식 들러리들이 반갑게 마중을 나와서 로렐을 폴리Polly라는 이름으로 부르기도 한다. 과거의 인물들이 현재를 지배하려는 것에 페이는 못마땅하게 느끼고 로렐의 들러리들을 무시하며 마중 나온 사실도 못마땅하게 생각한다. 과거에 로렐의 어머니인 베키의 장례식을 치렀던 장의사도 로렐을 알아보고 맥켈바 판사의 장례식에 대해 상의하려하나 페이가 현재는 자신이 안주인이라며 과거의 일들을 밀어내려 한다. 페이는 과거를 인정하거나 존중하려 하지 않는다.

또한 로렐의 남편인 필이 베키를 위해 만들어준 아름다운 빵 반죽대를 험하게 다루어 거의 못쓰게 만들어 놓았다. 로렐에게 그 빵 반죽대는 남편과 어머니가 고스란히 기억되는 "온전하고 확실한 과거의 이야기"가 담겨 있는 추억의 기념물이다(*Optimist's* 178). 그러나 과거에 의미를 두지 않는 페이는 다른 사람에게 소중할 수 있는 물건을 무용지물로 만드는

'상상력이 없는' 사람이다. 페이는 "과거는 나한테 아무것도 아니에요. 난 미래에 속한 사람입니다. 그걸 몰랐어요?"라고 로렐에게 이야기한다 (*Optimist's* 179). 페이가 과거를 부정하고 미래에만 의미를 두는 것은 문제가 있다. 물론 미래는 인간들이 살아가야 할 방향이고 꼭 필요한 시간이며 희망이므로 매우 중요하고 가치가 있다. 하지만 진정한 미래는 과거를 인정하고 과거와 현재에 바탕을 둔 미래가 되어야 한다. 이런 점에서 페이는 미래에 맹목적이게 되어 사실을 제대로 파악하거나 인식할 수 없고 자신의 결점을 드러내는 상황이 된다. 그러나 많은 비평가들이 페이에 대해 비난을 쏟아 붓지만 페이는 로렐이 방향을 잡고 미래로 나아가는데 커다란 역할을 하는 것을 간과해서는 안 된다. 페이는 자신의 의지와는 관계없이 로렐이 자신의 현주소를 깨닫게 하고 과거를 정리하는데 도움을 주게 되는 것이다. 웰티도 그런 효과를 염두에 두고 글을 쓴 것으로 보이지는 않지만 페이를 통해 로렐은 과거와 과거의 기억에 대한 소중함을 더 인지하게 되는 것이다. 나아가 과거에 함몰되어 있지 않고 과거를 발판으로 삼아 현재에 충실하고 미래도 내다 볼 수 있는 지혜를 얻게 된다.

　로렐은 과거를 되짚고 남편이 만든 빵 반죽대를 결국 마운트 세일러스 집에 두고 오는 것처럼 과거를 손에 움켜쥐어 과거의 틀에 갇혀 있지 않고, 과거가 미래를 향해 나아갈 수 있는 힘의 발판이 되게 한다. 과거를 철저히 점검하고 이해함으로써 자신의 소중한 기억이 있는 마운트 세일러스를 뒤에 남겨두고 예술가의 길을 계속 걷고자 시카고로 다시 떠날 수 있게 된다. 과거를 회상함으로써 과거에 상처 받았던 것이 치유되고 회복이 되어 과거와 화해하고 과거의 기억을 놓아 주는 것이다. 아버지의 멈춰선 시계를 다시 움직이게 하고, 시간이 정지한 상태로 머물러 있기 보다는 현재에 충실하고 자연스럽게 흘러가야한다는 것을 이해한다. 시간은 자연스럽게 흐르고 기억도 고정되어 있지 않고 흘러간다. 기억하는 일은 "건강한 개인의 생태의 일부분"이고 "현재와 과거의 균형은 개인에게 필요한 것으로" 보인다(Roth 79). 트라우마가 될 수 있는 일을 기억하는 것은 치유를 위해 필요한 과정으로 보인다.

자기 자신이 기억하고 있던 것과 다른 사실들을 인지하면서 현실에 대한 이해의 폭을 넓히고 고통스럽고 힘든 과거를 받아들이고 이해하려고 한다. 이를 위해선 자신이 변화하여 인식의 지평을 넓혀야하고 이해의 폭을 넓혀야 하는데 로렐은 기꺼이 이를 수용한다. 로렐은 "우리가 만나고 우리의 삶이 계속 되는 동안 사랑뿐만이 아니라 미움도 있다"는 것을 깨닫는다(Optimist's 177). 인생의 양면성을 깨닫고 인정하는 것이다. 새로운 현실을 지속적으로 깨닫고 사물의 이면에 대한 이해와 타인의 영향력을 인정하여 상호 의존성에 대한 깊은 이해를 보인다. 로렐이 필과 함께 목격한 오하이오Ohio강과 미시시피강의 합류는 사랑하는 두 사람의 삶을 하나로 합류시키고, 그들이 죽은 이후에도 자식과 부모 사이는 합류하게 한다는 것을 상징적으로 나타낸다. 웰티에 따르면, "모든 합류 중 가장 위대한 합류는 인간의 기억, 개인의 기억을 이루는 것이다. . . . 기억은 살아 있는 것이다. 그것은 또한 변화한다. 그러한 순간 기억되는 모든 것은 합류하고 살아있다"(One Writer's 114). 과거와 현재, 산자와 죽은 자가 기억 속에서 합류를 이루어 흘러간다. 기억하면서 우리는 우리가 놓쳤던 새로운 것을 끊임없이 발견한다. "기억은 처음에 소유된 바대로가 아니라, 자유로운 손안에, 용서되고 자유로운 상태로, 비어있으나 다시 채울 수 있는 마음 안에, 꿈으로 다시 복원될 수 있는 형태로 산다"(Optimist's 179). 기억은 시종일관 그대로 항상 변함없이 존재하는 것이 아니다. "종종 기억은 상처를 입을 수 있다—그러나 거기에 그것의 최후의 자비가 있을 수 있다. 기억이 살아있는 순간에 취약한 한 그것은 우리를 위해 산다. 그리고 그것이 살아있는 동안 그리고 우리가 할 수 있는 동안 우리는 그것에 당연한 권리를 부여할 수 있다"(Optimist's 179).

기억이 긍정적으로 작동한다면 생명을 자유롭게 이어가고 꿈을 꾸고 복원되어 삶을 치유할 수 있는 기제로 작용한다. 이 작품을 분석하는 내 내 사람의 기억은 완전한가라는 질문이 떠올랐다. 기억은 상황에 따라 언제든지 어느 형태로든지 왜곡되고 변형되는 불완전성과 한계성을 내포한다. 로렐은 행복하고 완벽했다고 생각한 부모님의 결혼 생활과 자신의 짧은 결혼 생활에 대한 기억을 다시 회상해보면서 기억의 불완전성을 이해하고 과거와 화해하는 과정의 내러티브를 구축해나간다. 과거의 상처를 회상하면서 깊은 무의식 속에 있던 기억을 밖으로 드러내기 시작하면서 치유가 동시에 시작된다고 볼 수 있다. 무의식 속에 깊이 자리 잡고 있었던 아픈 기억을 보듬고 있는 그대로를 인정하면서 상처는 흉터가 되어 단단하게 새살이 돋을 수 있는 자리를 마련하는 것이다.

수많은 사람들이 가족을 잃은 아픔으로 고통을 받고 전 국민이 우울증과 슬픔에 빠져있는 작금에 가족의 의의와 소중함을 다시 한 번 더 생각해보고 살아남은 자로서 현재를 살아내어야 하는 자세를 마음 깊이 숙고하게 된다.

---

* 이 글은 저자의 논문 「유도라 웰티의 『낙관주의자의 딸』: 기억과 회상을 통한 치유의 내러티브」(『영어영문학 21』 27.2 (2014): 148-72)의 내용을 본 저서의 기획 취지에 맞도록 일부 수정·확대한 글임.

참고문헌

Arnold, Marilyn. "Images of Memory in Eudora Welty's *The Optimist's Daughter*." *The Southern Literary Journal* 14 (1982): 28-38.

Fuller, Danielle. "Making a Scene: Some Thoughts on Female Sexuality and Marriage in Eudora Welty's *Delta Wedding and The Optimist's Daughter*." *Mississippi Quarterly* 48 (1995): 291-318.

Inge, Thomas M. *Faulkner, Sut, and Other Southerners*. West Corawall: Locust Hill, 1992.

Kerr, Elizabeth M. "The World of Eudora Welty's Women." *Eudora Welty: Essays*. Ed. Peggy Whitman Preshaw. Jackson: UP of Mississippi, 1979. 132-48.

Kreyling, Michael. *Understanding Eudora Welty*. Columbia: U of South Carolina P, 1999.

MacKethan, Lucinda H. "To see Things in Their Time: The Act of Focus in Eudora Welty's Fiction." *American Literature* 50 (1978): 258-75.

Marrs, Suzanne. *Eudora Welty: A Biography*. Orlando: Harcourt, 2005.

Mortimer, Gail L. "Image and Myth in Eudora Welty's *The Optimist's Daughter*." *American Literature* 62 (1990): 617-33.

Prenshaw, Peggy Whitman, ed. *Conversations with Eudora Welty*. New York: Washington Square, 1985.

Roth, Michael S. *Memory, Trauma, and History: Essays on Living with the Past*. New York: Columbia UP, 2012.

Rubin, Louis D., Jr. *The Mockingbird in the Gum Tree*. Baton Rouge: Louisiana State UP, 1991.

Schmidt, Peter. *The Heart of the Story*. Jackson: UP of Mississippi, 1991.

Stuckey, William J. "The Use of Marriage in Welty's *The Optimist's Daughter*." *Critique* 17 (1975): 36-46.

Traber, Daniel S. "(Silenced) Transgression in Eudora Welty's *The Optimist's Daughter*." *Critique* 48 (2007): 184-96.

Welty, Eudora. *The Eye of the Story*. New York: Vintage, 1978.

_____. *One Writer's Beginning.* New York: Warner Books, 1983.

_____. *The Optimist's Daughter.* New York: Vintage, 1972.

Westling, Louise. *Eudora Welty.* Totowa: Barnes & Noble, 1989.

Wolff, Sally. "Some Talk about Autobiography: An Interview with Eudora Welty." *Southern Review* 26 (1990): 81-88.

자연에 말 걸기:
「두 개의 심장을 가진 큰 강」에 나타난 생태학적 치유

박경서

1.

환경주의와 생태주의를 사회적 문제로 대두시킨 계기는 미국의 해양 생물학자인 레이첼 카슨Rachel Carson이 1962년에 출간한 『침묵의 봄』Silent Spring이라 할 수 있다. "지구생명의 역사는 생명체와 그 환경의 상호작용 의 역사이다. . . . 인간의 충동적이고 부주의한 활동에 의해 자연의 신중 한 속도와는 비교조차 할 수 없는 빠른 속도로 새로운 변화가 초래된다"(5-7)고 역설한 이 책은 전 세계 대중에게 환경의식을 고취시켜 생태학적 문제를 새롭게 인식하도록 만드는데 결정적인 기여를 하였다. 그리고 1970년대에 접어들면서부터 생태의식이 확산되어 환경운동이 활발하게 일어나기에 이르렀고, 문학에서도 생태문제를 다루기 시작했다. '문학생태학'이라는 용어는 미국의 문학 이론가 조셉 미커Joseph Meeker가 1974년에 출간한 『생존의 희극: 문학 생태학 연구』The Comedy of Survival: Studies in Literary Ecology에서 처음 사용하였다. 그는 이 책에서 "문학은 진화와 자연도태의 냉혹한 관점에서 인간의 파멸보다 인간의 생존에 이바지하는가?"(4)라고 물으면서 문학이 생태 위기의 극복에 중요한 역할을 할 수 있다고 말하고 있다.

이렇듯 문학생태학은 문학이 생태위기의 문제를 제기하고 극복하는데 중요한 참여적 기능을 해야 한다는 것에서부터 시작되었다. 문학생태학은 생태주의에 근거한 사고와 생활양식으로의 전환이 이루어지지 않는다면 종국에는 파국을 면치 못한다고 경고한다. 서구 근대주의의 핵심인 인간중심주의와 17세기 이후의 기계적 세계관이 자연파괴의 주된 원인이었고, 제국주의 이데올로기에 근거한 침략의 산물인 식민지가 있었기 때문에 물질적 진보가 가능했고, 그에 따른 환경파괴는 당연한 결과였다. 그리하여 자연은 인간의 삶을 위한 도구적 이성의 대상, 언제든 기술적으로 조작하고 이용할 수 있는 대상이 되어버렸다(신덕룡 36). 인간중심적인 세계관이 결국 인간과 자연 사이의 유기적 관계를 파괴시킬 수 있다는 것이다. 이런 위기를 인식한 생태지향주의자들은 "인간 역시 자연의 단순한 한 구성인자에 지나지 않는다는 '생물 중심적' 원리에서 출발해"(박호성 242) "인간은 자연에 있어서 필수적인 존재가 아니지만 자연은 인간에게 필수적인 존재라는 것"(신덕룡 43)이라는 사실을 깨닫는다. 그들은 인간중심주의에서 생물중심주의로 옮겨 인간은 생물학적 법칙을 따름으로써 자연생태계와 조화를 이루어야한다고 주장한다. 본 연구는 이러한 생물중심주의 생태학을 적극 수용해 어니스트 헤밍웨이Ernest Hemingway의 「두 개의 심장을 가진 큰 강」"Big Two-Hearted River"에 나타난 헤밍웨이의 생태학적 사유를 검토한다.

「두 개의 심장을 가진 큰 강」은 헤밍웨이가 쓴 단편집인 『우리 시대에』In Our Time에 수록된 단편들 중 마지막 작품으로 첫 번째에 등장하는 「인디언 캠프」"Indian Camp"와 더불어 걸작으로 평가되는 작품이다. 『우리 시대에』는 헤밍웨이가 틈틈이 써두었던 스케치들을 모아 1924년 파리에서 소형판으로 첫 출간한 후, 1923년 출간한 그의 첫 작품인 『3편의 단편과 10편의 시』Three Stories and Ten Poems에 들어 있는 3편의 단편을 포함해 15편의 단편들을 묶어 1925년 미국에서 발간한 단편집이다. 이 단편집은 대중적 성공을 크게 거두지는 못했지만 클린튼 버한즈 2세Clinton S. Burhans Jr.가 "이후 나머지 작품들의 사상과 예술에 대한 최상의 안내서"(15)라고 평가를 내리고 있듯이 이 단편집은 헤밍웨이 문학의 진원지로 평생에 걸쳐 천착한 그의 주제와 문체의 핵심을 포함하고 있다. 아서 보스Arthur Voss같은 비평가 역시 헤밍웨이의 단편소설을 평가하는 데 있어 현대 단편소설의 형식과 인물형성에 있어서 없어서는 안 될 중요한 작가로서 안톤 체홉Anton Chekhov, 제임스 조이스James Joyce 그리고 캐서린 맨스필드 Katherine Mansfield에 견줄 만한 작가로 자리매김하고 있다(220).

『우리 시대에』에 대한 평가는 이 단편집에 수록되어 있는 총 15편 중에서 8편에 등장하는 주인공 닉 애덤즈Nick Adams와 관련해서 이루어진다. 대표적인 헤밍웨이 연구자인 필립 영Philip Young이 "『우리 시대에』에 나오는 이야기들은 대체로 폭력과 악을 다루고 있고 그 이야기들이 다루는 삶에는 결코 평화가 없다"(30)고 지적하고도 있지만 이 작품이 말하는 '우리 시대에'란 제1차 세계대전이 끝난 뒤 소위 불안과 불합리가 공존하는 시대이다. 이렇듯 이 단편집은 제1차 세계대전 전후의 인물들이 외부사회와의 접촉에서 정신적 방황을 겪으며 가치관의 혼란에 직면해 불안과 허무의 삶을 살아가는 시대상황을 보여준다. 소위 '잃어버린 세대'Lost Generation의 대변자겪인 헤밍웨이가 제1차 세계대전에서 겪은 전쟁의 비극적 참상을 그의 초기 작품에 반영되어 있는 것은 당연한 귀결일 것이다. 이 작품의 제목처럼 '우리 시대'에는 어떠한 평화도 없으며 허무주의만 있을 뿐이다. 그런데 역설적으로 말하면 헤밍웨이의 허무주의는 오히려 전쟁과 폭력과 같은 온갖 사회악으로 가득 찬 '우리 시대에' 평화를 갈구하는 작가의 간절한 희망의 표현이라고 말할 수 있겠다. 영 또한『우리 시대에』란 제목에 대해 "영국국교회 기도서의 '오! 주여 우리 시대에 평화를 주소서'Give peace in our time, O Lord란 글귀를 냉소적으로 비꼰 것이 거의 확실하다"(30)고 말하고 있다. 이렇듯 헤밍웨이를 비롯한 1920년대 작가들과 자유주의자들은 삶의 힘겨움을 공유해 '전쟁'이 던져놓은 정신적이고 육체적인 상처를 극복해나갈 시대적 소명을 짊어져야 했다.『우리 시대에』역시 제1차 세계대전 후의 혼란과 그것을 극복하려는 미국인들의 힘겨운 노력을 그리고 있다고 볼 수 있다.

영에 따르면 전쟁의 참상과 상흔은 헤밍웨이에게 육체적으로뿐만 아니라 정신적으로도 치유할 수 없는 깊은 자국을 남긴 것(8)이고, 조셉 드 팔코Joseph Defalco는 닉이 인간 전체를 대변하는 인물이라고 주장하면서 닉 애덤즈에서 애덤즈는 닉이 제2의 아담Adam임을 뜻하고 닉이라는 이름은 서양에서 지칭해온 올드 닉Old Nick, 즉 사탄Satan을 지칭한다고 말하고 있다(26). 그리고 칼로스 베이커Carlos Baker는 닉을 1920년대 미국 남서부에 살고 있는 중산층의 전형적인 인물로 평가한다(117). 하지만 닉은 헤밍웨이 자신의 분신이라고 해도 무방할 듯하다. 헤밍웨이가 월룬 레이크 Walloon Lake에서 보낸 소년시절과 청소년기, 그리고 제1차 세계대전 이후의 성년기의 삶의 궤적이 이 작품에 연대기적으로 그려져 있는 닉의 삶과 일치하기 때문이다. 이를테면 「인디언 캠프」는 헤밍웨이의 어린 시절 월룬 레이크에서의 생활을 바탕으로 쓰인 이야기이고, 헤밍웨이 자신의 부모를 모델로 삼아 쓴 「의사와 그의 아내」"The Doctor and the Doctor's Wife"에서 닉은 어머니가 지배하는 어둠의 세계를 거부한다. 「어떤 일의 끝」"The End of Something"은 사춘기에 접어든 닉의 사랑이야기를 다루고 있으며, 닉이 「인디언 캠프」에서 죽음을 통해 '외적 현실'을 깨달았다면, 「두 개의 심장을 가진 큰 강」을 통해 사랑도 고통이 뒤따른다는 '내적 현실'을 깨닫게 된다. 「사흘 동안의 폭풍」"The Three-Day Blow"은 「어떤 일의 끝」의 속편으로 닉이 마조리와 결별하는 것이 내용이다. 「권투 선수」"The Battler"는 닉이 마조리와 헤어진 후 처음 떠난 여행길에서 외부세계에 존재하는 폭력과 악을 경험한다는 내용이다. 「끝없는 눈」"Cross-Country Snow"에서는 정신적으로 성숙한 성년기에 접어든 닉의 정신적 충격으로부터의 회복과정이 그려져 있고 「매우 짧은 이야기」"A Very Short Story"는 닉의 짧은 사랑의 종말을 묘사하고 있다.

『우리 시대에』에 수록되어 있는 닉에 관한 단편 중 대표적인 2편을 들자면 첫 번째 단편인 「인디언 캠프」와 마지막에 수록되어 있는 「두 개의 심장을 가진 큰 강」이다. 「인디언 캠프」는 아직은 성인의 세계와 사회악에 눈을 뜨지 못한 어린 닉에 관한 이야기이고 「두 개의 심장을 가진 큰 강」은 「인디언 캠프」에서의 입문과정을 거쳐 서구문화의 정신적 마비를 인식한 청년 닉에 대한 이야기이다. 영이 「인디언 캠프」를 일컬어 "헤밍웨이 문학으로 들어가는 문"(31)이라고 지적한바 있고, 밀드레드 실버

Mildered Silver 역시 『우리 시대에』의 "많은 이야기들이 순수상태로부터 다양한 고통과 폭력을 최초로 경험해가는 입문initiation에 관한 것이다"(316)고 밝히고 있다. 입문이란 무지의 단계에서 새로운 깨달음의 단계로 진입하여 교양인으로 변모하는 과정이라 할 수 있다. 로버트 깁Robert Gibb은 「두 개의 심장을 가진 큰 강」은 "육체적이고 정신적 부상으로부터의 심리적 치유"를 묘사하고 있다고 지적(254)하는가 하면, 셰리던 베이커Sheridan Baker도 닉이 낚시를 하는 강은 닉의 상처를 치료해주는 강으로 평가를 내린다(157). 그리고 테리 엔젤Terry Engel도 이 단편을 자연이 주는 "개인적 평화에 대한 희망"으로 지적한다(18). 이렇듯 『우리 시대에』에 실린 두 단편에 대한 여러 비평가들의 견해를 종합해 보면 「인디언 캠프」가 소년 닉의 성인 세계에로의 입문과정의 첫 단계에서 그의 심리적 불안을 보여주었다면, 「두 개의 심장을 가진 큰 강」은 제1차 세계대전이 가져다 준 심각한 심리적 트라우마에 빠져 정신적으로 피폐해진 성인 닉의 정신적 고통과 불안을 치유하는 과정을 묘사한다고 볼 수 있다.

본 연구 역시 이들 평자들의 의견을 따르고, 특히 「두 개의 심장을 가진 큰 강」에 관한 깁, S. 베이커, 엔젤 등의 주장을 적극 수용한다. 그런데 본 연구가 주목하는 것은 「두 개의 심장을 가진 큰 강」에서 전쟁이 가져다 준 트라우마를 극복하고 다시 일어서야 한다는 닉의 정신적 의지를 다루고 있다는 사실은 인정하지만 닉의 정신적 치유과정이 이 작품에서 과연 어떤 모습으로 재현되고 있는가 하는 점이다. 이 사실을 밝히기 위해 본 연구는 이 단편에 등장하는 불타버린 세니Seney 마을, 메뚜기, 송어, 소나무 숲, 강 등 성인이 된 닉이 강으로 떠나는 낚시여행 중 접하게 되는 여러 가지 자연물에 집중한다. 특히 강은 어린 닉이 마음껏 뛰놀며 낚시질했던 바로 그 마음의 안식처이다. 본 연구는 닉이 이 작품 전체를 관통하는 이런 자연물에 말 걸기를 하고 교감함으로써 자연의 질서 속에서 전쟁으로 인한 정신적 외상을 치료하는 생태학적 치유과정을 다룬다. 닉의 상처를 치유하는데 있어 중요한 메타포로 작용하고 있는 '생략된 부분'인 자연물들이 상징하고 있는 것이 무엇인지 드러낼 것이고 그 자연물들을 통해 닉이 어떻게 정신적 외상을 회복하는지 밝히고자 한다.

2.
—

「두 개의 심장을 가진 큰 강」은 헤밍웨이가 제1차 세계대전시 이탈리아전선에서 큰 부상을 입은 뒤 1919년 제대해 그해 5월에 미시간 북부의 자연 속에서 보낸 경험을 토대로 쓴 작품이다. 이 단편은 그곳에 실제로 존재하는 '두 개의 심장을 가진 강'Two Hearted River, '두 개의 심장을 가진 작은 강'Little Two Hearted River, 폭스강Fox River, 세니 마을 등 미시간 북부의 자연환경을 배경으로 삼고 있다(소수만 111). 「두 개의 심장을 가진 큰 강」은 플롯도 없고 줄거리도 없을 정도로 간단하다. 겉으로 보기에 아무런 성과도 결과도 없을뿐더러 닉에 관한 상세한 인물묘사도 없다. 그저 주인공 닉이 기차를 타고 가다가 미시간 북부 상부반도에 있는 세니 마을 근처에 내려 무서운 배낭을 메고 물에 탄 마을을 지나 언덕길을 걷다가 소나무 숲에서 기분 좋게 낮잠을 자고, 숲에서 천막을 치고 홀로 하룻밤 캠핑을 하면서 '두 개의 심장을 가진 강'에서 송어낚시를 하는 게 고작이다.

그러나 이 단편은 결코 단순한 낭만적인 낚시 여행에 관한 책이 아니다. 헤밍웨이의 독특한 문체를 이해한다면, 빙산이론, 은유, 상징, 하드보일드 문체 등 헤밍웨이 특유의 이야기 스타일로 팽팽한 긴장이 이야기 속에 들어있다는 것을 알 수 있다. 그리고 닉의 이미지도 분명하다. 그는 황폐화된 들판과 강의 늪지에서 말로 형언하기 어려울 만큼의 큰 두려움증에 시달리고 있으며, 혼자만의 캠핑과 지루한 낚시 여행으로 정신을 통어함으로써 그것을 극복하고자 하기 때문이다(신정현 206). 닉은 감정의 흥분성 장애인 다행증euphoria 환자에 불과할 수 있다는 C. 베이커의 지적(125)도 일견 타당해 보일 수 있지만, 사실 그는 헤밍웨이의 경우처럼 제1차 세계대전에서 심각한 정신적 외상 트라우마를 경험한 인물이다. 다시 말해 그는 전쟁에서 돌아 온 군인이 전쟁 후의 삶에 적응하지 못하는 외상 후 스트레스 장애Post Traumatic Disorder를 앓고 있다. 1차 세계대전에 의한 정신적 부상과 환멸에 빠진 닉은 고향으로 돌아와 캠핑 여행을 하기 위해 북 미시건 숲속으로 향한다. 캠핑할 적절한 장소를 물색해 텐트를 치고 음식을 만들고 낚시 준비를 하는 그의 행위가 분명 예사롭지 않다. 그는 그것이 평화를 회복해 주고 정신적 외상을 입은 영혼에 균형감을 줄 것이라고 기대하고 있는 것이다. 헨리 소로우Henry D. Thoreau가 『월든』 Walden에서 "나는 인생을 의도적으로 살아보기 위해서 숲속으로 들어갔다. 다시 말해 나의 의도는 인생의 본질적인 사실들만을 직면해보려는 것이었으며, 삶이 가르치는 것을 배울 수 있는지 알아보고자 했다"(129)고 말했다시피 1845년 그가 월든 호숫가에서 소박하고 고독한 삶을 살면서 삶의 본질을 추구하려 했던 것처럼 닉 또한 강으로 홀로 낚시여행을 떠나 자연에 말 걸기를 함으로써 자신의 생태학적 치유를 시도한 것이다.

「두 개의 심장을 가진 큰 강」의 청년 닉을 살펴보기 위해서는 우선 소년 닉에 대해 알아볼 필요가 있다. 「인디언 캠프」에서 소년 닉은 이미 삶과 죽음이라는 문제를 경험한바 있다. 그는 아버지를 따라 인디언 마을에 갔다가 그곳에서 탄생과 죽음의 문제를 처음으로 인식하게 된다. 그는 이런 혼란스런 경험을 겁내거나 혐오하기는커녕 오히려 아버지에게 죽음에 대해 묻는 등 인간 존재에 대한 근원과 세상의 부조리에 눈을 뜨게 된다. 인디언 마을로 떠날 때 닉은 아버지 팔에 안겨 있었지만 돌아올 때는 아버지가 노를 젓는 배의 뒤쪽에 앉아 자연의 충만한 생명감을 느낀다.

> 그들은 보트에 앉아있었다. 닉은 뒤쪽에 앉아있었고, 아버지는 노를 젓고 있었다. 해가 언덕 위로 솟아오르고 있었다. 농어 한 마리가 물위에 원을 그리며 뛰어올랐다. 닉은 물속에 손을 담가 끌어보았다. 아침의 싸늘한 냉기 속에서도 물은 따뜻하게 느껴졌다.[1]

닉은 보트 안에서 자연이 주는 충만감 속에서 "자신은 결코 죽지 않을 것이라고 다짐"(33)하는데 이는 "닉이 삶과 죽음에 대한 자연의 이치를 깨닫게"Williams 33 되어 죽음의 공포와 불안에서 벗어나려는 강한 의지로 해석된다. 이렇게 「인디언 캠프」가 자연의 질서 속에서 닉의 정신적 성숙 발전단계를 보여주었다면 「두 개의 심장을 가진 큰 강」은 닉의 정신적 두려움과 불안을 자연의 질서 속에서 치유해 나가는 모습을 보여준다. 닉은 전쟁 증후군 환자가 되어 정신적 외상을 치유하기 위해 어린 시절 뛰놀았던 북미시건의 숲과 강으로 다시 향한다. 이 단편에 전쟁에 대한 직접적인 언급은 없지만 전쟁에서 돌아온 닉과 자연과의 관계가 『이동 축제일』 A Moveable Feast 에 암시되어 있다.

> 난 글쓰기를 멈추고 물속의 송어를 보고 통나무다리에 물이 부딪히며 수면에 매끄럽게 퍼지는 물결을 볼 수 있는 그 강을 떠나고 싶지 않았다. 이것은 전쟁에서 돌아온 것에 대한 이야기지만 전쟁에 대한 언급은 없다. 그러

나 아침마다 강은 어김없이 그곳에 있을 것이고 나는 그 고장과 그곳에서 일어났던 일들을 잘 그려야 했다. (76)

두 개의 심장을 가진 큰 강의 세계는 닉의 감정을 드러나지 않는 눈을 통해 제시된다. 헤밍웨이가 『오후의 죽음』*Death in the Afternoon*에서 "빙산이 위엄 있게 움직일 수 있는 것은 그것의 8분의 1만이 물 위에 떠 있기 때문이다"(192)라고 말하고 있듯이, 생략이론이라고도 일컫는 빙산 이론은 잘 알려져 있는 그의 특유의 문학 기법이다. 작가는 닉의 외부 행동이나 심리에 대해 이렇다 할 정보를 주지 않는다. 배경이나 심리는 수면 밑에 잠겨 있는 빙산처럼 작품에 암시되어 있을 뿐이다. 이 단편의 표층 구조는 닉이 혼자서 배낭을 메고 불에 탄 황무지 세니 마을을 지나 숲속에서 텐트를 치고, 강에서 낚시하는 이야기지만 그 과정을 미시적으로 자세히 들여다보면 이러한 과정을 통해 닉의 심리가 빙산처럼 수면 아래에 잠겨 있다는 것을 알 수 있다. 닉의 감정에 대한 반응과 억제에서 짐작할 있듯이 우리는 닉이 사회와 자신의 복잡한 인생 문제로부터 어떻게 도피해 자연 속에서 새로운 삶을 추구하려 하는지 인식할 수 있다.

앞서 언급했듯이 닉은 자연과의 합일, 다시 말해 자연과 말 걸기를 통해 자신의 정신적 외상을 치유하려고 노력하는 인물이다. 환경교육자 마이클 코헨Michael J. Cohen에 따르면 인간은 생물학적으로 자연적 끌림을 느끼도록 되어 있다는 것이다.

우리는 생물학적으로 자연적 끌림을 느끼도록 되어 있다. 자연에서 가장 끌리는 경험은 온도, 색깔, 촉감과 같이 분명하고도 다양한 감각들로 구성된다. 수렵사회와 군집사회에서 우리는 사람과 환경에 저절로 끌리는 자연스런 감각을 따르는 것이 균형 있는 생존의 열쇠라는 것을 알았다. (코헨 20)

코헨의 주장은 지구의 생명 공동체를 감각하면 우리 안의 생명 공동체적 흐름을 키우고 균형을 잡아주며, 그 공동체의 일부로 이끌어준다는 것이다. 그리고 자연은 우리의 타고난 자연적 지성을 성장시키고 기쁨을 제공하며, 개인이나 집단의 문제들을 원상태로 회복시킬 수 있다는 것이며, 이렇게 하는 것이 합리적이라는 것을 알고 그것을 배워야 한다는 것이다. 자연이 주는 보상 혹은 치유는 「두 개의 심장을 가진 큰 강」에서 닉을 통해 증명된다. 앨버트 허버드Elbert Green Hubbard가 "우리에게 가장 알려지지 않은 자연적 지성이 우리를 사랑했기에 우리가 존재한다"(코헨 67 재인용)는 사실을 인식해 볼 때 닉이 무념무상의 상태로 자연 속에 몸을 맡겨 자연에 동화되는 행위야 말로 코헨 이론의 실천이 되는 셈이다. 닉은 기차에서 내리는 순간부터 자신에게 따라다니는 모든 삶의 현실적 문제를 떨쳐버리고 자연 속에 동화된다. "그는 생각할 필요성, 글을 쓸 필요성, 그 밖의 다른 필요성, 이 모든 것을 뒤에 남겨두고 온 것 같은 느낌이 들었다. 이 모든 것이 그의 뒤에 남겨져 있었다"(189).

닉은 전쟁의 경험이 주는 공포를 떨쳐버리고 건강한 정신적 삶을 회복하기 위한 방법을 찾고 있다. 그렇게 하기 위해 그는 인간 삶으로부터 스스로 고립해 자신의 온전한 정신 상태와 인간성을 회복해야 한다는 것을 깨달았다. 그리하여 그의 이틀간의 '의도된 삶'은 자연이 주는 치유력을 통해 자신의 전쟁증후군이라는 정신적 외상을 회복하려는 것이 목적인 것이다. 그런데 닉이 강에서 낚시를 하는 이틀간의 여정에서 닉의 치유적 행동에 작용하는 중요한 자연물들이 존재한다. 이런 자연물들은 닉의 치유 과정에 겉으로 드러나진 않지만 주인공의 심리상태와 상응하거나 그것을 반영하는 효과적인 상징체계로 작용한다.

닉이 기차에서 내린 후 첫 감정적 반응을 보인 자연물은 송어이다. 이야기는 닉이 강 위의 다리에서 물속의 송어를 유심히 지켜보는 것으로 시작된다. 강물과 송어는 둘 다 살아 있는 존재로서 닉의 치유에 있어 중요한 메타포로 작용한다. 그는 "세차게 흐르는 물결 때문에 자갈과 모래가 뒤얽힌 안개 같이 뿌연 자갈바닥에 착 달라붙어 있는 송어 떼를 보았다"(188). 그가 물속에서 이리저리 움직이는 송어 떼를 바라볼 때, 그의 "마음은 송어가 움직이는데 맞추어 긴장했다"(188). 그의 가슴은 긴장되고 오랫동안 느끼지 못했던 의기고양을 느낀다. 그의 감정이 마을의 황폐한 죽음보다 물고기의 삶에 의해 더 많이 움직이고 있다는 증거이다. 빠른 물살 속에서 떠내려가지 않으려고 꼼짝 않고 균형을 유지하고 있는 송어의 모습은 닉 자신의 불안한 심리 상태를 고스란히 드러내고 있다. 송어 떼가 바닥에 착 달라붙어 숨듯이 닉의 모습도 숨어 있을 어딘가를 찾기 위해 길을 떠나온 불안한 심리상태의 투사이다. 영은 닉이 목격한 첫 번째 송어 떼와 연관 지어 다음과 같이 설명한다.

> 닉은 물의 세찬 흐름에 당당히 버티고 있는 한 마리의 송어처럼 자신의 일을 해나간다. 물속은 환히 보이지만 송어는 약간 굴절되어 보인다. 물속의 그늘진 곳이 큰 물고들을 숨겨 주듯이 닉의 내면에도 몇 개의 웅덩이가 존재한다. 분명히 닉은 무엇인가로부터 도피한 것이다. (44)

이 장면에서 또 다른 중요한 상징으로 이용되고 있는 것은 물총새다. 그 새가 물고기를 잡으러 수면으로 돌진하는 장면은 닉이 고독한 캠핑여행에서 찾고 있는 건강한 정신 상태에 대한 훌륭한 메타포로 작용한다. 『젊은 예술가의 초상』*A Portrait of the Artist as a Young Man*의 주인공 스티븐 디댈러스 Stephen Dedalus가 대학도서관 난간에서 하늘 높이 날아가는 제비를 보고 에피퍼니epiphany를 경험한 것처럼(225-26), 창공을 향해 질주하는 새는 속세의 고생을 뛰어넘어 정신적 고양을 향하는 능력에 대한 전통적 상징이다. 수면으로 질주해 먹잇감을 포획해 뱃속에 집어삼켜 소화해내는 새의 능력은 닉이 자신의 불유쾌한 기억을 지워버리기 위해 등장한 메타포이다. 닉 또한 물총새처럼 두려움 없이 자신의 무의식 속으로 들어갈 수 있는 것이다.

닉이 만난 세 번째 자연물은 세니 마을이다. 그가 폐허지역인 세니 마을을 여행할 때 닉의 첫 치유적 회복이 시작된다.

> 마을은 온데간데없고 보이는 것이라곤 철로와 불에 타버린 황량한 모습밖에 없었다. 세니 거리에 줄지어 있던 13개의 술집도 흔적조차 없이 사라져 버렸다. 맨션 하우스 호텔의 초석들만이 땅바닥 위로 휑뎅그렁하게 드러나 있었다. 돌은 불에 타 쪼개지고 갈라져 있었다. 이것이 세니 마을에 남아있는 것의 전부였다. (187)

여기서 세니는 『구약성서』에 나오는 악덕과 퇴폐의 도시인 소돔과 고모라Sodom & Gomorrah처럼 폐허가 된 황무지이다. 이렇게 세니의 황량한 풍경은 닉이 전쟁에서 입은 심각한 부상과 그로 인한 정신적 내상을 상징한다. 풍경의 외형적 변화는 바로 주인공의 내면적 변화, 다시 말해 닉의 혼란스럽고 절망적인 심리상태의 재현이다.

불에 타버린 자신의 고향을 보면서 어떠한 감정의 변화가 나올 법 하지만 닉의 감정적 반응의 격여아 마을에 대한 간견한 그미는 비ㄱ이 건히 일어나지 않은 것처럼 보인다. 닉은 화재의 그 원인이나 결과에 대해서는 신경 쓰지 않는다. 이러한 닉의 무감정한 태도는 소위 '하드보일드 문체'를 통하여 작가가 전쟁의 상처로 감정이 메말라 버린 닉의 불안한 심리상태를 효과적으로 보여준다고 볼 수 있다. 닉은 잿더미가 되어버린 세니로부터 최대한 벗어날 필요가 있었다. 왜냐하면 "닉에게 전쟁은 불이고,

불에 탄 세니는 그 전쟁의 포화를 상기시키는 곳"(노양수 83)이기 때문이다. 세니는 파괴되었지만 「인디언 캠프」에서 어린 닉이 "자신은 결코 죽지 않을 것이라고 다짐"(33)했듯이 청년 닉에게도 삶은 지켜져야 하고 이 혹독한 세상에서 살려고 노력해야한다는 것이다. 닉은 불에 타 황폐해진 자신의 삶의 부분을 뒤로 하고 두 개의 심장을 가진 큰 강의 푸른 제방에서 삶의 회복을 위한 본격적인 치유 작업에 들어간다.

닉의 심리 상태와 치유를 대변해 주는 세 번째 메타포로는 메뚜기가 있다. 「두 개의 심장을 가진 큰 강」에서 메뚜기에 대한 언급은 1부와 2부 각각 한 차례 나오는데, 첫 번째는 닉이 한참 동안 걸어서 언덕배기에 오른 뒤 보게 되는 검게 타버린 메뚜기이다. 닉은 "모조리 불타버린 이런 땅에서 살자니 모두 검게 변해버린 것이 아닐까라고 생각했다"(191). 닉이 집중하는 것은 그가 본 메뚜기의 색깔이다. 검은 메뚜기들은 자연 도태를 통해 오직 1년 만에 검게 적응해야 하는 생존 수단의 상징이다. 검게 변한 메뚜기는 제1차 세계대전으로 깊은 상처를 입은 닉 자신의 모습의 재현이다. 그런데 메뚜기들은 검게 변해버린 주변 환경과 잘 융화된다. 메뚜기들은 파손된 자신들의 보금자리를 벗어나지 못한 채 환경에 맞추어 살아나가야 하는 것이다. 닉은 "이 메뚜기 떼가 언제까지 이런 색깔로 있을지 생각해 보았다"(191). 이 묘사는 이것이 그들에게 일시적인 생존 방식이라는 그의 생각을 반영한다. 그렇다면 세니의 검게 타버린 풍광도 일시적일 것이라고 해석될 수 있다. 풍광이 다시 원래 색깔로 돌아오면 그들 또한 그 환경에 적응할 것이다. 자연 도태를 통해 다시 한 번 그들의 색깔을 바꿔 계속 생존해 나갈 것이다. 닉은 검은색 메뚜기를 공중으로 날려 보내며 "가거라 메뚜기야! 어디론가 멀리 날아가거라"(191)라고 외친 뒤 공중으로 날아가는 것을 지켜보았다. 닉의 이런 외침은 전쟁에서 입은 정신적 고통으로부터 이탈하고자하는 그의 의지적 표현이며, 물총새와 마찬가지로 날아가는 메뚜기처럼 자신을 자연 속에 던져 넣음으로써 정신적 외상을 치유하려는 태도를 보여준다.

두 번째는 닉이 낚시 미끼로 사용하기 위해 이른 새벽에 잡은 메뚜기들이다. 1부에서 묘사된 검댕이로 뒤덮인 메뚜기와 떠오르는 해를 기다리며 풀잎 이슬방울 사이에 앉아 있는 메뚜기 사이의 비교를 주목해볼 필요가 있다. "메뚜기들의 하숙집"(204)에 살고 있는, 미묘하게 의인화 되어 있는 메뚜기는 일시적 수단이 아닌 생존의 영원성을 반영한다. 미끼로 사용하기 위해 50여 마리를 잡은 후, 닉은 "아침마다 이곳에 오면 메뚜기를 잡을 수 있으리라는 것을 알았다"(204). 닉에게 자신의 생존에 대해 확신을 심어준 것은 메뚜기가 지속적으로 있으리라는 분명한 사실이었다. 갈색 메뚜기들은 간접적으로 닉에게 생명 자양물을 제공해 주지만, 다른 한편으로는 인간 생존에 대한 직접적인 메타포로 작용하고 있다. 그 메타포는 메뚜기 떼가 이번 낚시 여행에서 닉이 정신적 외상을 치유할 것이라는 확실한 징조라는 것을 의미한다. 왜냐하면 낚시를 하게 될 강 자체가 닉의 잠재의식을 반영한다면 메뚜기는 닉에게 요구되는 일상적이고 체계적인 야영도구를 가리키기 때문이다.

세니를 출발점으로 자연이 주는 닉의 치유는 소나무 숲에서 본격적으로 이루어진다. 닉은 "주변이 모두 타버려 변했지만 그것은 상관없었다. 모든 것이 다 불타버릴 수는 없었다"(189)고 확신하며 능선을 따라 언덕배기에 오르니 소나무 숲이 그의 눈앞에 펼쳐졌다.

그의 눈앞에 보이는 것은 모두 소나무 숲이었다. 불탄 지대는 언덕의 왼쪽 능선에서 중단되어 있었다. 앞쪽 들판에 검은 솔밭이 솟아 있었다. 왼쪽 저 멀리에는 강물이 흘러가는 선이 보였다. 그는 눈을 더듬어 그것을 따라 가

자 강물의 수면이 햇빛을 받아 반짝거리는 것이 보였다. (190)

세니 마을 자체가 황무지로 변했지만 소나무 평원과 야영지는 생명이 충만하고 자연 생존이 풍요로운 에덴으로 간주될 수 있다. 끈질긴 생명의 부활에서 닉은 상처로부터의 회복 가능성을 본다.

닉은 짐을 벗고 그늘에 누웠다. 그는 드러누워 소나무를 올려다보았다. 다리를 쭉 뻗고 눕자 그의 목과 등 그리고 허리가 편했다. 등에 대지의 느낌이 전해오자 그는 편안했다. 그는 가지 사이로 비친 하늘을 우러러 보고 눈을 감았다. 눈을 뜨고 다시 올려다보았다. 나뭇가지 꼭대기에 바람이 불고 있었다. (193)

그는 "소귀나무의 작은 가지를 꺾어 짐 끈 밑에 쑤셔"(192)넣고 그 향을 맡으며 걷고 언덕길을 오르다 힘들면 짐을 벗어놓고 쉬다가 한가롭게 낮잠까지 잔다. 캠핑 장소에 도착한 닉은 배가 고프지만 먼저 천막부터 친다. 천막을 치고, 땅을 고르고, 말뚝을 박아 천막을 팽팽하게 하고, 앞에 무명천을 걸쳐놓는 등 이 모든 행위는 닉을 행복하게 만들었다. "천막도 다 치고 모든 것을 끝냈다. 안정이 되었다. 그를 간섭할 수 있는 것은 아무것도 없었다"(195-96). 닉의 이런 신중한 행동에 대해 S. 베이커가 현재에 강렬하게 매달려 과거와 모든 먼 가능성을 차단하는 것이라고 말하고 있고(151), 수잔 하워드Susan Howard도 정신적 외상을 입은 닉이 "자신의 건조한 존재 방식에 균형과 풍요"(32)를 가져오기 위해 노력한다고 주장하고 있거니와 닉은 과거의 악몽에서 벗어나고 문명화된 인간세계를 잊어버리고 자연의 시계를 따르며 소박하고 단순한 삶의 방식을 회복하고 싶어 한다. 닉은 "자연에게서 사려 깊은 보상을 주는 경험을 신뢰하고"(코헨 86) 배워나간다.

다음으로 강과 낚시행위에 대한 묘사가 있다. 강은 닉의 치유에 있어 가장 분명한 은유적 묘사이다. 닉은 과거와 미래의 모든 것을 벗어던지고 홀로 강으로 낚시여행을 떠난 것이다. 사실 그는 낚시행위로부터 즐거움과 편안함을 얻을 것이라는 것을 일찍부터 알고 있었다. 헤밍웨이의 동생 레스터Leiceter는 헤밍웨이가 어릴 때 그의 아버지가 형을 낚시질에 자주 데리고 다녔다고 말하고 있다.

> 형이 두 살이 되는 해의 어느 여름, 아버지가 제재소의 오래된 말뚝 주위로 흘림낚시질을 하러 나갈 때에는 형은 늘 아버지를 따라 보트를 타고 호수로 나갔었다. 다음해에 형은 자기 소유의 애목낚싯대를 갖게 되었고, 고기 담는 바구니를 어깨에 메고 안 가는 곳이 없었다. (*My Brother* 20)

헤밍웨이의 유년기와 소년기 삶에서 특별한 것이 있다면, 그것은 아마 아버지를 따라 낚시를 하러 자주 갔다는 점일 것이다. 헤밍웨이는 열여덟 살까지 매년 여름 윈드미어Windemere 별장에서 보냈으며 이탈리아 전선에서 부상을 입은 후인 1919년 여름에 이 별장을 다시 찾아 어린 시절 접했던 자연 속에 다시 들어갔다. 헤밍웨이처럼 닉 또한 혼자서 옛날에 낚시질 하던 두 개의 심장을 가진 강을 다시 찾아서 낚시하는 행위는 그의 정신적 외상을 치료하기 위한 일종의 치유적 행동인 것이다.

S. 베이커가 닉이 낚시를 하는 강은 상처를 치고헤기는 깅(167)이라고 말하고도 있지만, 그는 작가로서의 의무를 잠시 내려놓고 강이라는 자연 속에서 현재 하고 있는 행위에만 집중함으로써 자신의 정신적 외상을 치유하려한다. 이런 이유로 해서 닉의 강에로의 여행은 주체적이고 능동적인 모습을 보여준다. 닉이 기차에서 내려 먼저 찾은 곳은 황폐한 지역이지만, 목적지를 찾기 위해 "지도를 펼쳐 볼 필요가 없었다. 그는 강의 위

치를 판단해 자신이 있는 곳을 알 수 있었다"(190)라는 표현에서 드러나듯이 닉은 강이라는 자연을 삶의 척도로 간주하는 태도를 지닌다. 강은 수많은 생물체를 품은 채 굽이치는 언덕 사이로 끊임없이 흐른다. 강은 새로운 생명을 주고 햇빛 속에 반짝거리는 에덴동산과 같다. 강은 닉에게 생명 영양소의 원천이자 정신적 외상 치유의 제공자이다. 강은 모든 인간들이 생존하는데 필수적인 식량과 물을 동시에 담고 있다. 닉이 가져온 깡통 식품, 커피, 메밀가루가 완전히 고갈된 이후에도 오랫동안 닉은 그의 직접적인 환경 속에서 자연이 제공하는 것으로 생존하고 심리적 안정을 찾을 수 있을 것이다. "닉은 흥분이 되었다. 그는 이른 아침과 강에 매료되었다"(203)라고 묘사되어 있듯이 닉은 강이라는 자연물이 자신의 정신적 외상을 치유하는데 도움이 될 것으로 확신하고 있다.

"낚시 여행을 통해 닉이 거행하는 삶의 의식 가운데서 가장 중요한 것은 낚시의 의식"(신정현 206)이다. 모든 준비가 완료되었다. 이제 물속에 들어갈 준비가 되었다. 샌드위치가 그의 두 가슴 주머니 안에 들어있고, 메뚜기 병은 그의 목에 걸려 있고, 고기를 떠올리는 뜰채가 그의 벨트 고리에 걸려 있고, 잡은 송어를 넣기 위한 긴 자루가 그의 어깨 뒤로 묶여 있고, 파리낚시 쌈지가 호주머니에 들어 있고, 낚싯대가 그의 손에 들려 있다. 닉의 첫 조어는 미약했다. 그는 처음 잡은 송어가 너무 작다고 생각해 작은 송어 아가리에서 낚싯바늘을 뽑아내 그놈을 다시 물속에 던져 넣었다. 그는 "마른 손으로 송어를 만지면 하얀 균이 무방비 상태의 부분을 침범하게 된다"(209)는 사실을 알고 있기 때문에 송어를 잡기 전에 손을 물로 축축하게 했다. 송어를 풀어준 뒤 송어는 괜찮을 것이고 "그냥 지쳤을 뿐일 것이라고"(209) 생각했다. 닉의 이런 지식과 행동은 닉이 낚시 전문가라는 사실을 강조하는 것이기도 하지만 닉이 다른 낚시꾼들과 구별되는 중요한 대목이다. 닉은 물고기와 자연을 존중하는 보다 높은 차원의 집단에 속하는 것이다. 이것은 닉과 물고기를 포함해 자연 자체를 통합시키는 것을 의미한다.

닉의 치유에 관여하는 마지막 메타포는 늪지대이다. 닉이 낚시를 하고 있는 강물은 늪으로 흘러들어가고 있었다. 그곳에는 가지가 우거진 삼나무가 들어차 있어 햇살이 겨우 스며들 뿐이었다. 닉은 강 아래쪽으로 연결된 늪을 보고 심리적 불안감을 보인다.

> 앞쪽의 강은 좁아져 늪으로 흘러가고 있었다. 강은 잔잔하고 깊었으며 늪지대는 줄기가 서로 닿아있고 가지가 빼곡히 우거진 삼나무가 들어차 있었다. 이런 늪을 빠져나가기는 쉽지 않다. . . . 그는 . . . 늪으로 가기가 싫었다. . . . 닉은 지금 그곳에 가고 싶지 않았다. 그는 겨드랑이까지 닿는 깊은 물속을 걸어 다니며 낚아서 건져 올릴 장소도 없는 그런 곳에서 큰 송어를 잡고 싶지 않았다. . . . 햇볕도 활짝 내리쬐지 않는 이런 조용한 깊은 물에서 낚시를 한다는 것은 비극이 될 것이다. 늪지에서의 낚시는 비극적인 모험이다. 그는 하고 싶지 않았다. (217-18)

늪지대에 대한 닉의 이런 불안한 반응은 늪지대에서 낚시를 하는 것이 위험하다고 생각하기보다는 늪지대가 보다 깊은 정신적 관련성을 내포하고 있다는 것을 암시한다. 경치가 아름답고 고요하고, 생존의 양상들이 풍부하지만 늪지대는 어둠과 위험을 내포하고 있다. '외상 후 스트레스 장애'를 겪고 있는 닉에게 늪지대는 세니 마을의 타버린 들판이 상징하는 것과 같이 '불길한' 지역이다(C. Baker 127). 그곳은 다름 아닌 그가 폭격을 당했던 곳과 같은 지형으로 자연히 그의 생각 속에 깊이 새겨져 있는 포탄의 재경험이 되어 그로 하여금 낚시를 회피하게 만든다(Young 53). 이처럼 닉은 이

지점에서 커다란 송어를 거의 잡을 뻔 했을 때처럼 흥분하고 싶었던 곳이 아니라 자신의 전쟁에서 야기된 불안한 감정을 억제하고 싶은 곳이다. 늪은 전쟁이 낳은 정신적 외상에 대한 잠재의식이 아직 남아 있어 닉은 아직 늪에 대면할 능력과 용기를 완벽히 가지고 있지 못한 것이다. 결국 늪지대는 닉이 피해야 할 유혹이 아니라 마지막 구절에 "늪에서 낚시질을 할 수 있는 날은 앞으로 얼마든지 많이 있었다"(219)는 데서 알 수 있듯이 아직 준비되어있지 않은 닉의 도전을 반영한다. 이것은 「인디언 캠프」의 마지막 구절에서 어린 닉이 죽음에 대한 불안을 극복하려는 의지의 표현으로 "자신은 결코 죽지 않을 것이라고 다짐했다"(33)고 말한 것처럼 성인 닉이 앞으로 늪지대에서 낚시할 것이라는 여운을 남김으로써 그의 정신적 외상을 완전히 치유하겠다는 의지를 보여준다. 이는 분명히 전쟁의 트라우마로부터 닉의 치유는 이미 거의 끝나가고 있다는 방증이다.

3.

지금까지 본 연구는 「두 개의 심장을 가진 큰 강」을 통해 제1차 세계대전 참전 후 외상 후 스트레스 장애를 앓고 있는 닉 애덤즈라는 인물이 낚시 여행을 통해 여러 자연물과 교감함으로써 자신의 정신적 외상과 도덕적 상처를 치유해 삶의 새로운 규범을 찾는 과정을 탐색했다. 「두 개의 심장을 가진 큰 강」의 줄거리는 닉이 불에 타 황무지로 변해버린 미시간 북부 상부반도에 있는 세니 마을을 지나 소나무 숲에서 천막을 치고 홀로 하룻밤 캠핑을 하면서 '두 개의 심장을 가진 강'에서 송어낚시를 하는 게 전부다. 하지만 이 단편은 낚시에 관한 서정적인 내용만을 담보하고 있지 않다. 닉이 접하게 되는 여러 가지 자연물들은 많은 상징과 메타포가 작용하고 있어 그것들에 대해 심층적으로 접근하면 생태학적 관점에서의 닉의 치유과정에 대한 분석이 가능한 것이다. 이를 테면 닉이 강으로 떠나는 낚시여행 중 접하게 되는 여러 가지 자연물들, 즉 불타버린 세니 마을, 메뚜기, 송어, 소나무 숲, 강, 늪지대 등은 그 의미가 드러나 있지 않은 소위 '생략된 부분'으로서 닉의 상처를 치유하는데 있어 중요한 메타포로 작용하고 있는 것이다.

헤밍웨이는 이 단편에서 닉이 생물학적 고향인 자연과 교감하고 합일함으로써 "생명의 목적은 자연과의 동의하에 살아가는 것이다"(코헨 104 재인용)는 고대 그리스의 철학자 제노Zeno의 선언적 사실을 현대적으로 재현시켜 놓았다. 헤밍웨이는 생태주의의 근본적 관심사인 소위 자연파괴에 대한 우려보다는 완벽하게 갖춰진 생태적 자연이 인간에게 자연감수성을 회복시킬 수 있고 나아가 인간의 육체적 및 정신적 치유까지도 가능하다는 '현대문명의 해독제'임을 밝혔다. 이렇게 본 연구는 헤밍웨이를 흔히 미국문학에서 '잃어버린 세대의 대변자'라는 수식어가 붙어있는 전쟁 후의 허무주의와 미국적 영웅주의를 묘사한 작가로만 해석되는 것을 넘어 인간이 마지막으로 기댈 데는 자연이고 현대 문명의 해독제는 자연밖에 없다는 생태문제에 대한 선구적 혜안을 지닌 생태문학가로서 자리매김함으로써 유의미한 작업이 될 것이다.

---

* 이 글은 저자의 「자연에 말 걸기: 「두 개의 심장을 가진 큰 강」에 나타난 생태학적 치유」(『현대영어영문학』 58.2 (2014): 171-89)의 내용을 본 저서의 기획 취지에 맞도록 일부 수정·확대한 글임.

▌참고문헌

노양수. 「균형 잡기: 「두 개의 심장을 가진 큰 강」 다시 읽기」. 『3사교 논문집』 67
    (2008): 73-90.

박호성. 『자연의 인간, 인간의 자연』. 서울: 후마니타스, 2012.

소수만. 『어니스트 헤밍웨이』. 서울: 동인, 2006.

신덕룡. 『환경위기와 생태학적 상상력』. 서울: 실천문학사, 1999.

신정현. 「헤밍웨이 인물들의 "위험한 선택"」. 『인문논총』 49 (2003): 187-230.

코헨, 마이클. 『자연에 말걸기』. 이원규 · 박진희 역. 서울: 히어나우시스템, 2007.

헤밍웨이, 어니스트. 『우리 시대에』. 박경서 역. 서울: 아테네, 2006.

Baker, Carlos. *Hemingway: the Writer as Artist*. Princeton: Princeton UP, 1972.

Baker, Sheridan. "Hemingway's Two-Hearted River." *The Short Stories of Ernest
    Hemingway: Critical Essays*. Ed. Jackson J. Benson. Durham: Duke UP, 1975.
    150-59.

Burhans, Jr., Clinton S. "The Complex Unity of *In Our Time*." *The Short Stories of
    Ernest Hemingway: Critical Essays*. Ed. Jackson J. Benson. Durham: Duke
    UP, 1975. 15-29.

Carson, Rachel. *Silent Spring*. New York: Houghton Mifflin Company, 2002.

Defalco, Joseph. *The Hero in Hemingway's Short Stories*. New York: University of
    Pittsburgh P, 1963.

Engel, Terry. "Jim Harrison's True North: A Contemporary Nick Adams Grows Up
    in Hemingway's "Big Two-Hearted River" Country." *Philological Review* Vol.
    31 No.1 (2005): 17-32.

Gibb, Robert. "He Made Him Up: "Big Two-Hearted River" as Doppleganger."
    Critical Essays on Ernest Hemingway's In Our Time. Ed. Michael S. Reynolds.
    Boston: G.K. Hall & Co. 1983. 254-59.

Hemingway, Ernest. *Death in the Afternoon*. New York: Charles Scribner's Sons,
    1949.

_____. *A Moveable Feast*. New York: Charles Scribner's Sons, 1964.

Hemingway, Leiceter. *My Brother, Ernest Hemingway*. Greenwich: Fawcett

Publications, 1962.

Howard, Susan F. "A Study of Jungian Archetypes in Three Hemingway Novels." Diss. Michigan State University, 1988.

Joyce, James. *A Portrait of the Artist as a Young Man*. Harmondsworth: Penguin Books, 1969.

Meeker, Joseph W. *The Comedy of Survival: Studies in Literary Ecology*. New York: Charles Scribner's Sons, 1974.

Silver, Mildered. *A Brief History of American Literature*. Zentsuji: Shikoku Christian College P, 1966.

Thoreau, Henry David. *Walden and Other Writings*. Garden City: International Collectors Library, 1970.

Voss, Arthur. *The American Short Story*. Norman: University of Oklahoma P, 1973.

Williams, Wirt. *The Tragic Art of Ernest Hemingway*. Baton Rouge & London: Louisiana State UP, 1981.

Young, Philip. *Ernest Hemingway: A Reconsideration*. University Park: Pennsylvania State UP. 1966.

▌주

[1] 어니스트 헤밍웨이, 『우리 시대에』. 박경서 역. (서울: 아테네, 2006), p.33. 이후 나오는 작품의 인용은 페이지 수만 표기함.

이창래의 『더 서렌더드』:
집단적 외상 인식과 치유 가능성 모색

신혜정

1. 들어가는 말

미그 밥(Micke Bal)은 "거기에 있었던 외상성 사건들은 영속성을 지닌다"(viii)며 어떤 사건으로 인해 인간에게 남겨진 외상은 결코 없어지지 않는 것임을 말한다. 한 개인이 평생 동안 잊지 못하고 고통 받는 외상의 문제는 1, 2차 세계대전을 겪은 세계작가들에게 중요한 주제로서 다루어졌다. 이는 한국계 미국문학에서도 예외는 아니어서 2차 세계대전과 한국전쟁을 겪은 20세기 한국계 미국작가들은 그들이 보고 들은 전쟁의 이야기와 그 후유증을 작품 속에 구현하고자 하였다. 노라 옥자 켈러Nora Okja Keller의『종군 위안부』(Comfort Woman, 1997)는 2차 세계대전의 희생양인 여성들의 이야기를 다루었고, 이창래Chang-rae Lee는 전쟁의 후유증에 시달리는 상처받은 인간들의 모습을 소재로 한『더 서렌더드』(The Surrendered, 2010)를[1] 발표했다. 이창래는『제스처 라이프』(Gesture Life, 1999)에서 종군 위안부에 대한 기억을 고통스럽게 지니고 있는 인물을 그린 것에 이어『더 서렌더드』에서도 전쟁을 소재로 작품을 전개했다. 전쟁은 인간의 가장 추한 면이 드러나는 환경으로 인간이 인간성을 잃어버리는 경험을 하게끔 한다. 그렇지만 이러한 환경은 그 시대의 역사와 사회가 만들어 내는 것으로 이로 인한 상처들을 한 개인의 잘못으로만 돌릴 수는 없다. 그럼에도 결국 그 경험은 개인의 상처로 남아 살아남은 이들을 힘겹게 만든다. 이러한 전쟁의 상처에 대해 이창래는『더 서렌더드』에서 개인들이 가지고 있는 외상이 한 개인만의 상처가 아니라 개인이 속한 공동체가 함께 가지고 가야하고, 함께 고민해야 하는 것임을 말한다.

이창래는『네이티브 스피커』(Native Speaker, 1995)로 미국 문단에 등장한 이후『제스처 라이프』, 『비상』(Aloft, 2004), 『더 서렌더드』(2010), 그리고『만조의 바다 위에서』(On Such a Full Sea, 2014)를 발표했다. 그는 주로 이민자들이 고민했던 '동화', '정체성', 그리고 '인종' 문제들을 다루었지만『제스처 라이프』와『더 서렌더드』에서 전쟁의 기억을 소재로 사용함으로써 전쟁이라는 환경에 특별한 관심을 보인다. 그는 전쟁에서의 기억이 외상으로 남은 주인공들을 통해 전쟁이라는 비인간적인 환경에서 받은 외상이 한 인간의 남은 인생에 어떤 영향을 미치는 지를 보여주고자 했다. 2차 세계 대전이나 한국 전쟁이라는 배경을 사용하며 한국계 미국작가가 선택하는 소재의 폭에서 벗어나지는 못했지만 외상으로 고통 받는 인간의 문제에 대해 생각해 보고자 했다는 것은 그가 아시아계 미국작가적인 주제에서 벗어나 인간의 보편적인 주제에 대해 고민하고, 시대의 희생양이 된 개인의 상처를 개인의 문제에서 더 나아가 공동체의 문제로 보고자 했음을 보여주는 것이다.

『더 서렌더드』에서 이창래는 세 주인공의 외상으로 인한 피폐한 삶을 그린다. 극한의 상황에서 본능을 따르는 인간의 선택은 무조건 잘못되었다고 비난받을 수 있는 것인가? 의도하지 않았지만 자신으로 인해 벌어지는 참혹한 결과에 대해 인간은 어떤 방식으로 책임져야 하는 것인가? 운명처럼 늘 함께하는 죽음이라는 그림자를 떼어낼 수 없는 것은 한 인간 개인의 잘못인가? 전쟁은 한 인간이 선택하거나 결정할 수 없는 환경이다. 그러한 환경의 피해자이자 가해자가 되어 고통 받는 인간들의 인생에 대해 이창래는 연민의 눈길을 보낸다. 삶과 죽음이 한 순간에 정해지는 전쟁의 와중에 인간이 가지는 삶에 대한 욕망은 너무나 당연하고 인간적인 것일 지도 모른다. 살고 싶다는 의지를 바탕으로 인간은 미래를 향해 나아갈 수 있는 것이고 이 과정에서 과거의 외상은 극복되어야 한다. 이창래는 『더 서렌더드』에서 주인공들의 외상의 양상을 보여주고 그러한 외상이 개인적인 것이 아니라 집단적인 것임을 세 주인공의 삶을 통해서 말한다. 한 집단이 공유하는 상처이기에 집단적 외상collective trauma은 함께 극복하고 치유되어야 하는 것이다. 본 글에서는 작가가 그리는 개인별 외상의 양상을 살펴보고 이러한 개인별 외상들이 어떻게 집단적 외상의 의미를 지니게 되는 지를 보고자 한다. 그리고 이러한 집단적 외상의 치유 가능성에 대해 낙관적인 작가의 견해를 살펴보고자 한다.

2. 개인별 외상의 양상과 후유증

『더 서렌더드』는 준June, 실비Sylvie, 그리고 헥터Hector라는 각각 전쟁에 관련된 외상을 가지고 있는 인물들이 이끌어가는 소설이다. 그들에게 전쟁과 관련된 과거의 기억은 잊고 싶어도 잊을 수 없는 잔인한 굴레로 작용한다. 평범한 삶을 이끌어가지 못할 정도로 평생을 따라다니는 기억임에도 그 과거의 기억들은 그들이 어떻게 할 수 없는 상황 속에서 벌어진다. 이창래는 세 인물의 사건을 통해 한 개인의 삶을 파괴 시킬 정도의 외상을 남긴 사건들에는 어떤 것들이 있는지를 보여준다.

작품을 이끌어가는 가장 중요한 인물인 준은 열한 살 때 피난길에서 동생을 사실상 버렸던 기억에서 벗어나지 못한다. 전쟁이 발발한 후 준은 아버지, 오빠, 어머니와 언니를 차례로 잃게 된다. 마지막까지 남은 일곱 살 쌍둥이 두 동생은 그녀에게 유일하게 남아있는 가족이었다. 그들은 기차 지붕에 몸을 실어 피난을 가고, 갑작스런 기차의 급정차로 인해 동생들이 기차에서 떨어지게 된다. 준은 같이 기찻길에 뛰어내려 동생들을 찾아다니다 여동생 희수Hee-Soo는 숨진 채로, 남동생 지영Ji-Young은 다리를 잃어 피를 흘리고 있는 상태로 발견한다. 준은 지영을 데리고 다시 기차를 타고자 애를 쓴다. 그렇지만 열한 살의 어린 누나가 다리를 잃은 남동생을 안은 채로 움직이기 시작하는 기차를 타는 일은 불가능해 보인다. 둘이 함께 피난 가는 것이 불가능하다는 것을 눈치 챈 지영은 누나를 자유롭게 해주고자 한다. "나를 위해 돌아올 거지?"(30)[2]라는 지영의 물음에 준은 고개를 끄덕이고 이런 누나에게 지영은 "괜찮아. 그럴 필요 없어"(31)라며 그녀의 마음을 편하게 해주려고 한다. 자신을 기다리고 있는 것이 죽음뿐이라는 것을 알고 있기에 누나에게 주어진 삶의 기회를 놓치지 않게 보내주고자 하는 것이다. 어린 남동생의 모습을 뒤로 한 채 준은 자신의 미래를 향해 기차를 쫓아 "자신의 인생을 향해 달려"(31)가고 이 기억은 준에게 스스로를 용서하지 못하는 기억으로 남는다.

실비에게 남겨진 끔찍한 기억은 부모님이 돌아가실 당시의 상황이다. 만주에서 선교사로 활동하시던 부모님과 비넷Binet 부부, 럼Lum 부부 등과 함께 작은 학교에서 지내던 실비에게 그 시절은 추위와 배고픔으로 인해 육체적으로는 힘들었지만 동시에 사춘기의 실비가 첫사랑을 느꼈던 아련한 기억도 함께하는 시기였다. 그렇지만 그 곳에 있었던 모든 이들은 국민당 당원이었던 교사 벤자민Benjamin으로 인해 죽음을 맞이하게 된다. 당시 열네 살이었던 실비는 벤자민을 좋아하며 처음으로 사랑에 눈을 뜨기 시작한다. 그렇지만 당시 창충Changchung에서 일어난 일본인 장교 암살사건에 가담한 자들을 수색 중이던 일본 군인들이 실비가 머물던 학교에도 나타나게 된다. 그들은 학교에 거주하던 모든 이들을 불러 취조하고, 또 그들을 차례대로 죽여 나간다. 일본 군인들의 행태는 실비에게 끔찍한 기억으로 남아있다. 벤자민을 거의 알몸상태로 다른 이들 앞에 무릎 꿇게 하던 모습이나 아버지에게 총을 주며 벤자민을 쏘라고 시키던 기억, 눈앞에서 아버지와 어머니가 돌아가시던 기억, 그리고 어떤 고문에도 침묵하던 벤자민이 실비를 위해 동료들을 고발하던 기억까지 모든 기억들이 생생하게 남아있다. 실비는 그날의 기억을 "자학의 목적"(213)으로 되새기며 정신적으로 황폐해져 간다.

헥터의 방랑은 아버지의 죽음으로 시작된다. 술주정뱅이 아버지를 돌보던 헥터는 늘 아버지 곁을 따라다니며 지키다 무사히 집으로 모시고 오는 일을 담당한다. 그렇지만 헥터가 잠시 아버지 곁을 떠나 동네 한 여인의 집에서 밤을 보내는 사이 아버지는 물에 빠져 죽음을 맞게 된다. 아버지의 죽음에 대한 죄책감으로 헥터는 그 기억에서 벗어나지 못하고 "자신을 스스로 벌하고자"(69) 전쟁에 참전하고, 이후 전쟁의 와중에 수많은 죽음을 목격하고 전쟁의 잔인한 실상을 지켜보게 된다.

아버지의 죽음과 함께 헥터에게 각인된 또 다른 외상은 전장에서 만난 소년 병사의 죽음을 묘사하며 나타난다. 인간이 인간성을 잃고 서로를 죽여야만 살아남는 전쟁이라는 환경에서 동료들은 점점 포악하게 변해가고 적에게 표출하는 분노는 점점 극악해진다. 한국전쟁에 참전한 헥터는 열다섯 살 남짓한 어린 소년 병사를 죽이라는 명령을 받게 된다. 이미 동료 병사들의 구타와 학대로 인해 피투성이가 되고 귀도 멀어버린 소년 병사를 한적한 곳으로 데리고 가면서 헥터는 갈등한다. 인간의 생명이 하나의 소모품이 되어버리고 하루하루 살아남아 있다는 것 자체가 기적과 같은 일인 전쟁이라는 환경에서 헥터는 소년 병사를 어떻게 죽여야 할 지 고민한다. 그렇지만 헥터는 차마 그를 죽일 수가 없다. 소년 병사는 서툰 영어로 "노 리브"No live(78)라고 말하며 헥터에게 죽여 달라고 간청하고 그는 더 이상 고통을 주지 않기 위해서라도 그를 죽이고자 하지만 차마 그럴 수가 없다. 결국 헥터는 그 소년 병사에게 수통을 건네며 그를 죽이고자 하는 것을 그만둔다. 그 소년 병사가 어떤 식으로든 살아남을 수 있는 기회를 주고자 하는 것이다. 그렇지만 소년 병사는 헥터의 수류탄을 뺏고, 헥터가 충분히 피하도록 기다려 준 후 스스로 수류탄을 터트린다.

준과 실비, 헥터가 가지고 있는 외상들은 누군가의 희생을 담보로 했기 때문에 더욱 벗어나기 힘들다. 준의 삶은 어린 동생을 포기하고 얻은 것이기에 더욱 소중하지만 그 기억은 준의 삶을 구렁텅이로 빠뜨린다. 실비 역시 그 잔혹한 상황에서 살아남았으나 벤자민을 포함해 그 당시 부모님과 같이 생활했던 모든 구성원들의 죽음을 담보로 해서 얻은 것이기에 이 삶은 그녀에게 벅차게만 느껴진다. 헥터에게도 아버지와 소년 병사의 죽음에 대한 기억이 있고, 그는 그 병사를 살려주고자 했던 마음에 대한 보답으로 또 다른 삶의 기회를 받은 것이다. 이들이 살아가는 인생은 누군가의 죽음을 바탕으로 다시 주어진 기회이기에 그들은 이 기회를 함부로 버릴 수도 없다. 그렇지만 과거의 기억으로 인해 그들은 자신들에게 주어진 두 번째 인생에서 죽는 것보다도 더 힘든 삶을 이끌어가게 된다.

이들의 힘든 삶은 결국 그들이 가진 기억의 후유증으로 나타나고 『더 서렌더드』에서는 이들이 가지고 살아가는 외상의 후유증이 준과 실비, 헥터의 이야기를 통해 구체적으로 그려진다. 사랑하는 사람의, 혹은 다른 이의 희생을 담보로 해서 얻은 두 번째 인생에서 세 주인공 중 누구도 평범하게 살아가지 못한다. 한 순간에 옆에 있던 사람이 죽어가는 지옥 같은 상황에서 살아남았기에 그 소중함을 뼛속 깊이 새기고 있는 이들이지만 그들에게 두 번째 삶은 고문과도 같고 평범한 인생은 이미 불가능해 보인다.

가족들을 잃고서도 어린 나이에 동생들을 챙길 줄 알던 준의 성격이 지나치게 공격적이고 이기적으로 변해가는 것은 지영의 죽음으로 받은 상처 때문이다. 자신이 살기 위해 동생을 버리는 선택을 한 기억으로 준은 스스로 독한 아이로 변해간다. 살아남아야 한다는 것이 인생의 유일한 목표가 된 준은 우연히 헥터를 만난 후, 그가 머무는 고아원에서 살게 된다. 그곳에서 준은 말도 잘 하지 않고 다른 아이들과 어울리지도 않으며 고집 세고 사회성이 결여된 모습을 보인다. 준은 '변덕스러운', '공격적인', '거친', '잔인한' 아이로 묘사되며 '계집애 같은 모습이나 약한 모습을 싫어하는' 아이이다(140–41). 전쟁의 잔인함을 겪은 준은 강인해져야만 살아남을 수 있다는 것을 깨닫고 독한 아이로 변해있다. 고아원에서 준은 미국으로 가겠다는 목표를 뚜렷이 세우고 그 목표를 이루기 위해 테너Tanner 목사부부에게 입양되겠다는 계획을 세운다. 그녀의 계획에 따라 준은 테너목사의 부인인 실비의 곁에서 그녀의 마음에 들기 위해 노력한다. 평소에 말도 잘 하지 않던 것과는 달리 준은 실비를 위해 통역도 하고 고아원 일도 도우며 자신이 입양해도 될 만한 아이임을 보여주고자 한다.

> 그렇지만 실비가 준에게 관심을 보인 뒤로 준은 눈에 띄게 부드러워졌다. 이전에는 항상 말이 없고, 싸움을 하지 않을 때는 자신에게만 몰두해 있었는데 지금은 어린 여자아이들이 세탁한 옷들을 기숙사로 옮기는 일을 도와주기도 하고 정원에 나와서 일도 더 하곤 했다. 그리고 가장 영어를 잘했던 준은 영어 수업시간에는 실비와 학생들 사이에서 통역을 하며 큰 도움이 되었다. (141)

이렇듯 준은 목표를 위해서 상황에 따라 자신의 행동을 바꿀 정도로 영악한 모습을 보인다. 준에게 미국으로 가겠다는 목표는 과거를 잊고 새로운 인간다운 삶을 약속하는 것이고 그녀는 그 목표를 위해 가면을 쓰는 일도 마다하지 않는다. 준은 과거를 돌아보지 않고 앞만을 바라보며 새로운 삶을 향해서만 움직이고자 한다. 준에게는 이미 자신의 삶을 위해 동생을 버렸다는 죄의식이 있다. 또한 동생을 희생하면서 얻어낸 삶이기에 그녀에게는 그 삶을 어떤 방법을 써서라도 이어나가야 한다는 책임의식도 있는 것이다.

준의 삶에 대한 책임의식은 그녀의 외상의 또 다른 후유증이라고 볼 수 있다. 삶이 힘들다고 불평할 수도 있는 평범한 인간으로 사는 것은 이미 그녀에게 불가능해졌다. 이제 삶은 그녀가 결코 스스로 놓을 수도 없는, 모든 힘을 짜내어 마지막 순간까지 살아남고자 노력해야 하는 짐으로 남는다. 삶에 대한 책임감은 지영의 죽음에 더하여 실비의 죽음에도 준이 관련되면서 더 무거운 짐으로 다가온다.

실비의 죽음은 결코 준이 원하던 결과는 아니었다. 테너부부가 아무도 입양하지 않을 것이라는 사실을 안 준에게 미국으로 갈 길은 없어진다. 그녀에게 남은 것은 절망밖에 없다. 준은 고아원에서도 가장 입양되기 어려운 "문제아"(453)에 속하기 때문이다. 준은 죽음을 결심하고 그녀와 함께 문제아에 속하는 민Min과 함께 예배당에 불을 낸다. 그 불은 예배당 전체를 뒤덮고, 불행히도 아이들을 구하려던 실비의 죽음을 초래한다. 실비의 죽음 후 준은 더 이상 한국에 미련이 없는 헥터의 법적인 아내로 미국행에 성공하지만 삶에 대한 책임감은 더욱 커질 수밖에 없다. 그렇지만 책임감으로 살아가는 인생은 행복하기 어렵다. 헥터의 아이인 니콜라스Nicholas를 낳고, 결혼도 하고, 앤틱샵을 운영하며 나름의 성공도 이루었지만 준은 하나뿐인 아들 니콜라스와의 연락도 끊긴 채 외롭게 살아간다. 미국에서의 삶은 준이 책임의식을 가지고 살아내야만 하는 힘겨운 투쟁이다. 여행을 떠난 후 돌아오지 않는 아들에게 돌아오라는 말조차 하지 못하는 준의 모습은 자신이 가지고 있는 죄의식에 사로잡혀 자식조차 어려워하고 있음을 보여준다. 아들 니콜라스가 도둑질을 하는 것을 목격하면서도 "놀라운 사실은 준이 한 번도 아이에게 직접 물어본 적이 없다는 것이다. 그녀는 아들을 꾸짖지도, 훔친 물건에 대해 모르는 척 묻지도, 언급하지도 않았다"(251)고 묘사되는 준의 태도는 그녀가 스스로 아들을 훈육할 자격이 없다고 느끼고 있음을 보여주는 것이다. 미국에서 그녀가 해내야 하는 한 가지는 그녀에게 주어진 두 번째 인생에서 끝까지 살아남는 것이다. 암으로 투병하면서도 병원에서 "모범적 환자"(242)로 불릴 정도로 살기 위해 모든 노력을 다하는 것은 삶에 대한 책임의식의 또 다른 모습이다. 그녀에게 삶은 케니히 박사Dr. Koenig의 말처럼 "살든지 아니면 죽든지"It's life or nothing(242)인 것이다.

삶이 짐으로 느껴지는 것은 실비도 마찬가지이다. 사랑하는 이들이 죽어가는 것을 눈앞에서 지켜 본 실비는 미국에 돌아와서 삶에 대한 애착을 잃은 모습을 보인다. 그녀는 "허기를 모르는 사람"(220)이 되어 하루 동안 몸을 지탱할 정도만을 먹으며 하루하루를 버텨나가는 것에 의미를 두고 살아간다. 강인하고 삶에 대한 집착을 가지고 있는 준과는 달리 그녀에게 삶은 그냥 버티는 것의 의미이다. 마약의 힘을 빌리며 가까스로 살아가는 그녀에게 삶은 의무감으로 지탱해 가야 하는 버거운 것이다.

실비는 삶의 힘겨움을 참지 못하고 자학적인 모습을 보인다. 한 예로, 실비는 대학에 다니면서도 같은 나이대의 남학생들에게는 마음을 열지 못하고 자신과 같이 전쟁에 대한 상처를 가지고 있는 나이 많은 짐Jim에게 연민을 느낀다. 그가 전쟁으로 인해 남성으로서의 역할을 하지 못하는 것을 알게 되자 그녀는 그와 성행위를 시도하며 그를 만족시켜 주고자 한다. 그녀는 그를 위로하는 행위로 전쟁에서 죽어간 이들을 위로하고자 하는 것이다. 다른 예로, 테너목사와 만날 준비를 하던 실비는 실수로 면도칼에 베인다. 그렇지만 그녀는 그 피를 닦아내지 않고 도리어 면도칼로 또 다른 상처를 내는 자학적인 모습을 보인다. 흘러내리는 피는 그녀에게 과거의 기억을 상기시킨다.

> 핏줄기가 무릎을 지나 허벅지로 흘러내리게 내버려 두었다. 피가 흘러내리는 창백한 다리는 감각이 없어지고 차갑고 얼얼했지만 그런 감각은 그녀와 아무 상관도 없는 것 같았다. . . . 중략 . . . 그녀는 럼 목사와 그의 아내의 시신이 덮여지지도 않은 채 선교원 안뜰에 눕혀져 있는 것을 보았다. 럼 부

인의 얼굴을 덮고 있는 핏자국이 땅위에 적막한 자국으로 남아있는 것을, 그리고 그들 위로 내리는 가느다란 눈발을 보았다. (229)

자신의 몸에 흐르는 핏줄기에서 과거의 기억을 떠올리는 실비는 때마침 그녀를 찾아와 돌봐주는 테너목사에게 성적 욕망을 발산하며 자신이 살아있음을 느낀다. 이처럼 자해 행동이나 자신을 구해준 이와 충동적인 성행위를 시도하는 모습에서 그녀의 불안정한 정신상태가 드러난다. 실비는 과거의 기억을 떠올리며 자신에게 주어진 또 다른 인생을 포기하려 했던 자신의 행동을 자책하고, 자신이 살아 있음을 욕망에 의지하며 느끼고자 하는 것이다. 미국에서 실비가 맺는 인간관계는 전쟁이라는 과거의 기억과 공유되는 순간에 의존한다. 자신과 같은 상처를 가진 이에게 연민을 느끼고, 그 기억을 잊을 수 있도록 도와줄 수 있을 것 같은 사람에게 의존하는 것이다. 그렇지만 외상을 바탕으로 만들어진 인간관계는 그녀를 더욱 피폐하게 만들고, 스스로를 극한으로 몰아넣는 그녀의 죄의식은 그녀를 점점 더 쇠약하게 만든다.

테너목사와 함께 한국에서 선교활동을 하는 실비는 남편을 도와 고아원을 꾸려나간다. 아이들과 수업도 진행하고 고아원 살림도 열심히 하지만 테너목사와는 의무에 기반하고 있는 관계를 유지해 나간다. 그녀는 아침에 조용히 새벽 시간을 즐기다가도 테너목사가 일어나는 소리에 "피부 아래의 작은 눈물방울"(220)을 느끼고 날이 갈수록 "에너지와 의지를 모두 빨아들이는 것 같은 구멍"(341)에 빠진 것 같은 상태가 된다. 그녀에게 현실은 여전히 고통의 연속인 것이다. 실비의 자학적인 태도는 한국에서도 여전하다. "그녀는 고통 받아야만 했기 때문에, 그리고 고통 받을 필요가 있었기 때문에 고통 받았다. 그녀는 자신이 받을 만한 처벌을 받기를 갈망하고 있었다. 그것은 또한 아직 자신이 살아있다는 것을 상기시키는 방법이기도 했다"(408)라는 묘사는 그녀의 자학적인 태도가 여전함을 보여준다. 그런 자신을 지탱하기 위해 실비는 마약에 의지하고, 그런 상태를 알아채고 그녀 곁을 지켜주는 인물은 헥터이다. 헥터는 실비가 다시금 삶의 끈을 잡게 해준다. 실비는 헥터와 있을 때 살아 있음을 느끼고, 그와 사랑을 나눌 때 "가장 아름답게 빛난다"(344). 그 순간은 실비가 잠시나마 과거의 기억에서 벗어날 수 있는 가장 인간적인 순간이다.

헥터의 경우에는 아버지의 죽음으로 시작한 방랑생활을 멈추지 못한다. 그는 아버지의 죽음에 대한 죄책감과 전쟁에서 본 수많은 죽음들로 죽음에 너무나도 익숙하다. 삶이라는 것이 한순간에 사라질 수 있음을, 인간이 죽음 앞에서 너무나 작은 존재임을 아는 헥터는 정착하는 삶에 두려움을 가진다. 그런 헥터가 준과 실비가 있는 고아원에 원래 계획했던 것보다 좀 더 오래 머무르게 된 것은 실비에 대한 감정 때문이다. "계속해서 그녀에 대한 생각을 하지 않을 수가 없는"(160) 헥터는 자신에게 다가오는 듯하다. 또 멀어지는 그녀의 태도에 갈피를 잡지 못한다. 그렇지만 늘 그녀를 눈으로 찾고 그녀가 보이지 않으면 "새로운 외로움"(165)을 느끼는 헥터는 마침내 그녀와 함께하면서 고아원에 머물러야 하는 이유를 찾는다. 예배당의 화재와 그로 인한 실비의 죽음으로 인해, 잠시나마 삶의 이유를 찾았던 헥터는 준과 함께 미국으로 돌아가며 다시 방랑생활을 시작한다.

헥터가 가장 두려워하는 것은 사람을 잃는 것이다. 아버지에 이어 한국에서는 실비를 잃고, 다시 미국에서 한때 사귀었던 위니Winnie도 잃고, 같이 살고 싶다는 생각이 들었던 도라Dora도 잃는다. 그는 늘 자신의 곁에 죽음이 함께 한다는 생각에 누구와도 깊은 관계를 맺으려 하지 않는다. 사실상 헥터는 모든 이들이 원하는 것처럼 "사랑이 있는 평범한 안식처"(93)를 원했다. 그렇지만 주위 사람들의 죽음을 목격하면서 헥터는 자신에게 죽음의 그림자가 함께하는 것 같은 두려움을 갖게 된다. 위니는 "헥터와 연관되면서 불행으로 들어온 또 다른 여인"(92)이었고 그때 그는 "그녀가 마지막"(92)이 될 것이라고 스스로에게 약속한다. 그렇지만 사람들과 관계 맺기를 두려워하는 헥터에게 나타난 도라로 인해 그는 또 다른 행복한 가정을 향한 기회를 잡아야 할 것인지를 고민한다. 활발하고 쾌활하고 낙천적인 도라와 함께 시간을 보내며 헥터는 자신도 즐거워짐을 느낀다. "그 느낌을 유지하기 위해서는 어떤 일이든지 해야겠다"(267)고 생각하지만 "그녀의 삶을 엉망진창으로 만들게 될지도 모른다는 두려움"(268)은 여전히 헥터를 힘들게 한다. 결국 도라의 죽음으로 이어지는 자신을 둘러싼 죽음의 그림자로 인해 헥터는 준을 따라 니콜라스를 찾아 나서고, 마지막으로 준의 죽음까지 지켜보게 된다.

이렇듯 세 주인공은 과거에 그들에게 일어난 사건들로 인해 외상을 지니게 되고 개인에 따라 다르게 나타나지만 그들의 삶을 정상적으로 이끌지 못한다. 알렌 박사는 "과거가 현재 속으로 끊임없이 침습intrusion하는 것"(25)이 외상 사건의 부정적인 결과라고 말했다. 실비아 슐터멘들 Silvia Schultermandl 역시 외상은 치유하기 어렵다고 말하며 이는 그 트라우마적 사건을 없던 일로 만들 수 없기 때문이기도 하고, 실제 외상은 그것이 발생한 시점에 경험되는 것이 아니라 이후에 끊임없이 떠오르기 때문이라고 말했다(83). 이렇듯 과거의 상처로 인해 그들은 삶을 즐길 수 없다. 그들은 책임감 혹은 의무감으로 살아가게 되고 사랑하는 다른 이들까지 자신으로 인해 상처를 받을까 노심초사한다. 외상의 후유증으로 인해 그들에게 삶은 행복한 미래를 약속하는 것이 아니라 잔인한 현실이 되는 것이다. 이처럼 이창래는 전쟁이라는 시대적 배경이 트라우마적 사건으로서 인간의 삶을 어떻게 파괴해 나가는 지를 준과 실비, 헥터를 통해 보여주고자 한다. 그리고 이 과정에서 이창래는 이러한 상처와 후유증은 사실상 한 개인의 문제가 아니라 그 시대를 겪어낸 공동체의 상처이자 후유증임을 말한다.

3. 집단적 외상의 치유 가능성 모색

전쟁의 후유증이 개인의 문제만은 아니라는 것은 당연하다. 홀로코스트를 겪어낸 유대인들에게도 그 기억은 집단화 되어 있고 제 2차 세계대전 동안 미국과 캐나다에서 강제로 수용소로 보내졌던 일본계 이민자들에게도 그 기억은 집단화 되어 나타난다. 르페브르Lefebvre는 『오바상』(Obasan, 1981)에 대한 연구에서 "역사와 기억의 창조와 처리문제, 가족과 공동체 관계에서 외상의 영향, 그리고 미래를 향해 나아가는 것과 연관된 복잡한 문제들"(166)이 조이 코가와Joy Kogawa가 반복해서 보여주는 주제라고 말했는데, 이처럼 역사와 기억과 관련된 외상이 공동체와 직접적으로 관련이 있다는 것은 분명한 사실이다. 『더 서렌더드』에서도 세 주인공은 밀접하게 연결되며 그들의 상처가 개인의 것이 아니라 그들 모두가 함께 가지고 있는 것임을 보여준다.

『더 서렌더드』에서 모든 인물들은 서로 동일시되거나 연결된다. 준은 실비와 동일시되며 준의 동생 지영은 니콜라스와 동일시되어 나타난다. 또한 준과 헥터 사이에 태어난 아들 니콜라스는 그들을 이어주는 강력한 매개체이다. 이들 모두를 관통하는 과거의 기억은 전쟁에 대한 상처로 비록 다른 전쟁 상황에 있었다 하더라도 그들에게 남겨진 외상은 크게 다르지 않다. 준과 실비, 실비와 헥터, 헥터와 준, 준과 지영, 지영과 니콜라스는 서로 연결되며 그들이 같은 상처를 가지고 있는 인물들임을 보여준다.

준은 실비가 자신과 같이 전쟁에 대한 상처를 가지고 있음을 안 이후로 그녀를 자신과 동일시한다. 실비가 항상 옆에 두는『솔페리노의 기억』A Memory of Solferino이 궁금했던 준은 실비 몰래 그 책을 읽어본다. 그 책이 솔페리노에서 일어난 참혹한 전투장면을 묘사하고 있음을 본 준은 실비에게 남겨진 외상이 어떤 것인지 바로 이해하고 그녀를 자신과 동일시한다. "다음 세상에서는 부모님을 되찾을 것이고 언니와 오빠는 건강할 것이며 쌍둥이 동생들은 행복하게 완전한 하나로서 함께 있겠지만, 지금 이 세상에서는 비록 둘 중 하나는 완전히 인정하지 못하지만, 준과 실비가 마치 쌍둥이처럼 짝이 되어 있다"(405)는 묘사는 실비는 인식하지 못하고 있지만 준과 실비가 쌍둥이처럼 서로 연결되어 그들이 함께하는 것이 "완전한"whole(405) 것임을 말한다.

준이 실비와 하룻밤을 같이 보내는 것은 실비와의 동일시를 실제로 행동으로 옮긴 것으로 볼 수 있다. 준은 늘 실비와 함께하지만 그것은 단지 그녀의 마음에 들어 입양되기 위한 것뿐만은 아니다. 자신의 속마음을 잘 표현하는 아이는 아니었지만 준은 사실상 실비를 소유하고 싶어 한다. 테너 목사의 부탁으로 실비를 감시하면서 실비와 헥터의 관계를 알게 된 준은 헥터처럼 실비의 몸을 안고 싶은 욕망을 가지고 결국 잠든 실비의 몸을 탐한다. 동일시를 추구하던 준이 마지막으로 실비의 몸을 소유하고자 하는 것은 완전한whole 하나가 되고자 하는 욕망의 발현이다. 이러한 준을 실비도 거부하지 않으면서 정신적으로 피폐한 준과 실비가 육체적으로도 서로를 포용하며 같은 몸과 정신을 가지는 쌍둥이가 되는 것을 보여준다.

이렇듯 이창래는 준과 실비를 하나로 엮으며 그들이 각각의 다른 인물이지만 그 시대와 환경에 희생된 면에서는 쌍둥이와 같다는 것을 보여준다. 그들은 두 명이지만 사실상 한 명으로 표현되어도 무방한 것이다. 이렇게 동일시되는 모습은 준의 동생 지영과 니콜라스에게서도 나타난다. 니콜라스는 헥터와의 사이에 태어난 아이이기에 준에게 과거의 다른 형태의 재현을 의미하고, 그렇기에 그녀가 잊고 싶은 존재이기도 하다. 그녀가 잊고자 하는 또 다른 존재인 지영은 이런 의미에서 니콜라스와 동일시된다. 그들이 모두 죽음을 맞이했다는 점에서도 이들은 공통점을 지닌다. 준은 병으로 인한 고통 속에서 환영을 보고 "그 애가 니콜라스였나? 동생 지영이었나?"(263)라며 니콜라스와 지영을 헷갈려 한다. 준이 보는 환영 속에서 지영과 니콜라스는 분간이 되지 않는다.[3] 남동생 지영과 니콜라스는 둘 다 준이 가지고 있는 죄의식을 반영하는 존재들로서 얼마 남지 않은 그녀의 삶에서 속죄하고 이해받고 싶은 존재들이며 전쟁이라는 환경의 또 다른 피해자들이다.

지영과 동일시되며 준의 죄의식을 자극하는 존재인 니콜라스는 헥터의 아들이라는 점에서 가족으로서 그들 모두와 연결된다. 준이 낸 화재로 인해 헥터는 미국행을 소원하는 준과 함께 미국으로 가지만 그들은 미국에 도착한 후 헤어진다. 그렇지만 준은 헥터에게 알리지 않은 채로 니콜라스를 낳았고, 그 사실을 자신의 죽음이 가까워지자 헥터에게 알린다. 갑작스럽게 알게 된 아들의 존재는 헥터에게 당황스러운 일이지만 도라까지 잃은 헥터는 자포자기의 심정으로 준을 따라 나서고 점점 니콜라스의 성격, 외모, 목소리 등에 대해 궁금해 한다. 심지어 헥터는 "자신의 외모를 빼닮은 아이를 한 번 보는 것도 좋을 것 같았다. 아이를 우연히 만나 바로 알아보고, 자신이 누구인지 밝히지 않은 채 뒤따라가 카페나 버스에 앉은 아이를 몰래 보고 싶었다"(351)라고 생각한다. 니콜라스가 헥터에게 다시 삶에 대한 기대를 가지게 하고 또한 준과 함께 여행하면서 준을 이해할 수 있는 길을 열어 주는 것이다. 이렇듯 니콜라스는 헥터를 준과 연결시켜준다. 준과 헥터는 과거의 기억에서 벗어나고자 서로를 떠났지만 그들 사이에서 태어난 아들은 그 과거가 엄연히 존재했음을 증명한다. 더구나 니콜라스의 존재는 준과 헥터가 잊고자 했던 과거의 상처가 대를 이어 내려오며 집단화됨을 보여준다. 과거는 잊고자 한다고 잊을 수 있는 것이 아닌 것이다.

이렇듯 이창래는 모든 등장인물들을 크게 하나로 묶으며 그들이 서로 연결되어 있는 존재들임을 말한다. 그들 모두는 한 개인으로 존재하지만 결국 그들은 하나이자 큰 집단으로 나타나는 것이다.[4] 그렇기에 그들이 견뎌내야 하는 과거의 상처도 결국 개인의 문제가 아니라 한 공동체, 집단의 문제로서 다루어져야 하는 것이고 그들은 서로를 이해함으로써 치유되어야 한다.

준과 실비, 헥터가 보여주는 집단적 외상의 후유증은 한 개인의 힘으로는 고칠 수가 없다. 역사와 환경이라는 거대한 배경에서 인간은 모래알 같은 존재이기 때문이다. 그렇지만 이창래는 이러한 집단적 외상도 치유되어야 하는 것임을, 그것도 그들 모두가 함께 노력함으로써 치유의 가능성은 더욱 높아진다는 것을 보여준다. 이 과정에서 헥터의 존재는 모든 이들을 이해하고 하나로 포용하는 존재로서 부각된다.

니콜라스를 찾고자 "전쟁에서, 준"(84)이 자신을 찾는다는 이야기를 들은 헥터는 마치 "파멸의 주문"(82)이라도 들은 듯 몸서리친다. 전쟁도, 한국도, 그 시절과 연관된 모든 이들은, 새 삶을 시작하기 위해 미국으로 온 그가 더 이상 기억하고 싶지 않은 과거에 속해있는 것이다. 그렇지만 결국 헥터는 준을 따라나서고 그들의 여행을 시작한다. 그렇지만 이 여행은 단순히 니콜라스 찾기라는 목적만을 가진 여행은 아니다. 노은미가 "준의 솔페리노 행은 또한 누구에게도 말할 수 없었던 고통의 기억으로의 여행을 암시하는 것이며, 준은 결국에는 종착지에 도달하기 위하여, 극도의 신체적 고통과 기억의 혼란 속에서 수도자와 같은 의지와 정신력으로 순례의 여행을 강행한다"(64-65)고 말한 것처럼 그들의 여행은 과거를 돌아보고 과거의 죄를 씻기 위한 여행의 의미를 지닌다. 죽음을 목전에 둔 준은 자신의 죄를 용서받고자 한다. 니콜라스를 찾아 나서는 준의 여행은 멀리 보이는 불빛을 향해 끊임없이 나아가는 "항해"(51)와도 같다. 그 불빛이 과연 그녀의 눈앞에 선명하게 나타날 지는 아무도 모른다. 항해의 여정에서 그녀는 다시 다른 경로로 빠질 수도 있고 혹은 그녀가 본 불빛이 목적지가 아닐 수도 있다. 준의 집 관리자였던 하비Habi가 떠나는 준에게 "잘 다녀오십시오"Bon Voyage(40)라고 하는 인사가 준에게 "슬프고도 부드러운 사이렌"(40)처럼 들리는 것은 그 길이 준에게 쉽지 않은 여정이 될 것임을 알려주는 것이다. 니콜라스를 찾는 여행은 늘 회피하려고만 했었던 과거의 기억과, 그로 인해 그녀가 니콜라스에게 주었던 상처들을 생각하며 용서를 구하는 여행이 된다. 더 이상 도망가지 않고 죄책감의 근원지를 찾아 움직이는 준에게 니콜라스는 더 이상 과거에 대한 죄의식을 상기시키는 존재만은 아니다. 그는 이제 그녀를 과거의 기억으로부터 해방시켜 줄 유일한 희망이다. 연락을 끊었던 준과 헥터의 화해도 니콜라스가 있었기에 가능해 진다. 준은 고통을 참기 위해 몰핀으로 지탱하며 여행을 떠나고 순례의 여행에 동참한 헥터는 "육체적 고통이 둔해지기보다는 더욱 심해질 텐데도 그녀의 멈추지 않는 생명력, 불같은 생존 의지에 놀랐다"(311)며 그녀에게 생존의 의미였던 과거의 행동들을 이해하고 연민으로 바라보게 된다.

니콜라스의 죽음으로 여행의 최종 목적지에 도달하는 것이 불가능해졌다는 점에서 그들의 여행은 실패한 결과로 보일지도 모른다. 그렇지만 이 실패는 끝이 아니라 그 상처의 치유를 통해 새로운 시작을 할 수 있게 한다. 외상을 가진 이들은 그 기억을 없애고자 하지만 사실상 그것은 잊고자 한다고 잊을 수 있는 것이 아니다. 준이 니콜라스를 찾아 나서면서 헥터를 다시 만나고, 과거를 다시 대면하듯이 니콜라스의 죽음은 모든 이들을 새로운 출발점에 세워놓게 한다. 타고난 손재주를 가진 니콜라스가 무엇이든 고장 난 것을 "고칠 수 있는"(247) 아이라고 묘사되는 것은 그가 준과 헥터의 상처를 고쳐 새로운 삶을 시작하게 하는 역할을 하고 있음을 말한다. 니콜라스를 매개체로 준과 헥터는 화해를 할 수 있고 준은 헥터의 보호 속에 마지막을 맞게 된다.

준의 마지막을 지켜주는 헥터는 모든 상처받은 영혼들을 이해하고 위로하는 역할을 하는 인물이다. 그는 늘 죽음과 함께하는 불길한 존재처럼 묘사되었으나 사실 그의 존재는 늘 죽어가는 이들의 마지막을 지켜주었고 상처받은 이들을 위로해 주었다. 전쟁에서 혹은 자신의 삶에서 수많은 죽음을 목격하며 헥터는 스스로 왜 아이러니하게도 "죽음의 사자"the angel of death(325)가 되었는지를 궁금해 했다. 그는 왜 항상 죽음과 함께 하는 것일까? 헥터가 자신을 영웅의 이름인 아킬레스라고 짓지 않고 헥터라고 지었는지를 아버지에게 물었을 때 아버지는 그냥 평범한 "아들 같은 아들"(62)을 원해서라고 대답한다. 평범한 아들이자 평범한 인간이었기 때문에 헥터의 존재와 그의 상처는 한 개인의 상처와 그가 속한 집단의 상처를 모두 포용할 수 있다. 신이 아니기에, 영웅이 아니라 평범한 한 인간이기에 그가 이해해 주는 것이 상처받은 이들에게는 더욱 진실한 위로가 되는 것이다. 헥터는 평범한 인간들의 삶 속에서 함께하며 그들의 사랑, 죄, 고통, 슬픔, 죽음 등을 모두 이해하고 포용하는 존재인 것이다. 죽음을 향해 가는 준의 곁에서도 헥터는 '죽음의 사자'로서의 역할을 한다. 전쟁이라는 잔인한 환경 속에서 하찮게 여겨지는 인간의 목숨과 그렇게 죽어가는 인간들의 마지막을 돌봐주는 인물로서 헥터는 인간의 생명에 대해 유일하게 경외심을 가지는 인물로 나타나고, 이는 잡역부인 그의 직업에서도 나타난다.

미국에서 헥터는 하루를 보내며 더러워진 건물을 청소하고 깨끗하게 만드는 직업을 가지고 있고 이는 전쟁터에서 마지막으로 시신을 깨끗하게 처리하는 일을 하던 그의 임무를 상기시킨다.

> 헥터는 전사자 처리부대에 있을 때 가장 많이 시신을 씻어냈던 사람이 바로 자기라는 사실을 상기했다. 부대에 있을 때 그는 처음에는 호스를 가지고 시신을 씻었지만 나중에는 필요하면 양동이와 헝겊으로도 시신들을 씻었고 그 일이 그렇게 힘들지는 않았다. 사실 그는 비록 처참하게 망가지긴 했지만 시신들이 깨끗해져서 조금이라도 본래의 모습으로 그들을 보낼 수 있는 것에 기운이 났다. 어쩌면 그것만으로도 충분한 자비일 수 있었다. (275)

헥터가 가지고 있는 "어둠의 재능 중에서도 가장 어두운 재능"(327)인 구덩이를 파고 시신을 묻는 재능은 어둠의 재능일지는 모르겠지만 또한 자비로운 행동이다. 죽음을 맞는 자의 마지막을 함께 해주는 것은 그 사람의 마지막이 외롭지 않게 해 주고자 하는 마음의 표현인 것이다. '죽음의 사자'인 헥터는 사실 죽음을 끌어들이는 인물이 아니라 소년 병사, 실비, 위니, 도라, 그리고 준과 같이 죽어가는 이들 곁에 존재하는 진정한 "천사"(325)와 같은 인물이다. 힘든 결혼생활을 하는 실비가 몰핀 없이 잠을 이루지 못할 때 주사를 놓아준 것도, 준과 함께 솔페리노로 가는 것도 그들의 상처를 이해하기 때문에 가능하다. 헥터로 인해 그들은 외롭지 않게 마지막을 맞이하고 상처도 치유 받는다.

고아원에서 헥터는 아이들을 보며 "누가 어떤 끔찍한 일을 견디며 살아남았는지 혹은 보았는지, 혹은 죄를 지었는지는 아무도 알 수 없다. 그리고 그것을 판단할 필요도 없었다"(319)고 말한다. 과거의 기억 속에서 살아가는 것으로 이미 평생을 함께 하는 고통을 겪고 있는 인간들에게 신이 아닌 이상 누구도 그들의 선택이 옳고 나쁘다고 판단할 수 없는 것이다. 전쟁이라는 잔인한 환경을 겪은 두 여인에게 가장 가까웠던 사람으로서 헥터는 인간의 힘으로는 어떻게 할 수 없는 환경에 의해 평생을 죄의식과 죄책감으로 살아간 그들의 삶을 이해하고 포용할 수 있는 유일한 인물이다. 전쟁이라는 환경을 같이 겪었기에 헥터는 그 모든 상처와 감정들을 공유할 수 있고, 그렇기에 마지막 순간에 헥터가 함께 있어주는 것은 죽어가는 이들이 좀 더 홀가분하게 세상을 떠날 수 있도록 한다.

전쟁으로 인한 외상의 완전한 치유는 불가능하다. 그렇지만 그들은 적어도 편안하게 죽음을 맞이할 권리는 있다. 완전한 치유가 불가능한 그들의 상처는 종교 안에서 위안 받는다. 준이 죽음을 맞이하는 솔페리노 교회에는 성 베드로Saint Peter가 그려져 있다. 예수를 세 번 부인하고 난 후, 참회하고 성인이 된 성 베드로 벽화는 과거의 모든 죄를 고백하고 참회함으로써 용서받고자 하는 인간의 마지막을 지켜주는 듯하고, 교회 안에 있는 수많은 주검들은 인간이 오랜 역사 속에서 태어나고 죽어가며, 죄를 짓고 참회하는 과정을 수없이 되풀이 해왔다는 것을 보여준다. 전쟁은 역사의 한 부분이고 그 전쟁에서 죽어간 이들이나, 남겨진 이들의 상처는 그들이 속한 집단의 상처가 되고, 그렇게 상처를 주고, 또 받는 것은 역사 속에서 되풀이된다. 실비에게서 준, 그리고 니콜라스에게로 전해지며 그들을 이탈리아까지 여행하게 만든 책, 『솔페리노의 기억』은 전쟁의 참혹함을 모든 이에게 설파하는 의미를 가진다. 그 책을 소중히 간직하는 실비와 준을 통해 이창래는 인간이 인간성을 잃어버리는 그런 잔인한 환경을 기억하고, 또다시 반복해서는 안 된다는 것을 말한다.

유골들로 장식된 솔페리노의 교회를 보며 준이 아름다운 장소라고 느끼고 "여기가 우리가 있을 곳이다"(483)라고 깨닫는 것은 죽음을 맞이한 모든 이들이 죽는 순간까지 고통과 상처와 분노를 다스리고 치열하게 삶을 살아왔다는 점에서 그들의 삶은 존중받아야 한다는 것을 보여주는 것이다. 솔페리노 교회가 그러한 상처받은 인간들의 존엄성에 가치를 두고 있기에 전쟁의 또 한 명의 피해자인 준은 그 안에서 편안히 숨을 거둔다. 준은 죽음을 맞이하는 마지막 순간에 지영을 버리고 기차를 타던 그 마지막 순간을 회상한다.

> 그녀는 돌아볼 수가 없었다. 그녀는 그들을 사랑했지만 일단 돌아보면 끝이라는 것을 알고 있었다. 언젠가는 멈추게 될 것이다. 그렇지만 아직은 멈추고 싶지 않았다. 아직은, 지금은 그러고 싶지 않다. (484)

삶에 대한 욕구는 인간의 본성이고 그 본성을 추구함으로써 인간은 미래로 나아간다. 준이 기차를 향해 달리며 손을 뻗었을 때 "누군가가 그녀를 끌어올려 태워 주었다. 그녀는 땅에서 발을 뗐다. 살아 있는 채로"(484)라고 묘사된 마지막 장면은 삶에 대한 그녀의 의지가 결국 그녀를 미래로 이끌었다는 것을 보여준다. 노은미가 준이 동생의 손을 놓는 장면에 대해 "전쟁의 참혹함이라기보다는 오히려 삶의 존엄함"(55)을 보여준다고 했듯이 살아있다는 것 자체로 인간은 존엄하다. 그리고 인간이기에 준의 그 선택은 이해받을 수도 있다. 교회 안에서 헥터의 보호를 받으며 죽음을 맞는 준의 평온한 마지막 모습은 인간의 상처는 치유되어야 하고 치유될 수 있을 것이라는 낙관적인 미래를 보여준다.

4. 나가는 말

피난길에 한 청년이 죽어가는 할머니를 보면서도 도움을 줄 생각도 하지 않고 스쳐 지나가는 수많은 이들을 본다. 그 모습에 충격을 받은 그는 피난민들과 "인간다움"decency(7)이 무엇인지, 인간답기 위한 어떤 "기본이 되는 것"(7)이 무엇인지에 대해서 토론하고자 하지만 비웃음만 산다. 죽느냐 사느냐의 문제 앞에서 '인간다움'이라는 단어는 너무나 사치스럽게 들리는 것이다. 극단적인 상황에 처해 있을 때 자신만을 생각하지 않을 인간이 과연 얼마나 있을 것이며, 그것을 과연 누가 옳다 나쁘다고 판단 할 수 있을 것인가? 그것은 인간이 판단할 수 있는 영역이 아니라 이해하고자 해야 하는 영역이다. 참혹한 과거의 기억을 가지고 평생을 살아가는 주인공들에게는 삶 자체가 벌이었다. 그렇지만 그들은 자신에게 주어진 순간에 최선을 다했고 그런 삶에 대한 자세로 그들은 인간적이었고 그들의 삶은 이해될 수 있다.

성 베드로가 지켜보고 수많은 전시대를 살아간 유골들로 장식된 교회에서 준은 여전히 니콜라스가 살아 있다는 희망을 간직한 채로 숨을 거둔다. 그리고 교회의 자비로운 기운은 과거에 스쳐간 많은 이들의 죽음을 위로해 주듯이 준의 삶을 위로한다. 준이 "자비의 천사"angel of mercy(309)로 묘사되는 것은 준이 따라가는 행보가 평범한 인간이라면 누구나 고민할 수 있는 선택의 순간들을 따라왔기 때문일 것이다. 이런 면에서 준의 일생은 모든 인간에게 죄에 대해 고민하게 하고 과거의 상처로 고통 받는 이들에게 치유 받을 수 있는 가능성을 던져주기 때문에 자비롭다. 그들이 가지고 있는 상처는 한 개인의 문제로 인한 것이 아니라 사회와 역사의 문제이며 그로 인해 그들이 속한 집단의 모든 구성원들이 함께 겪고 있는 상처임을 이야기해 주는 것이다. 이렇듯 『더 서렌더드』에서 이창래는 외상의 양상과 그 후유증을 보여주고 개인의 문제이자 공동체의 문제인 외상의 후유증은 공동체가 함께 이해하는 과정을 통해 극복할 수 있음을 말한다. 준은 실비와 헥터를 만남으로써 그들의 상처를 함께 공유하고 편안한 마지막을 맞이할 수 있다. 그들이 머물렀던 고아원이 "새 희망"New Hope(151) 고아원이었던 것은 그 고아원 안에서 그들이 서로를 발견하고 상처를 이해해 줄 사람을 만났고, 이로 인해 다시 미래를 계획할 수 있는 가능성이 주어졌기 때문이다. 그들과 함께 있었기에 준은 평생을 따라다니던 상처를 치유하고 평화롭게 죽음을 맞이할 수 있고 이는 전쟁과 관련한 과거의 상처를 가지고 있는 모든 이들에게 희망의 빛을 던져준다.

---

* 이 글은 저자의 「이창래의 『더 서렌더드』: 집단적 외상 인식과 치유 가능성 모색」. (『영어영문학연구』 55.4 (2013): 375-96)의 내용을 본 저서의 기획 취지에 맞도록 일부 수정·확대한 글임.

■ 참고문헌

노은미. 「폭력의 기억: 『더 서렌더드』에 나타난 저항의 심리학」. 『현대영미소설』.
    18.3 (2011): 51-72.

알렌, 존. 『트라우마의 치유』. 권정혜 김정범 조용래 최혜경 최윤경 권호인 공역.
    서울: 학지사, 2010.

Bal, Mieke. *Acts of Memory: Cultural Recall in the Present*. ed. Mieke Bal, Jonathan
    Crewe, and Leo Spitzer, Hanover: University Press of New England, 1999.

Carroll, Hamilton. "Traumatic Patriarchy: Reading Gendered Nationalisms in
    Chang-rae Lee's *A Gesture Life*." MFS 51.3 (2005): 592-616.

Lee, Chang-rae. *The Surrendered*. NY: Riverhead Books, 2010.

Lefebvre, Benjamin. "In Search of Someday: Trauma and Repetition in Joy
    Kogawa's Fiction." *Journal of Canadian Studies* 44.3 (2010): 154-73.

Phelan, Peggy. *Unmarked: The Politics of Performance*. NY: Routledge, 1996.

Schultermandl, Silvia. "Writing Rape, Trauma, and Transnationality onto the Female
    Body: Matrilineal Em-body-ment in Nora Okja Keller's *Comfort Woman*."
    Meridians: feminism, race, transnationalism 7.2 (2007): 71-100.

■ 주

 [1] 『더 서렌더드』는 『항복자』 혹은 『생존자』로 번역되고 있으나 본 논문에서는 외상을
입은 이들을 총칭하는 의미를 더하여 『더 서렌더드』로 표기하기로 한다.

 [2] 본문의 인용은 Chang-rae Lee, *The Surrendered* (New York: Riverhead, 2010)를 따르
고 이후 페이지번호만 표기하도록 한다.

 [3] 니콜라스는 준의 꿈의 재현으로 나타난다. 펠런(Phelan)이 "재현은 두 가지 법칙을
따른다. 하나는 재현은 항상 의도하는 것보다 더 많은 것을 전달한다는 것이고 다른 하나
는 결코 모든 것을 통합해서 보여줄 수 없다는 것이다. 재현으로 인해 전달되는 "초과되는"
의미들은 복합적이고 저항적인 해석을 가능하게 하는 추가되는 부분들을 만들어낸다. 이러

한 추가되는 부분들이 있음에도 불구하고 재현은 단절과 차이를 만들어낸다. 그리고 실재를 정확하게 재생산하는 것에 실패한다"(2)고 재현하는 행위 혹은 재현된 사물이 완전한 실재를 의미하지는 않는다고 말한 것처럼 니콜라스로 나타나는 꿈의 재현은 불가능한 꿈과 실패의 의미들을 가지고서 모든 단절과 이해의 차이를 포함하고 있다.

⁴ 캐럴(Carroll)도 이창래의 『제스처 라이프』에서 종군 위안부 K가 하타(Hata)에게는 한 개인의 모습을 지니지만 그녀에 대한 기억이 하타의 입양한 딸 써니(Sunny)에 대한 외상으로 이어지면서 억압된 이들 모두를 의미한다고 말한다(612).

전후 일본계 미국/캐나다인들의 차별과 구금에 대한 기억과 치유

김일구

1. 서론

1941년 12월 7일 일본에 의한 진주만 공격이 있은시 10주가 시난 1942년 2월 19일 루스벨트 대통령의 9066 집행 명령Executive Order 9066에 의해 12만 6천 명 중 서해안West Coast에 거주하던 11만 명의 일본계 미국인들은 미국 내지의 강제 수용소에 넣어졌다. 이들은 처음에는 주로 마구간을 개조한 16개의 집소센터assembly centers로 옮겨졌고 후에는 10개의 재배치 센터relocation centers에서 마치 포로와 같은 구금생활을 하였다. 2차 대전의 적국이었던 독일계나 이탈리아계 미국인들이 강제구금의 대상에서 제외되었던 것을 고려하면 미국의 이러한 조치는 인종차별적인 것이었으며, 특히 구금된 일본계 미국인들 중 65퍼센트에 해당되는 약 7만 명은 미국 시민권을 갖고 있었음에도 불구하고 아무런 법적 보호를 받지 못하였다. 이들은 일주일도 채 되지 않았던 소개evacuation 준비기간 중에 사업을 정리하고 재산과 가재도구를 처분하도록 명령받아, 캘리포니아(만자나르, 튤레이크), 애리조나(포스톤, 질라), 아이다호(미니도카), 와이오밍(하트마운틴), 콜로라도(그라나다), 유타(토파즈), 아칸소주(로어, 제롬)에 위치한 10개의 재배치 캠프에 각각 대략 1만 명의 규모로 2년 반 가량 분산 수용되었다. 비록 3만 5천여 명의 일본계 2세들은 1943년 1월 강제 수용소에서 먼저 풀려나기는 했지만 이들은 전쟁 중의 인력부족을 메우기 위한 목적이 더욱 우선되었던 것이고 또한 캠프 내에서 미국에 대한 충성의 서약oath of allegiance에 'No'가 아닌 'Yes'를 맹세했을 경우에만 한정되었다. 당시 약 1,500명의 일본계출신의 미국 군인들은 보병 100대대로 재편성되어 훈련받았고, 후에 강제수용소의 자원병까지 포함하여 442전투 연대가 편성되었으며, 이탈리아와 프랑스 남부에 파견되어 혁혁한 전공을 세우기도 하였다. 특히 머레이Alice Murray에 따르면 2,264명의 페루를 포함한 라틴 아메리카 국가들에 거주하던 일본계 이민자들은 강제로 미국으로 추방되었고, 후에 일본에 억류 중이었던 미국인들과 1942년과 1943년 사이에 교환되었다(3).

이와 유사하게 캐나다에서도 1941년 12월 이후 1942년 2월 24일의 칙령 1486Order in Council PC 1486에 의해 18세에서 45세(일부 자료에서는 42세)까지의 일본계 캐나다거주 남성은 적성국가 국민으로 등록되어 대륙에서 1백마일 떨어진 강제수용소에 수감되었다. 이러한 조치로 인해 약

일만 칠천 명의 일본계 캐나다인들이 강제 배치 수감되어 도로건설업무 등을 하게 되었으며, 이어 1943년 칙령 469에 의해 재산이 몰수되었다. 그리고 보호지역 내의 그들의 주요 생업이었던 어업이 금지되어 일본계 미국가정은 심각한 생계의 위협을 받았다. 이들 중 75퍼센트가 귀화한 캐나다 국민이었지만 이와 상관없이 이들은 1947년까지도 (미국의 경우 1946년 중반에 종식됨) 캠프에 갇혀 지내야만 했다.

전후 미국과 캐나다정부는 일본계 이민자들의 재배치캠프 운영을 공식적으로 사과하며 이들에 대한 보상에 착수하여 일본계 미국인들은 그들이 입은 손해의 약 10퍼센트 그리고 일본계 캐나다인들은 약 23퍼센트의 보상을 받았다. 미국의 경우 1924년의 아시아계 이민 제한법the Oriental Exclusion Act은 후에 1952년의 맥카랜-월터 법안McCarran-Walter Act으로 철폐되었고, 1965년에는 매년 일본의 경우 185명에만 제한해 주었던 이민 쿼터법도 철폐되었다. 그리고 일본계 미국인 시민연맹JACL의 노력에 힘입어 수용소 캠프에 수용되었다가 살아 남아있던 6만여 명의 생존자들은 1988년 시민자유법안Civil Liberties Act에 의해 법적보상이 승인되었고 1990년 부시 대통령의 사죄와 서명을 거쳐 각각 2만 불의 보상을 받았다.

본고에서는 이러한 2차 대전 중 일본계 미국인과 캐나다인들에 대한 차별과 구금에 대한 역사적 사실이 일본계 미국과 캐나다 문학 문학에서 어떻게 표출되고 있으며, 이를 직접 경험한 1세대, 2세대뿐 아니라 이후 현재까지의 3세대, 4세대 일본계 미국인들의 정체성에 어떤 영향을 미치고 있는지, 그리고 이를 일본계만의 특수상황이 아닌 소수민족 중 특히 아시안들에 대해 널리 퍼져있는 북미사회의 편견과 차별의 한 양상이었음을 중점적으로 살펴보고자 한다. 그리고 구금의 역사적 사실을 어떤 특정 공동체의 일방적인 시각으로 보기보다는 다양하게 여러 열린 시각으로 해석해보기 위해, 가해 국가 측의 양심을 대변하는 미국인 작가와 영화감독의 해석과 일본계 1세대인 잇세이issei와 2세대 니세이nisei의 소극적인 역사 수용태도, 또 후의 3세대의 후손인 산세이sansei들의 수정주의적 해석방식과 같은 서로 다른 구금에 대한 시각들도 비교해 볼 것이다. 본 논문에서는 미국과 상이한 방식으로 진행된 캐나다에서의 일본계들의 구금문제도 아울러 다루면서, 이러한 구금의 문제가 국가 간의 문제라기보다는 인종간의 갈등에서 비롯되었음을 재확인하고, 구금에 대한 다양한 시각을 결론적으로 포괄하여 모든 인류가 거의 예외 없이 겪었던 인종간의 전쟁과 갈등 같은 역사적 상처에 대한 기억을 잊지 않으면서도 어떻게 치유하고 극복하는 지에 대한 하나의 대표적인 사례연구의 경우로 삼으려한다. 또한 마지막으로 이러한 소수민족에 의한 다수민족의 언어사용이 지배언어를 탈영토화 한다는 들뢰즈의 입장에서 일본계 문학이 어떻게 영어를 형식과 내용 양면에서 내적으로 해체하면서 새로운 영어를 창출하여 다수언어 사용자의 소수민족에 대한 의식을 바꾸고 있는 지를 살펴보려한다.

2. 본론

2.1 서구인의 차별과 구금에 대한 두 시각: 『삼나무에 내리는 눈』(Snow Falling on Cedars, 1994)과 영화 〈낙원을 보러오세요〉(Come See the Paradise, 1991)

2차 대전 중 미국에 의한 일본계 미국인들과 캐나다인들의 대량 구금 정책의 경험은 이후 중국계나 한국계 미국문학과는 구별되는 일본계 미국문학을 특징짓는 중요한 주제가 되었다. 구금된 일본계 미국인들은 철조망이 쳐진 경계구역 내의 무장군인들에 둘러싸인 채 약 36개의 블록과 각 블록마다 12개의 막사 안에서 대략 5가족 24명 정도가 수돗물이나 제대로 된 취락시설이 없이 열악한 환경 속에서 살도록 강요되었다. 40년대와 50년대의 작품 속에 비쳐진 이러한 수용소 내의 일본계 미국인들, 특히 그중에서도 미국에서 태어난 일본계 2세들은, 미국의 이러한 통제에 대해 오히려 매우 협조적이었다. 미국은 부당한 통제에도 순응하는 일본계들에게 수용소 내에 초중고의 간이 학교운영을 할 정도로 실질적으로 이들 일본계 미국인들이 자국에 큰 위험요소가 아니라는 것을 알면서도 감금을 계속 유지해나갔다. 이 때문에 하등의 법적인 절차도 없이 미국시민으로서의 권리를 박탈당하고 죄수처럼 미국정부에 의해 감금된 일본계 미국인들의 아픈 경험은 전쟁이 종료된 후에 미국의 인종차별적 감시와 처벌로 인해 가시지 않는 외상으로 남을 수밖에 없었고 이들의 국가관과 정체성에 큰 변화를 끼쳤다. 수용소 내의 생활을 경험한 한 일본계 여고생의 다음과 같은 졸업식사는 일본계 미국인들이 수용소 구금경험이후 부정적으로 변화된 미국에 대한 시각을 잘 나타내준다.

일 년 반전에 나는 단지 하나의 미국, 즉 나에게 삶과 자유와 행복의 추구를 위해 투쟁하는 데 평등한 기회를 제공해주었던 미국만을 알고 있었다. 만약 내가 그 때 "미국이 네게 무엇을 의미하는가?" 하는 질문을 받았다면, 나는 주저하지 않고 진지하게 "미국은 자유, 평등, 안정 그리고 정의를 의미한다"라고 답했을 것이다. 이 졸업 식사를 준비하면서 어제 밤에 나는 내 스스로에게 "미국이 내게 무엇을 의미하는가?"하는 질문을 던져보았다. 나는 내 대답이 확실한지 이제 주저하게 된다. 나는 그 국민들이 분리되어, 차별받고 부당하게 취급받고 있을 때 미국이 여전히 자유, 평등, 안정 그리

고 정의를 의미하는지 의문스럽다. 이런 의심은 비단 나만의 문제는 아닐 것이다. (Rolater 19)

피해 당사자인 일본계 미국인들의 이러한 분노와 상처를 잘 알고 있으면서도 본의 아니게 가해자 입장에 서게 된 백인계 미국인 작가들의 2차 대전 중 일본계 감금의 이슈를 다루는 일은 그리 쉬운 일은 아니라고 할 수 있다. 그러나 일본계 미국인 강제소개가 처음 시작된 시애틀 근처 퓨젯섬Puget Island에서 자라면서 주변의 일본인들의 아픈 경험을 공유한 데이빗 구터슨David Guterson에게 이러한 일본계 미국인의 전쟁 상흔은 감춰두어서만 되는 일은 아니었다. 그는 당시 인종적 편견의 희생물이 되었던 일본인 여인과 그 가족들의 희생과 고통을 공정하게 보도하는 소설속의 신문기자인 이슈마엘 체임버즈Ishmael Chambers의 시각을 통해 진주만 공습이 있은 지 만 12년이 되는 1954년 12월 6일-8일의 일본인 어부의 백인살인사건을 매우 자전적인 경험과 당시의 역사적 사실에 기초하여 재구성함으로써 백인 미국인들의 뿌리 깊은 인종적 편견을 날카롭게 고발한다. 헤이톡Jennifer Haytock에 따르면 구터슨이 『삼나무에 내리는 눈』(Snow Falling on Cedars, 1994)을 집필하게 된 직접적인 동기는 어릴 적 가깝게 지냈던 티벳 출신의 친구 아니 사키아Ani Sakya때문이다(12-13).『로스앤젤레스 타임즈』에 실리기도 한「혈맹동지」"Blood Brother"라는 단편에서 잘 드러나는 티벳에서 망명 온 가족출신의 소년과의 인종을 초월한 저자의 우정은 "빗속에서 자신의 홈이 팬 나무 사이에 피신해 있을 때 티벳 출신의 친구 사키아가 가부좌로 바위에 앉아 침묵 속에 명상하던" 모습으로 형상화 되었다. 사키아는 나중에 변호사가 되어 인도로 가 티벳 망명 정부의 헌법을 기초하였고 저자는 이를 영어로 편집하는데 수정의 도움을 주기 위해 인도로 친구 사키아를 방문하기도 했다는 것이다.

　이러한 미국과 관련된 아시안 문화에 대한 저자의 이해에 기초하여, 소설은 1954년 시애틀 근처 인구 5천의 샌 피에드로San Piedro의 섬마을을 배경으로 카부오 미야모토Kabuo Miyamoto라는 일본계 미국인의 살인혐의에 대한 사흘간의 재판을 중심으로 전개된다. 육지와 고립되어 극히 사적인 생활을 특징으로 하는 섬에서 28년 만에 열리는 살인사건에 대한 공판에서 사무라이 집안출신으로 미국으로 이주해온 일본인 부모를 둔 카부오 미야모토는 앨빈 훅스Alvin Hooks 검사에 의해 살해자집안과의 평소 토지에 의한 원한관계와 살해자의 피가 묻은 작살의 소지여부 때문에 살인의 누명을 받고 있으나 자신의 무죄를 적극적으로 주장할 생각을 하지 않는다. 오히려 카부오는 2차 대전 중 미군으로 참전하여 4명의 독일군을 죽인 자신의 업보를 생각하면서, 그리고 만자나르Manzanar에서 강제 감금을 당했던 일본계 미국인에 대한 극단적인 차별 때문에 계속 자신을 변호하기보다는 함구하기를 택한다. 그러나 그는 넬스 구드먼슨Nels Gudmundson이라는 사려 깊은 노변호사의 설득에 감화되어, 그리고 자칫 자신이 전쟁 직후 일본인에 대한 뿌리 깊은 미국의 편견에 의한 눈먼 희생제물이 될 것을 피하기 위해, 결국 사실을 밝힌다. 즉, 뒤늦게 죽은 시체로 발견된 자신의 고교동창생이기도 한 독일계 어부인 칼 하이네Carl Heine가 짙은 안개 속에서 자신에게 구조를 요청하였고, 자신은 수잔 마리호에 승선하여 단지 여분의 배터리를 제공하여 하이네에게 도움을 주려했던 것임을 밝힌다. 때늦은 카부오의 번복과 그의 무사 같은 풍모는 오히려 마을의 배심원들의 그에 대한 의심을 더욱 깊게 하고, 폭설 속에서 진행된 재판은 카부오에게 매우 불리하게 진행되어져, 사흘째 아침 마지막 최종 판결을 앞두게 된다.

    진주만 폭격이 있기 전인 1941년 봄 딸기 축제의 여왕으로도 뽑힌 적이 있는 카부오의 일본인 처 하츠에Hatsue는 자신의 십대시절 연인이기도 한 마을의 신문기자 이슈마엘 챔버스Ishmael Chambers에게 공정한 보도를 통해 자신의 남편구조에 여론을 환기시켜 실질적인 도움을 주기를 청한다. 이슈마엘은 카부오나 칼 하이네와 마찬가지로 2차 대전에 참전하여 싸우다가 일본군의 공격에 팔 하나를 잃고, 설상가상으로 자신이 깊은 열정을 갖고 사랑하여 서신으로서 뜨거운 애정을 호소해오던 하츠에로부터 단호한 거절의 편지를 전장에서 받은 아픈 경험을 갖고 있다. 죽은 아버지 아서Arthur를 대신해 마을의 신문『샌 피에드로 리뷰』를 발간하던 이슈마엘은 재판이 진행되던 기간 중 연안경비대의 등대에서 우연히 칼 하이네가 죽은 9월 16일 1시 47분경에 안개가 뒤덮인 해역 근처를 거대한 화물선 코로나호가 때마침 지나치게 된 기록을 입수하게 되었고, 칼 하이네의 선상에서 커피 잔이 뒤엎어져 있었던 것과의 연관성을 생각하게 된다. 망설이던 이슈마엘은 옛날의 하츠에와의 기억을 회고하면서 하츠에와 사랑을 나누던 구멍 난 삼나무 둥지를 다시 찾게 되고, 결국 하츠에 가족을 판결 전날 밤에 찾아가 자신의 호주머니에 간직한 연안경비대기록 메모에 대해 설명한다. 하츠에와 보안관등을 대동하고 수잔마리호를 다시 찾은 이슈마엘은 칼 하이네가 갑자기 전지가 작동하지 않게 되자 갑판 위에 등불을 켜두었다가 지나가는 화물선의 경적소리에 등불을 다시 황급히 내려놓으려던 중 넘어져 배의 갑판 널에 왼쪽 귀 윗부분이 찢겨 사망하였고 그 증거로서 갑판 널에 칼 하이네의 머리카락 자국이 끼어있음을 알게 된다.

    카부오는 무죄로 석방되고 이슈마엘의 어머니 헬렌Helen과 하츠에는 참전 후 신에 대한 믿음을 잃고 냉소적이 되어가는 이슈마엘이 결혼하여

애를 낳아 행복해지기를 기원한다. 그러나 이슈마엘은 전쟁이나 죽음, 결혼과 같은 일련의 사건들보다 우리에게 중요한 것은 냉혹하게 움직여가는 세상 속에서 자신의 행동을 결정하는 마음의 통제임을 깨닫는다 ("accident ruled every corner of the universe except the chambers of the human heart," 460).

1603년 스페인 선원들이 길을 잃고 앞바다에 정박한 이래 약 5천명이 살고 있는 샌 피에드로에서 1883년 이주 이래 단지 843명의 적은 인구 구성비를 갖고 있는 일본계 미국인들에게, 차별적인 섬 생활과 인종적 편견에 의한 일본인에 의한 살인혐의기소는 거대한 미국사회에서 2차 대전 발발 당시 약 12만의 미국계 일본인들의 삶이 어떠했는지를 상징적으로 대변해준다고 할 수 있다. 샌 피에드로의 일본계 미국인들은 검소하고 근면하며 청결한 삶을 유지한다는 긍정적 평판을 가끔 듣기도 하나, 미국인들에 의한 그들의 묘사부분은 대체로 부정적인 견해 일색이다. "그들은 재판소에서 뒤쪽에 앉도록 법으로 강요되지는 않았지만 법의요구 없이도 샌피에드로는 일본인들이 그렇게 하기를 요구하였기에 그들은 뒷자리에 앉았다"(75)라든가, "일본인들은 마치 바지가 젖은 사람처럼 모자를 탁자 밑에 두어야 했다"(128)라는 묘사는 소수민족에 대한 대다수 백인사회가 무언의 굴종을 요구했음을 보여주는 좋은 예이다.

그러나 카부오 미야모토는 칼 하이네의 집에 7에이커의 토지를 되사려고 찾아갔을 때 이러한 백인사회가 요구하는 무언의 굴종을 무시하고 모자를 자신의 무릎 위에 놓는다. 그의 강직하고 담대한 성격은 백인들에게는 종종 백인사회의 권위에 대한 도전으로 여겨져 종종 오해를 사게 되나, 법정에서는 인종적 편견에 사로잡힌 백인검사에 의해 오히려 그가 칼 하이네를 유인하기 위해 먼저 구조요청을 하여 승선하려 했다는 비겁함이 범죄의 일부사실로 제시되는 상황적인 백인 지배담론 일색의 아이러니가 드러난다.

카부오 미야모토는 조부가 사무라이 출신이며 아버지 젠이치Zenichi에게서 어려서부터 검도를 배운다. 그는 단호한 성격과 뛰어난 검도실력으로 2차 대전 참전 당시 그의 미군 상사 메이플즈Maples를 쓰러 넘어뜨려, 후에 그의 증언에 의해 일격에 남을 살해를 할 수 있는 인물이라는 의심을 사는 계기가 되기도 한다. 이러한 당시 군국주의 일본을 상징하는 위협적인 일본인 남성의 이미지와 대조적으로 이마다Imada가의 하츠에Hatsue는 뛰어난 용모로 딸기 축제의 여왕으로 뽑히고 서예, 산수화, 다도 등 전통적으로 순종이 강조되는 일본여성의 교육을 시게무라 부인Mrs Shigemura에게 받는다. 시게무라 부인은 기모노, 술, 문풍지, 그리고 새침을 떨면서 요부적인 게이샤 등의 관능적인 일본여성의 이미지 때문에 백인남성들은 순수한 자태의 젊은 일본여성에게 욕정을 갖고 있음을 하츠에에게 경고한다.

> 윤택 있는 피부와 논밭의 젖은 열기 속에 맨발의 하늘거리는 긴 다리의 여성이라는 열정 적인 일본인에 대한 환상을 키워 백인 남성들은 이 때문에 왜곡된 성적환상을 갖게 된다. 그들은 위험스럽게도 자아에 대한 과잉집착을 보이고 일본여성들이 자신들의 창백한 피부와 야만적인 용기를 숭배한다고 전적으로 확신하고 있다. 백인남성들을 멀리하고 마음이 착하고 강건한 같은 민족의 소년과 결혼하라고 시게무라 부인은 말했다. (84)

시게무라 부인의 충고처럼, 전쟁이 발발한 이후에 하츠에는 감금된 만자나르 재배치센터에서 이슈마엘과의 그간 삼나무 숲에서의 밀회를 통해 숨겨왔던 관계를 어머니 후지코Fujiko에게 고백하고 속죄를 구하며, 대신 전형적인 일본인 남성 카부오와 결혼을 하게 된다. 2차 대전으로 미국과 일본이 서로 전쟁을 벌이게 되는 상황에서 하츠에가 이슈마엘을 거부하고 일본인 남성과 결혼하게 될 것이라는 암시는, 어린 시절 이슈마엘이 대양은 다른 대양과 만나 모두 물이 섞여 한데 모이게 된다는 말에 대해 그녀가 반론을 제기하는데서 이미 보여 진다. 하츠에는 "대양들은 섞이지 않아. 대양들은 온도도 다를 뿐 아니라 소금의 양도 달라"(97)라고 말하며 대서양이 갈색이고 인도양은 청색에 가까워 서로 구별되어 질 수 밖에 없음을 주장한다. 이슈마엘은 "사실은 모두 하나의 대양일 뿐이야"(97)라고 말해보지만 하츠에의 강한 반대에 부딪쳐 잠잠해져, 그들은 철썩대는 바닷소리만을 듣는다.

2차 대전 당시 "일본 놈들"Japs이라는 말로 요약되던 혐오와 차별의 대상이 되던 일본계 이민자들에게 "하나의 대양"임을 말하면서 이상적인 코스모폴리탄적 메시지를 백인작가가 전달하고 있는 것은, 당시 일본계 미국인의 구금에 강한 반대를 표명하고 이를 시정하려는 운동을 펼쳤던 미국 내 퀘이커교도들을 중심으로 한 소수의 선한 사람들을 대변한다고 할 수 있다. 이와 유사하게 앨런 파커Alan Parker 감독의 〈낙원을 보러오세요〉(Come See the Paradise, 1991)에서도 아이리쉬계 미국인 노동조합운동 전문가 맥건McGurn이 그의 일본인 처 릴리Lily의 가족이 겪는 고통과 인내에 동참하면서 양심적인 미국인들의 일본계 미국인 구금의 부당성을 고발한다. 특히, 구터슨이 인종차별의 고발에 효과적으로 사용하는 것은 외양과 실체의 차이를 강조함으로써 라고 할 수 있다. 즉 일본인들이 독일인과 이태리인들과 달리 단지 외견상으로 아시아인처럼 보이기 때문에 구금되었음에도 불구하고 모범적인 미국인으로서 손색이 없었음을 작가는 작품 전체를 통해 실증적으로 예시하고 있다.

작품에서 가장 눈에 띠는 것은 무표정하고 호전적인 일본 남성의 몸/육감적이고 신비한 일본 여성의 몸 이미지와 백인 칼 하이네의 육중한 몸과 시체의 거대한 성기/아내 수잔 마리Susan Marie의 금발과 관능적인 몸과의 날카로운 대조이다. 이러한 외적으로 보이는 차이 때문에 백인 미국 사회의 일본인에 대한 편견은 깊어져 카부오는 살인자로, 하츠에는 사춘기 이슈마엘의 호기심의 대상으로 여겨지나, 실체의 카부오는 강인한 어부라기보다는 7에이커의 딸기농장을 꿈으로 여기는 순박한 농부에 가깝고, 하츠에는 후에 31세의 세 딸의 어머니로서 신비롭다기보다는 억척스러운 생활인의 모습을 보여준다. 칼 하이네 부부의 경우에도 칼 하이네는 위압적인 체구에도 불구하고 편견에 가득 찬 어머니 에타Etta와는 전혀 다른 인간적 정이 깊은 인물임이 드러나고, 수잔 마리도 육감적이기보다는 이성적이고 차분한 면모를 더욱 갖추고 있다.

이슈마엘이 전쟁 중에 팔을 잃게 되는 사건은, 그의 일본인에 대한 적개심과 의심을 키워 그가 카부오의 살인혐의를 풀어줄 화물선의 운행일지라는 단서를 갖고 있음에도 불구하고 이를 제시하기를 주저하며 망설이게 한다. 그의 육체적 불구는 아버지 아서와 같은 중용적이고 현명한 판단을 그르칠 수 있는 깊은 상처를 남겨주어, 인간을 "젤리와 건으로 가득한 살아있는 체강"animated cavities full of jelly and strings(35)라고 여기게 될 정도로 냉소적인 세계관을 갖게 만든다. 카부오가 4명의 독일인을 죽인 죄의식으로 인해 더욱 묵묵부답의 어두운 성격의 인물로 변해가듯이, 이슈마엘은 여성에 대한 애정도 갖지 못하고 자신의 카메라에 의존하여 체현하는 삶이 아닌 관찰하는 삶만을 살고 있을 뿐이다. 그러나 그는 36년 만의 폭설이 샌 피에드로에 닥쳐 재판소가 정전이 되고 나무가 넘어지고 차들이 전복되는 사고를 보면서 사진을 찍을 때, 뒤집혀진 차 주인의 양해를 구하고 신문에 커버사진으로 써야한다고 생각할 만큼의 부드러운 사려심은 여전히 잃지 않고 있다. 그가 아버지 아서의 집필 의자에 앉아 마침내 카부오의 살인 사건에 대한 공정한 기사를 탈고하게 될 때, 그는 『백경』에서 포경항해를 나서기 이전의 이상주의적인 젊은 이슈마엘의 모습이 아닌 세상의 악과 에이합선장의 집념을 파악한 성숙한 생존자 이슈마엘의 모습을 하게 된다.

이러한 소설 전편에 편재하는 외양과 실체의 괴리의 아이러니는 만자나르 수용소의 묘사에 이르게 되면 보다 사실적이고 직설적인 묘사로 변한다. 소설 속에서 전쟁 중 12만 명의 미국 거주 일본계 미국인들은 적성국가 국민들의 잠재적 위험을 두려워한 루즈벨트 대통령의 소개명령 9066에 의해 8일의 시간 여유만을 가지고 짐을 꾸려야만 했다(그러나 혹자에 따르면 실제로는 이보다 더 짧은 기간인 5일이 요구되었다)(Haytock 49). 그들이 이주해야 하는 10개의 내지 수용소 캠프중의 하나인 1 평방마일의 사막에 수천 명의 사람들로 가득한 만자나르 수용소에 감금되는 과정 중에 하츠에의 어머니 후지코는 다른 여자들 앞에서 대변을 보면서 자신이 내는 소리를 부끄러워하며 고개를 떨군다(217). 먼지 쌓인 막사, 타르종이가 발려진 통나무집과 식당, 모래가 든 빵 등은 후에 카부오가 생생하게 기억하는 만자나르의 모습이다(162). 카부오와 하츠에가 결혼을 하고 신혼 첫날을 지낼 때 그들에게는 아무런 사생활도 보호되지 못한다. 수용소에서 카부오가 타르벽지로 바른 하츠에의 집을 찾아가 보다 우연히 발견한 더 좋은 재료로 집을 꾸며주는 일, 하츠에의 어머니가 경험했던 사적공간의 결여로 인한 수치감, 카부오나 하츠에와 같은 일본계 2세가 부모세대보다 더욱 적극적으로 수용소생활을 수용하고 있는 것 등은 다음과 같은 당시의 역사적 사실과 일치하고 있다.

캠프에서의 조건은 주류 신문에 묘사된 안락한 숙박 시설과는 딴판이었다. 18피트×20피트 크기의 방에 4명 이상의 가족이 머물러야 하는 관계로, 감금자들은 타르 벽지로 바른 목조막사에서 석탄 스토브 한 개로 난방을 제대로 하지 못하였고, 종종 규정식 식사가 순번제로 공장이나 군대 식당 스타일로 제공되었고, 침실 시설도 불충분하여 사적인 공간이 제공되지 않았다. 캠프 생활의 스트레스는 가족관계를 침식시켜 갔고, 1세들은 종종 자신들이 더 나이 어린, 영어를 모국어로 하는 2세들에게 공동체 지도자 자리를 내주어야 했다. (Yamamoto 153)

보다 실감나는 재배치수용소의 모습은 앨런 파커감독의 〈낙원을 보러 오세요〉에서 자세하게 그려지고 있는데, 총 2시간 15분의 상영시간 중 약 반 정도는 비인간적인 수용소 생활에 대한 생생한 고발이라고 할 수 있다. 다음 장에서 소개될 요시코 우치다Yoshiko Uchida의 『집으로의 여행』(*Journey Home*, 1978)과 『사막으로의 유배』(*Desert Exile*, 1982)에 나오는 토파즈의 수용소생활과 상당히 유사하게 진행되는 파커의 영화는 1세대 일본인 아버지의 FBI에 의한 수배와 검문, 갑작스런 대량소개명령으로 인한 대규모의 재산의 손실, 아버지의 수용소로의 귀환과 2세대 일본인에 의한 비판과 린치에 의한 부적응, 수용소 내 일본인들의 미국인들에 비해 10분 1도 안 되는 저임금 지불, 생명을 위협하는 모래폭풍, 사적 공간의 부족으로 인한 수치감, 엔도Endo 소송 사건의 승소 등은 모두 실제의 사건을 다큐멘터리식으로 적확하게 묘사해내고 있다.

흥미 있는 것은 앨런 파커의 영화가 구터슨의 소설과 비교해 볼 때 보여주는 시각의 차이가 1970년대 이후의 재배치수용소에 대한 수정주의자들revisionist의 역사관을 반영하고 있다는 것이다. 즉, JERSthe Japanese American Evacuation and Resettlement Study를 중심으로 한 일본계 미국인들의 구금에 대한 연구에서, 1970년대 이전의 구금의 경험세대인 1세대, 2세대가 구금을 일본의 진주만 기습에 대한 일종의 사죄의 계기로 삼으며 미국의 국가보안의 취지와 조치에 찬동하며 충성스런 미국인임을 증명하기 위해 100대대와 442전투연대참전 경험을 강조하고 있는 것에 비해, 3세대 이후의 수정주의적 역사를 강조하는 세대들은 당시 "대량감금으로 이끌게 한 인종주의, 캠프 내에서의 고통과 저항, 그리고 고통과 침묵이라는 전후의 유산"(Murray 23)을 강조하는 차이를 보고 있다는 것이다. 그리고 이러한 3세대를 중심으로 한 적극적인 수정주의적 역사관에 힘입어 캠프의 생존 일본계 미국인은 2만 달러의 보상을 1990년 지급받을 수 있었다. 알렌 파커가 재배치센터를 하나의 감옥이라고 여주인공 릴리를 통해 항변하는 것은 이러한 70년대 이후 3세대 일본인들을 중심으로 한 수정주의적 역사관을 단적으로 반영하고 있는 것이며, 영화 속에서 일본계 남성들에 비해 일본계 여성들이 강인한 생존력을 발휘하여 이전의 가부장제 의존의 모습에서 독립적인 생활인을 성장해가고 수용소 내에서 별로 이전에 강조되지 않던 미국 정부에 대한 반대의사를 나타내는 조직적인 데모활동을 강조하는 것에서도 역시 드러난다.

무엇보다는 이는 1970년대 이후 보다 강력해진 일본의 힘을 바탕으로 정당하게 과거의 잘못된 역사에 보상redressment을 받으려는 욕구가 커진 탓이라고 할 수 있다. 또한 시간이 지나면서 역사학자들이 라틴계 미국인들의 구금이라든지, 당시의 태평양보다 대서양에 점증했던 군사적 위기상황, 캠프 내의 비인간적인 사실에 대한 구두증언(500명의 캠프생존자들이 법정증언), 1970년대 말 30년 규정thirty-year rule 만료 이후 봇물 터지듯 등장한 구금관련 사료 등을 통해 점증했던 정당한 분노의 표출과 이에 대한 적극적인 시정요구를 통해, 더 이상 1세대나 2세대처럼 구금에 대해 낙관적이고 희망적인 생각으로 캠프 내의 저항을 옳지 않다고 보며, 과거의 고통과 침묵을 얼버무리려는 태도 대신에(심지어 1세대 일본인 중에는 캠프 종료 후에도 캠프를 떠나 외부사회에서 널리 퍼진 일본인 차별을 견디면서 새로이 생활을 시작해야 하는 대신 캠프에 남아 정부의 지원을 바라는 이들이 많았다), 캠프 내의 저항에 긍정적인 가치를 부여하였다는 점을 중시할 필요가 있을 것이다. 이러한 수정주의 역사관의 대표적 인물인 로저 다니엘스Roger Daniels는 미국집단수용캠프(Concentration Camps USA, 1971)에서 과거의 조상 때문에 아무런 재판이나 기소 없이 감금되어 무장 경비 병력에 사살된 일본인 구금자들도 여럿 있었기에 근본적으로 나치 수용소와 다를 바 없었다는 주장을 펼친다.

알렌 파커는 이러한 재배치 수용소에 대한 수정주의적 역사관을 영화의 마지막 부분에 릴리의 두 남동생인 해리Harry와 찰리Charlie의 두 대조적인 선택을 통해 극명하게 강조한다. 존 오카다John Okada의 『노노보이』 No-no Boy의 주요 모티브로 등장하는 악명 높은 〈충성심 설문조사〉는 일본국에 대한 어떤 충성도 부정하게 하면서 동시에 1세, 2세, 그리고 남성, 여성 모두에게 그들이 미국 군인으로서 복무할 의사를 진술케 하고, 이를 요구하였다. 구터슨의 카부오처럼 해리는 일본계 2세대의 미국과의 동화를 대표하는 인물로 미국 군인으로서 복무하여 미국에 대한 충성을 가장 강도 높게 증명하려고 한다. 그러나 그는 결국 전장에서 죽음을 맞이하여 한줌의 재로 수용소의 가족의 품에 안긴다. 그리고 캠프의 가혹한 미국의 처사와 일본에 대한 충성심에 불타 캠프 내의 반대집회에 열렬히 참석하던 찰리는 "노노보이"가 되기를 택해 감옥에 감금되었다가 일본어도 제대로 할 줄 모르는 상태에서 미군과의 포로교환으로 일본으로 강제 퇴출을 당한다. 수용소 내에서 미국정부의 인종차별과 2세대 일본인들에게 미군정에 협조했다는 비난과 린치를 견디지 못한 릴리의 아버지가 수용소에서 의도적으로 벗어나려는 시도에서 무장한 미군 경비병에게 사살되는 장면을 삽입하고, 영화 전체를 3세대 일본인 딸 미니Mini에게 릴리가 기억해야만 하는 이야기 방식을 통해 잘못된 역사에 경종을 울리려한 것은, 재배치수용소가 하나의 '캠프'가 아닌 끔찍한 '감옥'이었다는 수정주의적 역사관을 입증하기 위한 앨런 파커 감독의 의도적인 연출이라고 할 수 있다.

2.2 구금세대 일본인의 체념적 시각-요시코 우치다(Yoshiko Uchida)의 『집으로의 여행』(*Journey Home*, 1978)과 『사막으로의 유배』(*Desert Exile*, 1982)

일본과의 개전 직후 미국 연방수사국은 일본정부와 관련된 것으로 의심되는 1세대의 유력한 일본계 인사 약 2천여 명을 연행 수사하였고 일본계 미국인들의 적성행동을 차단하기 위해 1942년 2월 19일 집행 명령 9066을 내려 전시재배치당국War Relocation Center에 의해 전면적으로 일본계 미국인에 대한 구금을 단행한다. 이는 일본계 미국인들에게는 그동안 삶의 터전은 물론 정체성에 대한 심각한 도전이며 위기였으며, 진치 링Jinqi Ling은 집행명령 9066의 부당함을 이렇게 말한다.

> 결정[집행 명령 9066]을 위해 언급된 근본 이유는 '군사적 필요성' 즉, 개연성 있는 일본이들의 방해에 대한 미국의 국가 안전을 보호하기 위한 것이었다. 언급되지 않은 것은 미국에 거주하는 일본계 선조를 둔 사람이 일본정부를 위해 전복적 활동에 참여할 거라는 미국인 정책 결정자들의 확신이었다. 집행명령의 조건하에서 약 12만 명 이상의 일본계 미국인들[하와이 출신 일본계 천여 명과 캠프 출생자 6천명을 합산할 경우의 숫자임]은 서부해안에 걸쳐 집으로부터 쫓겨 몰려나와 처음에는 19개의 수용센터에 그리고 후에는 10개 이상의 전략 거점으로부터 떨어진 황량한 내륙지역의 영구

재배치 캠프에 가두어 졌다. 급히, 그리고 법의 적절한 과정 없이 전체 이동이 행해졌고, '철수자'들에 대한 공식적인 문책이나 그들의 충성심을 조사하기 위해 행하는 청문회나 재판도 없었다. (142)

한편, 일본계 미국문학에서 구금이 갖는 함의를 "의문시 되는 정체성"이라고 말하면서 스탠 요기Stan Yogi는 구금에 대한 당시 일본계 미국인들의 태도를 다음과 같은 3가지로 분류한다.

11만이 넘는 2세의 대대적인 구금은 일본계 미국인들 특히 2세들에 대한 심각한 문제를 제기하였다. 몇몇 2세들에게, 이는 철저하게 "미국인" 정체성을 맹렬히 포용하려는 결과를 낳았다. 다른 이들에게는, 이는 미국의 평등과 정의의 텅 빈 그럴싸한 말뿐인 약속으로 여겨지는 것에 대한 쓴 환멸로 이어졌다. 다른 일본계 미국인들은 그들 집에서 강제로 축출당해 미국 전역에 산재한 황량한 캠프에 구금당한 외상에 대처하기 위해 시도하면서, 이 동화와 반대의 극단적 두 부류 사이의 중도적인 입장을 취하였다. (128)

1943년 2월 서부 연안으로부터 일본계 미국인들의 구금이 완료되었고, 미육군성과 전쟁 재배치당국은 17세 이상의 모든 구금자들에게 질문지를 배포하였다. 질문지 중 2가지, 즉 27번의 질문과 28번의 질문("당신은 지시받는 곳이면 기꺼이 어디든 가서 미국의 군인으로서 전투의무에 봉사합니까?"와 "당신은 미국에 무조건적인 헌신을 맹세하며, 외국이나 국내의 병력에 의한 어떠한 공격으로부터 미국을 충실히 방어하고, 일본국 황제나 어떤 다른 외국 정부, 권력, 조직에 대한 어떠한 형태의 헌신이나 복종을 단연코 부인하겠는가?")에 대한 대답은 논란의 대상이 되었다. 요기가 말하는 3가지 미국인들의 태도처럼 이 두 질문에 대해 "yes-yes"라고 대답한 그룹은 "미국의 정체성을 맹렬히 포용"하려 미군에 자원입대하였고, 반대로 "no-no"라고 대답한 그룹은 양심적 병역 거부자로 낙인찍혀 튤레이크Tule Lake 집단 수용소에 갇히기도 하였고, 심지어 1년이 지나 기소되어 유죄로 판결 받아 감옥에 수감되기도 하였다. 징집에 등록하기 적합한 2만 1천 명의 2세 남성 중에 약 4천 6백 명이 명백히 '아니요'라고 했든지, 아니면 무응답을 하였는데(Takaki 397), 이들이 소위 말하는 "노노보이"들이었다.

요시코 우치다는 『집으로의 여행』Journey Home에서 그녀와 그녀의 가족들의 실제 구금의 경험을 바탕으로 유키Yuki라고 불리는 12살의 어린 일본 소녀의 눈으로 전쟁과 유타주 사막에 위치한 토파즈Topaz의 강제수용소를 그려낸다. 그녀는 미네 오쿠보Mine Okubo가 『시민 13660』(Citizen 13660, 1946)에서 그린 것과 유사하게 미국시민임에도 불구하고 13453이라는 마치 죄수번호를 연상시키는 가족번호를 받고 강제수용소로 가기 전의 저녁 일찍 일본계 미국인들에 대한 통금령이 발효되었던 위기 상황을 이렇게 그린다.

> 캘리포니아에는 일본인 얼굴을 가진 사람을 혐오하면서 총을 소지하고 다니는 사람들이 많이 있다. 사실 그의 오빠 켄의 대학 친구중의 한명의 부모님은 조그만 밸리 타운의 자경단원의 총에 맞아 죽었다. (17)

심지어 유키는 일본인들이 배에서 은밀하게 일본군들에게 비밀 신호를 보낸다는 소문도 듣게 된다. 오빠 켄이치Kenichi는 『삼나무에 내리는 눈』의 카부오와 유사하게, 그리고 위에 설명된 노노보이들과는 정반대의 선택을 하여, 미군소속 442연대에 배속되어 유럽에서의 전쟁에 참전한다. 그녀의 아버지도 FBI에 끌려가 일본군과 미군 사이에 서있게 되면 어느 쪽을 쏘겠느냐는 난처한 질문을 받게 된다. 유키의 아버지는 해를 향해 쏘겠다는 회피적인 답변을 하고, 이어 15페이지의 질문서를 작성하게 된 후 다행히 감옥이 아닌 토파즈의 캠프로 보내져 그곳에서 캠프의 운영에 협조하다가 1년을 보낸 후 전쟁이 끝날 때까지 매달 보석담당 직원에게 보고서를 쓰는 조건으로 수용소에서 가족과 함께 풀려나온다. 솔트레이크 시티에 잠시 머물던 유키와, 그녀의 어머니, 그리고 그녀의 아버지는 시간이 점차 지나 안전해졌다고 여겨지던 고향 버클리로 돌아와 아빠의 친구 오카Oka와 함께 길모퉁이의 식료품점에 일하게 된다. 오카는 강제소집 명령 때문에 본래 소유하고 있던 식료품점을 4백 달러라는 헐값에 미국인에게 팔게 되나, 수용소에서 되돌아와 다시 사려고 할 때는 5천불을 주고 되살 수밖에 없음에 분노한다. 수용소의 와다Wada 목사도 토파즈를 떠나 버클리에서 교회업무를 재개하고, 교회는 귀환한 어려운 처지의 일본계 미국인들에게 좋은 거처로서 제공된다. 그러던 중 유키의 오빠 켄도 전장에서 돌아와 가족과 합류하게 되나 그는 한 발을 심하게 부상되어 절름발이 신세가 되어있다. 그는 그의 가장 친한 일본인 친구를 잃은 심리적 외상에서 벗어나지 못하고, 유키 자신도 수용소 내의 일본인 친구 에미Emi와 예전처럼 자유스럽게 놀 수 없게 되어 있음을 발견한다. 설상가상으로 오카와 유키의 아버지가 공동으로 운영하는 식료품점에 갑작스럽게 유리가 깨지는 소리와 석유냄새가 진동하며 화재에 휩싸인다. 그들은 일본계 미국인에 적대적인 백인들의 희생양이 된 것이었다. 그러나 어려운 상황 속에서도 그들에게 온정의 손길을 뻗치는 백인들도 많았는데 그중 올슨Olssen 부부는 아들이 미 해군에 참전하였다가 이와지마에서 일본군에게 전사한 고통도 상관하지 않은 채 유키네 집을 돕는다. 켄이치는 자신의 몸을 던져 대원을 구한 친한 친구에 대한 죄의식을 떨치고 올슨

부부의 모습에 감명 받아, 대학에 진학하여 의사가 될 결심을 굳히고 유키도 예전 친구 에미와 다시 새로운 미래를 꿈꾸면서 고향에 진정으로 돌아왔음에 감사한다.

후에『사막으로의 유배』(*Desert Exile*, 1982)를 통해, 1941년 전쟁 발발 당시 버클리 대학 4학년에 재학 중이었던 우치다 자신과 자신의 가족들이 경험한 탄포란Tantoran 마구간 집소 센터에서의 생활과 유타주 토파즈 Topaz의 재배치센터의 생활은 더욱 세밀하고 생생하게 그려진다. 본래 우치다의 집안은 일본의 기독교계통의 동지사대학 출신의 부모가 지도교수의 주선으로 미국에서 결혼하게 되고, 이후 아버지가 미쯔이 상사 캘리포니아 지부 직원으로 근무하면서, 어머니는 단가를 즐기는 전통적 일본여인으로 생활하면서 비교적 풍족하고 문화적인 삶을 영위하였다. 그러나 우치다 가족에게 전쟁 발발로 인한 갑작스런 유타 사막으로의 유배는 그동안 소중히 해왔던 모든 것을 잃을 위기에 처하게 만든다.『집으로의 여행』에서의 오빠 켄이치가 아닌 언니 게이코Keiko가 가족의 일원으로 각색된 것을 제외하고, 거의 유사하게 진행되는『사막으로의 유배』의 가족사에서 특히 인상적인 것은 저자가 어린아이들과 나누는 구금에 대해 나누는 마지막 대화 내용이다.

나는 아이들에게 캘리포니아에서 일본계 미국인으로 성장한다는 것이 어떠했는지를 말한다. 나는 자신들을 그토록 부정했던 국가에서 참아야했던 일본인 1세대들에 대해 아이들에게 말해준다. 나는 아이들에게 어떻게 우리의 조국[미국]이 2차 대전 중에 시민인 우리들을 감금하여 우리의 가장 소중한 재산과 자유를 잃게 만들었는지를 이야기한다. 아이들은 전쟁 중에 겪은 경험에 대해 많은 질문들을 한다. "나는 우리가 미국에서 수용소캠프를 갖고 있었는지를 알지 못했어요. 나는 독일과 러시아에만 수용소캠프가 있는 줄 알았어요" 하고 한 아이가 놀라 질문을 한다. 그리고 일본계 미국인들의 전쟁 중 구금의 이야기는 듣기에 아무리 고통스러울지라도 이야기되고 또 되어서 결코 다음 후속세대의 미국인들에게 잊혀져서는 안 된다. (154)

우치다는 자신과 가족의 구금의 고통스런 기억을 다시 떠올려 글로 쓰기까지는 오랜 시간이 걸렸음을 말하고 그녀의 작품을 완성하였을 때 마치 "궤도가 완성되었다"The Circle was completed는 느낌을 갖게 되었고 자신의 글이 앞으로 다시는 과거에 대한 지식을 통해 이러한 비극이 일어나지 않도록 하기 위한 것이 목적임을 밝히고 있다(152-54).

그러나 간과하지 말아야 할 것은 베트남전과 1970년대의 시민운동을 몸소 체험한 3세대 일본계 미국인들이 그녀에게 "왜 그런 일이 일어나도록 놔두었는가?" "왜 시민권을 보장받기 위해 투쟁하지 않았는가?" "왜 당신은 수용소 캠프에서 항거하지 않고 지냈는가?"하고 질문을 던지고 있다는 것이다(147). 우치다는 이에 대해 시민권이 말 이상의 의미를 갖고 민족성에 자부심을 갖고 실제로 소수민족을 위한 결실 있는 프로그램을 창출한 3세대와 달리 자신과 자신들의 부모세대에는 "완전히 다른 세상에서 완전히 다른 시간 속에서"(147)에서 살았다는 것이다. 우치다는 "그들[당시 1940년대의 미국인들]은 일본계 미국인의 강제 수용에 대한 어떠한 저항도 실제로 일어났다 해도 지지하지 않았을 것이며, 그러한 저항을 배반적인 것으로 여겨져 폭력적으로 진압되었을 것이다."(147)라고 말한다. 그녀는 수용소생활을 "인간정신의 하나의 승리"(149)로 여기며 그녀는 후속 세대들이 수용소감금으로 낙인찍힌 듯한 느낌을 갖지 않고 일본인들이 미국인들에 의해 경멸과 혐오 말고도 온정과 배려로 받아들여진 것을 강조한다. 실제로 그녀는 재배치캠프 수용 당시 미국에 동화적 경향을 보이던 젊은 2세들에게 그러했던 것처럼 전국 일본계 미국인 학생재배치 위원회

the National Japanese American Student Relocation Council의 도움으로 스미스대학 교육학과 대학원에 전액장학금을 받아 입학이 허가되어 출소하였으며, 대학에서 보육을 전공했던 그녀의 언니도 퀘이커 스터디 센터에서 여름을 보내고 마운트 홀리요크 대학 부설 유아원에 취직되어 출소하였고, 사무라이의 후손이었던 그녀의 아버지는 유리 화병에 꽃을 그려 넣는 친구의 공장에 취업되었고, 그리고 후에 캘리포니아로 돌아와서는 무역업과 세탁업의 일에 종사하게 되었음을 말한다. 우치다는 성공적으로 영화화되기도 한 그녀의 또 다른 작품 『사진 신부』*Picture Bride*에서 잘 그려내기도 했던 그녀의 1세대 부모들이, 자신의 장례 절차를 미리 이야기 할 정도로 죽음을 삶의 일부로 여기는 동양적 세계관이 강하여 수용소생활에서의 고통과 슬픔을 겪었지만 계속해서 지금도 여전히 "정신적으로 확고하며 강함"(142)을 강조한다. 그녀가 구금에 대한 많은 이야기를 한 끝에 강하게 토로하는 불평 중의 하나는 미국정부가 자신의 아버지에게 미쯔이 상사 시절의 많던 보수가 아닌 후의 허드렛일의 낮은 임금을 기준으로 소셜 시큐리티 금액을 산정하여 한 달에 겨우 30불밖에 못 받고 있다는 것이다. 그녀와 그녀의 가족에게는 일 년의 수용소 감금생활이 고향에 돌아온 후 거의 치유되어 글 전체를 통해 하나의 잊을 수 없는 모험을 겪은 가족들의 해피엔딩이 아니었나 하는 느낌마저 들 정도로 낙관적인 태도를 마지막까지 견지한다. 그러나 이러한 1세대와 2세대의 구금에 대한 죄의식과 수치감이 지배적이어서 고발적이기보다는 자책적이고 동화적인 성향이 더욱 강한 서술은, 앞서 서술한 당시 수용소 캠프의 충성도 설문지에 대한 소위 머레이가 말하는 'yes-yes그룹'의 "유순하고 낙관적인" 태도를 대변하는 것이다(15). 이러한 체념적 태도는 작중에서 "shikataga nai" it can't be helped라는 말로 가장 잘 요약된다고 할 수 있다. 반면, 다음 장에서 보는 조이 코가와의 『오바상』의 경우 수정주의적 제 3세대의 구금과 차별에 대한 "환멸적이고 반항적인" '노노보이'적 성향은 더욱 두드러지게 나타난다.

2.3 수정주의 역사관이 반영된 일본계 구금의 문학 — 조이 코가와(Joy Kogawa)의 『오바상』(*Obasan*, 1981)

미국에서 일본계 미국인이 1868년 하와이에 처음, 그리고 이듬해 1869년 캘리포니아에 발을 들였던 것처럼, 캐나다에서의 일본계 이민도 오랜 역사를 갖고 있다. 그러나 그들의 오랜 이민 역사에도 불구하고 일본계 캐나다인들은 심한 차별과 냉대 속에서 오랜 세월을 참고 지내야만 했다. 미국의 경우 1906년에 샌프란시스코 교육 위원회는 93명의 일본 미국인들에게 중국인과 다른 아시아 미국인들과 분리된 동양계 학교에 다닐 것을 지시하였고 캘리포니아의 1913년의 외국인 토지법Alien Land Law은 외국인들의 미국 내의 토지소유를 금하였으며 1924의 이민법은 아시아로부터 이민자를 더 이상 받지 않을 것임을 천명하였다. 이러한 부당한 차별은 일본계 캐나다인에게서도 별반 다를 것이 없었다.

> 비록 첫 일본계 이민자들은 1877년이라는 이른 시기에 캐나다에 도착하였지만, 1941년까지 대략 2만 2천의 브리티시 콜롬비아에 있는 일본계 캐나다인은 여전히 이방인으로 여겨져 투표도 금지되었고, 법률, 약제업 등의 특정 직종의 진출은 물론 공직을 갖는 것도 금지되었다. 서부 해안에서의 인종문제는 더욱 격렬하였다. 1907년 밴쿠버에서 약 천 오백 명의 백인 노조 지도자들이 중국계와 일본계 상점을 약탈하여 재산을 파괴하였을 때, 경제적 분개와 인종주의는 비등하였다. 그러나 2차 대전의 발발과 함께, '황화'(黃禍)라는 수식어로 커져가던 적대감은 일본계 캐나다인에 더욱 집중되었다. (Lo 100)

마리에 로Marie Lo는 『오바상』의 중요 이슈들을 다음과 같이 간략히 묘사하고 있다.

『오바상』(1981)은 전쟁 중 일본계 캐나다인이 감내한 외상에 대해 증거하고 있다. 1972년을 배경으로 『오바상』은 한 중년의 일본계 3세 여성인 나오미 나카네에 의해 발견되고 기록된 전쟁의 효과에 대해 초점을 맞추고 있다. 나오미가 어린 시절을 함께했던 숙부 이사무의 죽음은 그녀의 가족사에 대한 대면의 충동을 자극하여 일본계 캐나다인에 대한 역사로 확장된다. 전쟁 전에 나오미의 가족은 밴쿠버에서 안정되고 탄탄한 기반을 갖추고 있었다. 그러나 전쟁의 개시는 결국 나오미의 아버지와 할아버지의 남은 가족과의 결별, 나오미의 어머니의 병든 친척 병구완을 위한 어쩔 수 없는 일본체류, 나오미와 그녀의 오빠 스티븐 그리고 숙모 아야(오바상이라는 제목의 주인공)의 슬로칸으로의 강제 이주, 더 큰 박탈 속에 살게 된 알버타로의 재이주과 같은 가족의 해체를 가져오는 일련의 사건을 초래한다.

전쟁 중 일본계 캐나다인의 삶을 가장 잘 표현하면서 그들의 구금에 대한 침묵과 발화의 다양한 층위를 탐색하는 작품으로 알려진 『오바상』은 나오미Naomi의 가까운 두 친척인 오바상이라고 불리는 아야코Ayako 고모와 에밀리Emily 이모의 서로 다른 모습을 통해 전후 캐나다계 일본인의 구금에 대한 반응을 요약한다.

"얼마나 나의 두 고모와 이모는 서로 다른가! 나의 고모는 음성 속에 살고 나의 이모는 돌 속에서 산다. 오바샘(아야고모)의 언어는 깊숙이 지하에 남아 있으나 학사 석사학위를 가진 에밀리 이모는 언어로 싸우는 투사이다. 그녀는 약간 흰머리가 나기 시작한 십자군 병사이며, 강력한 쥐(Might Mouse), 진보 행동가의 학위(Bachelor of Advanced Activists)와 대의의 총집

행자이다." (Kogawa, 32)

구금의 상처와 외상에 대해 침묵으로 일관하는 아야(코) 고모의 상황은 말하자면 우치다의 서술과 구터슨의 서술에서 보이는 관용적이고 낙관적인 태도와 일치한다. 반면 적극적으로 과거의 상처의 잘잘못을 가려 이를 가능한 한 세상에 알리고 이에 대한 정당한 평가와 보상을 원하는 젊은 에밀리 이모는 제 3세대 일본인들의 수정주의적 역사관을 대변한다고 할 수 있다. 뮤리엘 키타가와Muriel Kitagawa라는 실존하는 일본계 캐나다 행동주의자를 작중의 에밀리의 실제 모델로 하여 그녀가 쓴 편지와 문서를 발굴해내는 공을 세운 저자 코가와는 아야 고모로 대표되는 침묵과 관용의 전통적인 동양적 가치대신 에밀리 이모의 언표와 실천을 통해 현실을 개조해가려는 서양적 접근방법이 서양인들의 역사인식전환에 더욱 효과적임을 이 작품을 통해 보여준다. 자신을 부모대신에 키워준 이사무 Isamu 고모부의 죽음 때문에 오바상이라고 부르는 아야 고모의 집을 찾은 나오미는 세실Cecil에서 교사로 근무 중이지만 전쟁과 구금, 그리고 극심한 인종차별과 같은 체험적인 역사인식을 하지 못해 과거의 역사에 대해 현재 어떻게 판단해야 할지 모르는 제3세대의 젊은 아시안 들을 상징한다고 할 수 있다. 나오미의 역사에 대한 모호하고 미결정적인 태도는 에밀리 이모의 지배문화에 의해 감춰진 소외된 소수민족의 역사를 들춰내어 억압된 소수의 입장을 대변하는 역사로 재구성하는 적극적인 행동가로서의 모습에 의해 크게 감화 받는다.

특히 이 소설에서 수정주의적 역사관이 강하게 나타나는 것은 1945년 8월 9일의 나카시키시에 투하된 원폭이 중요소재로 사용됨으로써 이기도 하다. 나오미의 어머니가 바로 이 원폭의 희생자였고 이를 기념하기 위해 이사무 아저씨와 함께 나오미가 27년 후인 1972년 8월 9일 그랜튼 마을에서 얼마 멀지 않은 간헐천을 찾는 것에서 소설의 시작되고 마찬가지로 이 간헐천의 방문으로 끝이 이루어지는 것은 구금과 원폭에 의한 희생의 기억을 강조하기 위한 것에 다름 아니다. 전쟁이후 나오미와 오빠 스티븐Stephen, 오바상이 슬로칸Slocan으로 강제 이주되고 에밀리와 외가인 카토Kato 할아버지가 토론토로 수용되어 온갖 고초를 겪는다. 코가와와 유사하게 일본계 캐나다인으로서 수용소 생활을 겪었던 나카노Takeo Ujo Nakano는 그의 저서 『철조망에 갇혀』Within the Bared Wire Fence에서 자신의 마구간에 갇힌 경험을 이렇게 단가tanka형식을 통해 영시로 적고 있다.

> 분뇨의 냄새
> 가축의 악취
> 그리고 우리는 사육 받는다.
> 밀링으로 갈려진
> 전쟁터의 쓰레기들 (13)

수용소에서 겪은 고통과 억압에 대해 아야 고모는 침묵과 인내로 일관하지만, 에밀리 이모는 투사처럼 차별의 진실을 밝히는 투쟁으로 이를 극복하러 나선다. 격앙된 에밀리 이모는 선동적인 주장과 연설을 통해 나오미에게 지식과 기억하는 용기를 깨우친다면, 이미 네그렇으로 이두운 과거를 말보다는 몸으로 체현하고 살았던 오바상은 나오미에게 어릴 적 나오미가 어머니와 함께 찍었던 사진을 건네줄 뿐이다. 그러나 사실 캐나다에서 억압받는 소수계 민족으로서 살다가 히로시마로 병든 노모를 찾아 방문하였다가 원폭에 의해 괴물처럼 변해 캐나다로 돌아가길 포기한 어머니의 모습을 통해, 나오미는 어머니의 사진 뿐 아니라 어머니가 겪은 어두운 역사 전체를 건네받는 셈이 된다. 오바상의 다락방은 또한 나오미에게 초기 이민자들의 사진과 편지, 문서들을 생생히 간직한 중요한 기억들의 서고역할을 한다. 에밀리가 나오미의 어머니에게 전해주려던 편지 글들은 죽은 어머니를 대신해 나오미가 읽어야할 과제가 된다.

나오미는 에밀리 이모의 말과 용기를 통해 그리고 오바상 아야 고모의 침묵과 인내를 통해 자신이 어릴 적 백인 가우어Old Man Gower에게 성추행당하고 이를 어머니에게 숨기려 했던 자책감에서 벗어나 가우어로 대변되는 캐나다 정부government의 만행에 대해 직시하고 이를 감추어 잊기보다 기억하고 극복해야 함을 깨닫는다. 이사무 아저씨가 죽고 대신 오바상과 그랜톤 계곡을 걸으면서 그녀는 그곳의 간헐천이 강이 아니라 바다같이 보인다는 죽은 이사무 고모부의 말을 떠올린다.

조이 코가와의 이러한 역사의 재구성을 통한 새로운 인식의 요구는 그녀가 여주인공 이름을 나오미直美라는 이름을 통해 '고치다'直는 의미를 강조하면서, 나아가 그녀가 책의 서문에서 요한계시록 2장 17절의 말, 즉 "이기는 그에게는 내가 감추었던 만나를 주고 또 흰 돌을 줄 터인데 그 돌 위에 새 이름을 기록한 것이 있나니..."To him that overcometh will I give to eat of the hidden manna and will give him a white stone and in the stone a new name written...라고 인용하는 데서 잘 요약되고 있다고 하겠다.

3. 결론: 차별과 구금의 기억과 치유 그리고 탈영토화

『삼나무에 내리는 눈』을 쓰면서 작가 구터슨이 염두에 둔 것은 하퍼 리Harper Lee의 『앵무새 죽이기』*Killing a Mocking Bird*와 같은 인종간의 갈등과 편견이 따뜻한 마음을 통해 눈 녹듯이 해소될 수 있는 새로운 사회와 비전의 창출이었다. 그러나 흑인들의 차별에 대한 역사만큼 아시안들이 미국과 캐나다에서 겪었던 고통과 갈등은 널리 인식되어 있지 못한 것이 사실이다. 아시안계 미국인들이 사탕수수밭을 일구고 대륙횡단 철도를 부설하고 어업과 과실 재배 등을 통해 미국사회의 근대화에 크게 기여하였음에도 불구하고 아시안들은 존경과 모범의 대상이 되기보다는 오히려 차별과 폄하의 대상이 되기 일쑤였다. 비록 종전 이후 60여년이 넘은 세월이 흘렀지만 1942년 일본계 미국인들을 강제 재배치하기 위한 집행명령 9066은 아시안에 대한 미국인들의 부정적인 태도와 행동에 대한 가장 지속적이고 강한 상징으로 아직도 남아있다. 이후 1960년대 들어 미국흑인운동이 격화되어 흑인들이 처우가 개선되었듯이 아시아계 미국인에 대한 차별은 1952년 아시아계가 미국인으로 귀화할 수 있게 되었고, 1965년에는 아시아계 미국이민에 대한 쿼터가 철폐되면서 비로소 그 평등권과 자유가 존중받기 시작하였다고 할 수 있다. 나아가 1988년 일본계 미국인 시민연맹Japanese American Civil League에 의해 주도된 시민 자유 법안Civil Liberties Act의 통과는 이러한 아시안들에 대한 북미 백인들의 차별이 공식적으로 문서상으로는 종식되었다는 의미를 갖는다.

정리하자면, 아시아계 이민역사의 정점을 이룬다고 볼 수 있는 2차 대전 중 일본계 미국인의 강제구금의 경험은 어떤 시각으로 보는 가에 따라 그 의미와 영향이 상이해진다. 초기 극심한 인종 차별과 폭력을 경험하였고 갓 이민 와 민주적 경험이 부족한 1세대와 백인에게 먼저 말을 꺼내는 것을 꺼렸을 만큼 그 차별의 여파를 느꼈던 2세대 아시아계 이민자들에게 미국과 캐나다의 구금명령은 충분히 납득되고 군사적으로도 필요한 조치였을 수 있었다. 그러나 70년대 이후 수정주의적 역사에 영향 받은 3세대 이후의 아시아계 후손들에게 부당한 구금을 인내와 침묵으로 참고 견디었던 1, 2세대의 수동적 수용은 하나의 체념으로 비쳐지게 되었고, 구금의 과정 중에 나타난 저항과 여성의 능동적 역할 그리고 가부장적 역할의 해체로 인한 이민사회의 재편 현상 등이 새로운 쟁점으로 부각되게 되었다. 아울러 미군정의 책임을 맡았던 드위트DeWitt의 강제소개명령에 불복하여 제기한 일본계 미국인의 여러 가지 항거기록들—예컨대, 오레곤주 포틀란드의 마수오 야스이Masuo Yasui, 워싱톤대학의 24세 청년 고든 히라바야시Gordon Hirabayashi, 오클랜드의 프레드 코레마즈Fred Korematsu—는 모두 실패로 끝났고 1944년의 미츠에 엔도Mitsuye Endo의 법정투쟁만이 부분승소로 미국 정부의 권력남용에 대한 통제를 시정하였을 뿐이다. 그러나 과거에 조명 받지 못한 이러한 법정투쟁이 모두 수정주의적 시각의 영향 하에 다시 주목받고 있으며, 자유와 평등이 존중되는 소수민족의 질서를 세워 가는데 시금석이 되고 있다.

구금에 반대하던 양심적인 미국인들도 그들의 작품구성의 기초를 이루는 이러한 일본계 미국인들의 변화된 구금에 대한 적극적인 역사해석의 시각을 그들의 작품해석에 반영하고 있고, 이는 곧 전체 백인사회의 아시아계에 대한 시각에 대한 변화를 의미하기도 한다. 또한 일본계 미국인들의 구금의 경험은 한국계 미국문학 연구자들이나 미국소수문화를 연구하는 학자들에게 결코 남의 일이 아닌 아시아계 전체에 대한 백인들의 입장을 대변하는 사건이기도 하다. 한국계 미국이민 백주년 기념을 위해 방송매체로 우리에게 소개되기도 했던 일본계 미국인들로 구성된 442연대를 이끌었던 김영옥 대령의 예처럼, 일본계 미국인의 역사는 직접, 간접으로 한국의 이민역사와도 관련을 맺고 있다.

마지막으로 일본계 미국인의 구금의 역사와 관련된 문학과 사료가 우리에게 더 큰 의미를 가질 수 있는 것은, 소수민족의 다수민족 언어사용이 지배문화를 내파implosion하여 탈조직화 하는 표현기계가 된다는 질 들뢰즈Gil Deuleuz의 해석을 수용함으로써 더욱 광범위하고 체계적으로 이루어질 수 있을 것이다.

> 다수지배의 언어와 소수언어는 '두 상이한 유형의 언어들이기보다는 동일한 언어의 두 가지 가능한 취급들이다.' 그 중 하나는 언어적 변형으로부터 '상항들과 항상적인 관계들'을 추출해내고 다른 하나는 '그들을 연속적 변이의 상태에 놓는다.' 분명 소수의 언어는 전형적으로 나타나는 표현상의 정교화는 다수언어의 상항들을 갉아먹으며, 그렇게 함으로써 지배언어를 탈속령화 시키는 경향이 있다. (보그 143)

들뢰즈에 따르면, 카프카는 독일의 소수적 사용을 통해 기괴한 부조리를 긍정으로 변화시키면서 독일어를 탈영토화시키고, 조이스는 풍부함과 중층결정을 통해 그리고 베켓트는 메마름과 절제, 의도적인 빈약함을 가지고 영어를 변형시켰듯이, 러시아어나 아일랜드어를 사용하는 우즈베크 유대인들, 영어를 사용하는 미국 흑인과 인디언들, 불어를 사용하는 아프리카인들이나 알제리인들은 모두 지배언어 내의 소수자들이면서 그럼으로써 지배언어를 변형시켜 자신의 것으로 만들었고 지배언어를 탈속냉화 시겼며(보그 133 34).

우리가 일본계 미국문학을 읽으면서 경험하는 영어의 탈영토화된 현상은 들뢰즈가 말하듯, 영어를 다수지배 언어로서의 '그들의 언어'로 남게 하지 않고 아시아계라는 공통의 경험을 통해 변형되어 새롭게 체현된 새로운 어법과 스타일과 내용을 갖춘 우리와 그들을 아우르는 '모두의 언어'로 창출해내게 되는데 있다.

결국, 일본계 미국문학은, 차별과 구금의 고통을 기억을 통해 모두가 공감할 수 있게 하고 이를 적극적으로 수정주의적 역사를 통해 치유해나가면서, 동시에 아시아계에 의해 탈영토화된 영어를 우리에게 체험케 하면서, 우리의 익숙한 타자로서 다수지배언어에 대한 소수민족의 경험을 다양하고 깊이 있게 해주는데 크게 일조하고 있다고 할 것이다.

* 이 글은 저자의 「전후 일본계 미국/캐나다인들의 차별과 구금에 대한 기억과 치유」. (『현대영어영문학』 50.2 (2006): 47-73)의 내용을 본 저서의 기획 취지에 맞도록 일부 수정·확대한 글임.

참고문헌

로널드 보그. 『들뢰즈와 가타리』. 이정우 옮김. 서울: 새길, 1995.

Chin, Steven A. *When Justice Failed: The Fred Korematsu Story.* Austin, TX: Raintree Steck-Vaughn, 1993.

Guterson, David. *Snow Falling on Cedars.* New York: Vintage, 1994.

Haytock, Jennifer. *David Guterson's* Snow Falling on Cedars-*A Reader's Guide.* New York: Continum, 2002.

Kogawa, Joy. *Obasan.* New York: Anchor-Doubleday, 1994.

Ling, Jinqi. "No-No Boy." *A Resource Guide to Asian American Literature.* eds. Sau-ling Cynthia Wong and Stephen H. Sumida. Ed. New York: Modern Language Association of America, 2001. 140-50.

Lo, Marie. "Obasan." *A Resource Guide to Asian American Literature.* eds. Sau-ling Cynthia Wong and Stephen H. Sumida. Ed. New York: Modern Language Association of Amcrica, 2001. 97-107.

Murray, Alice Yang. *What Did the Internment of Japanese Americans Means?* London: Bedford/ St. Martin's, 2000.

Nakano, Takeo Ujo. *Within the Bared Wire Fence: A Japanese Man's Account of His Internment in Canada.* Seattle, University of Washington Press, 1980.

Rolater, Fred S. and Jeannette Baker Rolater. *Japanese Americans-American Voices.* Florida, Vero Beach: Rourke Corporation, Inc., 1991.

Uchida, Yoshiko. *Journey Home.* New York: Atheneum, 1978.

_____. *Desert Exile-The Uprooting of a Japanese-American Family.* Seattle and London: University of Washington Press, 1982.

Wang, Shonun, Ed. *Asian American Literature-A Brief Introduction and Anthology.* Berkeley: Harpercollins College Publishers. 1996.

Yamamoto, Traise. "Nisei Daughter." *A Resource Guide to Asian American Literature.* eds. Sau-ling Cynthia Wong and Stephen H. Sumida. Ed. New York: Modern Language Association of America, 2001. 151-58.

Yogi, Stan. "Japanese American Literature." *An Interethnic Companion to Asian American Literature.* Ed. King Kok Cheung. Cambridge: Cambridge University Press, 1997. 125-49.

아동문학에 나타난 죽음과 치유 그리고 성장의 모티프

김덕규

1. 아동문학에 나타난 죽음의 모티프

아동문학은 교양문학 또는 성상문학식인 성격이 깅하며 띠끼기 인생의 전환점이 되는 사건이나 주제를 많이 다루고 있다. 특히 그 중에서도 가족이나 친구의 죽음은 어린이들에게 정신적 충격과 평생 외상을 남길 수 있는 매우 중요한 사건으로 아동문학이 다루는 주요한 모티프가 되고 있다.

아동문학이 죽음의 문제를 다루기 시작한 것은 이미 19세기부터 이지만 본격적인 주제로 다시 등장한 것은 1970년대이다(Cuddigan 19, Jones 33).
20세기 초반에서 1970년대까지는 죽음이나 죽어가는 인간에 대한 묘사는
아동문학이나 청소년문학에서 다루기를 회피하는 금기시되는 토픽이었
다. 그 이유는 어린이들에게 선하고 좋은 것만을 보여주어야 한다는 아동
문학적 전통과 죽음을 천국으로 가는 행복한 여정이라고 여기는 기독교
적 사고와 영향 때문이었다. 그러나 1970년대 들어서면서 아동문학 비평
가들은 죽음의 문제를 더 이상 어린이들에게 숨기고 회피하려고만 할 것
이 아니라 불가피하게 부딪히게 되는 삶의 한 부분으로서 이를 드러내야
한다고 주장하였다. 사실주의 비평가 캐서린 스토어Catherine Storr는 "나는
어린이가 공포를 느끼고... 두려움과 불쌍함, 그리고 악을 느낄 수 있도록
허락되어야 한다고 믿는다"(Jones 28 재인용)라고 쓰고 있고 아동문학 비평
가 헌트Peter Hunt는 그의 저서에서 "섹스나 죽음의 문제는 아동문학에서
더 이상 금기"(167)의 대상이 아니며 트리즈Geoffrey Trease는 "한 세대의 금
기는 사라졌다"(Jones 27 재인용)고 단언하고 있다.

　아동들은 죽음의 실체를 알고 그에 상응하는 현실적 대처를 할 수 있
어야 한다. 물론 너무 빨리 섹스, 마약, 죽음 등의 문제에 접하면 어린이
는 쉽게 그 유혹에 빠지고 순수성을 잃게 되며 예기치 못한 부작용을 낳
는다는 전통적인 반박도 있으나 기독교적 도덕과 감상주의가 약해지면서
아동문학이나 청소년 문학에서 죽음이나 죽어가는 과정 같은 현실에 존
재하는 예민한 문제들을 다루는 작품들은 계속 증가하고 있다.

　19세기 말과 1970년대는 한 세기의 격차가 있지만 이 시기에 아동문
학에서 다루어진 죽음의 묘사에는 많은 유사성이 있다. 19세기 말에는 유
럽이나 미국에서 티푸스, 콜레라, 폐결핵, 영양실조 등으로 많은 인구가
사망하였으며 자연히 문학은 아동의 죽음이나 부모와 사별한 어린이들에

게 관심을 갖고 이를 다루었다. 그러나 1920년대부터 미국이 경제적 발전으로 삶의 질을 높이면서 사망률은 현저히 감소하는 반면 수명은 늘어나면서 아동문학은 죽음의 문제보다는 좀 더 현실적인 이슈인 삶의 복지나 교육 같은 주제로 시야를 돌리게 되었다. 그러므로 이 시기의 아동문학에서는 죽음의 문제는 거의 언급되지 않거나 가볍게 다루어졌다. 그러나 1970년대에 들어서서 자살률이 늘어나고 죽음이 주는 외상과 치유에 대한 관심이 증가하면서 주목할 만한 변화가 생겼으며 이 후 죽음의 문제는 아동문학이 다루는 주요 소재중의 하나가 되었다(Jones 30–35).

이러한 흐름과 경향은 미국에서 가장 권위 있는 청소년 문학상인 뉴베리상 수상작에도 잘 반영되고 있다. 1976-2005까지 30편의 메달 수상작 중 직·간접적으로 죽음의 문제를 다루고 있는 작품은 11편에 이르고 있다. 이 숫자는 처음 이 상이 수여된 1922년부터 1975년까지 죽음을 다룬 작품이 거의 발견되지 않는 것에 비해 괄목할 만한 비율로 늘어난 것이다.

문학은 우리 사회와 그 사회의 문제점을 반영한다. 아동문학도 마찬가지로 가족이나 친구의 죽음, 부모의 이혼이나 비전통적인 가정환경, 질병이나 장애, 성 역할의 변화, 문화적 차이 등 민감한 주제를 다룬다. 그러면서 독자들에게 각각의 주제에 대해 좀 더 비판적으로 생각하고 다양한 종류의 해결책을 모색하고 다른 상황에 처해 있는 사람들과 자신을 동일시하고 비교해볼 수 있게 한다. 여러 가지 사회적 이슈 중에서도 죽음이 파생시킬 수 있는 사회적 리얼리티를 보여주는 아동문학은 간접적이긴 하지만 어린이들에게 편하고 개방된 분위기 속에서 때로는 부모나 교사들이 회피하거나 알려주기 어려운 예민한 문제나 상황들에 대해 접해볼 수 있는 기회를 제공해주는 중요한 역할과 기능을 담당하고 있다.

2. 죽음의 충격과 책 치유

죽음이나 죽어가는 과정의 묘사는 더 이상 아동문학에서 금기의 대상이 아니며 아동문학은 죽음을 삶의 사이클의 한 부분으로 공개적으로 인정하고 있다. 그러나 연령이 낮을수록 어린이들에게 죽음의 개념을 이해하도록 돕는 것은 쉬운 일이 아니다. 연구에 따르면 3-5세의 유아는 죽음을 마지막이 아닌 잠시 동안 잠을 자는 개념으로 파악하며 5-9세의 어린이는 죽음을 자신과는 관계없는 멀리 떨어져 있는 존재로 여긴다고 한다(Cuddigan 19). 유아나 어린이들과는 달리 십대에 들어선 청소년들은 부모나 친구 등의 죽음 때문에 더 힘들 수 있다. 이 시기에 그들은 가족의 해체나 교우관계의 재구성이 줄 수 있는 고통스러운 결과를 예측하고 있으며 감정을 조절하거나 긴장을 해소치 못하고 예기치 않은 불행한 결과를 초래하기도 한다.

판단력이 약한 아동기에 해소되지 못한 장기간의 슬픔은 청소년기를 통해 다양한 형태의 부작용을 낳고 어른이 되어서도 그 영향이 지속되기도 한다. 연구에 의하면 어렸을 때 부모의 죽음을 경험한 사람은 그렇지 않은 사람보다 다섯 배나 더 범죄나 마약의 유혹에 빠지거나 정신과 의사의 도움을 필요로 한다고 한다(Pardeck 8). 8세부터 15세 사이에 가족의 죽음을 경험한 어린이들 중에서 슬픔을 적절히 해소하지 못하고 이상행동을 보이는 어린이를 장시간 조사한 결과 그들의 반응은 슬픔과 무기력과 식욕감퇴를 보이는 부류, 무관심을 가장하지만 학교와 가정에서 폭력을 휘두르고 욕설을 하는 부류, 친구들과의 교제를 끊고 공부 등 특정한 일에만 몰두하는 부류, 마지막으로 등교를 거부하고 도벽과 범죄를 일삼는 부류 등으로 나타났다(8-11).

부모, 형제, 친척, 친구, 애완동물 등 어린이에게 가까운 누군가의 죽음은 슬픔과 우울, 외로움, 불안과 공포, 분노, 죄의식, 근심, 불신, 무감각 등의 감정을 유발시킨다. 이때 슬픔을 나누는 것은 개인적 치유를 돕고 남아있는 사람들과의 유대를 증진시키는 전략이 될 수 있다. 어린이는 죽음과 이에 수반되는 감정을 표출할 필요가 있으며 그것은 자연스러운 과정을 밟아 이루어져야 한다. 이때 책 읽기를 활용하면 어린이들은 자연스럽게 죽음의 문제를 간접경험 할 수 있게 된다. 어린이들이 독서를 통해 죽음의 문제에 일찍 노출되는 것은 어린이들로 하여금 실제보다 더욱 두려운 상상을 막아주며 실제 죽음을 경험했을 때의 충격과 고통을 완화시켜 줄 수 있다. 또 죽음을 당한 당사자 이외의 주변사람들이 반응하는 과정도 살펴볼 수 있도록 도와준다.

　문학 작품 읽기를 활용하여 정신적, 육체적 문제를 해결하고 통찰력을 갖추고자 하는 것은 결코 새로운 접근 방법이 아니다. 책 치유Bibliotherapy는 정신적, 육체적으로 상처 입은 사람을 치유할 목적으로 책이나 스토리를 읽는 활동을 이용하는 요법으로 이 용어는 1916년 사뮤엘 크로더즈Samuel Crothers가 처음 사용하였다(Jones 15). 더욱 거슬러 올라가 고대 도시국가인 테베나 그리스 도서관 입구에는 '영혼의 치유 장소'the healing place of the soul(Jones 15, Pardeck 2) 또는 '영혼의 약상자'the medicine of the chest of the soul(Cecil xiii)라고 쓰여 있을 만큼 도서관과 책은 오랫동안 삶의 질을 향상시키고 인간의 정신적 치유와 성장을 돕는 도구로 간주되어 왔다.

　책 읽기가 주는 치유의 속성은 어린이의 발달단계에서 지속적으로 작용한다. 어린이는 성장하면서 가족이나 친구의 죽음, 부모의 이혼이나 가족의 해체, 주변사람들의 심각한 질병이나 장애, 성적 정체성과 문화적 차이, 자연 재해 등 크고 작은 어려움과 스트레스를 경험한다. 책은 예민한 문제로 어려움을 겪는 어린이의 스트레스나 외상을 예방하거나 치유할 수 있도록 도와준다. 어린이는 책을 읽으면서 자신이 겪는 복잡한 감정에 직면하도록 인도되며 자신만이 그러한 고통을 겪는 것이 아니라는 위안을 받고 고통스러운 타인의 삶에 공감하고 감정이입을 한다. 이것은 자연히 어린이로 하여금 자신의 상황을 여유 있게 바라보고 관조하고 대처할 수 있도록 도와준다. 그러므로 사회적 리얼리티를 신중하게 다루는 아동문학 작품들은 독자들에게 어렵고 민감한 문제와 상황들에 대해 관찰할 기회를 제공하고 다양한 종류의 해결책을 모색하도록 격려하고 도와주려 노력하고 있다.

아동문학을 치유의 수단으로 활용할 때 그 작품은 독자나 치유 받고자 하는 의뢰인이 직면하고 있는 문제를 정확하게 묘사하고 있어야 한다. 이때 책 치료는 세 가지 단계로 진행된다. 첫 단계는 독자나 의뢰인이 작품속의 인물에 대해 동일시와 투사를 하는 것이며, 두 번째는 정화와 카타르시스를 겪는 감정적 해방의 단계이며, 세 번째는 통합과 통찰력의 단계이다. 이 마지막 단계에서 의뢰인은 문제해결의 방법을 찾도록 인도된다. 책 치료 연구의 선구자인 슈로우즈C. Shrodes는 이러한 세 단계는 아리스토텔레스의 미학과 프로이드의 심리학이 제시하고 있는 인간 정신의 치유 과정과 유사하다고 진술하고 있다(Pardeck 11-12 재인용).

이와 같은 심리적 치유 과정을 밟으며 책 치료는 여러 가지 목적을 수행한다. 바루스와 버그라프Baruth and Burggraf, 그리고 파덱과 파덱 Pardeck and Pardeck은 책 치유의 주요 목적은 문제점에 대한 정보와 통찰력 제공, 문제에 관한 논의 유발 자극, 새로운 가치와 태도의 전달과 수용, 타인들도 비슷한 점을 겪고 있다는 감정이입 그리고 문제점에 대한 해결책을 제공하는 것이라고 한다(Pardeck 1-2 재인용). 이러한 책 치유는 육체와 정신의 장애를 극복하는 치유의 수단일 뿐 아니라 아울러 장래에 발생할 수 있는 문제점을 예방할 수 있는 강력한 도구가 될 수 있다.

일반적으로 책 치유는 과학적 영역과 예술적 영역 두개의 영역으로 분류되고 있다(Jones 17-18). 과학적 접근은 정신과 의사나 심리학자들이 환자와 직접적으로 소통해서 의뢰인을 치유하는 방식이다. 이때 치료담당자는 어린이와 일대 일로 대면하여 정신분석학적으로 문제점을 파악하고 이 문제점을 해결할 수 있는 책을 의도적으로 제공한다. 예술적 접근은 비과학적 접근으로 교사나 도서관 사서 또는 부모들이 주의 깊게 선정된 책 목록을 제공해 준다. 독서자는 책 읽기를 하면서 등장인물에 감정이입이 되고 책 내용과 내적 대화를 나눈다. 이것은 드러내놓고 직접 대화를 나누는 의학적 접근과 구별되는 간접적 치료법이다. 이 접근에서 도서제공자의 역할은 의뢰인의 문제와 욕구와 필요를 파악하여 책을 처방해 주는 것이므로 그들은 어린이들의 인지발달과 아동 문학에 조예가 깊고 정통한 사람이어야 한다. 이들은 자신의 지식과 정보를 활용하여 책을 예술적 치유의 수단으로 활용하며 어린이들로 하여금 죽음의 개념을 파악하고 죽음에 대처하는 방법과 타인들이 겪는 죽음의 문제 등을 관찰할 수 있도록 도와준다.

문학작품을 예술적 치유의 수단으로 활용할 경우 적절한 작품을 선택하는 것이 가장 중요하다. 그러나 치료의 목적을 가지고 의도적으로 쓴 의학적, 과학적 논픽션 작품은 오히려 어린이에게 부담감을 줄 수 있다. 어린이들은 자신의 상황을 타인의 입장에서 객관적으로 바라볼 때 덜 방어적이고 긴장을 풀 수 있기 때문이다. 이러한 점에서 픽션을 활용하는 것이 치유의 과정에 도움을 줄 수 있으며 다음에 제시하는 아동문학 작품들은 치료목적으로 집필된 것은 아니지만 결과적으로 책 치료에 활용될 수 있는 예술성을 갖춘 뛰어난 작품들이다.

3. 뉴베리상 수상작에 나타난 죽음과 치유와 성장의 과정 분석

뉴베리상은 10대 초반의 청소년을 대상으로 하는 문학작품에 수여하는 미국에서 가장 권위 있는 아동문학상이다. 이 상은 미국 도서관 협회의 주관 하에 1922년부터 매년 발표된 작품 중에서 문학 발전에 가장 크게 기여한 작품을 선정하여 그 다음해에 최우수상인 뉴베리 메달을 수여한다.

뉴베리 메달 수상작은 청소년이 불가피하게 부딪히고 경험하게 되는 예민한 주제를 심층적으로 다루고 있는데 죽음에 관계된 토픽도 그 중의 하나이다. 1976년부터 2005년까지의 뉴베리 메달 수상작 30편 중 가족이나 친구 등 주변사람들의 죽음이 소재가 되고 있는 작품은 11편이다. 그 중 7편의 작품은 죽음의 이슈를 전체 플롯의 일부분이나 상황설정 등의 도구로 사용하고 있지만 죽음 그 자체가 주는 충격이 주요 주제가 되어 심도 있게 다루어지고 있지는 않다.[1] 그러나 죽음이 불가피하게 부딪치게 되는 삶의 한부분이고 어린이나 청소년은 이 문제를 극복해야 한다는 신념을 가지고 죽음의 문제를 깊이 있게 다룬 네 편의 작품이 있다. 이 작품들은 죽음과 죽어가는 과정을 세밀히 묘사하면서 이에 반응하는 주인공들의 고통스러운 감정의 변화를 세밀하게 묘사하고 있다.

죽음의 문제를 주요 소재로 삼고 있는 네 편의 작품 중에서 『그리운 메이 아줌마』(Missing May 1992)와 『모래폭풍을 지날 때』(Out of the Dust 1997) 두 편은 가족구성원의 충격적인 죽음이 초반부에 등장하는 본격적으로 죽음에 반응하는 주인공들에 대한 기록이다. 이 작품들에서 남은 가족은 구성원의 죽음으로 엄청난 정신적 상처를 받고 해체와 와해의 위기를 맞으나 남아있는 가족에 대한 배려와 용서로 서로의 상처를 치유한다. 한편 『테라비시아로 가는 다리』(Bridge to Terabithia 1977)와 『키라-키라』(Kira-Kira 2004) 두 편의 작품은 죽음이 마지막 부분에 나타나고 그에 대한 주인공들의 반응은 제한적이지만 그 극복과 치유과정은 충분히 어린이들에게 공감을 얻을 만하다. 이 두 작품에서 주인공들은 친구와 언니의 죽음이 주는 충격을 상상력의 복원으로 완화시킨다.

이 네 작품은 모두 청소년 독자들에게 죽음이 주는 고통과 그것을 극복하는 과정을 보여줌으로써 간접적으로 치유의 효과와 도움을 주고 있는 작품들이다. 독자는 등장인물들이 보이는 반응을 따라가며 감정 이입이 되고 공감과 슬픔을 나누면서 죽음에 대처하는 방식과 성장과정을 관찰한다.

1978년 뉴베리 메달 수상작인 『테라비시아로 가는 다리』는 친구의 죽음이 주는 충격과 고통 그리고 그것을 치유하고 극복하는 과정을 사실적으로 보여주는 고전작품이다. 이 작품에서는 친구와의 상상력으로 가득 찼던 경험과 우정이 후일 그 친구를 잃은 고통을 치유하는 소중한 유산이 된다.

이 작품에서 5학년 소년 제스Jess와 소녀 레슬리Leslie는 성장 배경과 개성이 다르지만 특별한 우정을 나눈다. 그들은 비밀의 숲속에 '테라비시아'라는 상상의 왕국을 건설하고 그 곳에서 독립적인 삶의 의미와 미래에 대비할 용기를 얻는다. 그러나 그들이 테라비시아에서 만나기로 한 날 제스는 폭우 때문에 약속을 어기고 레슬리는 혼자 비를 맞으며 테라비시아로 건너가던 중 계곡에 추락하여 죽게 된다. 홀로 남은 제스는 레슬리의 죽음이 약속을 지키지 않은 자신의 잘못이라 생각하고 극심한 충격과 죄의식 속에서 고통의 나날을 보낸다. 누이동생으로부터 "오빠의 친구가 죽었다"(154)는 통보를 받고 제스가 겪는 감정의 굴곡은 여러 단계를 거친다. 그 첫 단계는 예기치 않았던 죽음을 경험하는 사람들이 일반적으로 보이는 최초의 반응인 부정과 부인이다(155-56). 이어서 제스는 자신에 대한 분노와 죄책감에 사로잡히며 모든 것을 포기하는 상태가 된다. 그는 자신의 유일한 취미도구인 그림물감을 계곡에 던져 버린다. 그의 삶의 희망은 화가가 되는 것이고 그림도구는 그가 목숨과도 같이 귀중하게 여긴 물건이다. 그러나 시간이 흐르면서 제스는 죽은 레슬리와의 추억을 회상하며 그녀와 함께 했던 상상속의 풍요로운 삶을 회상하고 회복과 치유의 과정을 밟는다. 그는 슬픔에서 도망친다고 슬픔이 없어지는 것도 아니고 외로움에서 벗어날 수 있는 것도 아니라는 것을 깨닫고 이에 맞서기로 한다. 제스의 고통과 슬픔으로 부터의 치유 과정에서 결정적 영향을 미치는 것은 친구 레슬리가 미래에도 자신을 지켜볼 것이라는 믿음과 상상력의 복원인데 이것이 제스에게 꿈과 희망을 유지하게 해준다.

어린 시절부터 온갖 희로애락을 같이한 언니가 14살 때 죽어가는 모습을 그린 『키라-키라』는 2005년 뉴베리상 메달 수상작이다. 이 작품에서 동생 케이티Katie에게 네 살 많은 언니 린Lynn의 모든 일상은 경이로운 관찰의 대상이다. 작품제목 '키라-키라'는 일본어로 '반짝거리며 빛나는' 이란 뜻으로 이들 자매의 삶이 찬란한 것은 언니가 그들의 삶을 그렇게 만들었기 때문이지만 아이러니하게도 독자들에게 그들의 삶은 그렇게 빛나 보이지 않는다. 이 자매의 부모는 1950년 대 후반 일본인이라는 이유로 인종 차별을 받으며 조지아 주에 정착한 가난한 이주민으로 이 가족은 아메리칸 드림을 이루기 위해 빈곤의 악순환과 고달픈 삶을 영위한다. 이 작품의 후반부에서 언니 린은 림프 백혈병에 걸려 죽는다. 저자는 동생 케이티가 경험하는 언니의 투병과 고통과 죽음에 대해 정직하게 기록한다. 케이티는 언니의 발병에 한편으로 화가 나고 참을성이 없어지기도 하지만 언니가 치명적인 질병에서 회복되기를 기원한다. 언제나 예쁘고 밝은 성격을 가진 공부 잘하는 언니를 시기하고 질투하기도 했지만 케이티는 언니의 죽음에 충격을 받고 절망에 빠진다.

이 작품에서 케이티를 절망에서 구원하고 정신적으로 성장하도록 돕는 것은 과거 언니와 같이했던 상상력으로 가득 찼던 생활의 추억과 언니와 함께 이루고자 했던 미래의 삶에의 희망이다. 케이티의 아픔과 치유의 과정은 독자들에게 감정이입이 되어 정서적 공감과 카타르시스를 제공할 만큼 세밀하고 신빙성 있게 묘사되고 있다. 스토리는 슬프지만 희망으로 가득 차 있고 언니의 죽음은 비극적이지만 동생에게는 정신적 성장과 성숙의 계기가 된다.

『키라-키라』는 2004년에 출판된 작품이지만 1977년에 씌어진 『테라비시아로 가는 다리』와 놀랍게도 유사한 죽음과 치유의 모티프를 다루고 있다. 두 작품 모두 주인공들이 고통과 슬픔을 극복하고 성장하는 과정에서 가장 강력한 치유의 힘이 되는 것은 상상력의 복원이며 먼저 죽은 친구와 언니의 꿈을 대신 이루고자 하는 희망과 염원이다. 이 들 작품에서 주인공들이 친구와 언니의 죽음 때문에 겪는 고통과 슬픔은 또 다른 성장의 자양분이 된다.

1970년대에 『테라비시아로 가는 다리』에서 본격적으로 시작된 죽음을 주제로 한 뉴베리상 수상작은 1990년대 들어서 『그리운 메이 아줌마』(1992)와 『모래폭풍을 지날 때』(1997)라는 걸작을 낳았다. 이 두 작품은 모두 플롯 초반에 주요 가족구성원의 죽음이 등장하고 이어 서 남아 있는 가족이 겪는 슬픔과 고통, 가족의 와해, 그리고 치유와 회복의 과정을 긴박하게 전개하고 있다.

『그리운 메이 아줌마』는 우선 작품의 도입부에서 주인공 서머가 여섯 살 때 입양되는 과정을 그리며 진정한 가족의 의미를 천착한다. 이 작품에서 가족은 혈연으로 맺어지는 것이 아니라 사랑으로 맺어지며 비록 혈연관계가 아니더라도 개인이 갖고 있는 상처와 약점을 서로 보듬고 치유해줄 수 있는 집단이 있다면 그 또한 가족의 또 다른 탄생이 될 수 있다는 메시지를 강력하게 제시한다.

이 작품에 나오는 주인공 서머Summer는 열두 살로 6년 전에 어머니를 잃고 자신을 마치 "힘들게 처리해야 하는 귀찮은 숙제"(7)처럼 여기는 친척들 집을 눈치를 보며 전전하던 중 자신을 "빛나는 별"(87)이며 "너는 내가 알았던 최고의 아이"(87)이고 "신이 내린 최고의 축복"(85)이라며 입양한 메이May 아줌마와 옵Ob 아저씨와 함께 살게 되면서 처음으로 사랑으로 이루어진 가족 속에 편입된다.

녹슨 트레일러에서 사는 늙고 건강도 좋지 못한 가난한 아줌마와 아저씨이지만 서머는 이들과의 생활에서 최고의 행복을 경험한다. 특히 서머가 아저씨가 아줌마의 머리를 땋아주는 모습을 보며 너무 행복해 숲속에 들어가 오열하는 장면은(4) 사랑하는 사람들에 목말랐던 고아소녀의 슬픈 모습을 선명하게 드러내는 흡인력 있는 장면이다. 양부모가 서로 사랑하는 모습을 보며 고아소녀는 넉넉한 사랑으로 맺어진 진정한 의미의 가족의 일원이 된다.

그러나 그렇게 모든 것을 다 주려고 애쓴 아줌마이지만 그녀는 죽기 전 자신이 남긴 글에서 서머에게 충분히 물질적 도움을 주지 못한 것을 미안하게 생각한다. "나는 네가 받을 만한 모든 것을 사줄 수 없음을 걱정했단다. 네게 얼마나 둥근 머리를 가진 인형들이 살고 있는 커다란 플라스틱 집을 사주고 싶었는지... 그러나 아가야 우리는 돈이 없었단다. 우리는 그것이 너무 미안했단다."(85) 그러나 곧 이어 아줌마는 물질적 풍요만이 입양과 가족을 형성할 수 있는 필수 조건이 아님을 분명히 한다.

"우리는 늙었고 네가 너무 많이 필요했고 너 또한 우리를 필요로 했었지. 우리 모두는 필사적으로 가족을 원했던 거야. 그래서 우리는 서로를 움켜 잡고 하나가 되었지. 그것은 필연적인 일이었어."(87) 아줌마는 경제적 능력 대신 넉넉한 사랑으로 그 부족함을 채운다. 아줌마는 자신도 어렸을 때 어머니를 홍수에 잃고 고아로 자라나면서 누구보다도 가족이 없는 외로움을 잘 알고 있었고 서머가 원하는 것이 무엇보다도 따뜻한 가족의 애정임을 잘 알고 있었던 것이다.

그러나 항상 긍정적이며 존재만으로도 행복을 주는 "사랑으로 가득 찬 커다란 통"(15) 같은 메이 아줌마가 밭에서 일하다가 "눈부시게 새하얀 영혼이 되어서"(10) 천국으로 떠나자 사랑으로 뭉쳐진 가족도 와해되고 해체되기 시작한다. 남은 가족은 충격 속에서 정신적 지주였던 아줌마의 죽음이라는 이별을 감내해 내지 못한다.

처음 서머에게 아줌마의 죽음은 더 이상 사랑하고 사랑받을 수 있는 존재가 사라졌다는 상실감으로 다가온다. 인간의 삶은 만남과 이별의 연속이다. 누군가와의 만남이 있으면 반드시 헤어짐도 있다. 죽음도 하나의 이별이며 우리 삶의 한 부분이고 누구나 경험하는 것이다. 그러나 사랑하는 사람의 죽음은 인간에게 언제나 서러운 일이다. 인간에게 죽음이란 막연한 끝을 의미하고 더 이상 볼 수 없고 같이 할 수 없는 이별인 것이다. 이 작품에서 서머는 아줌마를 잃고 나서 사람들이 진짜 두려워하는 것은 죽음이 아니라 이별이라고 생각한다.

사람들은 왜 이 지상에 머무르고 싶어 할까? 왜 그런 끔찍한 고통을 견디면서도 이곳에 머무르려고 할까? 예전에는 죽음이 두려워서 그러는 줄 알았다. 하지만 지금 생각해보니 사람들은 헤어짐을 더욱 견딜 수 없어 하는 것 같다. (79)

인간은 누구나 죽음을 피해갈 수 없으며 우리는 끊임없이 누군가를 먼저 떠나보낸다. 남아있는 사람들을 위해 슬픔을 다스리는 애도는 삶에 있어서 중요한 작업 중의 하나이며 잘 떠나보내기는 남아있는 사람들의 삶을 위한 필수적인 절차이다. 그러나 서머는 아줌마의 죽음에 대해 충분히 애도할 기회와 여유를 갖지 못하는데 그것은 홀로 남은 옵 아저씨 때문이다.

옵 아저씨는 아줌마의 죽음 후 자신의 삶을 포기하고 방기하는 모습을 보인다. 서머는 스스로 충분히 슬퍼하지도 못하고 또 마음껏 울지도 못하고 아저씨를 걱정하는 일에 매달린다. 작품 중 서머는 자신이 원치 않는 이별을 두 번씩이나 경험한다. 첫 번째는 생모의 죽음, 두 번째는 양엄마인 메이와의 이별이다. 서머는 세 번째 이별을 감당해 낼 자신이 없다. 아줌마가 이 세상에 없음을 받아들이기도 전에 아저씨를 잃을까 걱정해야 하는, 또 다시 세상에 혼자 남겨질까봐 두려워하는 서머는 자신의 슬픔을 치유할 시간과 방법을 찾지 못한다. 옵 아저씨의 삶은 시들고 허물어져 가며 서머는 자신의 슬픔을 숨기는 것이 아내를 잃은 아저씨를 위로하는 방법이라 여긴다. 가족 해체의 위기 앞에서 또 이별 뒤에 혼자가 될 것이라는 두려움에 서머는 아저씨가 정상적인 생활을 할 수 있도록 전력을 다해 돕는다. 심지어 아저씨의 청을 받아들여 심령교회를 찾아가 아줌마의 영혼을 만나 보려고까지 한다.

서머와 옵 아저씨는 함께 허물어진다. 그것은 아저씨가 아내의 죽음을 받아들이지 못하고, 이별을 하지 못하고, 영혼을 놓아주지 못하기 때문이다. 이 부분에서 작품은 엄마를 잃은 서머의 슬픔뿐만 아니라 배우자를 잃고 삶의 의욕을 상실한 노쇠한 옵 아저씨의 슬픔과 고통을 교차적으로 보여준다. 한 가정에서 배우자를 잃은 슬픔과 충격은 지대한 것이다. 특히 그는 아내의 부재를 견디지 못하며 아내의 상실은 자기 존재의 상실로 이어지고 무기력해지며 생명력을 잃는다. 그는 6개월 동안이나 자신의 슬픔에 겨워 딸 서머에 대한 배려를 하지 못한다.

가족의 와해라는 심각한 위기에 놓인 서머의 집에 학교 친구인 클리터스Cletus가 드나들기 시작한 것은 이 가정에 새로운 바람과 변화를 불러온다. 서머와 동갑나기인 그는 이 작품에서 위로를 주는 존재로 나타난다. 그는 이상한 취미를 가진 괴짜이지만 익사의 순간까지 가본 죽음의 경험이 그를 성숙하게 만든다. 그도 역시 서머처럼 나이 많은 양부모에게 사랑을 받았고 또 그것을 베풀 줄 안다. 그는 말할 때와 침묵할 때를 알며 남의 이야기를 관심 있게 들어주는 능력이 있는 마음이 편해지는 소년으로 옵은 그에게 마음의 문을 열게 되는데 그것은 그들이 모두 입양에 의한 가족을 형성하였다는 공통점 외에도 이 소년이 메이 아줌마처럼 모든 사람을 사랑으로 대할 능력이 있기 때문이다.

옵은 정말 클리터스를 좋아했다. 나는 아저씨가 지난여름 아줌마가 죽은 이후 이렇게 관심을 갖는 사람을 본 적이 없었다... 클리터스의 부모는 옵 만큼 나이 들었고 거의 외출을 하지 않았다. 아마 그것이 클리터스와 옵이 쉽게 친구가 된 이유 같았다. 클리터스는 나이든 사람들에게 익숙하였다. (20)

또 그는 옵 아저씨 때문에 고통 받는 서머의 아픔을 헤아리는 위로가 되는 말들노 선낸나.

그(클리터스)는 한때 나(서머)에게 말했었다. 서머, 네가 끌어안고 가고 있는 벽돌 중 몇 개는 내려놓아. 인생은 그렇게 무거운 것은 아니야. (23)

클리터스는 옵 아저씨, 서머와 함께 가족 같은 사랑을 나눈다. 클리터스가 없었다면 옵과 서머는 각자의 벽에 갇혀 단절된 채 슬픔을 견딜 수 없었을 것이다. 아줌마를 잃고 힘들어 할 때 나타나 준 클리터스로 인해 옵과 서머는 위로받고 고통을 완화시키면서 메이 아줌마의 영혼을 찾아 여행을 하며 새로운 삶의 의지를 찾는다. 아저씨와 서머의 마음속에 살아 있는 메이 아줌마를 재발견할 수 있도록 도와주는 클리터스는 이 가족의 또 다른 구성원이다.

옵 아저씨에게서 메이 아줌마의 영혼이 느껴진다는 말을 듣고 그들은 최후의 치유 수단으로 심령교회의 목사를 찾아가 메이의 영혼을 만나 보기로 한다. 그렇게 셋은 아줌마의 영혼을 찾아 엉뚱하고 기괴한 여행을 떠나지만 결국 목사는 죽고 심령교회가 문을 닫아 그들은 아무것도 얻지 못한 채 집으로 돌아오게 된다.

지독한 실망에 빠져 집으로 돌아오는 차 속에는 침묵과 절망과 체념과 무기력함이 지배한다. 그러나 옵 아저씨는 돌아오던 중 갑자기 클리터스가 그렇게 가보고 싶어 하던 웨스트버지니아 주 의사당으로 방향을 바꾼다. 이때 옵의 마음을 움직이게 한 정확한 동력은 알 수 없다. 그러나 이 순간은 그의 정신세계가 변화하는 중요한 전환점이 된다. 아저씨는 비로소 아내의 영혼을 만나보려는 자신의 집착을 자각하며 서머의 상처를 돌아보게 되고 자기를 진심으로 위로하려는 클리터스의 노력을 헤아리게 된다.

죽은 이를 떠나보내지 않고 움켜잡고 있으려는 옵의 태도는 그의 삶을 아내가 원했던 방향과는 정 반대인 체념과 부정 그리고 무기력으로 이끌어간다. 그러나 여행에서 돌아오는 길에 이것을 깨달은 옵은 아내를 잘 떠나보낼 때 그의 가슴속에 죽은 그녀가 온전하고 아름답게 자리 잡을 수 있음을 깨닫는다. 그리고 해체의 위기를 맞았던 가족은 다시 복원된다.

그리고 그 중심에는 죽은 메이와의 추억이 존재한다.

옵은 비록 아내 메이는 저 세상으로 갔지만 친자식처럼 사랑하며 길렀던 서머가 있기 때문에 삶의 희망을 버리지 않는다. 자신마저 가버리면 서머는 이별을 또 겪어야하고 그 상실감은 이루 말할 수 없을 것이라는 것을 자각한다. 자신이 겪었던 상실감을 서머에게 주지 않으려고, 그리고 또 다시 사랑하는 사람과 이별하지 않으려고 그는 변화한다. 여기에 자신을 이해하고 격려해 주던 클리터스가 간절히 원하는 의사당으로의 여행을 실천하려는 책임감과 배려도 작용했을 것이다.

메이를 떠나보냄으로서 서머와 옵의 관계는 더욱 단단하고 견고해진다. 서머는 죽은 메이가 원하는 가족의 삶에 대해 다음과 같이 생각한다.

> 지금 메이 아줌마가 여기 있다면 나와 클리터스에게 말했을 것이다. 사람이든 물건이든 우리에게서 떨어져 나가는 것들을 꼭 잡으라고. 우리는 모두 함께 살도록 태어났으니 서로를 꼭 끌어안으라고. 우리는 서로 의지하며 살아가게 마련이니까. 아줌마는 우리가 함께 살 수 있는 곳이 이 세상만이 아니라고 일러주곤 했다. 이 세상의 삶에서 우리가 바라는 것을 얻지 못한다고 실망하지 말라고. 또 다른 생이 우리를 기다린다고. (23)

여행에서 돌아온 날 밤 서머와 옵 아저씨는 숲에서 어둠속으로 날아가는 올빼미를 본다. 평소에 올빼미를 좋아했던 아줌마와의 추억을 떠올리는 순간 서머는 아줌마를 더 이상 볼 수 없다는 사실을 인정하게 된다. 그동안 메이 아줌마의 빈자리를 메우기 위해 열심히 달려왔던 서머는 아줌마가 죽은 후 처음으로 그동안 하고 싶었던 말을 쏟아내며 오열한다. 아줌마가 너무 보고 싶다며 참고 억눌렀던 울음을 터트리고 자신의 슬픔을 쏟아낸다. 이 오열의 시간은 아줌마의 죽음으로 야기된 서머의 슬픔이 치유되는 순간이다. 누구에게나 있는 아픔과 상실은 그 상처가 녹아야 없어진다. 가슴 아픈 상실을 수용하지 않는 한 통과는 없다.

서머와 아저씨는 이제 비로소 떠나간 사람을 놓아주고 남아 있는 사람들 간의 사랑을 생각한다. 그들은 서로를 의지하고 슬픔을 나누며 해체되었던 가족을 복원한다. 인간은 죽음으로 늘 슬퍼할 수는 없으며 그 상처를 극복함으로써 한 단계 성장하는 인간의 잠재력을 보여주며 이 스토리는 끝이 난다.

옵과 서머가 항상 집안에만 달아놓았던 바람개비들을 생전 아줌마가 가꾸던 밭에서 자유롭게 돌아가게끔 놓아두는 장면은 그들이 메이의 영혼을 놓아주는 것을 상징한다. 그리고 그들은 메이의 영혼과 그녀와의 추억이 그들의 삶에 위로를 줄 것이라고 믿는다.

> 진정한 영혼의 메시지가 가지는 의미는 무엇인가? 그것은 우리에게 삶의 슬픔 속에서도 위로를 가져주는 것이 아니겠는가? (89)

이 작품은 물질적으로 궁핍한 가운데서도 인간 존재의 숭고함과 고귀함을 잃지 않는 삶의 본질을 통찰하고 그것을 가능하게 하는 가족 간의 사랑을 유감없이 보여주는 작품이다. 특히 이 책은 사랑하는 사람이 떠난 상실감, 그 빈자리를 채우기 위해 남은 사람들이 어떻게 의지하고 보듬어주는지를 알려준다. 이 작품에 나오는 말처럼 "우리는 모두 함께 살아가도록 태어났으니 서로를 꼭 붙들고 서로 의지하며 살아야 한다"(23).

이 작품에 나타나는 죽음에 대처하는 사랑의 깊이와 넓이는 독자들을 따뜻하게 하는 힐링의 효과가 있다. 서머, 메이 아줌마, 옵 아저씨, 클리터스 그리고 클리터스의 양부모가 연주해내는 사랑과 위로의 하모니는 커다란 깨달음과 감동을 주며 그 울림이 크다. 특별한 사건이나 드라마틱한 전개는 없지만 가족 구성원의 죽음 후 서로의 상처를 보듬어 가며 힘이 되어 주는 과정을 담은 이 작품은 진정한 가족의 의미와 사랑하는 사람을 잃은 고통과 슬픔을 치유해가는 과정을 아름답고 감동적으로 그려낸 수작이다.

『모래폭풍을 지날 때』는 『그리운 메이 아줌마』와 함께 뉴베리 메달 수상작 중에서도 죽음이 준 상처와 그 치유의 과정을 가장 밀도 있게 다루고 있는 자유시 형식의 소설이다. 이 작품에서 주인공은 자신이 원인을 제공한 끔찍한 화재로 어머니와 어머니 뱃속의 동생을 잃고 두 해 동안 모질고도 혹독한 정신적, 육체적 고통을 겪는다.

열네 살 소녀 빌리 조Billy Jo는 일 년 내내 거센 모래바람이 불어오고 가뭄이 지속되는 1930년대 오클라호마의 잔인한 자연환경 속에서 어머니를 죽게 한 죄책감과 죄의식, 손에 화상을 입어 삶의 희망인 피아노를 칠 수 없게 된 상실감 그리고 아버지와의 소통의 단절에서 오는 압박감 등 사춘기 소녀가 견디기 어려운 고통의 시간을 보내게 된다.

이 작품에서 엄마의 죽음 후 빌리 조가 보이는 반응은 정신적 외상으로 고통 받는 환자들이 보이는 증상과 매우 흡사하다. 그녀가 최초로 보이는 정신적 외상은 견디기 힘든 악몽이다. 피아노를 치면 날카로운 비명이 울려 나오는 꿈, 물을 원하는 엄마에게 한 양동이의 불을 가져다주니 그것을 마신 엄마가 불꽃에 휩싸인 아기를 낳는 꿈, 고름이 뚝뚝 떨어지는 손가락이 손목에 매달려 흔들리는 꿈(63-64) 등으로 괴로워하며 그녀는 "차라리 엄마의 신음소리를 들을 수 없도록 모래가 자신의 귀를 막아버렸으면 좋겠다"(66)고 절규한다. 이어서 그녀가 보이는 반응은 자신의 죄책감을 조금이라도 덜기 위한 책임 회피와 타인에 대한 원망이다. 자신이 던진 석유통 때문에 어머니가 죽었다고 자책하기도 하지만 또 그 석유통을 그곳에 놓아둔 아버지를 원망하며 죽어가는 어머니를 두고 마을에 가서 술을 마신 아버지를 도저히 용서할 수 없다.

> 나는 그(아버지)가 엄마의 돈을 가져간 것도 또 그 돈으로 구이몬에 가서 엉망진창 취한 것도 용서할 수 있다. 그러나 내가 살아있는 한 그가 아무리 큰 연못을 만든다 할지라도 나는 그가 석유통을 난롯가에 놓아둔 것을 용서할 수 없다. (78)

이렇게 아버지에게 원망이 많으면서도 정작 빌리 조 자신은 깊은 죄의식 때문에 입 밖으로 어떤 슬픔이나 불만도 토로하지 못한다. 이러한 그녀의 침묵은 내적 죄의식의 발로이다. 그녀는 어머니와 뱃속에 있던 동생의 죽음에 대해서 아버지는 물론이고 자신이 따르던 음악선생님이나 친구들, 또 이웃들과도 이야기 하지 못한다. 또 피아노 연주는 어머니의 죽음을 떠올리게 하는 매개체일 뿐 더 이상 삶에 즐거움을 주지 못한다. 유일하게 친구 매드 독Mad Dog만은 예전과 같이 대해주지만 오클라호마를 조금씩 잠식해 가는 모래 폭풍처럼 빌리 조의 마음은 서서히 병들어간다.

빌리 조가 죄책감이나 원망과 함께 보이는 또 다른 감정의 굴곡은 죽은 엄마와 동생에 대한 그리움과 혼자 남은 외로움이다. 엄마의 죽음 이후 아빠와의 관계가 소원해 질수록 그녀는 혼자 있고 싶지만 그것도 무섭고 엄마가 없는 빈 공간이 너무나 크게 느껴진다.

> 그 (아버지)는 낯선 사람 같았고 나는 혼자 있고 싶었지만 또 혼자 있는 것이 두려웠다. 우리는 모두 변하고 있었고 엄마가 남긴 빈 공간을 채우려고 애쓰고 있었다. (76)

시간이 흐르고 계절이 바뀌어 갈수록 빌리 조는 엄마와의 추억을 회상하며 엄마를 그리워한다. 엄마와 했던 약속을 지키지 않은 일이 미안하고 엄마에게 섭섭하게 여겼던 일도 새삼 그립다. 엄마를 그리워할수록 빌리 조의 외로움은 깊어진다. 동시에 빌리 조는 엄마와 함께 저 세상으로 간 동생에게도 미안하고 애처로운 마음을 갖는다. 그녀는 가뭄과 모래 폭풍 속에서도 한밤중에 피어났지만 새벽이 되어 햇빛 때문에 시들어 죽어 버리는 선인장 꽃을 보며 엄마와 함께 묻힌 동생을 떠올린다.

> 어떻게 저 꽃이 이 가뭄과 바람 속에서도 피어날 수 있을까... 나는 그 꽃이 새벽에 아침햇살을 받고 시들어 죽는 것을 바라볼 수가 없었다. 나는 그 부드러운 꽃잎이 햇빛 속에서 불타 사그라지는 것을 차마 볼 수가 없었다. (81-82)

빌리 조의 동생에 대한 그리움은 서부로 이주하다가 학교 교실에서 아이를 낳고 떠나는 한 가족을 보살피던 중 그 아기에게 자신이 만든 잠옷을 입힐 때 또 교회 앞에 버려진 아기를 길러보자고 아버지에게 간청할 때 절정에 이른다.

> 나는 동생에게 주려고 했던 물건 몇 가지를 학교 교실로 가지고 왔다. 그 중에는 그 그맘기만 하마으로 기득 했던 아기 잠옷도 있었다. (121)
> 나는 그 아기를 보낼 수 없었다. '조금만 기다려요,' 나는 울고 있었다. (124)

빌리 조의 이러한 반응은 죽은 동생 대신 그 아기들을 키워보고 싶은 소망과 그러한 일을 함으로써 자신의 잘못을 속죄하고 위로하려는 행위이다.
빌리 조가 극한의 고통과 절망적인 상황 속에서 보이는 또 다른 반응은 현실 회피 또는 도피이다. 이러한 반응은 인간이 고통스러운 상황에서 스스로 더 이상 상처받지 않으려는 자기방어적인 본능에서 비롯되는 것이다. 빌리 조는 더 이상 집에 머무르고 싶지 않다. 끔찍한 사고에 대한 기억이 남아있는 집과 더 이상 피아노를 칠 수 없고 꿈과 희망을 잃은 자신과 그러한 자신을 동정하는 이웃 사람들이 싫다. 모래 바람은 계속 불어오고 미친 사람처럼 연못을 파는 아버지는 마치 자신의 무덤을 파고 있는 것처럼 보인다. 또 아버지는 피부암으로 서서히 죽어가는 것처럼 보이는데 그래서 빌리 조는 아버지가 자신을 떠나기 전에 자신이 먼저 아버지를 버리기로 결심하고 어느 날 밤 고향집을 떠나 서부로 가는 기차에 몸을 싣는다.

> 나는 여기 머물면 죽게 될 거야... 나는 이 모래 폭풍 속에서 벗어나고 싶어. (197-98)

빌리 조가 고통을 극복하고 치유로 향해 가는 과정에서 겪게 되는 단계는 예기치 않은 만남과 깨달음이다. 현실의 상처에서 도피하고자 서부로 가는 기차에 기약 없이 몸을 싣는 주인공의 행동은 극단적이고 무모해 보이지만 어떻게든 희망을 찾고 살아가고자 하는 필사적인 노력에서 비롯된 불가피한 선택적 측면이 있는 것으로 보인다. 스스로의 변화와 치유를 위해서는 새로운 상황에서의 사유가 필요한 시점이었기 때문이다. 이 여행에서 그녀는 슬픔을 나눌 동반자를 발견하고 삶의 의미를 되새겨 보게 하는 깨달음의 순간을 경험한다.

며칠을 기차에서 동부로 향해 가던 중에 빌리 조는 한 떠돌이 아저씨를 만나 이야기를 나눈다. 이 남자는 가족들이 가난하여 먹을 것이 없어 괴로워하는 모습을 더 이상 바라볼 수 없어 집을 도망쳐 나온 농부로 빌리 조에게 자신의 아내와 세 아들이 있는 가족사진을 보여준다. 빌리 조는 자신의 비스킷을 나눠주고 그의 가족 이야기를 들으며 스스로도 조금씩 마음의 문을 열고 그 간에 있었던 자신의 이야기를 털어놓기 시작한다. 그녀는 독백하듯이 어머니의 죽음과 아버지의 침묵 그리고 피아노를 칠 수 없는 절망감 등에 관하여 이야기하며 가슴속에 응어리진 슬픔을 쏟아낸다. 이 순간은 그 동안 억제하고 억눌러 왔던 한 소녀의 슬픔과 상처가 터지고 해소되면서 처해진 상황을 보는 주인공의 관점이 바뀌는 전기가 된다. 그동안 자기중심적인 좁은 시야를 가지고 바라보았던 상황이 가정을 버리고 도피한 아저씨를 보는 순간 제3자의 입장에서 객관적인 시각을 확보한 넓은 시야로 확장된 것이다. 빌리 조는 이 아저씨에게서 자신의 모습을 발견한다. 결국 자신도 이 아저씨처럼 힘든 현실에서 탈출하기 위해 아버지를 두고 떠났기 때문이다. 결국 아버지가 자신을 버린 것이 아니라 자신이 아버지를 버린 것일 수도 있다는 변화된 시각을 갖고 그녀는 아버지가 아무리 힘들어도 언제나 고향의 집에 뿌리박고 가족을 위해 존재해 왔음을 깨닫는다.

> 나의 아버지는 변함없이 말없이 깊게 뿌리 내리고 있는 뗏장과 비슷했다. 그는 삶을 꽉 붙들고 그와 나를 지탱할 힘을 비축하고 있었다... 아버지는 땅에 뿌리박고... 그와 나의 슬픔을 혼자 견디며 내가 그것을 깨뜨릴 때까지 가정을 지키고 있었다. (202)

주인공이 "아빠는 단단히 땅에 뿌리박고 있는 뗏장과도 같은 존재"라는 큰 깨달음을 갖는 순간 빌리 조에게는 정신적 치유의 단계가 시작되는데 그것은 타인의 상황에 대한 이해의 눈이 열리고 타인을 용서하기 시작했음을 의미한다. 빌리 조는 우선 아버지 베이어드Bayard를 용서한다. 그녀는 화상을 입고 괴로워하며 죽어가는 아내를 차마 바라볼 수 없어 술을 마신 아버지를 이해하게 되고 어머니의 죽음 후 커다란 연못을 파는 아버지의 미친 것처럼 보이는 행동이 스스로 아픔을 잊고자 처절하게 노력하는 보상행위임을 이해한다. 귀가하기로 결심한 빌리 조는 마침내 아버지에게 그동안 자신이 겪었던 슬픔과 고통을 이야기하며 서로간의 교감과 의사소통을 시작한다.

> 나는 그(아버지)에게 모래폭풍으로부터는 도망칠 수 있었지만 내 자신 안에 있는 어떤 것으로부터는 도망칠 수 없었음을 이야기 했다. 나는 아빠는 펫장과 같고 나는 밀과 같아 이곳에서만 자랄 수 있음을 이야기 했다. 조금의 빗물과 조금의 보살핌과 조금의 행운만 있다면. (205)

빌리 조와 아버지는 서로 상대가 먼저 손을 내밀고 용서를 빌기를 기다려 왔는지 모른다. 빌리 조는 아버지를 용서한다. 그녀는 아버지가 자신의 실수로 일어난 화재 때문에 생긴 비극적인 아내와 아들의 죽음에 대한 자책과 후회 때문에, 그리고 사랑하는 딸이 화상 때문에 더 이상 피아니스트의 꿈을 가질 수 없게 된 회한 때문에 미안하다는 말조차 하지 못하고 자신보다도 더 깊은 슬픔을 겪었을 것이라는 감정이입을 한다.

빌리 조가 아버지를 용서하기로 마음먹는 장면은 저자 카렌 헤스Karen Hesse가 뉴베리상 수상 허락 연설에서 '어린이들은 자신들이 던지는 질문에 답하지 않는 무관심한 어른들을 매일 용서하고 있다'(뉴베리 메달 수상 연설문 1998)는 말을 연상시키는데 빌리 조는 어린이가 어른보다도 더 마음이 열려 있을 수 있음을 보여주면서 어렵고 고통스러운 시기에 자신에게 귀 기울이지 않았던 아버지를 먼저 용서하는 열여섯 살 소녀의 모습을 보여주고 있다.

그녀는 자신에게 불어 닥치는 모래 폭풍과 정신적 역경을 받아들인다. 피하려고 했던 현실을 정직하고 담담하게 받아들인다. 용서의 감정을 가지고 현실을 수용하면서 그녀의 삶은 강하고 단단하게 성장한다. 그녀는 다시 피아노를 가까이 하고 새 엄마를 받아들이며 자신이 힘들었던 진짜 이유는 희망을 잃고 꿈을 잃었기 때문이라고 자각한다.

> 나(빌리 조)는 고난의 시기는 돈이나 가뭄이나 모래폭풍 때문만이 아니며 그것은 용기와 희망을 잃고 꿈이 말라 없어질 때 닥쳐오는 것임을 깨달았다. (225)

빌리 조는 자신을 남기고 떠난 엄마의 죽음에 대한 원망을 피아노를 다시 치기 시작하면서 해소한다. 또 기차에서 만난 아저씨가 주었던 가족사진을 고향에 남아있는 가족에게 부쳐 주면서 아저씨에 대한 연민의 감정을 갖고 그의 가출과 무책임함을 용서한다. 그리고 언제나 자신의 이익만 챙기는 하들리 씨Mr. Hardly 가게에 전화를 걸어 본인이 지금 집으로 가고 있다고 전해달라는 말을 하며 이웃에 대한 미움도 걷어 들인다.

그러나 아무리 남을 용서하더라도 자신을 용서할 수 없으면 그것은 완전한 치유와 회복이라고 할 수 없다. 주인공은 자신에 대한 용서를 대자연과 모래 폭풍 속에서 발견한다. 이 작품에서 모래 폭풍은 암담한 현신을 드러내는 암시이자 상징으로서 전체 스토리의 배경으로 나타나고 있다. 때때로 자연은 인간이 견디기 어려운 척박한 환경을 조성하기도 한다. 인간이 환경을 만들어 내기도 하지만 때로는 환경이 인간을 지배한다.[2] 일 년 내내 끊임없이 불어오는 모래바람은 주변 환경을 폐허로 만들지만 거기에서도 새 생명은 어김없이 자라난다. 예측할 수 없는 자연환경과 같이 인간의 삶에서도 예기치 않은 고통은 생겨난다. '기쁨의 그늘에서 슬픔이 생기기도 하고 슬픔의 그늘에서 희망이 샘솟기도 한다.'(뉴베리 메달 수상 연설문) 죽음은 마치 모래폭풍 같이 예측할 수 없는 삶의 그늘일 뿐이다. 자연은 아무리 혹독한 환경 속에서도 생명력으로 스스로를 적응하며 치유하고 살아남는다. 인간에게 예고 없이 찾아오는 삶의 고통들도 우리가 그것을 겸허한 마음을 가지고 수용하며 시간의 흐름과 함께 그것을 해소하고 극복하기 위해 노력하면 새로운 희망의 씨앗이 될 수 있다. 그러므로 죽음은 결코 끝이 아니라 우리 삶의 한 부분으로 새로운 삶의 시작이 될 수 있다. 빌리 조는 자신을 남겨두고 먼저 세상을 떠난 어머니와 그 어머니의 죽음의 원인이 된 자신에 대한 원망을 거둬들이고 자신을 용서하고 모든 것과 화해하기로 결심한다.

빌리 조는 그토록 원망하며 떠나고 싶어 했던 오클라호마 작은 집과 고향에 대해서도 애정을 갖게 된다. 그토록 벗어나고 싶었던 모래폭풍지역Dust Bowl은 이제는 떠나서는 살 수 없는 자신의 뿌리를 느끼게 해주는 공간이 된다. 자신에게 주어진 자연환경을 수용하고 이것을 긍정적으로 바라볼 수 있게 된 것은 빌리 조의 또 다른 성숙이다.

『모래폭풍을 지날 때』는 인간의 삶에서 누구나 한번쯤은 겪게 되는 죽음대문에 생긴 고난과 불행한 기억들을 어떻게 견디어내야 하는가에 대한 하나의 해답을 제시함으로써 독자들의 정신적 고통의 완화와 치유를 돕고 있는 소설이다. 그 해답은 인간은 우선 스스로 자신의 불완전함을 인정하고 이를 수용하는 것에서부터 시작하여 타인에 대한 이해의 폭을 넓히고 용서하고 화해하라는 것이다. 한 소녀가 어머니의 죽음으로 겪는 고통과 회복의 과정을 자연 환경의 파괴와 복원, 인간관계에서의 상처와 용서 그리고 최종적인 치유와 성장의 맥락에서 그리면서 『모래 폭풍을 지날 때』는 독자들에게 죽음의 고통을 극복하고 더욱 성장하는 과정과 방법을 보여주고 있다.

빌리 조의 치유는 그녀의 정신적 성장과 함께 이루어진다. 현실의 거친 바람과 가뭄 속에서도 꽃을 피울 수 있게 하는 힘은 희망과 꿈 그리고 포용이다. 빌리 조는 아빠를 용서하고 자기 자신을 용서하고 엄마의 죽음이라는 슬픔을 수용한다. 그리고 어머니의 죽음과 모래 폭풍을 두 팔 벌려 끌어안는다.

> 나는 이제 알게 되었다. 나는 늘 이 모래폭풍을 벗어나려 했지만 지금의 나를 만든 것은 바로 이 모래폭풍임을. 그리고 지금의 나는 충분히 스스로에게도 훌륭한 존재로 성장했음을. (222)

4. 아동문학을 활용한 치유의 가능성

인간이 가진 정신적 육체적 상처는 드러내고 터트리면 아물고 치유될 수 있다. 마음속에 담아두고 곱씹을 때 그것은 병이되고 심각한 후유증을 낳는다. 그러나 개인의 아픔과 고통을 모두 드러내 타인에게 보여주는 일은 그리 간단한 일이 아니다. 자신의 정확한 감정을 정확하게 표출하기도 어렵고 또 때로는 자신이 상처를 드러내 보이는 것이 부담스럽기도 하다.

이럴 때 정신적 상처와 관련된 소재를 다루고 있는 문학 작품을 읽는 것은 가장 여운이 남는 간접적 치유 방식이 될 수 있다. 상처와 치유에 관한 적절한 주제를 다루는 문학은 청소년 독자들이 현재 또는 미래에 잠재적으로 발생할 수 있는 문제들에 대처하도록 도와주고 어린이 자신의 가치 판단 체계를 발전시키도록 도와준다. 또 타인이 처해있는 상황에 대한 이해와 감정이입은 어린이 하여금 죽음의 문제를 간접적으로 경험하고 탐색해 볼 수 있게 한다. 그러므로 어린이 들은 관련도서를 통해 죽음에서 비롯되는 인간의 감정과 반응의 폭넓은 스펙트럼을 관찰하고 경험할 수 있다. 또 책을 읽는 중 어린이는 주인공의 생각과 느낌에 반응하며 자신을 표출하게 되고 카타르시스나 대리만족들을 통해 어려운 문제를 다루는 긍정적인 방식을 경험한다.

아동문학 작품에는 어린이들이 겪는 삶의 희로애락이 녹아 있다. 어린이나 청소년 독자는 책을 읽으면서 타인의 아픔에 공감하고 감정이입이 되어 나를 비추는 거울로 삼는다. 특히 가족이나 친구의 죽음과 같은 고통스러운 경험을 가진 독자는 위에서 제시한 아동문학 작품들로부터 커다란 위로와 도움을 받을 수 있을 것이다.

어린이나 청소년 독자는 서머와 옵이 겪는 사랑하는 사람의 죽음을 받아들이지 못하는 가족들의 고통과 삶의 의지의 상실에 공감할 것이다. 또 빌리 조가 기차에서 우연히 만난 아저씨에게 자신을 비추어 보았듯이 그들은 빌리 조의 죽음에 대한 반응을 살피면서 자신을 응시할 것이다. 또『테라비시아로 가는 다리』의 레슬리나『키라 키라』에서의 케이티처럼 죽은 사람과 함께 했던 상상력이 넘치던 삶의 추억이 외로운 삶에 위로를 주고 새로운 희망의 원천이 될 수 있음을 경험할 것이다.

부모나 형제, 친구와 사별한 어린이를 돌보는 일은 매우 민감하며 복잡한 일이다. 슬픔으로의 민감한 여행을 하는 청소년을 돕는 일에는 수많은 어려움이 존재한다. 또 슬퍼하는 일은 서둘러 끝낼 수 없는 과정이다. 슬픔의 시간은 정해질 수 없고 사람마다 사별에 대한 반응이 다르기 때문이다. 그럼에도 불구하고 책 읽기를 통한 치유는 주위사람들의 죽음 때문에 힘들어하는 독자들의 슬픔을 부드럽게 하는 따뜻한 동반자가 될 수 있다. 훌륭한 아동문학작품은 치료목적으로 쓰인 것이 아니더라도 결과적으로 치유의 효과를 가지고 있다.

* 이 글은 저자의 「아동문학에 나타난 죽음과 치유 그리고 성장의 모티프」(『영어 영문학 연구』 55.4 (2013): 45-68)의 내용을 본 저서의 기획 취지에 맞도록 일부 수정ㆍ확대한 글임.

참고문헌

김덕규. 「아동문학과 생태비평」. 『영어 영문학 연구』 52.4 (2010): 39-59.

_____. 「아동문학에 나타난 환경 디스토피아」. 『영어 영문학 연구』 53.3 (2011): 65-84.

Cecil, Nancy Lee, and Patricia L. Roberts. *Families in Children's Literature*. Englewood: Library Unlimited Inc, 1998.

Cuddigan, Maureen, and Mary Beth Hanson. *Growing Pains*. Chicago: American Library Association, 1988.

Hesse, Karen. *Out of the Dust*. New York: Scholastic Inc, 1997.

_____. Newbery Medal Acceptance Speech, 1998.

Hunt, Peter. *An Introduction to Children's Literature*. Oxford: Oxford University Press, 1994.

Jones, Eileen H. *Bibliotherapy for Bereaved Children*. London: Jessica Kingsley Publishers, 2001.

Kadohata, Cynthia. *Kira-Kira*. New York: Athneum Books, 2004.

Pardeck, John T., and Jean A. Pardeck. *Bibliotherapy*. Amsterdam: Gordon and Breach Science Publishers, 1993

Paterson, Katherine. *Bridge to Terabithia*. New York: HarperCollins Publishers, 1977.

Rylant, Cynthia. *Missing May*. Scholastic Inc, 1992.

주

[1] 죽음이 등장하지만 죽음 그 자체가 주요 소재가 되지 않는 7편의 작품은 19세기 뉴햄프셔 개척민들의 생활 속에서 이웃의 친한 언니가 죽어가는 모습을 보고 슬픔을 겪는 주인공이 등장하는 *A Gathering of the Days*(1980), 어머니가 병에 걸려 죽어가기 때문에 세 동생을 돌보는 주인공을 묘사한 *Dicey's Song*(1983), 친어머니가 죽고 새 어머니를 맞는 과정을 그리는 *Sarah, Plain and Tall*(1986), 나치 지배 하에서 독립운동을 하다가 죽는 언니를

그린 *Number the Stars*(1990), 세 살 때 교통사고로 부모를 잃는 *Maniac Magee*(1990), 어머니의 가출과 교통사고로 인한 죽음이 나타나는 *Walk Two Moons*(1994), 어머니가 죽고 외할아버지를 찾는 과정이 그려지는 *Bud, not Buddy*(2000)가 있다.

  2 이와 관련된 자연환경이 인간의 삶에 미치는 영향에 대한 문학적 연구는 본인의 논문 "아동문학과 생태비평(2010)" 그리고 "아동문학에 나타난 환경 디스토피아(2011)"에 실려 있다.

김덕규　　　강원대학교 영어교육과를 졸업하였으며 한국외국어대학교에서 영문학 석사와 박사학위를 취득하였다. 경기도 중고등학교 영어교사를 거쳐 현재 춘천교육대학교 영어과 교수로 재직 중이며 2015년 한국중앙영어영문학회 회장으로 취임하였다. 주요논문으로는 「청소년문학에 나타난 가족의 탄생」(2014), 「아동문학에 나타난 환경 디스토피아」(2011), 「아동문학과 생태비평(2010)」, 「그림동화책과 칼데콧상 수상작 연구」(2009) 등이 있으며 저서로는 『초등영어지도법』(1999) 등이 있다.

김일구　　　고려대학교 영어영문학과를 졸업하고, 파리 제7대학교 대학원과 미주리대 대학원(캔사스시티 소재)에서 영문학 석사학위, 고려대 대학원에서 미국문학, 그리고 텍사스공과대학 대학원에서 과학소설비평 문학박사학위를 취득하였으며, 현재 한남대 영어영문학과의 교수로 재직 중이다. 한국영어영문학회 이사, 한국현대영어영문학회 총무를 역임했고, 현재 영미문화학회 부회장이다. 아일랜드 트리니티 대학 비교문학과에서 교재로도 사용하고 있는 복거일과 필립 K. 딕 그리고 일본 SF소설을 다룬 대체역사 논문과 최인훈의 『둥둥 낙랑둥』 영역 외에 포스트모던 미국소설, 소수민족문학, 생태 및 과학소설, 종교문학, 아동청소년문학 등 다양한 영미문학 분야를 연구하고 있다.

김종갑　　　　미국 루이지애나주립대에서 박사학위를 취득하고 현재 건국대에서 영문과 교수로 문학비평과 이론을 가르치고 있다. 주된 관심은 몸을 화두로 하는 문화철학에 있으며 2007년에 설립된 몸문화연구소의 소장이다. 행복하지 않으면 삶은 살 가치가 없다고 생각하며 행복하게 살고 있다.『근대적 몸과 탈근대적 증상』(2010),『생각: 의식의 소음』(2014),『성과 인간에 관한 책』(2014)을 비롯한 다수의 저서와 번역, 논문이 있다.

박경서　　　　대구대학교 영문과를 졸업하고 영남대학교 대학원에서 영문학박사학위를 취득했다. 영국 케임브리지 대학원에서 수학했다. 현재 영남대학교에서 강의와 번역 및 창작활동을 하고 있으며 신영어영문학회에서 편집이사로 활동하고 있다. 저서로『조지 오웰』이 있으며 논문은 "*The Road to Wigan Pier*: The Process of George Orwell's Socialism", 「식민전략 담론:『킴』과 19세기 말 영국의 제국 경영」 등 다수가 있다. 번역서로『코끼리를 쏘다』,『라이너스 폴링 평전』,『영국식 살인의 쇠퇴』 등 20여권이 있다.

서길완　　　　건국대학교 영어영문학과에서 박사학위를 받았으며, 현재 건국대학교에 출강하면서 몸문화연구소 연구원으로 활동 중이다. 최근에는 다양한 자기 삶의 글쓰기를 통해서 심적 치유에 이르는 방편의 문제를 주된 연구과제로 삼고 있다. 이와 관련해서 「자전적 질병 이야기를 통한 질병경험의 재건과 자아-정체성의 재창출」, 「트라우마의 치유적, 창조적 재전유: 트라우마 회고록의 가능성으로서의 오드르 로드의『자미: 내 이름의 새로운 철자』」 등 다수의 논문이 있다. 이외에도『내 친구를 찾습니다』,『가족』의 공저가 있다.

손정희　　　　서울대학교 영어영문학과를 졸업하고 서울대학교 대학원에서 영문학 석사학위, 미국 State University of New York(Buffalo) 대학원에서 영문학 박사학위를 취득하였으며, 현재 중앙대학교 영어영문학과 교수로 재직 중이다. 다수 학회의 편집위원과 영어영문학회 연구이사, 영미문학페미니즘학회 총무

이사, 제11대 19세기영어권문학회 회장을 역임했으며, 2015년 현재 미국소설학회 회장을 맡고 있다. 저서로 *Rereading Hawthorne's Romance: The Problematics of Happy Endings*와 『19세기 미국소설 강의』(공저), 『미국소설 명장면 모음집』(공저), 『미국소설과 서술기법』(공저), 역서로 『미국소설사』(공역) 등이 있다. 그 외 영미소설에 관한 다수의 논문을 발표했다.

신혜정　　　　숙명여자대학교에서 영문학 박사학위를 취득하였고 뉴욕 대학교(New York University)에서 테솔 석사학위를 취득하였다. 현재 경희대학교 객원교수로 재직 중이다. 주요논문으로는 「이상적 공동체를 향한 현실적 방안: 수잔 최의 『미국 여자』를 중심으로」(2014), 「이창래의 『더 서렌더드』: 집단적 외상 인식과 치유 가능성 모색」(2013), 「경계의 확장: 『비상』에 나타난 소통을 통한 연대」(2012), 「과거의 재인식을 통한 자아 발견: 토마스 울프의 『천사여, 고향을 보라』와 강용흘의 『초당』을 중심으로」(2010) 등이 있다.

어도선　　　　고려대학교 영어교육과 교수로 재직하고 있으며 고려대 영어교육연구소 소장을 겸임하고 있다. 영미문학을 활용한 영어교육, 아동문학을 활용한 영어교육, 정의적 관점의 영어교육, 인본주의적 관점의 영어교육, 다문화주의와 영어교육과 관련하여 다수의 논문을 발표하였다. 최근에는 장르 차이에 따른 영어 학습의 차이에 대한 연구에 관심을 두고 있다. 현재 한국 라깡과 현대정신분석학회 회장으로 활동하면서 치유적 관점의 교육 방안을 소개하고 있다.

우정민　　　　고려대학교 영어영문학과 학사, 영국 University of Warwick 영문과(석사, 박사)를 졸업하고, 20세기 영국의 모더니즘 문학으로부터 포스트모던 시대의 문학이론에 이르기까지 연구의 폭을 넓혀 나아가고 있다. 박사학위 논문 "Post-Western Study of D. H. Lawrence"의 일부를 발전시킨 대표작으로는 로렌스 문학에 드러난 마술적 사실주의의 자취를 논한 "Lawrence's De-Patterning of America and Magical Realism"(Windows to the Sun: "D. H. Lawrence's

Thought-Adventures", ed. Earl Ingersoll and Virginia Hyde, 2009), 로렌스와 타자의 관계를 자끄 데리다 식으로 풀어낸 「여성짐승과 남성주권자: 자끄 데리다의 늑대와 D. H. 로렌스의 「뱀」」 등이 있다. 이외에도 이언 매큐언, 줄리언 반즈, 데이비드 다비딘, 안젤라 카터 등의 20세기 후반 영국 문학가들에 관련된 연구와 함께 "타자", "몸", 그리고 "사랑"을 화두로 한 문학과 문화이론을 중심으로 다양한 학술활동을 진행하고 있다. 현재 덕성여자대학교 영어영문학과 교수로 재직하고 있다.

원영선　　　　　연세대학교 영문과를 졸업하고 서울대와 버지니아공대 석사학위를, 미국 네브라스카 주립대학에서 박사학위를 받았으며, 현재 서울여자대학교 영문과 교수로 재직 중이다. 영미문학연구회, 19세기 영어권문학, 한국 18세기영문학 등에서 편집이사, 연구이사로 활동하고 있으며, 연구 분야는 근대 영국 소설과 문화연구, 서사연구 등이다. 제인 오스틴을 비롯한 근대 및 현재 영국 작가와 독서/독자에 관한 다수의 연구논문을 펴냈으며 역서로는 오스틴의 『설득』이 있다. 최근 논문으로는 "The Notion of the Author-Reader in John Fowles's *The French Lieutenant's Woman*," "Men and Their Professions in Jane Austen's Novels," "(Un)Regulated Reading in the Works of Scott and Wollstonecraft" 등이 있다.

이봉희　　　　　나사렛대학교 대학원 문학치료학과 교수 및 영어학과 교수로 재직 중에 있으며 미국공인문학치료사와 공인저널치료사를 취득했다. 저서로는 『내 마음을 만지다』(문광부우수교양도서 선정), 『예술의 사회적 기여에 관한 국내외 실증사례연구』(공저) 등이 있고, 역서로는 페니베이커 저 『글쓰기치료』, 『어린이를 위한 크리에이티브 저널』, 『분노치유』, 『교사를 위한 치유저널』, 『저널치료』(공역) 등 10여권과 「문학치료와 문학수업의 만남: 그 가능성 모색」, 「취약계층, 무학, 독거노인 대상 문학치료 사례」, 「문학치료에서 활용되는 글쓰기의 치유적 힘에 대한 고찰과 문학치료 사례」 외 다수의 논문과 기고문이 있다.

장경순　　　　성균관대학교 영어영문학과와 동 대학원 석사과정을 졸업하고 미국 IUP(Indiana University of Pennsylvania)에서 영문학 박사학위를 받았다. 현재 신라대학교 영어과에서 교수로 재직 중이다. 한국현대영미소설학회 섭외이사, 한국영미문학페미니즘학회 연구이사, 그리고 문학과환경학회 부회장이며, 논문으로는 「에코페미니즘의 도전: 린다 호건의 『태양폭풍』에 나타난 생태학적 관계와 치유」, 「어니스트 게인즈의 『죽음 전의 교훈』: 아프리카 미국인 남성의 냉소주의 극복」 등이 있다.

문학, 치유 그리고 스토리텔링

초판 1쇄 발행일 2015년 8월 30일
손정희 엮음

발행인 이성모
발행처 도서출판 동인
주 소 서울시 종로구 혜화로3길 5 118호
등 록 제1-1599호
TEL (02) 765-7145 / FAX (02) 765-7165
E-mail dongin60@chol.com
I S B N 978-89-5506-668-5 93840
정 가 20,000원